AF362218

SPIS TREŚCI

PROLOG

Gdyby tylko królowa Lucinda wiedziała, że świat, który był jej tak bliski, niedługo legnie w gruzach, nigdy nie pozwoliłaby na to, żeby Carter poprowadził niedźwiedzie z powrotem do Utraconych Ziem. Może lepiej byłoby po prostu wierzyć w to, że Kryształ nigdy nie zostanie odnaleziony.

Decyzja została już jednak podjęta. Można się było tylko domyślać, co przyniesie im przyszłość.

ROZDZIAŁ 1

Ogień paleniska rozświetlał Halę Zgromadzeń Klanu, twarz Lulu była pokryta ciepłym pomarańczowym blaskiem. Obok niej, pochylona nad zawieszoną nad paleniskiem złotą misą, w której cicho syczała woda, siedziała Kerri. Lulu dosypała ostatnią szczyptę drogocennej ochry, którą dobyła ze sznurowanej sakiewki, i wbiła wzrok w niespokojną taflę. Jej zielone oczy błysnęły, gdy cienka miętowa mgiełka zaczęła unosić się nad powierzchnią

- Teraz zawołaj delikatnie Cartera w myślach. Przypomnij sobie jego twarz i uwierz, że możesz zobaczyć to, co on widzi – powiedziała Lulu.

Patrzyły w skupieniu, jak ciecz zaczęła się poruszać, szybciej i szybciej, tworząc coraz dłuższą spiralę, a gdy jej czubek dotknął dna, ich oczom ukazał się przymglony obraz świata, który leżał daleko poza granicami ich ziem.

Najpierw ujrzały tereny rozpościerające się za łąkami, które uginały się od chrzęszczącego śniegu przyniesionego przez ostatnie mrozy. Ich wzrok popłynął dalej, przez niedostępne doliny przykryte nieprzebraną bielą położone w wysokich górach, przez hektary dawno porzuconych, gnijących już upraw, przez rozbrzmiewający wyciem wichru wąwóz, który przebiegał nad opuszczonym miastem położonym na Utraconych Ziemiach.

Wiatr smagał połamanymi okiennicami, których żałosne skrzypienie niosło się echem po górach, wzmagając poczucie pustki górujące nad miastem. Ludzie już dawno porzucili swoje domy, odkąd musieli ratować się przed nadciągającym stadem małp kierowanych bezmyślną żądzą zniszczenia.

Siedząca obok Lucindy Kerri przeczesała ręką kasztanowe włosy i zarzuciła je na kark, związawszy w luźny splot.

- To działa, widać ich coraz wyraźniej – szepnęła Lulu, wpatrzona w zawartość naczynia.

Kerri pochyliła się, żeby móc dostrzec coś więcej w wątłym świetle. W głosie przyjaciółki słyszała podniecenie, ale jednocześnie zauważyła troskę malującą się na jej twarzy.

- Lu, widzę coś! - powiedziała, wskazując palcem na mgiełkę unoszącą się z głębi.

- Nic teraz nie mów. Nikt nie może wiedzieć, że teraz obserwujemy.

Kerri skinęła głową i przysunęła się do przyjaciółki. Siedziały, stykając się głowami,

i próbowały coś wywnioskować z kształtów, które powoli formowały się w wirze. Nie mogła się doczekać, żeby znowu zobaczyć Cartera, choćby przez mgłę i z odległości setek kilometrów.

Mgła powoli się przerzedzała i zaczęła się wyłaniać z niej gmatwanina obrazów. Oblicza Naza i Vina pojawiały się i znikały za obłokiem. Kerri wskazała na ich zgarbione sylwetki, musieli pochylać się nad czymś, co leżało na ziemi. Szron oblepił im futra, którego strąki ciężko zwisały im z pysków i łap, a śnieg siekł ich razem z wiatrem. Lulu podniosła kawałek ciężkiego czarnego materiału, który leżał na boku, i szybkim ruchem przykryła misę.

- Patrzymy teraz na świat oczami Cartera i widzimy go tak, jak on go widzi – wyjaśniła.

- Wiesz, gdzie są teraz? - spytała Kerri.

- Nie jestem całkowicie pewna, ale wydaje mi się, że ponad miastem. Tam, gdzie Holly ukryła Kryształ w sadzawce. Cokolwiek teraz się wydarzy, cokolwiek zobaczymy, ani słowa, jasne?

Lulu chciała już ściągnąć tkaninę, ale dostrzegła kątem oka jakiś ruch i jej ręka zamarła w powietrzu. Do paleniska podeszła Salli. Położyła ręce na ramionach dziewczynek, widząc, że misa jest zakryta.

- Znalazłaś ich? - spytała.

- Tak, mamo. Wygląda na to, że Naz i Vin czegoś szukają, ale pada bardzo gęsty śnieg i trudno odgadnąć, co tam się dokładnie dzieje.

- Ale to w sumie im na rękę, no nie? Dzięki temu małpom będzie trudniej ich znaleźć.

- Z drugiej strony łatwiej wtedy trafić na ich ślady – zauważyła Salli.

Optymizm Kerri szybko wyparował. Wyobraziła sobie długi szlak odciśniętych w śniegu łap, który prowadzi wprost do Cartera i niedźwiedzi. Dopiero po chwili zauważyła swoje zaciśnięte pięści.

- Mówili, że nie zajmie im to długo, prawda Lu? Znaleźć miejsce, Kryształ i jak najszybciej wrócić? - powiedziała Kerri. - Myślisz, że wrócą, zanim małpy się spostrzegą, że przekroczyli granicę?

Lulu położyła jej rękę na ramieniu i lekko ścisnęła, chcąc ją pocieszyć.

- Nic mu nie będzie. Naz i Vin nie pozwolą, żeby cokolwiek mu się stało, a tych dwóch nie złamie absolutnie nic... no może oprócz burczącego brzucha – powiedziała z uśmiechem. - I pamiętaj, nie możemy teraz nic mówić.

Zdjęła zasłonę z misy i ich oczom znów ukazał się wir, z którego unosiły się kłęby pary. Z obłoku wyłonił się nietrwały i zamazany obraz Vina na klęczkach. Gdy Salli pochyliła się nad dziewczynami, Vin obrócił głowę i spojrzał wprost na nie zza mgły, jakby świadom tego, że jest obserwowany. Lulu dosypała do wody jeszcze kilka ziaren ochry i obraz po chwili się wyostrzył. Wszystkie trzy mogły teraz usłyszeć nawet oddech Cartera oraz Vina, który mamrotał coś do samego siebie.

Śnieg padał w ciszy, przykrywając białą warstwą zamarzniętą sadzawkę, niesiony lekkimi podmuchami wiatru. Jego duże, lepkie płaty przyklejały się do wszystkiego, co napotkały na swej drodze. Naz potrząsnął głową, żeby strząsnąć górkę, która uformowała się na jego pysku. Leżał i obserwował wąwóz, wychylając się zza skalnej krawędzi. Tuż pod nim zbocze góry biegło gwałtownie w dół.

- Małpy dalej tam są? - szepnął Vin.

- Są, teraz tylko włóczą się bez celu – odszepnął Naz. - Weźcie się w końcu zepnijcie, bo naprawdę nie możemy marnować tu więcej czasu, czekając, aż one się ruszą. Im dłużej tu tkwimy, tym większa szansa, że w końcu nas zauważą. Carter, jesteś pewny, że to jest to miejsce?

- Jasne, że jestem. Holly zostawiła te kamienie w taki sposób, żeby oznaczyć, gdzie zostawiła Kryształ – odparł, wskazując na niewielką piramidę z kamieni znajdującą się przy sadzawce. - Poza tym wciąż czuję jej zapach tam, gdzie się położyła, żeby odpocząć

- Jak to dobrze, że psiska mają ten swój superwęch – rzekł Naz.

- Dobra, spróbuję w ten sposób – powiedział Vin.

Chwycił potężną łapą jeden z kamieni, wziął zamach i huknął nim o taflę lodu, która utworzyła się na powierzchni sadzawki. Rozległ się głuchy hałas, znacznie głośniejszy niż przypuszczali.

- Rozglądają się, próbują ustalić, skąd dobiegł hałas. Znaleźliście go? - szepnął Naz, nie odwracając głowy.

- Ledwo udało mi się drasnąć lód – powiedział Vin podwyższonym głosem.

- Vin, użyj kostura – powiedział Carter. - Większa szansa, że przebijesz tę taflę końcówką. Nie wydaje mi się, żeby ten lód był aż *tak* gruby.

- Małpy teraz zastanawiają się, co się w ogóle dzieje. Jeszcze jedno uderzenie w ten lód na pewno nas zdemaskuje. Mamy może jedną próbę, zanim ustalą, gdzie jesteśmy.

- No to aż tak nie musimy się spieszyć. Wiecie co, spróbuję walnąć kosturem – powiedział Vin.

Vin stanął na tylnych łapach, jego potężna postura zawsze budziła w Carterze mimowolny podziw. Chwycił kij w połowie, uniósł go oburącz nad głową i uderzył z całej siły zamarzniętą taflę sadzawki. Panującą w dolinie ciszę poranka strzaskał głośny chrzęst pękającego lodu, niosąc się echem po górach.

Naz obserwował dalej małpy. Kręciły głowami we wszystkie strony.

- Chyba nam się...

Dolina wciąż drżała, echo grzmotu wróciło do nich, odbijając się od zboczy okolicznych gór, po czym powoli zaczęło cichnąć w oddali.

- To echo długo będzie tak dudnić? - spytał Naz, który czuł, jak serce podchodzi mu do gardła. Spojrzał w dół zbocza, wszystkie małpy odwróciły się w jego kierunku i zaczęły skakać w miejscu z nogi na nogę, wskazując półkę, na której leżał.

- Przebiliście się? Macie coś? - spytał Naz, nie przejmując się już tym, czy szepcze, czy nie.

- Lód trochę pękł, ale jeszcze się nie przebiliśmy.

Naz obrócił się, żeby zobaczyć to na własne oczy.

- Jeszcze nie? Co wy tam robicie? Wykorzystaj swoją masę w końcu.

- Naz, to jak próbować rozłupać skałę.

Naz odsunął się od przepaści.

- Dajcie, ja spróbuję. Carter, idź tam i miej małpy na oku.

Carter przyczołgał się na skraj skały. Starał się nie zwracać uwagi na odór, który unosił się ze zbiegowiska małp pod nimi. Czyste górskie powietrze ginęło w oparach unoszącego się fetoru ginącego ciała.

- Chłopaki, idą w naszą stronę – szepnął.

Naz podniósł kamień i z impetem uderzył o powierzchnię sadzawki. Rozległ się głuchy huk, Spojrzał w dół z niedowierzaniem.

- Do diabła, z czego to jest?

- Suń się, Naz, daj mi jeszcze raz spróbować – rzekł Vin.

Rozległ się kolejny grzmot, po którym kostur odskoczył od tafli. Vin także nie mógł uwierzyć w to, co widzi.

- No i tyle z dyskretnej wyprawy – rzekł Naz.

- Idą tu i, wierzcie mi, idą szybko! - powiedział Carter.

Vin nie ustawał w wysiłkach, koniec kostura raz po raz uderzał o taflę lodu. Już dawno darował sobie wszelką ostrożność i próby niezwracania na siebie uwagi. Dolinę zalało staccato kolejnych uderzeń, zdradzając ich położenie w górach.

- Mocniej! - krzyczał Naz.

Carter zwrócił się w stronę niedźwiedzi.

- Słuchajcie, czuję już zapach małp, ale w powietrzu jest coś jeszcze.

Naz i Vin zamarli i rozejrzeli się wokół. Dobrze wiedzieli, że węchowi Cartera jak najbardziej należy ufać.

- Są już w mieście, na dole? - spytał Naz.

- Na nos mogę powiedzieć, że są za nami, ale oprócz nich jest coś jeszcze. Kojarzę ten zapach, ale nie umiem go do niczego przypisać.

- Umiesz powiedzieć, jak blisko już są? - spytał Naz.

- Wiatr zmienił teraz kierunek i czuję, że są już naprawdę blisko. I, chłopaki, naprawdę, *naprawdę* niepokoi mnie to, co jeszcze czuć w powietrzu.

- Vin, weź w końcu porządnie w to trzepnij. Zwijamy się stąd z Kryształem *natychmiast*.

- One biegną naprawdę szybko, będą tu w mniej niż minutę. Albo uciekamy, albo walczymy.

- Na pewno się domyślą, po co tu jesteśmy. Nie idziemy stąd bez Kryształu.

Kostur świsnął raz jeszcze i tym razem zaraz po chrupnięciu lodu dało się słyszeć pluśnięcie wody. Vin zakołysał się do przodu, trzonek kostura lekko pociągnął go za sobą, przebiwszy się w końcu przez taflę.

- Udało się! - krzyknął Vin.

Wyciągnął kostur, który pozostawił po sobie niewielką przeręblę otoczoną delikatną pajęczynką rozchodzącą się we wszystkie strony. Vin włożył łapę do przeraźliwie zimnej wody.

- Chłopaki, pośpieszcie się, *SERIO* – ponaglał ich Carter.

Vin leżał na brzuchu, z łapą zanurzoną niemal aż po bark, przeczesując po omacku sadzawkę.

- Holly powiedziała mi, że ukryła go pod dużym, płaskim kamieniem – powiedział Carter, odrywając na chwilę oczy od nadbiegających małp, po czym wstał z ziemi. Od nadciągającej fali morowego powietrza mimowolnie odsłonił rzędy swoich ostrych kłów.

Vin prędko podniósł wzrok, szczerząc zęby, i mrugnął doń porozumiewawczo.

Zacisnął łapę wokół Kryształu i wyciągnął go z wody. Poczuł falę ciepła przepływającą przez ramię, jego serce zabiło mocniej i w okamgnieniu poczuł się beztrosko i bezpiecznie. Ogarnęła go ekstaza wypływająca z samego trzymania Kryształu, w żyłach płynęło płonące szczęście.

- Mam go, jest mój! - rzekł głośno.

- Vin, nie przywiązuj się za bardzo do tej błyskotki – rzucił Naz przez ramię. - Włóż Kryształ do sakwy i daj mi ją.

- Naz, mogę go nieść, zajmę się nim.

Naz chwycił go za ramię, płynnym ruchem wyciągając sakwę i kładąc Vinowi na ramieniu, po czym potrząsnął jego nadgarskiem.

- Vin, puść go, musimy stąd uciekać! - krzyknął mu prosto w twarz. Zobaczył, że jego spojrzenie staje się coraz bardziej puste. - Gwardzisto, macie natychmiast zwrócić Kryształ, to jest rozkaz! - warknął.

Na dźwięk komendy Naza Vin natychmiast otrzeźwiał.

- Już daję, szefie – powiedział Vin, równając krok, po czym przekazał przemoczoną skórzaną sakiewkę, która zaczynała sztywnieć na mrozie.

- *NAPRAWDĘ* musimy się stąd zwijać! - krzyknął Carter, strach nie pozwalał mu oderwać wzroku od nadciągających małp. Zrobił krok do tyłu, żeby przygotować się do obrony Naza i Vina. Nagle dostrzegł coś kątem oka, odwrócił się, szukając wzrokiem napastnika, który czaił się gdzieś nad nimi. Ujrzał Sonny'ego, przemienionego w lwa, spoglądającego na ich trójkę.

- Sonny tu jest, przyprowadził jeszcze więcej małp – powiedział Carter.

Naz i Vin spojrzeli w górę, podążając za wzrokiem Cartera na szczyt grani. Sonny stał bez ruchu, obserwował ich, wyczekiwał. Nawet z odległości widać było bijącą od niego arogancję, w oczach miał trudną do ukrycia pogardę.

- Widzę, że w końcu znalazłeś sobie przyjaciół – zawołał kpiąco Carter. - Co ci zaproponowali w zamian za zdradę swojego ludu?

- Wy nim na pewno nie jesteście – zaśmiał się drwiąco Sonny

- Dobrze się dobraliście z tymi zawszonymi gorylami. Wiedziałem, że nie można ci ufać, gdy tylko zobaczyłem cię w wiosce – krzyknął Carter, mając nadzieję, że da w ten sposób więcej czasu niedźwiedziom na spakowanie Kryształu.

Poczuł nieprzyjemne mrowienie na karku. Oderwał na chwilę wzrok od Sonny'ego i spojrzał za siebie, w dół zbocza. Poczuł ścisk w gardle, zaschło mu w ustach. Małpy pokonały już prawie całą drogę z miasta.

- To ile nam zostało czasu, Sonny? - spytał Carter, licząc, że może zachowała się w nim resztka godności i przyzwoitości.

- Twój czas się skończył z chwilą, gdy twoja dziewczyna mną wzgardziła – odparł, odsłaniając górne kły.

- Dziewczyna? Że niby Kerri? Co ona ma z tym wspólnego?

- Carter, idziemy. Północ, przez przełęcz – szepnął Naz, wpychając Kryształ do sakwy z zapasami.

- Nie, poczekajcie, muszę się dowiedzieć, o co mu chodzi z Kerri.

- Nie ma na to czasu, musimy stąd uciekać. Jak nie zabierzemy stąd Kryształu do domu, to jesteśmy zgubieni. Carter, biegnij, TERAZ! - krzyknął Naz.

Stojący nad nimi Sonny wydał z siebie potężny ryk.

- Zapłacisz za to, Sonny. Ty i twoi nowi kumple – rzucił, po czym zaczął biec.

- Biegnijcie dalej, ja je spowolnię! – krzyknął Vin.

- A ja razem z tobą! - krzyknął.

Naz wgramolił się na skałę, wciągając za sobą swój plecak, po czym spojrzał z góry na to, co działo się z Vinem i Carterem.

- No ruszcie się w końcu! - krzyknął, ale tamci wciąż ruszali się niezbornie i ociężale. On również widział złośliwy uśmieszek Sonny'ego stojącego daleko po drugiej stroni. - Niech diabli wezmą tego cholernego kota! - powiedział głośno.

W tym momencie zobaczył jeszcze więcej małp, które pojawiły się za Sonnym i zeskoczyły do niecki w dole. Carter uderzył lecącą na niego małpę. Zrzucił ją ze skały tak, że spadła na wspinających się towarzyszy.

Wokół sadzawki gromadziło się coraz więcej małp, a rzucane przez Sonny'ego „Brać ich!" pohukiwało gdzieś w oddali.

- Szybko, chodźcie tu! Złapcie mnie za ramię! – krzyknął Naz.

Carter powalił kolejną małpę na ziemię.

- Musimy stąd uciekać – krzyknął w stronę Vina.

Obrócił się w stronę Naza i już chciał pobiec ku niemu, ale kolejne dwie małpy skoczyły mu na grzbiet, pozbawiając go tchu i przygniatając do ziemi.

Gdy uderzył ciałem o zlodowaciałą ziemię, usłyszał obrzydliwy trzask łamanych kości. Wiedział, że obrażenia były poważne, ale od uderzenia do nadejścia napływającej z mózgu fali bólu zdawała się upływać wieczność. Zachłysnął się mroźnym powietrzem, gdy w końcu minęła.

Próbował wierzgać, żeby zrzucić z siebie napastników, ale małpy dalej orały jego skórę pazurami i wbijały w nią swoje kły, każdy oddech przynosił nową dawkę bólu. Spojrzał w lewo, gdzie ujrzał Vina leżącego brzuchem w śniegu, przygniecionego stosem małp.

- *Jakim cudem wszystko tak szybko wzięło w łeb?* - pomyślał Carter.

Mógł tylko bezradnie patrzeć, jak olbrzymia małpa powoli podchodzi do Vina, trzymając w łapach głaz tak olbrzymi, że zdawał się być nie do udźwignięcia. Uniosła go w górę, chcąc zmiażdżyć czaszkę niedźwiedzia.

Dla Naza również czas stanął teraz w miejscu. Jego najlepszego przyjaciela, Gwardzistę i towarzysza w jednym, u boku którego stoczył najcięższe walki w swoim życiu, od zmiażdżonej czaszki dzieliły teraz dosłownie sekundy. Umysł Naza zalały wątpliwości, zewsząd atakowało go tysiąc myśli naraz.

- *Kryształ jest kluczem do wszystkiego. Jeśli te goryle zdobędą go znowu, żadna granica nie będzie bezpieczna, będą mogły tworzyć własne... będą mogły łupić i niszczyć wszystko, na co padnie ich wzrok, po prostu dlatego, że to istnieje. Jeśli przejmą Kryształ, żaden człowiek nie będzie bezpieczny na tym świecie, ale... ale tam leży Vin, Gwardzista, którego wychowałem i wyszkoliłem. On wyrósł na najlepszego Gwardzistę, u boku którego dane mi było służyć. Przecież tam leży Carter, a on ryzykował własnym życiem, żeby ocalić Holly, a mnie i Vina ocalił przecież więcej niż raz, a teraz jeszcze rzucił na szalę wszystko, żeby ocalić Kryształ.*

Naz obrócił się i zeskoczył ze skały, na którą przed chwilą się wspiął, po czym rzucił się na małpę stojącą z głazem przed

Vinem i uderzył ją barkiem, wytrącając ją z równowagi. Było jednak za późno. Kamień już leciał w dół.

Carter próbował wstać, ale zbyt wiele małp przygniatało go do ziemi. Widział, jak goryl upuszcza kamień, którego upadek zdawał się trwać całą wieczność. Chciał krzyknąć, ostrzec Vina, ale był cały sparaliżowany. Głos zamarł mu w krtani, podobnie jak świat wokół. Wiatr ucichł, nawet wrzaski i warknięcia. Widział, jak pośród tej grobowej ciszy głaz wieńczy swój upadek ohydnym chrzęstem pękającej kości.

Naz wiedział, że Vin się po tym nie podniesie. Spojrzał w lewo, gdzie zobaczył Cartera, którego wgniatały w ziemię cztery usadowione na nim małpy. Jeszcze nigdy tak bardzo się nie bał. Po raz pierwszy w życiu naprawdę się wahał.

- Vin nie żyje, Carter jest pojmany. Tak nie miało być...

- Naz, szybko, wynoś się stąd! - wydyszał Carter. Z trudem łapał powietrze, walcząc z przytłaczającym go ciężarem.

Naz pomyślał o Krysztale i nadziei, jaką wiązali z nim jego ludzie. Zawrócił, żeby chwycić swoją sakwę, gdy małpa stojąca za nim ugodziła go kamieniem. Zatoczył się do tyłu od niespodziewanego uderzenia i potknął się o ranną małpę leżącą na ziemi. Upadł na plecy, jego wzrok padł na wykrzywioną w sardonicznym uśmiechu twarz Sonny'ego.

Padł na śnieg, po czym zniknął pod oblegającymi go małpami.

Carter poczuł mdłości i ścisk w gardle. Zdawał sobie sprawę, że zaczynają mu się zamykać oczy, że zaczyna spadać w otchłań, jednak zanim ogarnęła go zupełna ciemność, Carter odniósł wrażenie, że słyszy Kerri, która go rozpaczliwie woła.

ROZDZIAŁ 2

Kerri myślała, że serce wyskoczy jej z piersi, gdy kostur Vina w końcu przebił się przez warstwę lodu. Obraz we mgle przeniósł się z powrotem w dół góry, widziała oczami Cartera, jak małpy szybko wspinają się w ich kierunku. Znów zmiana. Carter mówi do niedźwiedzi stojących za nim. Gdy dojrzała sylwetkę Lwa, nie mogła powstrzymać okrzyku zdumienia. Gdy uświadomiła sobie, co za chwilę się wydarzy, jej świat legł w gruzach.

- Sonny! – szepnęła bez namysłu.

Lulu i Salli, widząc, że Kerri wskazuje na coś, co im umknęło, przysunęły się bliżej.

Lulu wiedziała, że należało przykryć misę, skoro ktoś się odezwał, ale ciężar wiszący na jej sercu, jakieś dojmujące poczucie grozy, zmuszało ją, żeby wejrzeć głębiej w kłębiące się nad misą chmury. Modliła się w duchu, żeby nie spełniły się jej najgorsze koszmary.

- Zdradził nas! - powiedziała Kerri. Gniew w jej głosie zaskoczył Lulu.

Kolejne sceny mignęły jej jak w kalejdoskopie. Widziała przez oczy Cartera, jak Sonny się z nich śmieje, jak Naz wspina się po skale, próbując uciec z Kryształem. Jak Vin powoli znika pod nawałą małp, które go gryzły i szarpały pazurami, jak jedna z nich – olbrzymich rozmiarów – stanęła przed nim i z całej siły cisnęła kamieniem, żeby strzaskać mu głowę.

Zaczęła krzyczeć.

- Carter, uciekaj! Uciekaj stamtąd!

Mgła przesłoniła wszystko, gdy Carter zamknął oczy, żeby nie patrzeć na brutalne morderstwo, które miało miejsce na jego oczach. Kerri usiadła kompletnie oniemiała, nie była pewna, czy to, co przed chwilą zobaczyła, nie było po prostu snem, czy też jednak wydarzyło się to naprawdę.

Usłyszały złowrogi głos dochodzący z oddali. Odległy głos parsknął, po czym zaniósł się histerycznym śmiechem.

Kerri zerwała się na równe nogi. Spojrzała na Lulu i Salli. Twarze obu były kredowo białe.

- *Słyszę was... widzę was...*- mówił głos dochodzący z wiru.

Narastał, nabierał mocy, aż w końcu wypełnił całą wielką salę.

- *Idę po was* – zaśmiał się. Całą trójkę przebiegł dreszcz. - *Wkroczyłyście do MOJEGO świata.*

Kerri odruchowo chwyciła kostur, ale nie wiedziała, co powinna zrobić dalej.

- *Kryształ jest mój. Zawsze był mój i teraz znów należy do mnie. Idę po was, idę po księgę, którą mi wykradziono. Odbiorę wam wasze dzieci, waszą ziemię, zaznacie nieskończonej agonii, skoro już wiem, gdzie się ukrywasz, Sallinio. Pamiętajcie, idę po was.*

Woda w misie zaczęła bulgotać, pękały wielkie bąble cieczy, niszcząc powstały wir. Kolejny śmiech zatrząsnął drewnianym dachem, aż w końcu stopniowo wyblakł, niknąc w wirze, z którego przybył.

Żadna z nich nie chciała się odezwać. Kerri widziała, jak wstrząśnięta była Salli, w oczach Lulu było czyste przerażenie. Salli sięgnęła drżącymi rękami po tkaninę, żeby zakryć misę, ale w swoim pośpiechu przewróciła ją. Woda wylała się z głośnym sykiem, a z paleniska uniósł się kłąb pary, gdy ciecz zetknęła się z gorącymi węglami.

- Co się właśnie stało? - spytała Kerri. Wciąż była oszołomiona i kręciło się jej w głowie. Nie mogła uwierzyć w to, czego właśnie była świadkiem. - Czyj to był głos?

Salli ścisnęła razem dłonie, próbując powstrzymać drżenie, lecz nogi wciąż miała jak z galarety.

- To był On. Ten, który utrzymywał Holly uśpioną pod śniegiem. Teraz usiłuje zebrać wszystkie trzy Księgi. Kerri, on nie jest po prostu zły, on jest Złem.

- Ale... skąd on wiedział, że tu jesteśmy?

- On również kontroluje odmęty. Obserwuje wszystko i nasłuchuje wszystkiego, co dzieje się wokół nas – powiedziała.

Kerri potrząsnęła głową i szybko wstała.

- Nic z tego nie rozumiem i nie mam na to czasu. Muszę pomóc Carterowi.

- Nie! Nie możesz. Potrzebuję cię tu bardziej niż kiedykolwiek – rzekła Lulu.

- Lu, potrzebujesz ochrony. Masz Casey'ego za drzwiami, a nikt nie zadrze z kimś jego wzrostu, nigdzie nie mają takich wielkoludów.

- Kerri, jesteś moją Strażniczką, sama zgodziłaś się przyjąć to miano mnie.

- To było zanim wydarzyło się to, co właśnie widziałyśmy. Jesteś moją królową oraz najlepszą przyjaciółką, Lu, naprawdę cię kocham i zrobię wszystko na tym świecie, żeby cię obronić, ale tam jest chłopak, z którym zamierzam spędzić resztę życia. Bez niego ono nie będzie miało sensu, muszę go uratować. Nie pozwolę, żeby został zabawką w łapach tych oślizgłych cuchnących goryli i ich chorych zabaw. On mnie potrzebuje.

- Kerri, to zbyt niebezpieczne.

- Nie mogę go stracić. Bez niego nie mam nic.

Lulu poczuła na swojej dłoni dłoń matki. Zrozumiała jej intencję, ale wciąż zajęło jej chwilę, żeby pogodzić się z tym, że nie wpłynie już w żaden sposób na Kerri.

- Idź gromadzić zapasy na drogę, ale nie zapomnij się pożegnać przed wyruszeniem – powiedziała Lulu.

Kerri skinęła głową, po czym wyszła, biorąc ze sobą swój leżący nieopodal drzwi kostur. W pokoju zapanowała cisza, Lulu i Salli dalej trwały w bezruchu, jedyny zauważalny ruch pochodził od migoczącego światła rozjaśniającego wznoszącą się chmurę pary.

Lulu chwyciła matkę za dłoń.

- Musimy powiedzieć tacie.

Salli skinęła głową.

- Lepiej ułóżmy już jakiś plan, zanim to zrobimy. Nie możemy panikować, musimy przemyśleć to wszystko na chłodno. Po pierwsze powinnyśmy dojść do tego, co właściwie się stało. Nigdy nie przypuszczałam, że Sonny rzeczywiście nas zdradzi.

- Jeśli kiedykolwiek dostanę go w swoje ręce...

- Lulu, to nie pora na takie rzeczy, potrzebujemy planu.

- Wiem, ale i tak, jeśli tylko dostanę szansę...

- Trzeba pomyśleć co z Kerri. Musimy obronić ją przed Tamtym i prowadzić ją tak długo, jak to będzie możliwe. Jej wyprawa może się okazać naszą tajną bronią przeciw Niemu.

- Nie możemy pozwolić jej iść samej, musimy przydzielić jej kilku ludzi chociaż.

- Może właśnie nie? Sama będzie w stanie przemieszczać się szybko i z łatwością będzie mogła się ukryć, jeśli będzie trzeba, co jak co, ale Kerri umie o siebie zadbać. Pamiętasz, jak sama udała się do przełęczy, żeby znaleźć Cartera i Holly? Poza tym, kiedy zmieni się w psa, będzie mieć nad swoimi ewentualnymi towarzyszami znaczną przewagę. W przeciwieństwie do niej oni nie będą w stanie biec przez cały dzień.

- Po prostu nie wydaje mi się to w porządku, tak po prostu puścić ją samą, bez obstawy, na Utracone Ziemie, gdzie za każdym rogiem czai się któryś z tych goryli.

- Ona sama tak będzie chciała – stwierdziła Salli.

- Holly nie może się dowiedzieć, co się wydarzyło. Jeśli zacznie myśleć, że Carter został pojmany czy ranny ze względu na to, że ukradła Kryształ, zupełnie się załamie. Gdyby miała go cały czas przy sobie i nie chowała go w tej durnej sadzawce, nie musiałby się tam specjalnie wracać.

- No tak, przecież ona go uwielbia i kto wie, do czego by się posunęła, gdyby zaczęła się obwiniać. Nie możemy spuszczać jej z oczu. Lu, przydziel jej jakiegoś opiekuna, kogoś kompetentnego, kto wie, co się wydarzyło i kto będzie wiedzieć, jak się nią zająć.

- Masz rację, ale zajmę się tym później. Teraz muszę pomyśleć o Kerri.

- Chodźmy, mamy dużo do zrobienia – powiedziała Salli.

Sięgnęła po ciężką sakwę, z której wyjęła opasły wolumin. Stara skórzana okładka wciąż lśniła krwistym rubinem, złote litery zdawały się świecić własnym blaskiem. Strony wciąż były białe, nietknięte czasem pomimo upływu setek lat, nieskalanie czyste, choć wertowały je setki palców szukających wiedzy w legendarnym tekście.

- Chodź, Lucindo, pora zacząć lekturę. Jestem pewna, że znajdziemy potrzebne nam odpowiedzi właśnie tutaj – powiedziała Salli.

Królowa przysunęła się do matki i ułożyła sobie księgę na kolanach. Opuszkami palców dotknęła dotknęła pozłacanych liter, czując respekt, przed tytułem, który właśnie miała w rękach.

- *Księga Mocy* – szepnęła.

ROZDZIAŁ 3

Kerri włożyła do plecaka manierkę z wodą, trochę sucharków oraz dużą garść mchu. Przerwała na chwilę i wzięła głęboki wdech, przebiegając palcami po tym miękkim i gąbczastym remedium na niemal wszystkie schorzenia. Soczysta zieleń mchu sugerowała, że został zebrany wczesnym rankiem. Umiejscowiła go na górze, żeby – na wszelki wypadek – mieć do niego szybki dostęp.

Ukończyła swój plecak poprzedniego wieczora, upewniając się, że sprzączki i zapięcia były wystarczająco mocne, zawartość zabezpieczona, a całość odpowiednio cicha również na wypadek przemieszczania się w zmienionej formie. Poświęciła jeszcze chwilę, żeby sprawdzić szew. Czuła dumę, patrząc na swoje dzieło, lecz jednocześnie ukłucie strachu na myśl o ponownym opuszczeniu życia w Klanie.

- No i kto by dał wiarę, że dam się tak udomowić? - zwróciła się do otaczających ją ścian, potrząsając głową z niedowierzania. - Diabli by wzięli tego chłopaka, mówiłam mu, żeby nie zmuszał mnie, żebym po niego poszła. Jeśli cokolwiek mu się stało, to przysięgam, że... że... porachuję się z nim później – dodała głośno. Serce zabiło jej trochę szybciej od tej mieszanki gniewu i strachu. - Co za kretyn!

- Kto kretyn? Sonny? - spytał Casey, wchodząc do pokoju. Jego sylwetka wypełniła cały próg, przez co cały pokój wydał się nagle o połowę mniejszy.

- Czyli słyszałeś?

Wyciągnął swoje olbrzymie ręce w jej kierunku i mocno przytulił.

- Sonnym się nie martw, sam się nim zajmę – powiedział.

Objęła go w pasie i odchyliła głowę, żeby móc mu spojrzeć w oczy.

- Case, ty jesteś tu, a on jest tam, daleko, jak niby chcesz to zrobić?

Coś się w nim zagotowało, bo mimo wszystko wiedział, że pytanie było słuszne.

- Po prostu poczekaj, jak dostanę go na odległość ręki! Nieważne, nie przyszedłem tu po to, żeby opowiadać ci, co zrobię z Sonnym, ani też, żeby nakłaniać cię do zmiany zdania, wiem przecież, ile Carter dla ciebie znaczy. Mimo to uważam, że popełniasz błąd.

Milczała długo, zastanawiając się, czy faktycznie sama zdaje sobie sprawę z tego, co robi.

- Zrobiłbyś to samo, gdyby chodziło o Izabellę.

- Skąd wiesz o Izabelli?

- Case, wszyscy o niej wiedzą. Lepiej z nią uważaj, bo podobno jest dość krewka w przeciwieństwie do córki piekarza, którą...

- Ok, stop, tym bardziej nie przyszedłem na pogaduszki o moich związkach. Chcę się po prostu upewnić, że masz wszystko, czego potrzebujesz.

Wtuliła głowę w jego brzuch. Czuła twarde mięśnie, słyszała bicie jego serca tuż przy swoim uchu i przez chwilę nie chciała się stamtąd ruszać. Westchnęła głęboko, starając się zapamiętać ten moment, który może kiedyś w przyszłości doda jej otuchy w jakąś zimną samotną noc. Wtedy właśnie pomyślałaby o tych mocnych, ciepłych ramionach. Popatrzył na jej pakunki.

- To wszystko, co zabierasz ze sobą? - spytał. - Musisz zabrać drewno do rozpalenia ogniska przecież... gdzie masz kociołek i chochlę? Coś na deszcz? Futrzany szal, który ci zrobiłem? A pamiętałaś o...

- Case, mam zamiar przemieszczać się szybko i bez obciążenia. Nie jestem tak silna, żeby taszczyć ze sobą kuchnię polową, którą ze sobą zabierasz, żeby mieć ciepłe placki trzy razy dziennie.

- Nie możesz opaść z sił. Wiem coś o tym, bo brałem już udział w takich marszach.

- Case, to nie będzie żaden forsowny marsz. Docieram tam szybko, uwalniam Cartera i zabieram się stamtąd. Nie sprostam tym gorylom w walce, zwłaszcza że tam się wręcz od nich roi. Muszę być jaki lekki podmuch wiatru – nikt nie może się zorientować, że w ogóle się pojawiłam.

- Jeśli coś ci się stanie...

- Wszystko będzie dobrze.

Spojrzała na niego, mając nadzieję, że zrozumie.

- Case, wiem, że nie wybaczyłabym sobie, gdybym teraz nie poszła mu pomóc. Teraz naprawdę rozumiem, co go pchnęło, żeby pójść szukać Holly. I słuchaj, naprawdę nic mi nie będzie.

Słysząc stanowczość w jej głosie, zrozumiał, że oboje są ulepieni z tej samej gliny.

- Wiesz... właściwie to nigdy nie podziękowałam ci za to, co dla mnie zrobiłeś, po tym, jak moi rodzice zniknęli w lesie, i za...

- Nawet nie próbuj, to nie jest pożegnanie.

- Wiem, ale i tak muszę to powiedzieć. Zawsze będę ci wdzięczna za to, że się mną opiekowałeś. Nieważne, co się stanie, nieważne, gdzie się znajdę, zawsze będę ci wdzięczna.

- Już, już, nie masz za co dziękować. Jesteśmy w końcu rodziną, no nie?

Kerri wyciągnęła się i zdołała jedynie przyciągnąć do siebie jego policzek. Gdy się pochylił, ucałowała go po raz ostatni, wtuliwszy twarz w jego ramię i wdychając głęboko jego zapach.

- Jestem z ciebie dumny. Z tego, kim się stałaś – powiedział. – Niewielu mężczyzn z Klanu dałoby radę walczyć przeciw tobie, za to wszyscy jak jeden stawią się walczyć u twego boku.

- Case, nauczyłeś mnie wszystkiego, co umiem, jestem taka, jaką sam mnie stworzyłeś. No a teraz przecież będziesz na najwłaściwszym miejscu, opiekuj się dobrze naszą królową – dodała, tuląc go po raz ostatni. – To mi przypomina, że Lu chciała się ze mną zobaczyć. Muszę już iść.

Nie mówił nic, bojąc się, że emocje wzięłyby górę.

- Wypatruj mnie w ciemnościach. Kocham cię, wielkoludzie.

Skinął w milczeniu.

Chwyciła plecak i udała się w stronę Głównej Hali, nie oglądając się za siebie. Pchnęła drzwi i zobaczyła stojącą w sali Lulu, zajętą własnymi myślami. Uśmiechnęła się, gdy spostrzegła, że Kerri idzie w jej kierunku. Zdjęła z ręki talizman i przekazała go Kerri.

- Chcę, żebyś go nosiła – powiedziała.

Kerri wzięła skórzaną opaskę i obejrzała go pod światło. Na powierzchni wyryte były jakieś słowa, materiał z jednej strony zwieńczony był małą klapką. Przewlekła rzemyki przez palce, żeby je wyprostować.

- Chcę, żebyś głośno przeczytała słowa wypisane po zewnętrznej stronie i żebyś się na nich mocno skupiła. *Musisz wierzyć w to, co wypowiadasz.* Zaufaj mi, to na pewno ci pomoże, obroni cię przed każdym, kto chciałby cię opętać, grzebać ci w myślach albo po prostu skrzywdzić.

- Mówiąc „każdy", masz na myśli Niego, zgadza się?

Lulu skinęła głową

- To pradawna modlitwa pochodząca z Księgi Mocy. „Boże mój nie opuszczaj mnie, aniele stróżu strzeż mnie przed tym, czego oko nie dostrzeże."

- Mam nadzieję, że nie będę musiała nigdy z tego skorzystać – powiedziała Kerri.

- Jeśli On spróbuje cię zaatakować jednym z tych swoich

zaklęć Grzmotu i Burzy, poczujesz wewnątrz czoła takie mrowienie, niemalże łaskotki, tuż zanim nadejdzie cios. To będzie właśnie On, będzie usiłował cię znaleźć i zadać ci ból. Musisz szybko wypowiedzieć te słowa, bo inaczej On może po prostu rozsadzić twój umysł od środka.

Lulu pomogła zawiązać jej talizman na ramieniu.

- Po co tu ta klapka? Coś jest w środku?

- Trochę świeżego mchu, taka dawka na czarną godzinę. Ach, właśnie, jeszcze jedno. Jeśli usłyszysz mój głos, musisz mi uwierzyć, że to ja. Zrobię, co się da, żeby ci pomóc, możliwe, że będę widziała rzeczy, których ty nie będziesz w stanie dostrzec. Właśnie dlatego musisz mi zaufać i postępować zgodnie z moimi wskazówkami.

- To się robi serio dziwne, zwłaszcza ten fragment z gromami i głosami w mojej głowie.

Lulu podeszła do niej i mocno ścisnęła za ramiona, cedząc słowa.

- Jesteś w wielkim niebezpieczeństwie. Wiem, wielu z tych rzeczy nie rozumiesz, ale nie wyobrażasz sobie nawet, ile z nich może posłużyć do wyrządzenia ci krzywdy.

- Nie mam pojęcia, o czym mówisz, ale obiecuję, że kiedy nadejdzie ten moment, podążę za twoim głosem.

- To też weź ze sobą, to kamień graniczny.

- Nie zamierzam przechodzić przez granice, chcę się szybko i bezszelestnie ze wszystkim uwinąć.

- Nigdy nie wiadomo, kiedy może się przydać, weź go na wszelki wypadek. Niedźwiedzie mówią, że lepiej mieć i nie skorzystać, niż mieć i tego żałować.

Włożyła czarny kamyk do swojego plecaka. Lulu przysunęła ją do siebie i mocno przytuliła.

- Gdy nastanie mrok, a wokół będzie panować cisza, to właśnie mój głos usłyszysz rozbrzmiewający w swojej głowie – szepnęła.

Kerri skinęła i pocałowała ją w policzek. Spojrzała głęboko

w oczy swojej królowej i zarazem najlepszej przyjaciółki.

- Szerokiej drogi, Kerri Carpenter.

Westchnęła głęboko i wyprostowała się, zbierając siły i odwagę, żeby przejść obok wyczekujących członków Klanu, którzy – wiedziała już to – zebrali się pod Halą. Ułożyła sobie odpowiednio plecak, wsunęła dwa kostury w zapięcia przebiegające wzdłuż kręgosłupa, po przyklęknęła na jedno kolano. Zamknęła oczy, odganiając od siebie smutek na myśl o odejściu i strach przed przyszłymi niebezpieczeństwami. Wyobraziła sobie swoje bijące serce, które z każdą chwilą rośnie i staje się coraz silniejsze. Poczuła znajomy przypływ sił, żar i wola walki rozszerzały jej żyły, żebra musiały się rozszerzyć, żeby móc pomieścić serce, z którego właśnie wylewał się jej duch. Kręgosłup wydłużył się, a spod skóry wyrosło futro, twarz wydłużyła się na wzór wilczego pyska, szczęki również były większe i bardzo mocne, uwieńczone rzędem ostrych kłów. Po chwili stała na czterech łapach pod postacią olbrzymiego, budzącego przestrach psa.

Lulu i Salli obserwowały z podziwem tę przemianę. Kerri wyszła w kierunku zgromadzonych członków klanu, patrząc ostatni raz na królową. Jej szerokie łapy smagały ziemię z każdym kolejnym susem. Węsząc w powietrzu, skierowała się na wschód. Czuła zimny wiatr zbiegający do nich z gór, jeszcze zanim powietrze ogrzały zielone pagórki i gorejące ciepłem słońca piaski, które leżały wokół ich nowego domu. Po raz ostatni spojrzała na wszystkich zgromadzonych, po czym pobiegła dalej na wschód, ku Utraconym Ziemiom, na ratunek Carterowi.

Gdy Kerri dotarła do miejsca, w którym górskie trawy zaczynały ustępować nagiej skale, zatrzymała się, żeby spojrzeć na rozciągający się za nią krajobraz. Widok zaparł jej dech w piersiach. Podążyła wzrokiem w dół zboczy, gdzie rozciągały się oblane soczystą zielenią polany, po czym spojrzała na pionową wstęgę dymu unoszącą się w rozgrzanym jeszcze powietrzu. Rzędy palm pochylonych w stronę oceanu i spijających światło słońca zasłaniały jej wioskę, która powstawała w pobliżu plaży. Dostrzegła dwie łodzie stawiające maszty. Żagle, które właśnie ktoś rozwijał, błysnęły bielą i zafurkotały, łapiąc wiatr. Statki skierowały się w stronę przesmyku w rafie na nocny połów. Z bólem obserwowała tę scenę. Trudno było jej zostawić za sobą to piękno oraz spokój.

Odwróciła się i spojrzała na rozpościerającą się przed nią przełęcz, obie jej strony zwieńczone były stromymi szczytami. Zimne górskie powietrze zsuwało się falami w jej kierunku, mierzwiąc gęste futro na karku.

Zamyśliła się na chwilę i znów go zobaczyła. Tego, z którym – już to wiedziała – chce spędzić resztę życia, bez względu na to, co on powie. Jej myśli popłynęły we własnym kierunku, przywołując znów obraz jego twarzy, którą widziała, gdy szła leśną ścieżką do szkoły. Wczesne światło poranka padało na jego wciąż mokre włosy.

- Cześć, Kerri Carpenter, chciałabyś jutro popływać? – zawołał.

Obróciła się z uśmiechem w stronę młodego chłopaka, którego wcześniej ledwie dostrzegała, ale mimo to nie zatrzymała się.

- Będziesz musiał sporo ćwiczyć, jeśli chcesz mnie dogonić podczas wyścigu – odkrzyknęła przez ramię, żeby go podrażnić.

Potem jednak widywała go każdego poranka aż do dnia wyścigu, gdy wypełzł na plażę dosłownie kilka chwil przed nią. Pierwsza osoba w całym Klanie, której udało się ją pokonać w wyścigu pływackim. Uśmiechnęła się na myśl o tym, jak zrobił się cały purpurowy, gdy pocałowała go w policzek, żeby mu pogratulować. Później przyznał się jej, że przez tydzień nie mył twarzy.

- *Tylko on porwałby się na to, żeby pójść odzyskać ten Kryształ, a gdybym to ja była w niebezpieczeństwie, zrobiłby dokładnie to samo. Tak jak wtedy, kiedy wyruszył odszukać Holly, choć nikt oprócz niego nie wierzył, że ona żyje. Tak jak wtedy, gdy ocalił mnie przed tymi gorylami.*

W głębi duszy nie miała żadnych wątpliwości, że to najodważniejsza osoba, jaką znała, choć jednocześnie czasem najgłupsza!

- Dlaczego on zawsze musi ładować się w takie kłopoty?

Otrząsnęła się z tej zadumy, wołając jego imię. Zaczęła nieśpiesznie i pewnym krokiem wbiegać na górę, pazury bez problemu chwytały się twardych skał, łapy nie poślizgnęły się ani razu. Powietrze, które do tej pory było zimne, teraz zmieniło się w lodowate podmuchy.

Była zaskoczona, że tak szybko dotarła do przełęczy. Nagle spostrzegła, że zewsząd otacza ją zapach lwów górskich. Stanęła w miejscu, karcąc się w myślach za bujanie w obłokach.

- Żeby mi to był ostatni raz, Kerri Carpenter! – zbeształa samą siebie.

Zawyła raz, aby ściągnąć uwagę Draya oraz pozostałych członków sfory, którzy z własnej woli zgłosili się pilnować przełęczy. Rozumiała to, że wciąż postrzegali się jako lwy górskie, panów tej krainy. W taki sposób starali się odbudować pewność siebie po tym, jak musieli uciec z miasta i oddać swoją ziemię napastnikom.

Coś na klifie przykuło jej uwagę. To był Dray, przywódca Sfory. Zeskoczył na dół powitać ją.

- Kerri, co cię tu sprowadza? – spytał. Szczery uśmiech szybko wyparował, gdy zobaczył wyraz jej twarzy. W oczach miała chłód, który zbił go z tropu.

- Stracili Kryształ. Zostali zdradzeni.

- Dlaczego patrzy na mnie tak oskarżycielsko? Myśli, że jestem za to odpowiedzialny? – pomyślał. – Kto mógł ich zdradzić? Wszyscy,

którzy wiedzieli o ich wyprawie, są cały czas tutaj – dodał na głos.

- Otóż ktoś ich śledził i był to Sonny!

Drayowi opadła szczęka, a oczy niemal wyszły z orbit.

- Sonny? To nie mógł być on. Przecież wciąż przebywa w wiosce.

- Wybrał, po której jest stronie, a potem zniknął. Musiał tędy przechodzić – teraz ton jej głosu był jawnie oskarżycielski.

- Kiedy? Kerri, powiedz mi, co się stało.

- Nie mam czasu. Muszę odnaleźć Cartera oraz niedźwiedzie. Niedługo zjawi się Casey z posiłkami. Sądzimy, że *On* będzie próbował się tedy przedostać. Przekaż swoim kotom, że będę przechodzić.

Draya zatkało na dźwięk pogardliwego brzmiących „kotów", których mianem Kerri nazwała strażników broniących przejścia.

- Kerri, poczekaj chwilę. Nie wierzę, że Sonny tędy przechodził. Na pewno byśmy go dostrzegli po tym, jak Carter ruszył dalej wraz z niedźwiedziami. I zrozum, że jeśli Sonny rzeczywiście ich zdradził, to nie oceniaj nas wszystkich tą samą miarą. Jesteśmy oddani Przymierzu i będziemy walczyć do ostatniego, żeby bronić naszych nowych ziem.

Głowę trzymała wysoko, do tego starała się głęboko oddychać, żeby uspokoić emocje.

- Możesz zaufać wszystkim swoim Sforom? Jesteś pewien, że żaden z nich nie schowa głowy w piasek, gdy przyjdzie stawić czoła niebezpieczeństwu? Albo że nie przestraszą się Sonny'ego tak jak kiedyś bali się jego ojca?

Czuła narastający gniew. Wiedziała, że czyni źle, obwiniając Draya za to, co zrobił Sonny, ale jednocześnie czuła, że wszystkie ich problemy wzięły się z chciwości i tchórzostwa kotów.

- Sonny uległ spaczeniu Kryształu. Widział go, dotknął go. Było pewne, że będzie podatny na wpływ Złego.

- Holly jakoś również to spotkało, ale miała siłę się temu

oprzeć. Wybrała swój lud, swój Klan. Umiała odrzucić zło, a mówimy tu o małej dziewczynce! – rzuciła mu w twarz.

- Widzę wyraźnie, że masz nam za złe, co się stało, ale jeśli Sonny rzeczywiście zdradził, to zrobił to na własną rękę. Nie naznaczaj nas jego piętnem. Pójdę z tobą, zrobię wszystko, żeby odzyskać Kryształ.

- Nie, dzięki, będę bezpieczniejsza w pojedynkę. Tu zresztą nie chodzi wyłącznie o Kryształ, Carter, Naz i Vin potrzebują pomocy.

- Kerri, nie rób tego. Potrzebujesz pomocy, potrzebujesz wsparcia.

- Sama podróżuję szybciej i muszę wiedzieć, komu mogę zaufać.

Dray pokręcił głową zrezygnowany.

- Sonny nie przechodził tędy, nie mamy z tym nic wspólnego.

- Dray, przekaż strażnikom, że będę przechodzić. Wypatrujcie Casey'ego, jest duży, nie powinniście go przeoczyć – odprawiła go Kerri, po czym długimi skokami ruszyła przez śnieg. Złość tylko dodawała jej siły.

Dray odwiódł ją wzrokiem, zauważywszy plecak Kerri i przyczepione doń dwa kostury. Pokręcił głową w uznaniu dla jej odwagi. Wiedział, że była najszybsza i prawdopodobnie też najszybsza spośród całego Klanu, a w walce kosturem mało kto mógł ją przewyższyć. Teraz jeszcze wiedział, że ma wyjątkowo ostry język, którym może bardzo boleśnie ugodzić.

Dał znak lwom po obu stronach wąwozu, że Kerri przeprawia się na drugą stronę.

ROZDZIAŁ 4

Lulu i Salli siedziały przy gorejącym palenisku, patrząc na skaczące iskry i kolory, które rodziły się i umierały w ogniu.

- Musimy być niezwykle ostrożne – zaczęła Salli. – Bardzo delikatne i spokojne, gdy będziemy chciały dotknąć myśli Kerri. Wyobraź sobie, że chcesz wejść do jeziora, nie burząc jednocześnie tafli wody. *On* nie może wiedzieć, że Kerri wyruszyła.

- Mamo, myślisz, że to był dobry pomysł pozwolić jej pójść?

- Nie miałyśmy wyjścia, jest w nim zakochana, a do tego sama widziała, że jest w niebezpieczeństwie. I tak nic by jej nie powstrzymało.

- Więc teraz próbujemy połączyć się z Carterem i modlimy się, żeby wciąż żył?

- Tylko cicho – przypomniała Salli.

Lulu zniżyła misę nad węgle i wsypała ziarenka ochrowego pyłu do delikatnie syczącej wody, która natychmiast zaczęła wirować. Jej prąd stawał się coraz szybszy i coraz gorętszy.

- Teraz skoncentruj się. Choćbyś nie wiem, co widziała, nie możesz wydać najmniejszego nawet dźwięku. Już za bardzo się odsłoniłyśmy – rzekła matka.

Lulu skinęła głową, nie odrywając oczu od wirującej wody. Skupiła swoje myśli na Carterze, oczami wyobraźni widziała jego twarz. Mgła unosząca się nad misą odsłoniła jakiś zamazany obraz. Dostrzegły ziemię, która była *nad* nim. Widziały śnieg oraz skały, które przepływały obok niego, ale ponad jego głową. Popatrzyły po sobie zdumione. Obraz przesuwał się to w lewo, to w prawo, gdy Carter poruszał głową. Zobaczyły nogi i stopy małp, które maszerowały po bokach. Wszystko nagle skoczyło, przez co zarówno Salli jak i Lulu zrobiło się niedobrze, po czym rozległo się głuche uderzenie po tym, jak Carter łupnął głową o ziemię. Skierował wzrok na swoje łapy, które były związane i zawieszone na długim palu. Salli położyła skrawek materiału na misie.

- Pojmały go, ale on *żyje!* Związały mu łapy, niosą nie wiadomo gdzie, ale żyje! Po prostu wisi do góry nogami, dlatego wszystko tak dziwnie wygląda. Spróbuj rozejrzeć się wokół, może uda się rozpoznać krajobraz i nakierować tam Kerri.

Lulu skinęła głową, zdejmując zasłonę i zanurzając się ponownie w świecie widzianym przez Cartera. Dostrzegła długie cienie małp zwrócone w kierunku, w którym Carter był niesiony. Gdzieniegdzie spod śniegu przebijały skały. Lulu zawołała go w myślach. Obraz wyblakł i zanikł, gdy Carter zamknął oczy, słysząc, jak ktoś woła jego imię z najdalszych zakątków świadomości.

- *Carter, widzimy cię* – pomyślała Lulu. – *Jeśli mnie słyszysz, bardzo cicho pomyśl moje imię.*

- *Słyszę cię, Lu. Zawiedliśmy, to była zupełna...*

- *Ćśś, wiem. Skup się teraz na moich słowach. Wydaje mi się, że idziecie na wschód, opuszczacie tereny, gdzie leży śnieg, i zmierzacie w dół góry. Umiesz powiedzieć, gdzie jesteście?*

- *Naz i Vin zginęli* – był tak zrozpaczony, że Lulu myślała, że zaraz się całkowicie złamie. – *Mają Kryształ, Sonny nas zdradził, doprowadził do nas małpy. Nie mam pojęcia, jak on nas wyśl...*

- *Carter, Kerri idzie ci z pomocą.*

- *Nie, tylko nie Kerri!*

- Ćśś, musisz myśleć bardzo spokojnie, inaczej inni będą mogli nas usłyszeć.

- Zatrzymajcie ją, to zbyt niebezpieczne, tu jest ich za dużo, na pewno ją złapią.

- Jest już w drodze, a ty możesz jej pomóc.

- Nie mogę, jestem związany i zawieszony na palu.

- Powiedz nam, co widzisz. Musimy jej to wszystko przekazać, będzie przygotowana na wszystko.

- Zabierają mnie w stronę lasu, wchodzimy już na pola. Sonny tu jest, wciąż w formie kota, chociaż jesteśmy na jego ziemiach. Mają plecak Naza, mają Kryształ.

- Czy jesteś ranny?

- Jestem dość pocięty i pogryziony, wydaje mi się, że mam złamane żebro albo nawet dwa. Musicie zatrzymać Kerri.

- Możesz jej pomóc. Postaraj się zapamiętać wszystko, co zobaczysz, wszystko, co może jej pomóc cię odnaleźć. Ty zaś nasłuchuj mojego głosu.

Lulu zakryła misę.

- Potem rzeczywiście porozmawiamy z Kerri, ale najpierw jednak powinnyśmy porozmawiać z tatą.

Szły przez łąkę, którą członkowie Klanu zdążyli już trochę uporządkować. Po drodze mijały samotne pniaki ściętych niedawno drzew, które posłużyły do budowy domów i miejsca zgromadzeń Klanu. Skierowały się w stronę niewielkiego domku, gdzie grube, ostre źdźbła trawy zaczynały ustępować piaskom. Lulu i Salli wstąpiły na balkon. Czuły teraz bryzę dochodzącą znad oceanu, szeleszczącą dachem zbudowanym z liści palmowych.

Sam siedział w krześle, wpatrując się w bezkres, na ramiona miał zarzucony jasny wydziergany koc. Salli uśmiechnęła się na ten widok, choć bardzo słabo. Nie mogła nie czuć bólu, widząc swojego ukochanego, niegdyś silnego władcę, który teraz siedział sam, stary i zmęczony życiem.

- Cześć, tato – zawołała Lulu. Usiadła na oparciu krzesła i oplotła ramiona wokół jego szyi.

Odwrócił się dopiero po chwili, jakby obudzony z głębokiego snu. Salli nachyliła się, żeby pocałować męża, otuliła go szczelniej kocem. Usiadła na drugim oparciu krzesła, szukając jednocześnie jego dłoni. Była chłodna pomimo żaru popołudniowego słońca. Omiotła wzrokiem turkusowe fale, dostrzegając w oddali białą linię, gdzie ciemne wody oceanu obryzgiwały rafę.

Na próżno usiłowała nie myśleć o domu, o ziemiach na południu, które tak dobrze znali od wieków. Powróciła również inna myśl, która zawsze ją nachodziła, gdy patrzyła na Sama. *Do diabła z tymi kotami, a już zwłaszcza przeklęty niech będzie ten Sonny* – mówiła w duchu. – *Wszystko to przez nich.*

Przeżywała na nowo chwile, gdy Lulu, Carter i Holly zostali porwani przez ludzi z północy, którzy przeistaczają się w wielkie koty czy też lwy górskie, jak lubili o sobie myśleć. Sam postanowił, że uda się w pojedynkę odbić dzieci, zamiast wszczynać wojnę, w której wziąłby udział cały Klan. Wszystko to jednak zanim dowiedzieli się o ryzykach związanych z podróżą przez portale, o przerażająco szybkiej starości, która dopadała każdego, kto nie umiał przemienić się w zwierzę. To była właśnie cena, którą jej mąż zapłacił za uratowanie dzieci. Korona i własne życie.

Lulu podążyła za wzrok ojca, który niespiesznie ślizgał się po piasku oraz migoczących wodach laguny. Chłodny wiatr niósł niski pomruk płynących w ich stronę fal, które rozbijały się w oddali o rafę. Bryza lekko wzburzała pukle jej włosów, zostawiając na ustach posmak soli. Dla Lulu była to chwila wytchnienia od niedawnych tragicznych wydarzeń.

Spojrzała na horyzont, nad którym szybko formowały się

gęste chmury. Na jej oczach obłoki gięły się, zwijały i piętrzyły na sobie.

- Straciliśmy Kryształ – powiedziała, nie patrząc na ojca.

Siedział dalej w bezruchu. Obie wiedziały, że usłyszał córkę.

- Zdradzono nas – rzekła Salli.

- Sonny? – spytał.

- Skąd wiedziałeś? – spytała zaskoczona Lu.

- Czy Carterowi nic nie jest?

- Tato, to jest całkowita katastrofa. Nie mam pojęcia, co teraz robić, nie nadaję się na to całe królowanie, jestem za młoda. Nie rozumiem ludzi wokół mnie, nie rozumiem, dlaczego niektórzy postępują tak, a nie inaczej, a do tego nie wiem, co zrobić, żeby nas wyciągnąć z tej tragedii.

- Powiedz mi, co się stało.

- Sadzawka, w której Holly ukryła Kryształ, była zamarznięta. Przebicie się przez lód zajęło dużo czasu, a do tego ściągnęło uwagę małp, które grasowały poniżej, na terenie miasta. I wtedy nagle pojawia się Sonny. Musiał ich śledzić. Ściągnął tam jeszcze więcej małp. Ostatnie, co widziałyśmy, to że Naz i Vin... myślimy, że nie uszli z tego z życiem. Udało nam się połączyć z Carterem za pośrednictwem wiru. Jest pojmany i ranny. Właśnie niosą go do lasu. Sonny jest dalej z małpami, Kryształ jest w ich rękach.

- Jest *bardzo* źle zatem.

- Jest gorzej – powiedziała Lulu. – Kerri uciekła, chcąc go uratować. Nie mogłam jej zatrzymać. A do tego...

- Do tego? – spytał Sam.

- *On* nas widział.

Sam mocno wciągnął powietrze.

- Znalazł nas w wirze, musiał w tym samym czasie obserwować, co się dzieje. Powiedział „widzę was, słyszę was... idę po was". Tato, boję się.

- Mówiłaś już Casey'emu? Lepiej, żeby ten dryblas nie odstępował cię teraz na krok.

- Wie. Przygotowuje właśnie pozostałych. Tato, nie rozumiem, dlaczego zaufałeś Sonny'emu. Po co dałeś mu kolejną szansę po tym, jak okłamał mnie, że wcale nie słyszał *Jego* w swojej głowie? Nie możemy ufać kotom. Porwały nas, wykradły Kryształ niedźwiedziom, okłamały nas... w nich nie ma dobra – powiedziała Lulu.

- Nie oceniaj całego ludu po przewinach jednej tylko rodziny. To ojciec Sonny'ego dał początek temu szaleństwu. Syna zaś nie osądzaj za grzechy ojca. Sonny został wystawiony na działanie Kryształu, widział go, dotknął go. Było pewne, że nigdy nie będzie taki sam. Zasługiwał na jeszcze jedną szansę. To prawda, Kryształ jest teraz w jego zasięgu, a on będzie pod jego przemożnym wpływem. Lecz jednocześnie Sonny będzie w końcu zmuszony zwrócić Kryształ Złemu, a to oznacza, że będzie musiał dokonać wyboru. Niewykluczone, że Sonny wciąż będzie miał coś do odegrania w tej historii. Pozostałych kotów zaś nie oceniajmy po tym, czego dokonali Duma i Sonny. Dray jest dzielnym wojownikiem, nawet jak na kota, oraz cennym przyjacielem. Kiedy dojdzie do walk w górach, jego pomoc będzie nieoceniona.

- Nie wiem, czy kiedykolwiek zdołam zaufać któremukolwiek z nich.

- Nie masz wyjścia. Musimy zawiązać mocne sojusze ze wszystkimi wokół. Jeśli On rzeczywiście tu zmierza, będziemy potrzebować wszelkiej pomocy. Nie zapominaj również, że Jemu przede wszystkim chodzi o twoją matkę i o księgę, którą ze sobą zabrała.

Lulu pochyliła się nisko i ucałowała ojca w czoło.

- Przykro mi, że przynoszę takie wieści.

- Muszę wiedzieć, czy mam jakoś pomóc. Cały czas pamiętaj, że przede wszystkim zależy mu na księdze. Albo już ma, albo wkrótce będzie miał w swoim posiadaniu Kryształ, więc teraz będzie chciał zgromadzić wszystkie trzy księgi. Zacznij formować sojusze. Przekaż, co się stało, Drayowi oraz kotom.

Poinformuj pobratymców Vina i Naza, niedźwiedzie również muszą wiedzieć, co się święci. Jeśli chcesz Go pokonać, wszyscy będziemy musieli się zjednoczyć.

Sam osunął się głębiej w swoim krześle. Przymknął oczy, wyczerpany jednoczesnym myśleniem i mówieniem. Salli i Lulu siedziały z obu stron, patrząc jak na jego pooranej wiekiem twarzy tańczą cienie, gdy słońce z mozołem przebija się przez liście na dachu. Zapadł w głęboki sen, lekki wiatr odgarniał mu z twarzy przerzedzone białe włosy, odsłaniając pomarszczoną skórę i ciężkie fałdy na powiekach. Usta mu opadły, formując delikatnie zakrzywiony półksiężyc. Obie bezgłośnie zaszlochały, próbując powstrzymać płacz na myśl o stracie ukochanej osoby. Chmury na horyzoncie dalej pięły się ku górze, przybrawszy nieprzyjemny ciemny odcień.

- Idzie burza – rzekła Lulu, patrząc pustym wzrokiem na ocean.

ROZDZIAŁ 5

W powietrzu wciąż unosił się zapach śmierci, wyczuwalny nawet pod głęboką warstwą lodu. Przełęcz, gdzie stoczono bitwę, była usłana licznymi kopcami śniegu przykrywającymi ciała małp, które poległy w walce bądź zamarzły na śmierć, gdy toczyła się walka o odzyskanie Holly.

Badawczym wzrokiem obserwowała okolicę i nasłuchiwała najdrobniejszych nawet szmerów oraz dźwięku pękającego lodu. Niepokoiło ją to, że nie natrafiła w okolicy na jakikolwiek ślad żywych małp. Spodziewała się, że będzie musiała się przekradać między nimi, a tymczasem Kerri nie czuła niczyjej obecności. Droga prowadząca poza przełęcz wyglądała na opuszczoną, nie licząc martwych strażników, którzy znaczyli ścieżkę prowadzącą ku nizinom i lasom w oddali.

Przykucnęła, czekając, aż wiatr zmieni kierunek. Cały czas próbowała wywęszyć małpy, które grasowałyby w pobliżu, ale powietrze wciąż pozostawało czyste. Podjęła decyzję. Skoczyła przed siebie i rzuciła się do biegu, żeby wydostać się stąd najszybciej, jak to możliwe. Wiedziała, że jest w stanie je przegonić, więc wolała już postawić na prędkość niż ostrożność, byle by tylko opuścić to miejsce.

· · ·

Szła na wschód, rzucając długie cienie na leżące niżej stoki. Śnieg już trochę stopniał, za to skały i drobne kamienie były znacznie bardziej zdradliwe. Gdy słońce już prawie całkowicie zaszło, przednie łapy poślizgnęły się jej na żwirze, który zaczął się osypywać. Straciła równowagę i ciężko upadła ramieniem na resztki lodu, który jeszcze gdzieniegdzie pokrywał zbocze. Panowała nienaturalnie gęsta cisza, zwłaszcza gdy ucichł wiatr. Milczenie nieznośnie jej ciążyło. Postanowiła odpocząć chwilę i poczekać, aż księżyc wyłoni się znad odległych szczytów po drugiej stronie doliny. Wycofała się do jaskini, którą zauważyła wcześniej, zbiegając w dół zbocza. Mogła teraz spokojnie zjeść i odpocząć, choćby przez krótką chwilę.

Jej wyczulony węch nie wskazywał na to, żeby przez grotę przewinęły się małpy. Ostrożnie weszła do środka, ciszę wiszącą w zimnym, wilgotnym powietrzu przerywało jedynie kapanie wody gdzieś w głębi jaskini. Pewna, że jest sama i nic jej nie grozi, zmieniła postać z powrotem na ludzką. Wyciągnęła z plecaka futrzany koc i szczelnie się nim otuliła jak kokonem. Wyjęła jednego sucharka i zaczęła go wolno przeżuwać, próbując jednocześnie jakoś się odprężyć i uspokoić oddech oraz bicie serca.

Zamknęła oczy i pozwoliła myślom swobodnie odpłynąć gdzieś daleko. Ogarnął ją spokój, gdy zaczęła wspominać ostatnie lato, kiedy to jej największym zmartwieniem było to, czy mama zrobi naleśniki na kolację, czy też nie. Kiedy Lulu była jej najlepszą przyjaciółką, a nie królową, której miała bronić, jak teraz.

Szybko jednak wróciła myślami na ziemię. Do czasów, kiedy po raz pierwszy poznali zmiennokształtnych pojawili się po raz pierwszy na ich terenach, porwali Holly i Cartera, po czym wrócili po Lulu. Zadrżała na wspomnienie burzy w Alpach, którą wraz z Samem musieli wtedy przetrwać. A teraz była sama. Przypomniała sobie o tym, jak zostawili leżące w śniegu ciało Holly, bo myśleli, że zginęła. Starała się odgonić przerażenie, które odczuwała, widząc znów swoją zaledwie dziewięcioletnią przyjaciółkę zakopaną pod śniegiem. Sparaliżowaną i uwięzioną przez Złego, który chciał się nią posłużyć, żeby wykradła Kryształ ze skarbca śnieżnych niedźwiedzi. Potrząsnęła głową, żeby przepędzić wspomnienia przywołujące dawny lęk.

- *Co się stało z tym światem?* – spytała samą siebie.

Wzięła trzy głębokie wdechy, żeby się uspokoić i już gdy jej umysł miał się bezgłośnie osunąć w przytulną ciemność snu usłyszała głos Lulu, dochodzący gdzieś z oddali świadomości. Był łagodny i delikatny, a im bardziej Kerri skupiała się na jej twarzy, tym wyraźniej słyszała jej głos.

- *Carter żyje. Zabierają go na wschód, widzi zachodzące słońce. Małpy zabierają go do lasu.*

Głos brzmiał czysto. Wiedziała, że nie jest wymysłem jej wyobraźni.

- *Więc to tak brzmiało w głowie Cartera* – pomyślała sobie. Usiadła i spojrzała na zewnątrz jaskini. Srebrzysta poświata zaczynała obejmować poszarpane zbocza gór położonych na wschodzie.

Ogarnęła ją radość. Carter żył, ona wiedziała, którędy powinna iść, a do tego nie była sama. Lulu naprawdę z nią była. Oparła głowę o plecak, który wciąż był nasycony zapachami domu. Czuła Casey'ego, swojego opiekuna-olbrzyma, trawę, ocean... wszystko to zamknięte w futrzanym kocu, ale zarazem każda nuta była wyraźna i oddzielna. Wyczerpana, w końcu pozwoliła sobie zasnąć.

Zerwała się nagle ze snu i przez chwilę nie wiedziała, gdzie się znajduje. Głowę miała jak z ołowiu od snu i potrzebowała kilku chwil, żeby wszystko nabrało właściwej ostrości.

Co mnie obudziło? Usłyszałam coś?

Te dwa pytania przetoczyły się przez jej ociężały umysł,

budząc coraz rosnący niepokój. Narzuciła plecak na siebie i prędko zmieniła postać, co dodało jej trochę pewności siebie. Węsząc w poszukiwaniu zagrożenia, podeszła do wejścia jaskini. Całą dolinę zalało bladoniebieskie światło księżyca. Kerri natychmiast poczuła dotkliwy chłód.

- *Jest w lesie* – usłyszała dochodzący z daleka szept.

Wiedziała, że głos nie jest omamem i że Lulu usiłuje w ten sposób jej pomóc. Wtem po jej plecach przebiegł dreszcz.

- *Las* – pomyślała. – *Gorzej już być nie może.* – Przed oczami mignął jej na ułamek chwili widok jej rodziców.

- *Jak dwoje ludzi może zgubić się w lesie tak, że nie będzie po nich najmniejszego śladu?*

Po tym, jak zaginęli jej rodzice, przygarnął ją Casey i to właśnie on, ten dobrotliwy wielkolud, nauczył ją na nowo ufać ludziom, a podstawą tego zaufania była pewność we własne umiejętności. Casey bezlitośnie ją trenował w sztuce walki kosturem, dzięki czemu osiągnęła taką wirtuozerię, że większość mężczyzn Klanu wiedziała, że nie wolno z nią zadzierać. Z wyjątkiem Casey'ego i Cartera. Do tej pory w jej życiu było bardzo mało rzeczy, których się bała. Pójście do lasu niestety *było* jedną z nich.

- *Nie pora teraz o tym myśleć* – powiedziała sobie w duchu i potrząsnęła głową, żeby jakoś odegnać nieprzyjemne myśli.

Wyszła z groty. Niebo było czyste i rozgwieżdżone, a przez to, że temperatura znacznie spadła, pod łapami Kerri chrzęścił lód.

- *Im szybciej znajdę się na nizinach, tym lepiej* – pomyślała.

Nie widząc powodów do obaw, udała się niespiesznym truchtem w dół zbocza. Z każdą chwilą biegło jej się coraz lżej, a oddech łapał właściwy rytm z każdym skokiem. Gdy Kerri zbiegła w końcu poniżej linii wiecznych śniegów, poczuła przypływ nowych sił. W chwili, kiedy horyzont na wschodzie nabrał pierwszych jaśniejszych kolorów, już dawno dotarła do doliny. Wypalone ściernisko przywołało wspomnienie nocy, gdy Dray wzniecił tu pożogę, która dotarła aż do lasu. Pożar lasu umożliwił później inwazję małp, co sprawiło, że te tereny przyjęły miano Utraconych Ziem.

Kerri kontynuowała bieg na wschodni skraj doliny, mając nadzieję, że w końcu trafi na zapach Cartera. Rankiem dotarła do pozostałości spalonego lasu, drzewa stanowiące jego granicę albo były mocno nadpalone, albo doszczętnie spłonęły. W poszyciu wciąż znajdowały się grube warstwy pyłu tudzież popiołu. Odbiła na północ, biegnąć wzdłuż pól w poszukiwaniu tropu, który wskazywałby na to, że przechodziły tędy małpy, a wraz z nimi Carter.

Bieg po płaskiej dolinie sprawiał jej przyjemność, czuła, że mogłaby w ten sposób biec całą wieczność. Myślała sobie o czymś beztroskim, lecz jednocześnie wszystkie jej zmysły podświadomie i bardzo skrupulatnie badały otoczenie. Słońce wspięło się już ponad pozostałości leśnego baldachimu, gdy nagle w jej głowie zabiły wszystkie dzwony na alarm, jej nos wreszcie coś wyczuł. Tak gwałtownie chciała się zatrzymać, że prawie się wywróciła. W końcu wychwyciła coś w powietrzu, zapach, który rozpoznała od razu, wątłą woń cytryn – zapach Cartera.

- Jak ktoś, kto spędza tyle czasu w wodzie, może pachnąć cytrynami? – zastanowiła się raz jeszcze. Nie znała nikogo innego, kto by tak pachniał.

Cofnęła się po swoich śladach, sprawdzając skraj lasu.

- Tak, to tu. Nie ma wątpliwości.

Szlak wytyczony wygniecioną i połamaną trawą, jakby coś, a raczej ktoś, został zawleczony prosto do lasu. Wokół ścieżki znajdowała się bezładna masa cuchnących odcisków stóp.

- Małpy! – teraz już na pewno należało się mieć na baczności.

Miejsce, którędy przeszły, zostało w gruncie rzeczy oszczędzone przez pożar, a deszcze ocaliły większość sosen. Jedynie poszycie leśne nosiło ślady ognia. Drzewa tworzyły mocną, zbitą masę, przez którą trudno było wejrzeć w ciemność kryjącą się za nimi, nawet gdy słońce było wysoko na niebie. Szła z nosem przy ziemi, ale nie umiała określić, ile małp było w stadzie. Zapachy były tak ze sobą wymieszane, że nie sposób było to określić.

Kerri założyła, że małpy będą się przemieszczać znacznie wolniej, jako że muszą teraz meandrować między drzewami, jednocześnie taszcząc ze sobą bagaż w postaci Cartera. Wiedziała, że teraz ma szansę się z nimi zrównać. Przegnała wszelkie myśli o zaginionych rodzicach i ostrożnie wkroczyła do lasu. Posuwała się powoli naprzód, powietrze było bardzo gęste, a ona sama musiała cały czas toczyć walkę sama ze sobą, żeby nie spanikować i zwalczyć swoje lęki. Przez różne zapachy i dziwne dźwięki cały czas stąpała bardzo delikatnie, obawiając się, że złamana gałązka albo chrupnięcie opadłego liścia słychać będzie całe mile stąd. Czuła, że wokół niej są zwierzęta, których nie może dostrzec, one zaś bardzo dobrze wiedziały o jej obecności. Cały czas jednak pozostawały poza zasięgiem jej wzroku.

- *Mogę zaufać mojemu węchowi* – powiedziała sama sobie. – *Muszę w końcu nadgonić.* Ruszyła zdecydowanie naprzód, zmuszając się, żeby iść szybciej bez względu na towarzyszący temu hałas. Udało jej się w końcu pokonać strach i skupić myśli na uratowaniu Cartera. Rzuciła się biegiem przez gęstniejące drzewa.

Nie miała pojęcia, jak daleko rozciągał się las, lecz dobrze wiedziała, że łatwo jest się w nim zgubić.

- *Wiem, jak wrócić* – pomyślała. – *Po prostu muszę pójść ścieżką, którą przyszłam, to będzie łatwe.*

Straciła poczucie, jak długo i jak daleko zdążyła już przebiec. W cieniu górujących drzew wszystko wyglądało tak samo. Słyszała wiatr, który hulał wysoko ponad, kołysząc koronami drzew, ale w dole powietrze było ciężkie, wilgotne i nieruchome.

Promienie słońca ginęły, nie mogąc się przedostać przez listowie, lecz w oddali spomiędzy drzew dobiegał mrok, który powoli pożerał wszystko. Kerri zatrzymała się i natychmiast padła na ziemię, próbując wyczuć pobliskie niebezpieczeństwo.

- *Czyżby las się już kończył?* – serce zabiło jej z nadzieją.

Każdy krok stawiała teraz ostrożnie, uważając, żeby nie pękła najmniejsza nawet gałązka. Przemieszczała się bardzo powoli, aż dotarła w końcu na skraj polany, gdzie nie rosły nigdy żadne drzewa. Jej wzrok przykuła ścieżka wydeptanej trawy biegnąca ukośnie na drugą stronę.

- *Wygląda na to, że trzymają się wyznaczonej trasy, muszą dokładnie wiedzieć, dokąd zmierzają* – pomyślała.

Zamiast wystawiać się na widok spacerem w pełnym słońcu, przemknęła skrajem polany. Ponownie zwęszyła trop i przyspieszyła, zręcznie mijając kolejne drzewa. Zapach prowadził ją dokładnie naprzód. Zmysły miała wyostrzone, smród małp, który zdążył przeżreć ściółkę, czuła niemalże na języku. Jej oczy szukały najdrobniejszego ruchu, a stojące w szpic uszy nasłuchiwały wszelkich obcych dźwięków.

Zobaczyła kolejną polanę leżącą w oddali. Postrzępione przez listowie światło słoneczne, kołyszące się wraz z drzewami, oświetlało skrawek trawy. Powoli się do niej zbliżała, gdy nagle uderzyła ją fala cuchnącego powietrza, od którego zebrało jej się na wymioty. Padła na ziemię, wiedząc, że musi być już bardzo blisko. Szła nisko, niemal pełzała, stąpając najciszej jak się da. W końcu do jej uszu doszły obrzydliwe odgłosy mlaskania i przeżuwania. Źródło dźwięków było na polanie.

- *Co one żrą?*.

Widok i zapach wykręcił jej żołądek na lewą stronę tak, że prawie zwymiotowała. Zmusiła się, żeby podejść bliżej, od polany dzielił ją już tylko jeden rząd drzew. Małpy siedziały na środku małej łąki, pożerając coś, co wyglądało i pachniało, jakby było zdechłe od kilku tygodni. Nie miała pojęcia, co to było, wystarczało jej, że nieomal zwróciła swój ostatni posiłek.

Z dala od tej grupy leżał porzucony Carter, wciąż w zwierzęcej formie. Obie łapy miał związane, a między nimi przebiegał długi kij. Małpy na wpół go niosły, na wpół ciągnęły po ziemi, podczas gdy on zwisał do góry nogami. Leżał na boku z zamkniętymi oczami, sapiąc nerwowo. Kerri dostrzegła zaschniętą krew na połowie pyska, na grzbiecie i boku miał głębokie rany po pazurach. Mimo wszystko żył. Serce prawie jej wyskoczyło z piersi, była już tak blisko. Potem jednak dotarło do niej, że musi być tak wyczerpany, że nie ma siły, żeby zmienić postać i spróbować uciec.

Naliczyła osiem małp siedzących w kręgu, wyciągały „jedzenie" ze wspólnego worka. Za każdym razem, kiedy więcej niż jedna łapa sięgała po ten sam kawałek brązowego lub zielonego paskudztwa, rozlegały się powarkiwania i krótkie wymiany ciosów. Po jednej ze stron zauważyła największego goryla, jakiego Kerri w życiu widziała. Siedział prosto, jakby osobno od reszty, w przeciwieństwie do pozostałych małp bił od niego pewien chłód, nie zwracał w ogóle uwagi na to, co działo się wokół. Zawsze, gdy sięgał po jedzenie, wszystkie pozostałe prędko się cofały, czekając z pochylonymi głowami. Brał, co chciał i kiedy chciał, reszta musiała walczyć o swoje.

- *To musi być przywódca stada* – doszła do wniosku.

Kerri obserwowała dalej, próbując ustalić mocne i słabe strony tej gromady. Twarz osobnika po lewej sugerowała, że był dość młody. Oczywiście wciąż wyglądał na bardzo groźnego przeciwnika – jego ostrych zębów i potężnych łap nie sposób było zignorować – lecz mimo to był zauważalnie mniejszy od pozostałych.

Reszta grupy nie darzyła go zbytnim szacunkiem, co rusz go bijąc i popychając. Ewidentnie był dla nich łatwym celem. Małpa po prawej wyglądała na znacznie starszą, prawdopodobnie miała duże doświadczenie w walce, ale prawie na pewno była przy tym wolniejsza od innych. Pozostali byli raczej w szczytowej formie, choć ich futro gniło i toczył je świerzb. Gdzieniegdzie wypadało w dużych ilościach, pozostawiając duże łyse plamy.

Samiec alfa prezentował się zupełnie inaczej. Siedział prosto, jego ruchy były spokojne i powściągliwe, widać było, że sprawuje całkowitą kontrolę nad grupą i całym otoczeniem. Biła od niego pewność siebie, fizycznie również znacznie przewyższał pozostałych członków stada. Kerri dostrzegła skórzaną sakiewkę zawiązaną wokół jego szyi. Czuła się bardzo niepewnie, patrząc na niego.

Dostrzegła, że coś się rusza na skraju polany. Gdy małpa tam podeszła, ze swojego spoczynku podniósł się lew górski.

- *Sonny!* – Kerri nie mogła uwierzyć, że kot sprzymierzyłby się z tak odrażającymi stworzeniami. Serce przeszył jej chłód. – *Z tobą policzę się później* – pomyślała.

Patrzyła, jak Sonny leniwie się przeciąga i z pogardą patrzy na małpy. Zastanawiała się, jak to możliwe, że zdradził własnych ludzi oraz jej Klan. Klan, który walczył o przetrwanie jego pobratymców oraz przygarnął pod swój dach. Jak mógł zdradzić Lulu oraz jej ojca, po tym, wszystkim, co dla niego uczynili?

- *Skup się, Kerri Carpenter. Podsycasz tylko swój gniew, a gniew prowadzi do błędów. Nie rozdrabniaj się, najpierw Carter* – powiedziała sobie, biorąc głęboki wdech.

Krąg bezgłośnie się rozszedł. Niektóre małpy chwyciły sobie po ostatnim kąsku, dwie inne natomiast podźwignęły kij, do którego przywiązany był Carter. Podążyły tym swoim półbiegiem, półgalopem za szefem stada. Starsza małpa chwyciła wór z resztkami prowiantu i podążyła za resztą, ciągnąc go za sobą. Najmłodszy z nich wciąż był na czworaka i starał się znaleźć resztki jedzenia, które tamci by pozostawili.

Kerri patrzyła, jak tamten przeczesuje trawę, szukając czegokolwiek, co nadawałoby się do jedzenia.

- *Musi przymierać głodem, tamci na pewno nie dopuszczają go do należnej mu części* – pomyślała.

Gdy starszy stada doszedł do skraju lasu, groźnie warknął w kierunku młodego, który cały czas szukał pożywienia. Kerri wiedziała, że to jest jej szansa. Nisko pochylona przebiegła na drugi koniec polany, obserwując jednocześnie stado, które przemieszczało się na wschód, oraz najmłodszą małpę, która pozostawała na polanie.

Przyklęknęła, zmieniła formę z powrotem na ludzką, zrzuciła plecak i chwyciła jeden z kosturów. Schowała się za pniem sosny, która rosła najbliżej łąki. Przykucnięta, ułożyła sobie kostur nad prawym ramieniem i lekko pochyliła ciało w prawo. Lewy łokieć ułożyła sobie tak, żeby znajdował się przed twarzą. Zwolniła oddech, starając się opanować gniew i strach.

- Wyczucie musi być doskonałe.

Po lewej, z drugiej strony drzewa, pękła gałązka. Kerri zaczęła powoli odliczać.

RAZ... stwór wypluł coś na ziemię.

DWA... krzaki przy drzewie odgięły się a bok, gdy małpa torowała sobie drogę.

TRZY... płynnym ruchem Kerri zrobiła krok naprzód i wyprostowała się, wyprowadzając cios znad prawego ramienia. Była skupiona na celu, ale nie pozwoliła sobie spojrzeć w czerwone, pełne nienawiści oczy. Uderzyła od dołu, trafiając małpę prosto w żuchwę. Cios oderwał ją od ziemi, a przez strzaskaną szczękę nie mogła w żaden sposób ostrzec pozostałych. Kerri uniosła kostur wysoko nad głowę, drzewce z hukiem, niosącym się po polanie, roztrzaskało czaszkę małpy. Serce Kerri zaczęło walić jak młot, obawiała się, że pozostali usłyszą ten hałas. Natychmiast schowała się z powrotem za drzewo, wstrzymując oddech, gotowa zmienić postać i rzucić się do ucieczki, jeśli ją zauważą.

Czekała, nasłuchując najdrobniejszych szmerów. Po jej lewej leżały nieruchome zwłoki rozłożonej na ziemi małpy. Spojrzała na prawo, próbując przeniknąć wzrokiem mrok panujący między drzewami. Wszystko było ciche. Pozwoliła sobie na wydech, żeby uspokoić rozszalałe serce, wierząc, że nikt nie zauważył zabójstwa.

Gdy tylko jednak podniosła plecak, ciszę panującą w lesie

rozszarpało groźne warknięcie z oddali i groźny wrzask, który nastąpił zaraz po nim. Przykucnęła nisko za najbliższym drzewem. Kostur trzymała poziomo nad lewym ramieniem, próbując jednocześnie opanować drżenie rąk i nóg.

- *Uspokój się i wszystko będzie dobrze* – upominała się.

Trzask gałęzi mówił, że ktokolwiek się zbliżał, był rozjuszony i zniecierpliwiony. Martwe drewno głośno pękło po prawej stronie drzewa, za którym była skryta. Kątem oka dostrzegła ciemny, zamazany zarys sylwetki. Chwycił ją strach, przez który chciała się schować i cały czas nie wychodzić z ukrycia.

- *Teraz!* – krzyknął głos w jej głowie. Przełamała paraliż, który ją ogarnął, i zamachnęła się kosturem, wykręcając ramiona, żeby utrzymać je w jednej linii. Drzewce przecięły powietrze z groźnym świstem.

Trafiła małpę w nogi, a głośne chrupnięcie mówiło, że jedna noga, jeśli nie obie, złamała się poniżej kolana. Goryl runął na ziemię, a Kerri okrążyła drzewo, żeby wyprowadzić cios od tyłu, kostur miała już nad głową, gotowy do uderzenia w głowę. Miała przed sobą najstarszego osobnika ze stada, padł na kolana i nie mógł się podnieść. Wciąż kurczowo trzymał worek z zapasami. Usłyszał, jak Kerri się zbliża, i próbował przewidzieć jej kolejny ruch.

Zdawało się jej, że czas zwolnił i wszystko niemiłosiernie się dłuży. Widziała, jak małpa próbuje się obronić i zasłania głowę workiem z prowiantem, próbując zablokować uderzenie. Kerri odruchowo przechyliła się w prawo, wyprowadzając po łuku cios, który ugodził przeciwnika w kark, tuż pod workiem. Usłyszała trzask łamanych kości. Podniosła kostur jeszcze raz, ale wstrzymała się. Goryl wciąż był na kolanach, w jego oczach płonęła nienawiść.

Kerri patrzyła obojętnie, domyślając się, że umysł tamtego wrzeszczy, nawołuje ciało, żeby się ruszyło albo chociaż zaalarmowało pozostałych. Żadna z tych informacji jednak nie przechodziła przez złamany rdzeń kręgowy. Grawitacja w końcu zwyciężyła i małpa upadła na plecy. Uderzając o miękką ściółkę, rozrzuciła wszędzie wokół chmurę sosnowych igieł i połamanych gałęzi. Kerri odwróciła się plecami, nie oglądając się za siebie.

- *Dwóch z głowy* – odliczyła w duchu.

Podniosła plecak i schowała kostur, po czym uklęknęła, szykując się do zmiany postaci. Odkryła, że im częściej przeskakiwała między swoimi formami, tym szybciej zachodziła przemiana. Wszystkie myśli skupiła na swoim bijącym sercu i już po chwili była dzikim zwierzęciem kierowanym chęcią zemsty.

Zaczęła węszyć, próbując przebić się wzrokiem przez ciemność. Słychać było jednak tylko gwizd wiatru pomiędzy szczytami drzew. Kerri była już pewna, że nikt jej nie usłyszał.

Ich trop był bardzo łatwy do odnalezienia. Słyszała stado z daleka, a ich zapach nawet na odległość był obezwładniający. Gdy dzień miał się ku końcowi, a nad lasem rozpostarła się ciemność, dźwięki trzaskającego poszycia leśnego stały się rzadsze, ale z drugiej strony słychać było więcej powarkiwań i krzyków. Kerri domyśliła się, że mają problem z tym, żeby nieść dalej Cartera w takim świetle, a niezadowolone pomruki sugerowały, że małpy potykają się w ciemności, ciągnąc jednocześnie swój transport. Zatrzymała się na chwilę, by sprawdzić kierunek wiatru. Rozkołysane drzewa wskazywały raczej, że wiatr krąży tu i tam, zamiast dąć w jednym kierunku.

Spostrzegła, że w lesie zapanowała nagle niesłychanie gęsta cisza. Futro na karku instynktownie jej się zjeżyło, po grzbiecie przebiegł dreszcz. Coś było nie tak. Zwolniła bieg i zatrzymała się w pół kroku, jedna łapa zawisła nieruchomo w powietrzu. Nagle poczuła, że serce zaraz jej wyskoczy z piersi. Udało jej się dostrzec pomiędzy drzewami duży, ciemny kształt. Wiedziała, że to przywódca stada, tak wielki mógł być tylko on.

Stał, zagradzając ścieżkę. Wykręcał szyję, żeby spojrzeć w jej kierunku, wzdłuż drogi, którą sami przed chwilą przyszli. Przez chwilę wydawało się, że patrzy wprost na nią. Chciała zawrócić

i rzucić się do ucieczki, ale zarazem bała się poruszyć choćby jednym mięśniem. Goryl gapił się dalej, węsząc w powietrzu, kręcąc głową i nasłuchując.

- *Nie widzi mnie!* – pomyślała. Nie odrywała wzroku od olbrzyma, odgadła, że tamten właśnie myśli i usiłuje podjąć decyzję. Wiedział, że coś musi być nie tak, skoro dwie małpy wciąż się nie zjawiły.

W końcu zawrócił, nieznacznie rozczarowany, i powolnym, dumnym krokiem wrócił udeptaną ścieżką w stronę pozostałych. Kerri przyczołgała się bliżej, kręciła głową na boki, starając się wybadać powietrze wokół. Odór małp szczelnie wypełniał jej nos, ale mimo to cały czas wyczuwała zapach Cartera. Nie mogła jednak nigdzie umiejscowić Sonny'ego. Jego trop ginął w smrodzie zgnilizny, a wiedziała, że Sonny w swojej kociej postaci miał świetny wzrok w ciemnościach. Nie miała pojęcia, gdzie może być, i to nie dawało jej spokoju.

W dali, pomiędzy drzewami, dostrzegła kolejną polankę, na której małpy zatrzymały się, żeby spędzić tam noc. Samiec alfa dołączył do pozostałych i usiadł pyskiem zwróconym na zachód, obserwując drogę, którą przyszli.

- *Co zrobi, kiedy zauważy, że tamci nie przychodzą?* – zastanawiała się.

Olbrzymi Alfa powoli obrócił łeb w jedną, a potem w drugą stronę, po czym zamarł, patrząc prosto w jej kierunku. Kerri wstrzymała oddech i znieruchomiała, bojąc się choćby drgnąć.

- *Zwęszył mnie? Wyczuł moją obecność? Myśli, że coś tu jest!*

Goryl wlepił wzrok w przestrzeń przed sobą, szukając najdrobniejszych oznak ruchu. Kerri wstrzymała oddech, bojąc się, że w przeciwnym wypadku poruszy liśćmi krzewów dookoła niej. Nagle, bez ostrzeżenia, tamten zerwał się na równe nogi i zaszarżował w jej kierunku. Pędziła na nią góra mięśni i zgniłego ciała. Całe ciało Kerri napięło się, była gotowa uciec w każdej chwili.

Z najodleglejszych zakamarków jej umysłu, kompletnie jej nieznanych do tej pory, usłyszała delikatny głos, który przebił się ogarniającą ją panikę oraz chaos myśli.

- *Nie wychylaj się. On cię nie widzi, chce cię sprowokować do ucieczki.*

Spokój i przejrzystość tych myśli wprawiły ją w jeszcze większe zdumienie i popłoch niż widok nacierającego na nią goryla.

Kerri pochyliła głowę i napięła ramiona przed nadchodzącym uderzeniem.

- *To blef, on mnie nie widzi, to blef, on mnie nie widzi, to blef...* - powtarzała w myślach coraz szybciej.

Małpa przedarła się przez krzaki i nisko wiszące gałęzie, łamiąc i rwąc wszystko, co leżało na jej drodze. Szarża przestraszyła również pozostałe, odpoczywające, małpy, które również gwałtownie wstały, skacząc, krzycząc i warcząc, choć nie wiedziały, co było źródłem tego poruszenia.

Kerri wciąż była przygarbiona, serce waliło jej jak młot. Tak szybko i niespodziewanie, jak goryl rozpoczął swoją szarżę, tak równie niespodziewanie stanął w miejscu, wyprostował się i rozejrzał wokół, węsząc.

- *To tylko blef, to tylko blef, to tylko blef...* - recytowała w duchu jak mantrę.

Słyszała szybki, dyszący oddech potwora. Wydawało jej się, że słyszy też jego potężne serce łomoczące mu w piersi. Bijący z niego szał i gniew miał w sobie coś z mocnego muru. Kerri czuła, jak jego oddech porusza jej futrem, był już tak blisko.

Patrzył jednak ponad nią, poza nią, próbując znaleźć coś w mroku lasu. Zalała ją fala cuchnącego oddechu, goryl chyba podjął już decyzję. Zawrócił, wciąż dysząc, i warknął na pozostałe małpy, które odwrzasnęły mu w odpowiedzi, podskakując w poruszeniu. Alfa stracił cierpliwość, wydał z siebie rozdzierający uszy ryk, waląc pięściami w pierś. Po lesie rozległo się niskie, dudniące echo.

Zamachnął się na najbliższą małpę, trafiając ją mocno prosto w głowę, po czym chwycił kolejną za kark, potrząsnął ją i cisnął o ziemię.

- *Chce iść dalej, tamtym się to nie podoba. Nie chcą wstawać i przemieszczać się w nocy* – pomyślała.

Szef stada obszedł krąg małp, uderzając każdą, która nie była gotowa do dalszej drogi. W tym momencie coś przykuło uwagę Kerri. Po drugiej stronie polany stał Sonny, obserwując wrzawę.

Wciąż leżała w bezruchu, wiedząc, że coraz gęstsze cienie zapewniały jej ochronę. Spostrzegła, że ci, którzy nieśli pal z przywiązanym doń Carterem, zarzucili go sobie na ramiona i podążyli za stadem w głąb lasu. Olbrzym zaś czekał, patrząc aż przejdą wszystkie małpy co do jednej. Tym razem to on zamierzał zamykać pochód.

ROZDZIAŁ 6

Kerri w końcu się ruszyła. Przemieszczała się dość daleko od grupy małp, ale była jednocześnie na tyle blisko, żeby podążać za nimi po samych odgłosach trzeszczących gałęzi, o które tamte się rozbijały w ciemności. Wyrwała do przodu, zatrzymując się w miejscu na szlaku, przez który cała kolumna musiała w pewnym momencie przejść. Zmieniła się z powrotem w człowieka i wyjęła z plecaka futrzany koc. Plecak schowała w ściółce, przykrywając go warstwą liści i gałązek. Przeczołgała się przez nisko rosnące krzaki, aż dotarła do wydeptanej ścieżki. Wycofała się odrobinę i schowała w gęstym listowiu, narzucając na siebie koc.

Wiedziała, że pomysł podjęcia walki z tyloma małpami naraz jest bardzo ryzykowny. Stwierdziła, że lepiej będzie postawić na walkę z elementem zaskoczenia: zaatakuj i natychmiast się z powrotem schowaj. Pamiętała obrzydliwy smak ich mięsa, przez który prawie zwymiotowała, gdy walczyła z jedną z nich w zwierzęcej formie, doszła więc do wniosku, że ludzka postać jest jej najlepszą bronią. Jedynym sposobem walki z tymi stworzeniami było trzymać je na dystans przy pomocy długiego kostura. Czekała więc, skryta w krzakach rosnących wzdłuż traktu.

. . .

Trzask po lewej stronie natychmiast ją zaalarmował. Trzeba było podjąć decyzję już teraz. Szelest krzaków i odgłos ciężkich kroków nieomylnie wskazywał na nadejście małp. Otuliła się szczelnie kocem, trzymając głowę nisko. Długie, ciemne włosy zasłoniły jej twarz jak welon. Rozległ się odgłos węszenia za czymś, po czym ktoś wykonał ciężką łapą miękki krok, który wylądował bardzo blisko Kerri. Wstrzymała oddech.

Czuła, że Sonny stoi bardzo, bardzo blisko. Był czujny i wyjątkowo ostrożny. W oddali słychać było jeszcze więcej odgłosów sugerujących, że małpy są już niedaleko. W końcu usłyszała ciche stąpanie dużych łap Sonny'ego. Cichy trzask suchych liści oznaczał, że poszedł dalej. Wypuściła cicho powietrze z płuc.

Zaraz po nim znów rozległy się ciężkie, niedbałe kroki małp. Kerri policzyła je, gdy przechodziły. Najpierw zza zarośli wyłoniły się pierwsze dwie. Wiedziała, że kolejne, które się wyłonią, będą niosły Cartera. Odważyła się spojrzeć trochę wyżej ze swojej kryjówki, mając nadzieję, że tamte będą się męczyć ze swoim transportem i nie będą się rozglądać wokół. Zobaczyła, że pierwszy tragarz już ją minął. Chwyciła kostur, klęcząc, po czym wyskoczyła, zrzucając z siebie koc. Małpa trzymająca drugi koniec słupa, z którego zwisał Carter, nie mogła dojrzeć, co się dzieje u jej stóp.

Kerri biegła szybko, pochylona, położyła dłoń na końcu kostura, wbijając jego drugi koniec w miękkie podbrzusze małpy, tuż pod jej splotem słonecznym. Rozległ się charkliwy jęk, a do powietrza przedostała się chmura zgniłego powietrza wypchniętego z płuc małpy. Potwór upuścił swój koniec słupa i padł na kolana, walcząc o powietrze. Mięśnie nie były w stanie wciągnąć do opróżnionych płuc.

Uskoczyła w lewo z uniesioną nad głową laską, którą ugodziła małpę w głowę. Runęła przed siebie, twarzą do ziemi.

Kerri planowała pierwotnie trafić jedną z małp i znów skryć się w ciemności, ale kolejna była już bardzo blisko. W słabym świetle dostrzegła ruch tamtego. Zrobiła krok do tyłu i przyjęła obronną postawę, czekając, aż małpa znajdzie się w zasięgu kostura. Kij świsnął w powietrzu, ruch Kerri szedł z bioder i angażował cały tors. Cios trafił małpę prosto w mostek nosa. Wyzionęła ducha, jeszcze zanim padła na ziemię.

Zapanowała chwilowa cisza, zdawało się, że wszystko zamarło w bezruchu, lecz po chwili rozpętało się piekło. Wszędzie rozległy się krzyki i wrzaski małp, które przedzierały się przez leśną ścieżkę, chcąc rozerwać Kerri na strzępy. Zdawała sobie sprawę, że zabawiła tu dłużej, niż powinna była.

Obróciła się na pięcie i przeskoczyła saltem przez krzak, zmieniając się w zwierzę w powietrzu. Na ziemi wylądowała już na czterech łapach, po czym zbiegła głębiej w las, żeby się skryć. Była pewna, że żaden pościg jej teraz nie złapie.

Słyszała, jak za jej plecami rozgorzał zamęt, gdy z tyłu kolumny nadbiegł samiec alfa pomiędzy oszołomioną i rozwrzeszczaną resztę. Gdy spojrzał, że jeden z tragarzy leży z twarzą w ziemi, a drugi na plecach, obaj bez znaku życia, wyładował swoją furię na pierwszej napotkanej małpie, którą mocno uderzył wierzchem dłoni. Od razu uciekła, krzycząc ze strachu.

Olbrzym podniósł słup, do którego przywiązany był Carter, i cisnął go poza ścieżkę, rycząc z wściekłości. Gdy dostrzegł wracającego się Sonny'ego, rozszalałe ognie w jego oczach znalazły winnego. Sonny miał sprawdzić, czy droga jest bezpieczna, a pozwolił, żeby doszło do zasadzki. Doskoczył do niego w dwóch krokach i chwycił kota za gardło. Podniósł go z ziemi i zaczął mocno trząść, rycząc mu jednocześnie prosto w twarz.

Oczy Sonny'ego prawie wyszły z orbit. Próbował przeorać tylnymi pazurami brzuch swojemu oprawcy, ale samiec alfa trzymał go na odległość ramienia. Sonny usiłował się wykręcać i drapać potężną łapę, która go trzymała, ale wszystko na próżno. Czuł, jak mocny uścisk miażdży mu tchawicę.

Przerażony, zrozumiał teraz błąd, jakim było sprzymierzenie się z tymi stworzeniami. Myśli miał coraz bardziej mętne, na oczy nasuwała mu się ciemność, dusił się. Wtem poczuł, że leci w dół i ciężko upada na ziemię.

Jednocześnie szef bandy wydał z siebie ryk. Puściwszy Sonny'ego, złapał się oburącz za głowę, ugiął kolana, po czym również padł na ziemię, wijąc się w agonii. Głos, który słyszał, rozsadzał mu głowę.

- *Mówiłem ci. Kot jest potrzebny* – grzmiał Zły.

- *Przynieś mi Kryształ.*

- *Zostaw psa.*

- *Zostaw te bezużyteczne ścierwa.*

- *Chcę Kryształ.*

- *CHCĘ GO TERAZ!*

Olbrzym ochoczo przytaknął. Udało mu się stanąć na roztrzęsionych nogach, lecz nienawiść i pogarda wobec kota wciąż żywo płonęły w jego oczach. Odwrócił się plecami do pozostałych i niepewnym krokiem udał się na wschód. Natychmiast rozpłynął się w mroku. Sonny rozumiał, co się przed chwilą wydarzyło, on również słyszał ten głos. Bez chwili namysłu podążył za gorylem.

Kerri zatrzymała się i odwróciła, gotowa stawić czoła komukolwiek, kto rzucił się za nią w pogoń. Zaskoczona zauważyła, że jedyne, co słyszy, to swój oddech. Nie spodziewała się nawet, że za jednym zamachem pozbędzie się dwóch małp. Okazja jednak wydawała się warta tego ryzyka.

- *Czyli zostają trzy małpy, gigantyczny samiec alfa, a potem Sonny* – odliczyła w myślach.

Zakradła się z powrotem do miejsca zasadzki, idąc po swoim zapachu przez gęstą ciemność tam, gdzie ukryła swój plecak oraz drugi kostur. Zmieniając kształt, stwierdziła, że wyrządzi małpom jeszcze więcej szkód, zanim będą miały czas pomyśleć i opracować jakiś plan.

Podążyła za fetorem, który doprowadził ją prosto do stada. Wiedziała, że jest blisko, gdy natknęła się na kostur, który zostawiła wcześniej. Oddychała powoli i głęboko, żeby uspokoić rozdygotane kolana. Wyszła na ścieżkę.

Czerwień ich oczu padła na nią. Naliczyła trzy małpy, ale wszystkie tego samego wzrostu, ich szefa – przewyższającego każdą z małp więcej niż o głowę – nie było z nimi, podobnie jak nie było tu Sonny'ego. Zanim mogła się rozejrzeć w poszukiwaniu tamtych, jedna z małp rzuciła się na nią.

Kerri ustawiła się bokiem do napastnika, wysunęła oba kostury i chwyciła za końce. Wykonała powolną fintę prawą ręką, potwór z łatwością uchylił się od ciosu, nie zauważając jednak, skąd dochodzi prawdziwy atak. Wykonała obrót, uderzając go po łuku tuż za uchem. Małpa padła przed siebie, Kerri przeskoczyła nad lecącym na nią bezwładnym ciałem.

Kątem oka dostrzegła, że kolejna z małp ruszyła w jej kierunku, ale warknięcie tej, która stała nad Carterem, powstrzymało ją.

Zaciśniętą pięścią uderzyła Cartera z całej siły w twarz. Kerri była przerażona, gdy wydał z siebie cichy jęk. Małpa znowu go zaatakowała, tym razem w brzuch. Cały czas ją obserwowała, również gdy zaczęła deptać związane nogi Cartera. Krew się gotowała w Kerri, czuła, że zaraz wybuchnie ze wściekłości. Zrobiła krok naprzód, gotowa zaatakować, ale wtedy usłyszała głos, który zaszeptał jej w umyśle.

- Stój. Chce cię sprowokować. Nie pozwól na to, inaczej wszystko stracone.

Teraz zrozumiała, czemu to służyło. Obniżyła lewy kostur,

skracając dystans między nimi. Obróciła głowę i zobaczyła, że pierwsza małpa powoli podnosiła się z ziemi, potrząsając głową, żeby pozbyć się mroczków przed oczami.

- Kerri, uważaj! – krzyknął Carter.

Jedna z małp rzuciła się na nią. Kerri przewidziała ten ruch i w ostatniej chwili wzbiła się wysoko w powietrze i, uskakując jej z drogi, zadała cios wzdłuż szyi. Potwór padł na ziemię, ale nie o takie uderzenie chodziło Kerri. Po swojej lewej miała teraz dwie małpy oraz jeszcze jedną po prawej, która znów zaczęła okładać Cartera.

- *Nie da rady więcej tego wytrzymać* – pomyślała.

Małpy zdawały sobie sprawę, że przybyła ocalić przyjaciela i starały się ją wciągnąć w pułapkę. Zrobiła jeden krok w bok i jeden krok w stronę Cartera. Małpa stojąca przy Carterze to zauważyła i ostrzegawczo syknęła w stronę pozostałych.

- *Jeszcze tylko jeden krok i cię mam* – pomyślała. Zobaczyła, że potwór znów podnosi pięść, żeby uderzyć Cartera.

- Uważaj! – krzyknął Carter, popychając ją do działania.

Wyczuła, że po lewej jedna z małp się poruszyła. Zrobiła więc dwa kroki w prawo, krzyżując ręce na piersiach, żeby schować kostury przed ich wzrokiem. Oprawca Cartera dostrzegł, że Kerri jest już bardzo blisko, i również na nią ruszył. Machnęła oboma ramionami jednocześnie, kostury świsnęły w ciemności.

Trafiła obie małpy, zarówno ta z lewej jak i z prawej padła nieprzytomna na ściółkę. Zwróciła się twarzą w stronę trzeciej małpy, łącząc przed sobą obydwa kostury. Trafiła małpę w głowę z obu stron i usłyszała satysfakcjonujące chrupnięcie. Drewno zawibrowało, gdy trafiło na kość. Małpa padła bezwładnie na ubłoconą ziemię pełną zwiędłych liści. Kerri wiedziała, że po takim ciosie na pewno się nie podniesie.

Powoli się odwróciła, szukając wzrokiem wodza bandy oraz Sonny'ego. Była gotowa w każdej chwili uciec, ale las był nieruchomy, a wokół panowała martwa cisza. Sama walka trwała zaledwie kilka sekund, ale pierś Kerri i tak mocno falowała. Mocno dyszała, walcząc z drżeniem rąk. Wytężała słuch, próbując wychwycić jakiś hałas wokół, ale milczenie lasu było nieprzeniknione. W końcu całe jej ciało dostało potężnych drgawek, żołądek podszedł jej niemal do gardła. Padła na kolana, nogi nie mogły już dłużej utrzymać tego ciężaru i zaczęła wymiotować, dopóki jej żołądek nie był zupełnie pusty.

Spazmy w końcu ustąpiły, gdy adrenalina przestała krążyć w jej żyłach. Spojrzała z obrzydzeniem na błoto i wymiociny na swoich rękach i nogach. Widząc to, chciała jak najszybciej uciec z lasu. Jęk obok niej ściągnął ją jednak z powrotem na ziemię.

- Kerri, nic ci nie jest? – głos Cartera był bardzo słaby i niewiele głośniejszy od szeptu.

- *Carter! Muszę go stąd zabrać.*

Wytarła nos i osuszyła oczy. W końcu mogła myśleć trzeźwa, groza walki w końcu się ulotniła. Mogła teraz skupić się na tym, żeby zająć się przyjacielem.

Nogi miała jak z galarety, niepewnym krokiem podeszła tam, gdzie leżał. Padła obok i spojrzała na jego poobijany i zakrwawiony zwierzęcy pysk.

- Miałam właśnie pytać cię o to samo. Zaraz wrócę, potrzebuję noża, żeby przeciąć te więzy.

Wzięła plecak i z powrotem podbiegła do Cartera. Wyciągnąwszy nóż, przecięła krępujące go powrozy. Nie mogła powstrzymać mimowolnego westchnienia na widok obrażeń, jakich doznał.

- Mam nadzieję, że możesz chodzić, bo nie zamierzam taszczyć twojego tyłka aż do domu.

- Kerri, przestań, nie mogę się śmiać, to za bardzo boli – jęknął. Jego uśmiech bardziej przypominał grymas.

- Jasne, nie ma co planować tak do przodu, najpierw się stąd wydostańmy – powiedziała.

Rozłożyła na drodze koc i wciągnęła na niego Cartera. Chwyciła za dwa rogi i wciągnęła go głębiej w las. Dobrze wiedziała, czego szuka. Powalone drzewo, przez które musiała wcześniej przeskoczyć, dawało im dobre schronienie pod korzeniami w miejscu, gdzie padło.

Gdy dociągnęła Cartera pod wygięte korzenie, pobiegła z powrotem na ścieżkę. Ułamaną gałęzią zamiotła ich trop, żeby usunąć wszelkie ślady sugerujące, że tędy przechodzili. Zadowolona z rezultatów popędziła do Cartera z zapasami.

Wpełzła pod leżące drzewo i opróżniła zawartość plecaka na koc, szukając zawiniątka z mchem oraz drewnianej miski. Przełamała mech na małe kawałki, włożyła go do naczynia i zalała wodą, żeby mógł nasiąknąć. Mech szybko wchłonął wodę, zmieniając się w miękką zieloną gąbkę, której Kerri użyła do obmycia otarć i ran Cartera. Gdy zmywała krew z jego klatki piersiowej, usłyszała, jak sapie z bólu. Delikatnie przesunęła palcami po żebrach, szukając źródła. W jednym miejscu Carter gwałtownie się skręcał przy wszelkiej próbie dotyku. Kerri położyła tam kawałek mchu.

- Teraz odpocznij i staraj się nie ruszać, niech mech ma czas zadziałać. Będę trzymać wartę, w porządku?

Podniósł wzrok i przypatrzył się klęczącej nad nim Kerri, długie i ciemne włosy opadały jej wokół twarzy. Skinął głową, próbując się uśmiechnąć. Zanim Kerri narzuciła na niego koc, już spał głębokim snem.

Siedziała przy nim całą noc, patrząc, jak bledną gwiazdy, a niebo zaczyna powoli jaśnieć, i nasłuchując, czy nie zbliża się jakieś niebezpieczeństwo. Nastał w końcu świt, las budził się do życia, rozbrzmiewając śpiewem ptaków wabiących swoich partnerów oraz piskląt domagających się jedzenia. Chrzęst liści i niskie pochrumkiwanie mówiło Kerri, że dzik zaczął poranne rycie za jedzeniem, wywracając ściółkę do góry nogami w poszukiwaniu czegoś choć odrobinę jadalnego. Znała ten zapach z domu i wiedziała, że jeśli dzik jest spokojny, to w lesie – przynajmniej na razie – nie czaiło się żadne niebezpieczeństwo.

Ściągnęła koc z Cartera, żeby przyjrzeć się jeszcze raz jego ranom. Przesunęła delikatnie palcami po jego piersi, ledwo go dotykając, starła się tylko wyczuć opuszkami jego żebra. Dotknęła miejsca, które wczoraj sprawiało mu najwięcej bólu w nocy. Zauważyła, że Carter drgnął nieznacznie. Wzięła więcej namoczonego mchu i nałożyła na to samo miejsce. Wyjęła z plecaka bandaż i obwiązała nim Cartera, żeby mech trzymał się w miejscu. Była wyczerpana, jej skołatane myśli krążyły między nadzieją i strachem.

- A jeśli ma jakieś wewnętrzne obrażenia? Co jeśli jest jeszcze gdzieś ranny, a ja tego nie widzę? Nie, dość! – skarciła się. – *To najsilniejszy chłopak, jakiego znam, i wszystko będzie w porządku.*

W zimnym świetle dnia jego poobijana i zakrwawiona twarz wyglądała tak strasznie i żałośnie, że Kerri nie mogła już dłużej wstrzymywać płaczu. Wybuchała płaczem za każdym razem, gdy znajdywała kolejną ranę.

Obmyła jego umęczone, podbite oczy, pocięte wargi i poobijaną twarz. Gdy odchyliła mu wargi, dostrzegła kieł, który luźno zwisał z dziąsła. Delikatnie wepchnęła go z powrotem, lekko przekręcając, żeby znów się dobrze trzymał.

Łzy ściekały jej po policzkach, na ustach czuła słony smak. Pociągając nosem, oparła głowę na jego szyi i mocno przytuliła.

- Carter, co oni ci zrobili? – głośno łykała powietrze, a jej ciałem co rusz wstrząsał szloch. – Dlaczego ty zawsze musisz pakować się w kłopoty?

Łzy w końcu przestały jednak napływać, Kerri w końcu pogodziła się z losem. Wiedziała, co trzeba było zrobić.

- Cóż, Carterze Woodman, podejrzewam, że po prostu nie byłbyś sobą, gdybyś nie spróbował, i właśnie za to cię kocham.

Zamknęła oczy i odmówiła cichą modlitwę w podziękowaniu za ocalenie Cartera i ustrzeżenie jej przed niebezpieczeństwem, po czym położyła się obok niego i naciągnęła koc na ich dwójkę, tuląc się do jego pleców, żeby oddać mu trochę swojego ciepła. Leżała, słuchając jego spokojnego oddechu. Jego pierś powoli falowała pod jej dłonią. Odmówiła jeszcze jedną modlitwę za anioła stróża Cartera, żeby ten czuwał nad nim przez najbliższe godziny, po czym osunęła się w głęboki sen bez snów.

Trzask gałęzi i szelest liści gwałtownie obudziły Kerri. Nie mogła przez chwilę sobie przypomnieć, gdzie się znajduje. Kiedy wspomnienia wróciły, poczuła się, jakby ktoś uderzył ją w brzuch, wczorajszy koszmar rzeczywiście się wydarzył. Nie chciała zasnąć, ale nie mogła się powstrzymać. Jej podświadomość, cały czas czujna, wyczuła niebezpieczeństwo i obudziła się na dźwięk hałasu.

Carter leżał obok niej i wciąż spał. Rozejrzała się bardzo powoli, uważnie obserwując las, ale niczego nie dostrzegała. Wypełzła spod drzewa i zmieniła się w zwierzę, od razu przybyło jej odwagi, a po strachu pozostało co najwyżej ulotne wspomnienie. Zaczęła węszyć, ale w powietrzu nie było ani grama zapachu małp. Wyczuła jednak coś innego, coś, co znała z domu na Południowych Ziemiach.

- Jeleń! Muszą się pastwić jakoś niedaleko.

Zaczęła wpatrywać się między drzewa, wzburzony na chwilę snop światła przykuł jej wzrok. Drżenie białego ogonka oznaczało, że jeleń również zdaje sobie sprawę z jej obecności. W okamgnieniu łania oraz jej młode uciekły przed nieznanym im zapachem Kerri i Cartera.

Przespacerowała się wokół miejsca, gdzie odpoczęli, żeby upewnić się, że w pobliżu nie ma małp, ale wszystko wyglądało spokojnie, więc wróciła do drzewa, pod którym zostawiła śpiącego Cartera. Torowała sobie drogę przez krzaki, przeszła pod powalonym pniem i przedostała się między sterczącymi korzeniami. Koc leżał dokładnie tam, gdzie go zostawiła, ale był pusty. Poczuła, że panikuje, i zaczęła węszyć w powietrzu, od razu złapała jego zapach.

- Cytryny. To on.

- Cześć, Kerri Carpenter – usłyszała.

Serce prawie wyskoczyło jej z piersi, gdy zobaczyła, jak wyłania się zza drzewa, żeby ją powitać. Nie wiedziała w sumie, czy to, jak uśmiecha się w duchu, było widoczne na jej twarzy. Widocznie kulał, ale sam fakt, że był w stanie chodzić samodzielnie, sprawił, że była w siódmym niebie. Zupełnie przy tym zapomniała języka w gębie.

- *Weź coś w końcu powiedz, durnoto!* – powiedziała sama do siebie. – Uff! Wolałabym nie widywać cię codziennie w takim stanie zaraz po przebudzeniu, wyglądasz beznadziejnie!

Uśmiech na twarzy Cartera przeszedł w grymas.

- Nie rozśmieszaj mnie, to boli.

- Gdzie?

- Żebra mnie bolą, kiedy oddycham, usta, kiedy się uśmiecham, a nogi, jak w ogóle chodzę, ale... rany, nawet nie wiesz, jak się cieszę, że cię widzę!

- Ciebie też dobrze widzieć. Nie wyobrażasz sobie, jak się martwiłam, przez myślałam, że, no wiesz, że...

- Też tak myślałem – odparł. – Kiedy mnie tak nieśli związanego, to cały czas myślałem „Cholera, Kerri przecież mnie zabije, jak tu przyjdzie i mnie z tego wyciągnie". Wiedziałem, że się zjawisz.

Spojrzała mu w zdrowe oko, drugie wciąż było opuchnięte. Sama poczuła ból, patrząc, jak mocno jest poobijany.

- Carter, poszłabym za tobą na koniec światła, bo wiem, że sam byś zrobił to samo.

Zdobył się tylko na skinięcie głową, potłuczone wargi usiłowały się podnieść w próbie uśmiechu. Usiadł, ciężko lądując na ziemi, i padł na bok, wycieńczony. Kerri podeszła do plecaka, wyjęła swój szal i owinęła się nim, zmieniwszy postać na ludzką. Delikatnie nakryła Cartera kocem.

- Gdy cię tak teraz widzę, to mam wrażenie, jakbym znów widział cię po raz pierwszy – powiedział.

- Ja się bardziej bałam, czy nie widziałeś za dużo.

- Co masz na myśli?

- Och, nic takiego – powiedziała, wzdychając z ulgą.

- Aaa, już myślałem, że masz na myśli to, czy nie widziałem cię bez ubrań, jak walczysz z tymi małpami, mając tylko kostur w dłoni – wyszczerzył się.

- CO? WIDZIAŁEŚ TO? Gdybym tylko mogła znaleźć na twoim ciele miejsce, które nie jest pocięte, obite lub połamane, dostałbyś w skórę za podglądanie!

- Próbowałem nie patrzeć – usłyszała tłumiony chichot i gwałtowny wdech po tym, jak Cartera przeszył ból promieniujący z żeber.

- Jeśli KIEDYKOLWIEK o tym komuś powiesz... - ostrzegła go. – W każdym razie nie miałam innego wyjścia, to był jedyny sposób, żeby szybko zmieniać postać i dalej z nimi walczyć.

- To był bardzo dobry plan, powinnaś robić to częściej.

Strzeliła go palcami w ucho.

Czuła, jak zalewa ją fala szczęścia tylko dlatego, że jest tu, obok niej.

- Carter, teraz poważnie. Opowiedz mi, co się stało.

- Wszystko wzięło w łeb. To była porażka – powiedział, patrząc w dal. Znów przeżywał to, co się wydarzyło. - Lód w sadzawce był strasznie gruby, a my narobiliśmy okropnie dużo hałasu, próbując się przebić. Samo przebicie zajęło nam zresztą za długo... a potem jeszcze pozwoliłem, żeby Sonny się do nas podkradł...

- Sonny! Zapłaci za to, co nam zrobił.

- Ale chyba i tak to wszystko wiesz, inaczej by cię tu nie było. Jak ci się w ogóle udało mnie znaleźć?

- Lulu poprowadziła mnie do lasu, a potem po prostu szłam za smrodem. Wiesz, co się stało potem z Sonnym i przywódcą bandy?

- Próbowałem jakoś nadążyć za tym, co się dzieje i odgadnąć po mowie ciała, o co w ogóle chodzi. Po tym, jak pozbyłaś się tamtych małp, ich szefowi odwaliło, obwiniał Sonny'ego za to, że pozwolił ci się zakraść. Zaatakował go i by naprawdę nieźle poharatał, gdyby nagle nie padł na kolana, łapiąc się za głowę i wrzeszcząc. Ten, który pragnie Kryształu, musiał go zaatakować tak, jak zaatakował kiedyś mnie. Widzisz błysk, jakby za twoimi oczami trzasnęła błyskawica, a potem w twojej głowie rozlega się niewyobrażalny huk. Ból jest niewyobrażalny, a do tego nie masz, jak się przed tym bronić, po prostu wijesz się i cierpisz, błagając, żeby to w końcu się skończyło. No, więc po tym, jak ten ich wódz oberwał w taki właśnie sposób, to dopiero wtedy puścił Sonny'ego. Kiedy ból minął, wstał i zostawił resztę. Uciekł na wschód, a Sonny pobiegł za nim.

- Co z Nazem i Vinem?

Carter odwrócił głowę, nie potrafiąc utrzymać kontaktu wzrokowego. Znów miał przed oczami tamto ostatnie starcie. Widział ostatnią walkę śnieżnych niedźwiedzi, które ocaliły niegdyś jego życie, wprowadziły go do swojego życia i zaoferowały swoją gościnę. Te obrazy były już na zawsze wypalone w jego pamięci.

- Vin poległ, widziałem to. Małp było po prostu zbyt wiele, one go *dosłownie* pogrzebały, tyle się na niego rzuciło. Próbowałem dostać się do niego, ale wtedy jedna z tych, które przybiegły od strony miasta, zaatakowała mnie od tyłu. Nie mogłem się ruszyć, leżałem i mogłem tylko bezczynnie patrzeć, jak ten goryl unosi wielki głaz i dobija nim Vina. Naz zeskoczył z półki skalnej wyżej, próbował powstrzymać tamtego, ale nie zdążył na czas. Tamte po chwili go obległy, było ich zbyt wiele... I cały ten czas widziałem Sonny'ego, jak stał nad nami z tym swoim cholernym uśmieszkiem na twarzy. Nigdy nie zapomnę widoku Vina, który tam leży nieruchomo, a małpy w tym czasie gryzą Naza i rozrywają go na strzępy. Jego futro było po prostu czerwoną masą. Ich przywódca zerwał z szyi Naza sakwę, w której schowali Kryształ. Powstał i ryknął, trzymając zdobycz w powietrzu. Ale ostatnie... ostatnie, co widziałem, to był Naz, który odwrócił głowę w moją stronę, a jego spojrzenie mówiło wszystko. To było... to było takie „wybacz, że was to wciągnęliśmy", to była wściekłość na Sonny'ego za to, że nas zdradził, tam był lęk, co się stanie z jego ludem oraz naszym, skoro stracił Kryształ, tam była bezsilność, że nie zdołał ocalić ani mnie, ani Vina. I to zrezygnowanie, ta świadomość, że wszystko stracone. Wszystko to mignęło dosłownie w ułamku sekundy, ale każdą z tych emocji widziałem dokładnie i osobno. Nigdy nie zapomnę tego widoku.

Wziął głęboki wdech, cały się zapadł, gdy wypuścił powietrze z płuc. Kerri chciała go dotknąć, przekazać go, że rozumie jego cierpienie i również je czuje.

- Muszę to wiedzieć. Myślisz, że przeżyli?

Carter leżał, milcząc. Wciąż przeżywał wydarzenia tamtego dnia, aż w końcu potrząsnął głową.

- Tamten głaz zdołałby zabić Vina oraz tuziny małp, które siedziały na nas, a też nie wyobrażam sobie, żeby Naz miał jakąkolwiek szansę uciec. Nie rozumiem tylko jednego: dlaczego mnie oszczędzili? – powiedział.

Położyła dłoń na jego policzku. Łzy napływały jej do oczu, ale nie próbowała ich nawet powstrzymać. Otarła je tylko wierzchem dłoni, za bardzo współodczuwała jego żal po stracie przyjaciół.

- W tym wszystkim biorą udział siły, na które nie mamy najmniejszego wpływu. Których nawet nie damy rady zrozumieć – rzekła. – Jak to się dzieje na przykład, że Lulu może patrzeć na świat twoimi oczami, wołać do mnie w snach albo jak ktoś tak zły i zepsuty jest w stanie kontrolować tamte dzikie bestie i naginać je do swojej woli? To nie mieści mi się w głowie i nie umiem się z tym oswoić, po prostu muszę się pogodzić z tym, że to wszystko *naprawdę* ma miejsce. Teraz natomiast powinniśmy zdecydować, co robimy dalej.

- Chyba nie umiem podjąć tej decyzji teraz – odparł.

Kerri skinęła głową.

- Według mnie najpierw należałoby powrócić do domu.

Zrobiliśmy, co było w naszej mocy. Wyruszyłam, żeby sprowadzić cię z powrotem, i chyba tego powinniśmy się trzymać. Szkoda tylko, że Sonny nam zbiegł, nawet nie wiesz, z jaką przyjemnością bym...

- Wiem – powiedział Carter. – Ale to nie pora na takie myśli. Może pójdziemy odszukać Naza i Vina?

- Też o tym myślałam, ale po tym, co powiedziałeś, myślę, że wyprawa w samo serce Utraconych Ziem, gdzie wprost roi się od małp, byłaby niepotrzebnym ryzykiem, zwłaszcza jeśli obaj najprawdopodobniej nie żyją – odparła Kerri.

- Oni by to ryzyko dla nas podjęli.

- Zdawali sobie sprawę z tego, że Kryształ to klucz do wszystkiego w tym konflikcie. Dla niego właśnie zaatakowano tę ziemię, to z jego powodu Holly została zmanipulowana, żeby go wykraść, a koniec końców też i ty wróciłeś specjalnie, żeby go odzyskać. I to przez Kryształ Naz i Vin nie żyją – powiedziała.

- Nie wiemy, czy nie żyją. Nie mamy absolutnej pewności.

- Nie... masz rację, całkowitej pewności nie mamy, ale wiem, że obaj byliby gotowi zaryzykować życie, żeby utrzymać Kryształ z dala od małp i tego, kto ich kontroluje, kimkolwiek jest. Zrobili to, żeby ocalić swoją ojczyznę i swój lud.

- Co chcesz przez to powiedzieć? – spytał Carer.

- Do domu długa droga, a jeśli tamten chory popapraniec położy swoje łapy na Krysztale, to właściwie nie będzie domu, do którego moglibyśmy wrócić. Może, to tylko sugestia, powinniśmy odpocząć tu jeszcze chwilę, dopóki nie będziesz mógł normalnie chodzić?

- A potem?

- A potem ruszyć w pościg za Kryształem... i Sonnym.

Widział w jej oczach ogień, który pamiętał jeszcze z domu. Ogień, który sprawiał, że biegła szybciej niż ktokolwiek inny. Który sprawiał, że potrafiła każdego pokonać w walce. Ogień, dzięki któremu została Strażniczką królowej Lucindy.

- *Wolałbym nie być w skórze Sonny'ego, kiedy go w końcu złapie* – pomyślał.

Ułożył przednią łapę tak, żeby mógł oprzeć na niej swoją głowę.

- Obudź mnie za godzinę, będę wtedy gotów do drogi – rzekł, zamykając powoli oczy.

ROZDZIAŁ 7

Na smaganym wiatrem wzgórzu górującym nad spaloną i piaszczystą doliną stała samotna świątynia, pomnik jego własnej próżności. Leżące u podnóża wzniesienia zrujnowane miasto nie budziło już jego zainteresowania. Siedział na marmurowym tronie z łokciami opartymi na lodowato zimnym kamieniu, opierając brodę na spiczastych, kościstych palcach. Myślami był daleko stamtąd, szukał bowiem tej, która go zdradziła, Sallini. Jego dawnej ukochanej, dawnej narzeczonej.

- Samą siebie nazywa „Salli"! - parsknął z pogardą do pustej komnaty. - Nawet nie umie przyjąć imienia, które nadała jej rodzina. Ale ja się w końcu zemszczę po tych wszystkich latach wyczekiwania, planowania i sterowania tymi obrzydliwymi gorylami. MÓJ czas nastał teraz.

Ogień pochodni trzaskał i wypluwał żar na marmurową posadzkę, gdzie prędko się kurczył i gasł. Światło rzucało nerwowe cienie skaczące z kąta w kąt po całym pokoju. Jego ogolona na łyso głowa lśniła w słabym blasku pochodni, lecz jego oczy niknęły już w głębokiej ciemności. Groźną sylwetkę podkreślały mocne ramiona i silne zarysowana pierś, które przebijały się przez fałdy jedwabnej szaty przebiegającej przez ramię do pasa. Jego siła nie miała jednak najmniejszego znaczenia w porównaniu z potęgą umysłu, który mógł wykorzystać, by dręczyć, zwodzić i niszczyć każdego, kogo zechciał. Powietrze wokół niego wibrowało od gniewu.

Zagnieżdżone głęboko w jego świadomości resztki człowieczeństwa miały wkrótce zostać unicestwione wraz z nadejściem Kryształu, wypalą się tak jak żar padający na bogato zdobioną, czarno-białą marmurową posadzkę i obrócą w pył, po czym rozwieje je wiatr. Ich miejsce miały zająć chciwość i przewrotność. Już niedługo miał otworzyć swoją własną puszkę Pandory, dzięki której wzbije się na kolejne wyżyny plugastwa.

- W końcu po tych wszystkich latach, Sallinio... *zapłacisz* – jego głos odbił się od zimnych ścian z powrotem do niego.

Nie umiał oprzeć się pokusie sprawdzenia, gdzie znajdowała się jego zdobycz, i zwrócił się jeszcze raz w stronę złotej misy zawieszonej nad paleniskiem, które znajdowało się obok niego. Wziąwszy szczyptę proszku, wsypał ją do syczącej w naczyniu wody. Gdy tylko substancja się rozpuściła, natychmiast uformował się wir, którego czubek dotknął dna misy. Mętna woda z wolna odsłoniła świat widziany oczami przywódcy stada, którego był posłał. Widział teraz łąki, które się przed nim rozciągały, oraz od dawna porzucone i nieuprawiane pola. W oddali majaczyła się rzeka.

- Jest tu! Mój Kryształ, nareszcie tutaj! - poczuł dreszcz podniecenia. Spojrzał z powrotem w naczynie, gdzie ujrzał, jak małpa rozgląda się wokół, szukając niebezpieczeństwa. W pobliżu był jedynie Sonny.

- Och, ten bezużyteczny pchlarz dalej się za nim pałęta – zaśmiał się. - Złakniony mojej uwagi jak dziecko. Uwagi, której *może* łaskawie mu udzielę dla własnego zadowolenia. Żałosna kreatura pozbawiona godności!

Słowa ściekały mu z ust niczym jad. Nad taflą wody znów zgromadził się obłok, w którym jak we śnie wirowały wizje powstałe w jego wyobraźni. Widział, jak jego armia małp podąża na zachód i miażdży Południowców, którym tyle razu udawało się pokrzyżować jego plany. A na czele armii on sam, w blasku chwały.

- Banda dzikusów budująca sobie lepianki na wybrzeżu... potęga MOJEGO miasta, całego w złocie i marmurach, nawet im się nie śniła. To miasto przetrwa wieki i będzie stanowić pomnik *moich* rządów od oceanów na zachodzie po skute lodem pustkowia wschodu. Od pustynnych piasków na północy do nieprzebytego gąszczu na południu. Wszystko będzie w *moim* ręku, każdy będzie się korzyć przed *moją* władzą i wszyscy będą z przerażeniem patrzeć na nieskończoną agonię, którą ześlę na Sallinię za kradzież dziedzictwa, które było należne *mnie* – zaśmiał się szyderczo. - Jeszcze tylko jeden skarb pozostał do odnalezienia... *Księga Dziejów.* Kiedy ją znajdę, nawet gwiazdy staną się zabawkami w moich rękach. Ten świat będzie zbyt mały, żeby pomieścić moją potęgę.

- Sallinia, Salli... - zawołał cicho w stronę wiru. - Idę po ciebie i po to, co mi ukradłaś. Całą wieczność będziesz cierpieć za swoją zdradę.

Jego głos odbijał się echem od ścian lodowatej świątyni i niósł się dalej, przez spalony las, nad zgliszczami łąk, przez zasypane śniegiem przełęcze prowadzące na zachód, aż dotarł do drewnianej hali położonej na odległym wybrzeżu. Lulu i Salli przeszył dreszcz.

ROZDZIAŁ 8

Wyglądając przez okno Hali Zgromadzeń Lulu ledwo widziała ciężko zwisające liście palm, przytłoczone dusznym, ołowianym powietrzem. Nie dostrzegała nawet spienionych fal, które rozbijały się w oddali o rafy. Z trudem mogła się skupić, myśli miała odrętwiałe od żaru, który w południe lał się z nieba.

Nagle jednak zadrżała, jakby przez pokój przetoczył się lodowaty wicher. Salli, siedząca naprzeciwko, zareagowała tak samo. Lulu oderwała wzrok od falującego morza i spojrzała na matkę.

- *Co* to było? - spytała.

Salli zwróciła się w stronę drzwi, spodziewając się, że ktoś wszedł, ale wszystko było zamknięte.

- Nie mam najmniejszego pojęcia – potrząsnęła głową.

Lulu zaczęła się wiercić niespokojnie na twardym drewnianym krześle, które zdecydowanie nie nadawało się do długich dyskusji przy stole, zwłaszcza kiedy okoliczności były tak... osobliwe. Salli również siedziała na krześle, splótłszy ręce na kolanie.

- Musimy ściągnąć tu Casey'ego i twojego ojca. Musimy zdecydować, co należy robić.

- Tacie teraz bardzo trudno przychodzi rozstrzyganie czegokolwiek i nie wiem, czy powinnyśmy go zamartwiać bardziej niż sytuacja tego wymaga.

\- Dray również powinien przyjść, w gruncie rzeczy to on teraz przewodzi swojemu ludowi.

\- Casey nie zdzierży tego. Zdrada Sonny'ego jest wciąż zbyt żywa w pamięci wszystkich. Nie wydaje mi się, żeby Casey kiedykolwiek już któremukolwiek z tych kotów.

\- *On* właśnie tego pragnie najbardziej. Żeby nasze Przymierze samo się rozpadło pod ciężarem wzajemnych oskarżeń i nieufności, a wtedy będzie mógł nas bez przeszkód po kolei zniszczyć.

\- Zawołajmy Casey'ego. To on odpowiada za obronę – powiedziała Lulu.

Casey schylił się, chcąc przekroczyć próg, ale i tak musiał wejść bokiem, żeby się przecisnąć.

\- Szkoda, że nie powiedziałyście nikomu, żeby poszerzył wejście – powiedział Casey, stając tuż przy kominku.

\- Powiedziałyśmy. Jesteś pewny, że skończyłeś już rosnąć? - spytała Lulu.

\- Casey, jest źle.

Od razu zauważył, że nie miała czasu na zwyczajowe powitania, a atmosfera wokół była wyjątkowo napięta. Położył dłoń na ramieniu Salli.

\- Czy wszystko dobrze z Kerri?

\- Tak nam się wydaje. Właśnie o tym musimy porozmawiać – odparła Salli.

\- Chodź, usiądź z nami – powiedziała Lulu.

Krzesło zdawało się być zrobione dla wychudzonego dziecka, roztargniona Lulu zastanawiała się, czy nie załamie się ono pod ciężarem Casey'ego. Spostrzegła, że miał bardzo spięte ramiona. Gdy tylko się z powrotem ocknęła, Salli już wprowadzała go w całą sytuację.

- Lu zdołała połączyć się myślami z Carterem. Jest ranny, możliwe, że ma połamane żebra – mówiła.

Lulu zobaczyła, że jak Casey zacisnął pięści i szczękę z wściekłości.

- *Musimy go uspokoić, jeśli ma nam się na coś przydać* – pomyślała.

- Zabierają go na wschód, jest związany i nie może się uwolnić – powiedziała Salli.

- Nie to jest jednak naszym największym problemem – wtrąciła Lulu. - Szef stada zdobył Kryształ i jest w drodze, żeby go wręczyć Złemu. Widziałyśmy Sonny'ego razem z małpami...

Zerwał się na równe nogi na sam dźwięk jego imienia, znów zacisnąwszy pięści, zdawał się gotowy obrócić w perzynę wszystko, co miał w zasięgu wzroku.

- *Czasem prościej się dogadać z rozdrażnionym niedźwiedziem* – pomyślała.

- ... i jesteśmy pewne, że On zdobędzie niedługo Kryształ w swoje posiadanie, jeśli już tego nie zrobił. To był jego główny cel przez cały ten czas – rzekła Lulu.

- A potem będzie chciał odebrać nam księgę – powiedziała Salli.

- Przyjdzie zimą? Przez przełęcze? - spytał Casey.

- Właśnie tym zagroził – odparła Salli.

- Jego goryle nie przeżyłyby dłużej w takim mrozie i na takiej wysokości – zauważył.

Lulu usłyszała niepewność w jego głosie.

- Z tym że On raczej nie rzuca czczych pogróżek – dodał Casey. - Jeśli mówi, że to zrobi, to zapewne ma jakiś plan – podrapał się po brodzie, jakby chciał znaleźć rozwiązanie problemu w jej gąszczu.

- Jeśli położy ręce na Księdze Władzy, zostanie mu już tylko jedna rzecz do skolekcjonowania – rzekła Salli. - Ma już Księgę Wiedzy, więc będzie musiał zdobyć już tylko Księgę Dziejów, aby w pełni wykorzystać moc Kryształu. Nikt nie wie, jakie są jej granice, ale On na pewno będzie chciał to sprawdzić.

- A Księgę Dziejów przechowują Śnieżne Niedźwiedzie, klan Naza i Vina, prawda? - spytał Casey. - Wiecie w ogóle, co się stało z tymi futrzakami?

Salli i Lulu popatrzyły po sobie, nie wiedząc, która z nich powinna przekazać złe wieści.

- Carter jest przekonany, że odeszli – powiedziała Lulu.

- Odeszli? Ale do domu?

- Odeszli, ale z tego świata. Nie przeżyli ataku małp.

Casey schował twarz w dłoniach. Przeczesał włosy dłonią, potrząsając głową z niedowierzaniem.

- Przepraszam, nie chciałem zabrzmieć... myślałem po prostu, że... cóż, na pewno nie sądziłem, że dojdzie do tego, że ci dwaj nie zdołają się z czegoś wykaraskać. Nie mogę w to uwierzyć.

- Wiem, nam też się tak wydawało. Że zawsze będą gdzieś obok – powiedziała Lulu.

- Ale to wszystko stawia sprawy w zupełnie innym świetle – powiedział. - Ich ludzie muszą wiedzieć, na pewno teraz czekają na ich powrót. Muszą też dowiedzieć się, że Kryształ został skradziony, a granice nie są już dłużej bezpieczne. Jeśli małpy rzeczywiście go mają, mogą zaatakować w dowolnym momencie, a jeśli On zamierza nas dopaść i wydrzeć nam Księgę Władzy, to zapewniam was, że od razu skieruje się potem na północ zdobyć ich artefakt. Przy okazji możemy z góry założyć, Salli, że kimś tak złym będzie kierować chęć zemsty.

Salli skinęła głową, czekając, co powie dalej.

- Zorganizować obronę tutaj będzie trudno – powiedział Casey. - Nie ma zaufania między Klanem i kotami, nie ma co na to liczyć po zdradzie Sonny'ego. Wystarczy spojrzeć, jak podejrzliwie wszyscy na siebie spoglądają.

- Musimy utrzymać ten sojusz. Potrzebujemy wszelkiej pomocy – rzekła Lulu.

- Wiem, ale nie wydaje mi się, żeby członkom Klanu uśmiechała się teraz wizja kotów, które miałyby „zabezpieczać tyły" - odparł.

- Uważasz, że co powinniśmy zrobić? - spytała Lulu.

Casey podrapał się chwilę po podbródku.

- Niedźwiedzie muszą dowiedzieć się, co się stało i jakie niebezpieczeństwo grozi nam wszystkim. To świetni wojownicy, mają doświadczenie w walce z małpami, ale oni również potrzebują czasu do przygotowań. Musimy wysłać posłańca – powiedział w końcu Casey, zwracając się w stronę Salli. - Może ty i Lulu udacie się na północ? Zabierzcie ze sobą Księgę Władzy. I tak nam się nie przyda, a jeśli Zły będzie myśleć, że znajduje się tutaj, zyskamy więcej czasu.

- Łamiemy sobie nad tym głowę cały ranek, Case – powiedziała Lulu. - Nie mogłyśmy zdecydować się na żaden sensowny plan. Twój jest oczywiście dobry, ale moje miejsce jest tutaj. Jestem królową i muszę tu być, żeby wszyscy pamiętali, o co toczy się walka. Mamo, wydaje mi się jednak, że ty powinnaś iść. Weź Księgę i ukryj ją na północy.

- Nie mogę zostawić ciebie i Sama – odparła Salli.

- Jeśli będziesz bezpieczna na północy, będziemy mogli skupić się wyłącznie na obronie przełęczy i opracować nawet kilka planów awaryjnych na wypadek, gdybyśmy musieli się wycofać. Nie będziemy musieli martwić się o to, że Zły cię dopadnie i odbierze Księgę – powiedział Casey.

- Z każdym kolejnym dniem tata ma coraz rzadziej te przebłyski świadomości. Nie wiem, czy za tydzień będzie w stanie rozpoznać którekolwiek z nas – rzekła Lulu.

- Nie opuszczę go. To dobry plan, ale nigdzie się bez niego nie ruszę. Pójdziemy razem.

Casey przytaknął bez słowa.

Lulu obeszła stół i podeszła do matki. Przez chwilę znów chciała być małą dziewczynką, która może po prostu przytulić się do mamy i nie musi być za nic odpowiedzialna. Zarzuciła

Salli ręce na szyję i mocno się do niej przytuliła, nie puszczając bardzo długo.

- Mamy już przynajmniej zalążek planu. Resztę możemy omówić później – powiedział Casey, po czym wstał i cicho ruszył w stronę drzwi. Spojrzał ostatni raz na matkę i córkę, które pozostawały splecione w uścisku. Wziął głęboki wdech, żeby przygotować się psychicznie na zadania, które przed nim stały.

- *Jak mam zorganizować obronę, kiedy połowa ludzi nie ufa tej drugiej połowie? I dokąd niby mamy uciec w razie porażki?*

Zszedł w stronę plaży poszukać swojego starego przyjaciela, który niegdyś, w dawnych już czasach, mógł być ich królem. Sam siedział, wpatrując się w bezkres oceanu, i nie rozpoznał głosu Casey'ego, gdy ten się z nim przywitał.

- Przeklinam dzień, kiedy te zapchlone koty wmieszały się w nasze życie, a już szczególnie do diabła z Sonnym – powiedziała Lulu.

- Rozgrzebywanie przeszłości nic nam teraz nie da. Mamy już plan na przyszłość i zgadzam się z Caseym, że to najlepsze, co możemy teraz zrobić – Salli mocno przytuliła córkę. Czas przestał teraz dla nich płynąć.

- Tata nigdy nie mówił, że bycie królową będzie tak trudne. Gdybym wiedziała, że tak będzie, to nie wiem, czy bym się na to zgodziła.

- Twój tata nigdy nie przypuszczał, że sprawy przybiorą taki obrót. Gdyby było inaczej, nigdy nie zrzekłby się tytułu.

Lulu mocno ścisnęła matkę.

- Wciąż uważam, że powinnaś pozwolić mu zostać tutaj. Damy radę z Caseym się nim zaopiekować.

- Nie mogę tego zrobić. Troszczył się o mnie, odkąd wyciągnął mnie półżywą z rzeki. Nie zostawię go teraz, zresztą nigdy nie byłabym w stanie tego zrobić.

Wciąż siedziały wtulone w siebie, nie chcąc przerywać tej chwili.

- Wiem, że wciąż miewa przebłyski, gdy wszystko pamięta i nas rozpoznaje. Proszę, powiedz mu wtedy o mnie i jak bardzo za nim tęsknię – powiedziała Lulu.

- Każdego dnia będę mu o tym mówić. Jak tylko będziemy mogli, poślemy gońca z wieściami. I żeby było jasne, żadnego płaczu dopóki widać nas na horyzoncie... słowo?

- Mamo, ja już za tobą tęsknię.

Przytuliły się ostatni raz, po czym Salli weszła po trapie na statek, z lekkością wskakując na pokład. Stanęła przy rufie, nie odrywając oczu od córki. Starała się nie pokazywać, że serce pęka jej z żalu. Zgromadzeni na plaży mężczyźni pchnęli statek na głęboką wodę, który podryfował, pozostawiając za sobą wydmy oraz członków Klanu.

Biały żagiel opadł, łopocząc głośno, i łódź popłynęła na północ, trzymając się wewnętrznej strony rafy oraz spokojniejszych wód. Lulu machała im na pożegnanie, dopóki nie zniknęli za cyplem.

Salli stała cały dzień przy burcie. Gdyby od tej podróży nie zależało życie jej rodziny i całego Klanu, możliwe, że z pewną przyjemnością chłonęłaby tutejszy krajobraz. Zupełnie obojętnie mijała jednak wapienne klify, złote plaże oraz przejrzystą turkusową toń.

Avi przekazał ster Timowi, jednemu z członków załogi, i dołączył do stojącej przy burcie Salli. Milczeli, lecz nie było w tym ani odrobiny niezręcznej ciszy. Obserwowali trzepoczący na delikatnym wietrze żagiel i patrzyli, jak dziób statku uderza o nadchodzące fale w rytm ich niekończącego się cyklu wznoszenia i opadania.

- Chyba zarzucimy wędki i zobaczymy, co się uda złowić na obiad – powiedział.

Salli spojrzała na ławice ryb, które przepływały obok statku, mknąc przez dziewiczo czyste wody.

- Podobno morskie powietrze zaostrza apetyt, ale jakoś ostatnimi czasy w ogóle nie jestem głodna – powiedziała Salli.

- Dobrze cię rozumiem. Jak Sam się trzyma?

- Niknie w oczach – odparła, patrząc przed siebie, żeby Avi nie dostrzegł żalu w jej oczach. Mam nadzieję, że te cholerne koty spłoną w piekle za to, co zrobiły, a już zwłaszcza Sonny... Przysięgam, że jeśli Kerri albo Carterowi coś się stanie, to... to...

- Nie mów nic więcej, dźwigasz naprawdę ogromny ciężar. I wydaje mi się, że jeśli jest w naszym Klanie ktoś, kto da sobie radę w każdej sytuacji, to na pewno jest to Kerri. Nie przejmuj się nią aż tak, może lepiej skup się na Samie i na podróży przed tobą.

Skinęła głową, starając się jednocześnie uporządkować gonitwę myśli, która nią targała.

- Wolałabym, żebyśmy mieli już jakieś wieści od twojego brata. Ben wyruszył całe tygodnie temu w poszukiwaniu ojczyzny niedźwiedzi, a im dłużej on nie wraca, tym dłuższą drogą my będziemy musieli pokonać.

- Kiedy wyszedłem dziś rano na pokład, miałem mocne poczucie, że Ben już płynie do domu. Wiem, że nic mu nie jest, jestem tego pewien. Nie mam wątpliwości, że już niedługo dostrzeżemy jego łódź – powiedział Avi.

- Skąd ta pewność? Nikt nie wie, co się znajduje po tamtej stronie oceanu.

- Stąd – odparł Avi, uderzając się w pierś. - Serce mi podpowiada, że jest cały i zdrów, ba, że jest szczęśliwy.

- Bliźniaki... nigdy nie przestaniecie mnie zadziwiać – Salli spojrzała na niego z uśmiechem.

- Urodziliśmy się razem i zawsze jeden był u boku drugiego. Jeszcze nigdy nie byliśmy rozdzieleni na tak długo. Czuję go, czuję jego szczęście, a on na pewno czuje też mnie.

Salli westchnęła głęboko i powoli wypuściła powietrze. Poczuła, jak wraca jej pewność siebie i poczucie bezpieczeństwa.

- Cieszę się, że tu jesteś, Avi.

- Myślisz, że podróż będzie niebezpieczna?

- Obawiam się, że tak – odpowiedziała. - Zbliża się wojna, musimy zrobić wszystko, co w naszej mocy, żeby pomóc Lu.

Avi popatrzył na nią przez chwilę, jak spogląda na horyzont.

- Zwołam ludzi na pokład, zarządzę jakiś reżim treningowy. Nie możemy wypaść z formy.

Odwróciła się w jego stronę i skinęła głową bez słowa. Nagle dotarło do niej, że ta walka będzie się toczyć o jej życie.

Do nieustannego łopotania żagla i syku wody rozbryzgiwanej wokół przez dziób statku dołączył teraz szczęk kosturów ćwiczącej załogi. Salli omiatała bezmyślnym wzrokiem kolejne mijane zatoki. Przestała już nawet liczyć dni, które upłynęły, a nuda tylko pogłębiała jej niepokój. Gdy Sam spał, spędzała więcej czasu na dziobie statku, obserwując. Martwiło ją to, że sen Sama robił się coraz dłuższy i częstszy.

Z zadumy wyrwał ją okrzyk.

- Żagiel na horyzoncie!

Cały statek zamarł na chwilę.

- *Jak mogłam go przegapić? Wypatrywałam go przecież całymi godzinami* – pomyślała.

Avi i reszta załogi pognali na dziób, każdy próbował dostrzec choćby skrawek statku i każdy modlił się w duchu, żeby na jego pokładzie był Ben. Salli spojrzała na Aviego i dostrzegła uśmiech na jego twarzy.

- Twój brat?

- Zgadza się, czułem jego obecność w pobliżu od kilku dni, ale nie chciałem was niepotrzebnie nakręcać – odparł.

Ujęła go pod ramię i ścisnęła mocno.

- W końcu jakieś wieści – powiedziała.

Nadpływali zaskakująco szybko, do uszu Salli prędko doszły powitalne okrzyki radości. Gdy już byli wystarczająco blisko, rzucili sobie liny i zrzucili kotwice. Obydwie załogi padły sobie w ramiona, wszystkich rozpierała radość z okazji spotkania z dawna niewidzianych przyjaciół oraz zaciekawienie, jakie wieści ze sobą przynoszą. Gdy Avi wyściskał swojego brata, Salli wezwała ich obu do swojej kajuty pod pokładem, gdzie mogli porozmawiać we względnej ciszy. Gdy wchodzili, Sam spojrzał w górę w ich kierunku, ale nie rozpoznał swoich gości.

- Sam! Dobrze cię widzieć – rzekł Ben, podchodząc przywitać się z niegdyś wielkim przywódcą Klanu.

Ben chwycił zwiotczałą dłoń Sama i energicznie potrząsnął. Sam nie zareagował w żaden sposób. Radość ponownego spotkania szybko uleciała z twarzy Bena.

Salli chwyciła dłoń Sama i pocałowała go w czoło.

- Ben wrócił ze swojej wyprawy na północ. Lulu posłała go, żeby odnalazł dom śnieżnych niedźwiedzi – powiedziała cicho.

Szkliste oczy Sama nawet nie drgnęły.

- Chodź, usiądziemy przy oknie i wysłuchamy nowin – poprowadziła Sama do ławy, która znajdowała się tuż pod otwartym lufcikiem umiejscowionym na rufie statku, skąd widać było biały ślad pozostawiony przez statek. Obijająca się o rafy woda bezustannie dudniła w oddali.

- Gdzie jest Lu? - spytał Sam, marszcząc brwi, zdezorientowany.

- Jest z Caseym – odparła łagodnie Salli. Sam kiwnął głową, jakby rozumiał, ale Salli dobrze wiedziała, że zdążył już zapomnieć, o co pytał. - Ben, chodź usiąść. Opowiedz nam, czego się dowiedziałeś.

Ben również wyglądał przez chwilę na zbitego z tropu. Przysunął sobie krzesło, patrząc to na Sama, to na Salli.

- Co mu się stało? Wszystko w porządku?

- Nie dość, że traci pamięć, to jego umysł jest bardziej otępiały. Odkąd przekroczył granicę w poszukiwaniu dzieci, na moich oczach zmienia się w starca. Z każdym dniem jest coraz bardziej nieobecny duchem.

- Ale inni przecież również przeszli na drugą stronę walczyć z małpami? Nas też to dotknie?

- Niedźwiedzie mówią, że nie, bo jesteście młodzi i byliście po tamtej stronie bardzo krótko, a ci, którzy potrafią zmienić się w zwierzęta, są na to odporni. Wychodzi na to, że zmiana kształtu skutecznie chroni przed wpływem bram.

Ben pokręcił głową z niedowierzaniem.

- Salli, tak mi przykro, wciąż nie mogę w to uwierzyć. Sam zawsze był najsilniejszy z nas wszystkich.

Salli klasnęła dłońmi, żeby rozproszyć ponurą aurę, która zapanowała w kajucie.

- Ben, dobrze mieć cię z powrotem. Mów, czego się dowiedziałeś – powiedziała Salli z ekscytacją w oczach.

Ben oparł się o krzesło, zastanawiając się, od czego powinien zacząć, ale stwierdził, że po prostu da się ponieść nowo odzyskanemu entuzjazmowi.

- Salli, znaleźliśmy ich. Znaleźliśmy mieszkańców północy, tych, którzy zmieniają się w śnieżne niedźwiedzie. Są tylko dwie doby żeglugi na północ stąd. Mają niewielką osadę rybacką na wybrzeżu. Złowione ryby suszą i transportują do miasta, które jest oddalone o jakieś cztery dni drogi przez pustynię. Samo miasto jest zbudowane wokół gorącego źródła i robi naprawdę niesamowite wrażenie – zamilkł na wspomnienie chwili, gdy po raz pierwszy wyłoniło się ono zza horyzontu pustyni. - Znają Sama i Lulu, no i oczywiście też Kerri. Pokonała Vina, jednego z ich czempionów, a o jej sprawności w walce krążą już najwyraźniej legendy. Carter również jest dla nich bohaterem za to, że uratował życie Vinowi i Nazowi życie podczas wyprawy do Utraconych Ziem, gdy chcieli uratować Holly. Co do niej samej... cóż, każdy ją tam kocha i traktuje tego dzieciaka jak własną córkę. Nikt nie ma jej za złe tego, że wykradła Kryształ. Ludzie rozumieją, że nie zrobiła tego z własnej woli, tylko została opętana po tym, jak koty ją porwały, a następnie obiecywały jej Kryształ w nagrodę. Zaś po tej traumie związanej z byciem pogrzebaną żywcem pod śniegiem przez tak długi czas, wszyscy zawsze ją tam przyjmą z otwartymi ramionami.

Salli skinęła głową, zamyślona.

- Jakie panują tam nastroje względem kotów? - spytała.

- Jest dużo wrogości. Wiedzą, że jeden z ich herosów, Jojo, zginął, broniąc ich, ale panuje przekonanie, że wszystko jest winą kotów. Cały ten konflikt wszczął Duma, kradnąc Kryształ.

- Wobec tego sojusz może runąć w każdej chwili.

- Co się stało? - spytał Ben.

- Sonny nas zdradził. Poprowadził małpy do Kryształu. Carter został pojmany, jest ranny, Kerri próbuje go teraz uratować. Obawiam się jednak, że Naz i Vin nie przeżyli.

Ben zapadł się w swoim krześle. Przeczesał włosy dłonią, wyraźnie nie mogąc się pogodzić z tym, co przed chwilą usłyszał.

- Dlaczego tu jesteście? - spytał.

- Szukamy pomocy. Ten, który stoi za tym wszystkim, szykuje inwazję na naszą nową ojczyznę. Śmierć grozi nam wszystkim, ale przede wszystkim zależy mu na mnie i na czymś, co znajduje się w moim posiadaniu.

- Księga Władzy?

- A *ty* skąd o tym wiesz? - spytała.

- Od tych z północy. Oni mi powiedzieli – odparł Ben.

- Wszystkie trzy księgi stanowią klucz. Sądzę, że na ich stronach możemy znaleźć, jak Go pokonać.

- Odniosłem wrażenie, że księgi są dla niedźwiedzi święte – powiedział Ben.

- Czy wśród twojej załogi jest ktoś, kto może objąć dowództwo nad statkiem?

- Tak, Harri na przykład, to zdolny człowiek.

- Dobrze, chcę, żebyś popłynął z nami i przedstawił nas ludziom z północy – rzekła Salli.

- Oczywiście.

- Przekaż te wieści swojej załodze i uprzedź ich, z czym przyjdzie im się zmierzyć w niedalekiej przyszłości. O stanie zdrowia Sama również im powiedz. Przede wszystkim jednak chcę dobić do brzegu najszybciej, jak się da.

- Będziesz chciała coś przekazać Lu? - spytał Ben.

- Przekażę Harriemu list, zanim odpłyniemy – odpowiedziała.

- Avi, macie dość zapasów na kolejny tydzień żeglugi?

- O to się nie martw, wszystkiego nam wystarczy – odparł Avi.

- W porządku, biorę się do roboty zatem – Ben wyszedł z kajuty, pochylając się pod progiem, wciąż wstrząśnięty tym, w jakim stanie ujrzał Sama.

Wciągnęli cumy na pokład, obrócili okręty i rozwinęli żagle. Wszyscy członkowie klanu stali na pokładach swoich statków. Każdy bez wyjątku mocno przeżywał to rozstanie, nikt nie mógł zdobyć się na uśmiech. Wiedzieli, że najprawdopodobniej widzą Sama po raz ostatni. Ten niegdyś wielki przywódca był teraz zaledwie cieniem samego siebie, pustą skorupą niszczoną przez czas. Jego umysł i wspomnienia zaś zacierały się z każdym kolejnym dniem.

Salli po raz pierwszy usłyszała pełne wyrzutu szepty skierowane w stronę kotów, obwiniające ich za stratę tak walecznego króla. Głosy natychmiast cichły jednak, gdy tylko widziano Salli w pobliżu.

Wiatr ucichł tej nocy, powietrze zrobiło się duszne. Ledwo wyczuwalny wiatr delikatnie muskał żagle. Ben patrzył, jak dziób statku lśnił w mroku za każdym razem, gdy zanurzał się w wodzie. Uśmiechnął się na widok Salli, której głowa wychynęła zza drabiny prowadzącej do dolnego pokładu.

- Kłopoty ze snem? - spytał.

Salli potrząsnęła głową i stanęła obok niego. Rozejrzała się wokół, omiatając wzrokiem pianę po lewej stronie, gdzie ocean leniwie chłostał wystające czubki rafy. Z prawej strony zawieszony na niebie półksiężyc oświetlał piaszczystą plażę, nadając jej srebrno-błękitnawy odcień. Nieruchome palmy pochylone były w jej kierunku. Cały świat zdawał się w tej chwili śnić.

- Myślisz, że daleko jeszcze do tej osady rybackiej? - spytała.

- Przy sprzyjającym wietrze powinniśmy być tam jutro. Jesteśmy już blisko, poznaję tę zatokę oraz tamtą, którą przed chwilą minęliśmy.

- Muszę mieć poczucie, że posuwamy się naprzód – odparła.

- Salli, chciałem cię od pewnego czasu o to zapytać... co się stanie z Samem? - Ben czuł się źle, zadając to pytanie, ale czuł, że nie ma wyjścia.

- Nie wydaje mi się, żeby było na to lekarstwo, jeśli o to pytasz. Jego stan prawdopodobnie będzie się już tylko pogarszać. Serce mi pęka, gdy patrzę na to, jak jego stan pogarsza się z każdym dniem.

- Tak mi przykro, że nigdy nie doczekaliśmy się jego koronacji – powiedział.

- To była jego własna decyzja. Musiał zdawać sobie sprawę, jak jego choroba się rozwija. Nie wiem, czy już kiedykolwiek zobaczy Lulu – westchnęła głęboko.

Ben nic nie mówił. Zapadła głucha cisza.

- Lepiej, żebyśmy byli przygotowani – rzekła Salli po chwili.

- Kiedy nadejdzie czas, staniemy u twojego boku bez względu na wszystko.

- Będę polegać na tobie i Avim, gdy trzeba będzie objąć przywództwo.

Widział w jej oczach ból spowodowany bezsilnym patrzeniem na to, jak ukochany mężczyzna, ten sam, który ją ocalił, otoczył opieką, wprowadził do nowego świata i przyjął jak jedną ze swoich, teraz powoli umierał.

- To była *jego* decyzja, żeby uratować dzieci – powiedziała. - Mogliśmy tam pójść w większej liczbie i wszystko potoczyłoby się dwa razy szybciej, ale Sam nie chciał ryzykować wojny. Gdyby nie ten głupiec, Duma, wszystko potoczyłoby się inaczej...

- Jeśli chcesz pokonać Złego i wyjść z tego wszystkiego żywa, musisz być silniejsza od nienawiści, którą czujesz– powiedział Ben.

- Tak, wiem... po prostu mam chwilę słabości, zaraz mi przejdzie – skinęła głową.

Westchnęła głęboko, napełniając płuca cichym nocnym powietrzem, żeby się uspokoić.

Ben czuł, że Salli drży. Wyciągnął ku niej ramię i mocno ją objął. Gdy poczuła jego dotyk, coś w końcu w niej pękło. Nie miała już siły dłużej wstrzymywać łez. Upłynęło wiele czasu, zanim ucichł jej szloch.

Siedziała w kajucie całkowicie odrętwiała, dopóki nie ocknął jej głośny plusk. Rozpoznała ten dźwięk, właśnie zrzucono kotwicę. Łódź kołysała się teraz delikatnie wraz z ruchem fal. Strach przed wyjściem i stawieniem czoła światu paraliżował ją do tego stopnia, że nie miała siły się ruszyć. Jednocześnie jednak czuła płonący w głębi duszy gniew. Gniew, który z wielkim trudem trzymała w ryzach, gdy myślała o tym, że jej mąż umierał powoli chciwość jednego człowieka, a jego syn ściągnął zagrożenie na cały Klan. Na przemian wstrząsały nią rozpacz, strach i wściekłość.

- *Dlaczego Sonny musiał pojawić się w naszym życiu...* - myślała.

Upał w kabinie stawał się już nie do zniesienia, ale nie potrafiła się zdobyć na to, żeby wstać i opuścić męża. Zaczęła myśleć o

Lulu, która w wieku osiemnastu lat musiała dźwigać na swoich barkach los całej wspólnoty.

- Jak ja jej powiem, że nie ma już ojca?

Był środek ranka, gdy pukanie do drzwi wyrwało ją z letargu. Wciąż nie mogła wstać, ale docierało do niej, że ktoś otwiera drzwi i ją cicho woła.

Avi wszedł powoli do ciasnej kajuty położnej z tyłu statku. Okiennice były zatrzaśnięte, światło dnia nie mogło rozproszyć panującej wewnątrz ciemności. W gęstym mroku Avi dostrzegł ciało Sama, w całości przykryte płótnem. Obok siedziała Salli, wciąż trzymając jego bezwładną dłoń. Mimo że wraz z nią rozmawiali o tej ewentualności, żadna rozmowa nie byłaby w stanie przygotować go na ten widok, bolesny w swojej naturalności i prawdziwości.

Podszedł do koi, na której spoczywało jego ciało, i ukląkł obok Salli prosić swojego boga o przyjęcie Sama w zaświaty.

ROZDZIAŁ 9

Ludzie z osady siedzieli pod płóciennym daszkiem, gdzie reperowali sieci rybackie, gdy do zatoki wpłynął statek. Poznali od razu, że na tej samej łodzi wcześniej przypłynęli południowcy. Carrick, jako Szef grupki rybaków, wyszedł na plażę powitać przybyszów.

Podniósł dłoń, żeby osłonić oczy przed słońcem. Obserwował, jak tamci spuszczają szalupę, a następnie schodzą do niej po drabince. Gdy dopłynęli łódką wystarczająco blisko plaży, wiosłujący szarpnęli mocno wiosłami, po czym unieśli je w górę, pozwalając łodzi wpełznąć głębiej na ląd.

Carrick był zdziwiony, gdy zobaczył stojącego w łódce Bena. Tym bardziej zaskoczył go jego przybity wyraz twarzy oraz opadłe ramiona, bo gdy odpływał raptem kilka dni temu, był w wyśmienitym nastroju. Coś strasznego musiało się wydarzyć.

Wyciągnął rękę Benowi na powitanie, gdy ten wyskoczył z łodzi. Podwinięte rękawy odsłaniały mocne ramiona Carricka, słońce tak bardzo rozjaśniło włosy na jego ramionach, że były już białe. Po jego brodzie wnioskować można było, że spędził tu niemało dni, uwijając się, żeby uzupełnić zapasy pożywienia dla miasta.

- Ben! - zawołał. - Co tak szybko? - mina szybko mu jednak

zrzedła, gdy zobaczył wymuszony uśmiech na twarzy Bena oraz jego pusty wzrok.

- Carrick... przychodzę prosić cię o pozwolenie na przybicie do brzegu i pochowanie zmarłego – czuł, jak skręca mu żołądek, gdy wypowiadał te słowa.

Carrick popatrzył na niego. Jego sylwetka wyraźnie górowała nad Benem, zasłaniając słońce, od którego włosy Carricka zdawały się lśnić.

- Ben, przyjacielu, oczywiście, że udzielamy wam pozwolenia na przeprowadzenie pochówku zgodnie z waszymi zwyczajami – odparł tak oficjalnym tonem, że z trudem rozpoznał własny głos.
- Co się wydarzyło?

- Chodzi o Sama. Zmarł podczas podróży. Salli, jego żona, właśnie go dogląda.

- Wasz król?! - Carrick był tak wstrząśnięty, że wszyscy wokół zaczęli przysłuchiwać się ich rozmowie.

- Tak, choć nie do końca. Sam zrzekł się korony na rzecz swojej córki, królowej Lucindy. Stos pogrzebowy musi być gotowy przed zachodem słońca.

- Pomożemy wam. Przekaż swojej załodze, żeby przynieśli jego ciało na ląd.

Ben obrócił się i dał sygnał ludziom na statku, który spokojnie falował, zakotwiczony na głębokiej wodzie.

- Chodź – rzekł Carrick, kładąc dłoń na ramieniu Bena. Zaprowadził go tam, gdzie poprzednio go ugościli i zaoferowali poczęstunek przygotowany, gdy tylko dostrzeżono jego łódź. - Powiedz mi, co się stało.

Zdawało się, że Ben osłabł jeszcze bardziej, gdy usiadł przy stole naprzeciwko Carricka. Ramiona opadły mu bezwładnie i westchnął głęboko.

- Postanowił uratować dzieci z naszego Klanu porwane w Wysokie Alpy i to go zabiło. Przejście przez bramę doszczętnie zniszczyło jego ciało, ponieważ nie posiadł umiejętności zmiany kształtu. Wrócił naznaczony wyrokiem śmierci, umierał, odkąd tylko wrócił do domu, a Sonny w ogóle go nie ostrzegł, czym grozi przedostanie się na drugą stronę granic.

- Masz na myśli syna Dumy?

- Tak, znowu o nich chodzi. Salli jeszcze się nie otrząsnęła po stracie. Musimy przekazać wieści Lulu.

- Lulu? Chodzi o królową Lucindę?

Ben przytaknął.

- Sama woli być tak nazywana, Lulu właśnie – odparł. Dostrzegł, że Carrick spogląda ponad jego ramieniem w stronę morza.

- Ben, już płyną. Pomożemy wam przygotować stos.

Salli, wyprostowana, klęczała w piasku. Jej długie, czarne włosy falowały smagane wieczornym wiatrem wiejącym w stronę morza. Ben widział, że pochodnia, którą trzymała, drży i zastanawiał się, czy Salli znajdzie w sobie siłę, żeby wzniecić ogień, który wyśle jej męża w ostatnią podróż.

Wszyscy stali ze spuszczonymi głowami, odmawiając modły w intencji Sama. Jego walka ze złem, które wtargnęło do ich świata, dobiegła już końca. Ben zrozumiał, że Salli nie będzie w stanie tego zrobić. Uklęknął obok niej i zabrał jej pochodnię z rąk.

- Za waszym pozwoleniem, pani – powiedział.

Salli usiadła, w jej ruchach i postawie widać było coś królewskiego. Wpatrzona w stos wciąż nie umiała się ruszyć. Dopiero po kilku chwilach dotarły do niej słowa Bena, któremu skinęła bez słowa, po czym obserwowała, jak ten podchodzi do drewnianej wieży. Obszedł stos naokoło, zapalając leżące najniżej ususzone liście palm. Ogień buchnął natychmiast, gdy tylko Ben przyłożył płonącą żagiew. Po chwili cały stos lśnił jasnym płomieniem, podsycanym dodatkowo przez ciepły wiatr.

Salli klęczała, dopóki cały stos nie obrócił się w pył. Deszcz iskier wzniósł się ku niebiosom, próbując sięgnąć gwiazd, aż ich światło, wypalając się z wolna, umarło.

Carrick wyprowadził o świcie karawany na pustynię. Podczas gdy słońce przepędzało mrok, kolor piasków przeszedł od różano-krwistego, przez odcienie złota aż do platyny. Podróżujący mówili niewiele, każdy był pogrążony we własnych myślach, próbując na swój sposób pogodzić się ze stratą, którą nosili w sercu, i jednocześnie nie ugrzęznąć w piasku pustyni.

Zmierzali ku gorącemu źródłu położonemu na skraju płaskowyżu prowadzącymi w Wysokie Alpy. Wędrując na wschód, po swojej prawej stronie mieli rozciągający się łańcuch górski. Pokryte śniegiem szczyty, przypominające kły potężnego zwierzęcia, imponowały surowym pięknem, które odcinało się na tle ciemnobłękitnego nieba na południu.

Wydmy w końcu ustąpiły miejsca bezkresnej pustce płaskowyżu. Maszerowali teraz z większą łatwością, podłoże było już stabilniejsze. Wszystkim jednak dawała się we znaki chmura pyłu wzniecana przez karawanę, choć szli z twarzami szczelnie obwiązanymi chustami.

Gdy zaczynał się czwarty dzień ich podróży, Salli poczuła nagły przypływ sił. Stojący na czele karawany Carrick dał sygnał do zatrzymania. Obserwował horyzont, czekając, aż pozostali się z nim zrównają, po czym wskazał na odległy punkt, który tylko on mógł dostrzec.

- Jesteśmy w domu. Dotrzemy tam, nim zapadnie zmrok – powiedział z uśmiechem. - Puszczę kogoś przodem, niech w mieście mają czas przygotować nam powitanie.

Szli dalej na wschód i z każdym kolejnym krokiem, zza horyzontu powoli wyłaniał się zarys miasta. Gdy nad płaskowyżem zapadał zmierzch, dostrzegli migoczące światła pochodni trzymanych przez mieszkańców miasta, którzy wyszli im na powitanie. Na ich czele czekał Szef, również wyczekujący przybycia znużonych wędrówką podróżnych. Zdecydowanie odznaczał się na tle pozostałych mieszczan, wyższy o głowę, o szerokich ramionach i z twarzą pokrytą gęstym zarostem. Wyszedł powitać przybyszy, gdy karawana podjechała bliżej wejścia do miasta.

- Jako wybrany przywódca naszego miasta serdecznie was witam, przybysze. Przyjmijcie, proszę, wyrazy współczucia z powodu waszej straty oraz nasze modły. Czujcie się jak u siebie, wikt i opierunek już są przygotowane, a z pewnością jesteście zmęczeni po długiej podróży.

Salli wystąpiła naprzód i mocno uścisnęła dłoń Szefa.

- Dziękujemy za eskortę do miasta oraz za tak miłe przyjęcie. Moi ludzie z radością w końcu odpoczną. Moja córka, królowa Lucinda, przekazała mi ten list, abym doręczyła go osobiście w wasze ręce. Mam również prośbę. Chciałabym natychmiast omówić sprawy niecierpiące zwłoki, odpocząć mogę później.

Szef skinął głową. Obrócił się i ujął Salli pod ramię, po czym wprowadził ją oraz karawanę do miasta.

- Proszę ze mną, pani. Rozmawiać możemy jednak przy jakichś napojach, no i jestem pewien, że chętnie obmylibyście twarze po podróży.

Salli uśmiechnęła się w podzięce i podążyła za Szefem do miasta. Ben i Avi szli tuż za nimi. Gdy dotarli do centrum, Szef zatrzymał się przed okazałym kamiennym budynkiem. Dębowe drzwi prowadzące do środka były tak szerokie, że bez problemu zmieściłoby się w niej czworo ludzi.

Weszli i Szef krzyknął, aby rozładować wozy i uporządkować transport, który właśnie przyszedł.

- Chodźcie za mną, zaprowadzę was do głównych sal – powiedział.

- Czy mogę prosić o łóżka i jedzenie tylko dla moich ludzi na razie? Chcę porozmawiać z tobą na osobności.

Szef zawołał Gwardzistę stojącego przy wejściu i wymienił z nim tradycyjne powitanie. Dolan był ubrany w nieskazitelnie czysty mundur, buty z wysokimi cholewami miał wypolerowane tak, że można się było w nich przeglądać. Czerwone zdobienia biegnące wokół ramion kontrastowały z długimi blond włosami związanymi w kucyk. Salli założyła, że Dolan mógł mieć około osiemnastu lat, ale w jego ciemnych, błękitnych oczach widać było doświadczenie i mądrość kogoś znacznie starszego.

- Dolan, zaprowadź naszych gości do Akademii. Zadbaj, żeby każdy dostał pokój i coś do jedzenia.

- Tak jest, Szefie – Dolan skinął głową i ruszył przed siebie powitać przybyszy.

- Dobrze cię znowu widzieć, Ben. Chodźcie, pokażę wam, gdzie możecie odpocząć – dodał, wesoło klepiąc Bena po ramieniu.

Weszli do Głównego Holu, gdzie Szef poprowadził Salli do końca korytarza. Ich kroki niosły się echem po marmurowej posadzce. Salli spoglądała na wiszące na ścianach gobeliny, które przedstawiały triumfy i klęski ludu północy.

Szef otworzył ciężkie dębowe drzwi znajdujące się na końcu korytarza i zaprosił Salli do bogato zdobionego pokoju, w środku którego stał długi, lśniący stół wyłożony napojami i owocami przygotowanymi specjalnie dla nich.

- Rozgość się proszę – powiedział, nalewając jej ciepłej, słodkiej herbaty z dużego, srebrnego samowaru.

Usiadł na krześle z wysokim oparciem obok niej, położonym u szczytu stołu.

- Nazywam się Sallinia Constance-Southerland, jestem żoną zmarłego Samuela Southerlands i matką królowej Lucindy. Mów mi jednak Salli, córkę nazywaj natomiast Lulu. Mam tu ze sobą oficjalny list powitalny od królowej – powiedziała, wręczając zapieczętowany pergamin.

- Mam również wiadomość, którą obiecałam przekazać. Wraz z całym Klanem pragnie ona podziękować waszemu ludowi za odwagę i wytrwałość, jaką wykazali Naz i Vin, oraz za ich pomoc w powstrzymaniu ataku małp na naszą ziemię. Obaj są wśród nas uznawani za wielkich bohaterów.

- Podziękuj, proszę, swojej córce, królowej, yyy, Lulu – poprawił się w ostatniej chwili. – Za te niezwykle ciepłe słowa. My również patrzymy na nich jak na wielkich bohaterów, ale staramy im się tego nie mówić, bo jeszcze zaczęliby domagać się dodatkowych porcji jedzenia!

Salli odpowiedziała uśmiechem na jego uśmiech.

- A gdzie teraz ci dwaj się podziewają? – rzucił wesoło.

Salli odkaszlnęła znacząco. Spojrzała w błękitne oczy rozmówcy, badając jego reakcję.

- To jeden z powodów, dla których chciałam natychmiast porozmawiać.

Usiadł na skraju krzesła, czując nagłą powagę rozmowy.

- Może wody? – zaproponował.

- Tak, proszę... cokolwiek, żeby pozbyć się tego pyłu z gardła.

Podniósł dzban z chłodną wodą z dodatkiem cytryny i nalał jej do srebrnego kubka. Salli uważnie obserwowała jego ruchy.

- Obawiamy się o ich bezpieczeństwo. Wiemy, że Carter został pojmany przez małpy.

Kubek zadrżał w jego dłoni, trochę wody wylało się na stół. Milczał.

- *Teraz powie, żebym powiedziała mu wszystko, co powinien wiedzieć jako tutejszy przywódca* – pomyślała Salli.

Podał jej kubek, wytarłszy uprzednio brzegi. Usiadł i głęboko westchnął, opierając się łokciami o oparcia krzesła. Splótł dłonie i położył na nich dłonie, głęboko zamyślony.

- A mała Holly? – spytał w końcu.

- *Sprytnie* – pomyślała. – *Dwa pytania w jednym.* – Holly wróciła bezpiecznie do domu... lecz bez Kryształu, który wam wykradła.

Odchylił się do tyłu i zamknął oczy. Właśnie zaczął się spełniać najczarniejszy scenariusz w jego głowie.

- Powiesz mi, co wiesz? – spytał.

- Wiemy, że Holly ukryła Kryształ w sadzawce położonej nad miastem Dumy – zauważyła, że jej rozmówca wyraźnie się napiął na dźwięk tego imienia.

- Wiemy też, że Holly weszła do miasta, gdzie znalazła uwięzionego i torturowanego przez małpy Dumę. Najpierw chciała się na nim zemścić za krzywdy, które jej wyrządził, ale kiedy zobaczyła jego rany, ulitowała się nad nim i go uwolniła. Prosił ją, żeby go zostawiła. Rzuciła się do ucieczki, wtedy też właśnie Carter, Naz i Vin zdołali ją znaleźć. Przekonała ich wtedy, że wciąż ma przy sobie Kryształ, bo bała się, że tamci będą chcieli go jej odebrać. Jej umysł znajdował się wtedy pod przemożnym wpływem jego klątwy. Małpy zaczęły ich ścigać, ale udało im się umknąć, zbiegając wysoko w góry. Wywalczyli sobie drogę na zachód przez przełęcz, której strzegł Klan oraz Zagubieni.

- Zagubieni? - zapytał. - Tak nazywacie tych, którzy zmieniają się w koty? Którym małpy odebrały ziemię?

- Tak, daliśmy im schronienie, pomogliśmy przetrwać. Popłynęliśmy na zachód wzdłuż wybrzeża i znaleźliśmy ziemię, gdzie Bramy nie istnieją. Nie musimy stamtąd przechodzić przez żadne granice, żeby dostać się na drugą stronę gór lub na waszą ziemię.

Salli wzięła łyk chłodnej wody, żeby dać sobie czas na ułożenie myśli.

- Gdy Naz, Vin i Carter oraz Holly wrócili już do Klanu, Holly przyznała, że schowała Kryształ w pewnej sadzawce. Carter wiedział, gdzie ona się znajduje i zaproponował, że zaprowadzi Naza i Vina na miejsce. Trafili na dwie przeszkody, co obserwowałyśmy dzięki czemuś, co nazywamy „zewem".

- „Zew"? Co to takiego? - spytał.

- Umiemy porozumiewać się z ludźmi na bardzo duże odległości, a jeśli ktoś zgodzi się przyjąć nas w swoją świadomość, możemy również widzieć to, co ta osoba widzi.

Skinął głową bez słowa, zamyślony.

- Do sadzawki dotarli bez trudu, ale na miejscu okazało się, że zamarzła. Samo skucie lodu zajęło im trochę czasu, a ponadto niosło się echem w górach, co zaalarmowało znajdujące się w pobliżu małpy. Najgorsze jest jednak to, że zostali zdradzeni. Syn Dumy śledził ich przez Utracone Ziemie i doprowadził małpy na ich trop. Zostali zaatakowani, gdy Vin usiłował przebić się przez lód. Ostatnie, co widziałyśmy, to Carter, który został obezwładniony. Wydaje nam się, że Vin odniósł wtedy ciężkie rany, jeśli nie śmiertelne. Naz został pojmany. Nie mamy najmniejszego pojęcia, co małpy zrobiły z nimi dalej.

Usłyszała, jak Szef szybko nabrał powietrza.

- Wiemy na pewno, że Carter jest obecnie prowadzony na zachód przez małpy, zaś samiec alfa, który przewodził tamtemu stadu, przechowuje Kryształ, odebrawszy go Sonny'emu. Nieznany jest mi los Naza i Vina. Jedna z naszych Strażniczek udała się w pojedynkę uratować Cartera.

Szef potrząsnął głową. Wszystko działo się zbyt szybko, żeby móc to spokojnie przyjąć.

- Jest coś jeszcze – powiedziała Salli. – Wiedzieliście, że ktoś kontroluje małpy?

- Nie zdawałem sobie z tego sprawy – Szef popatrzył na nią wstrząśnięty.

- Stoi za tym człowiek tak bezwzględny i zepsuty, że nie uwierzyłbyś, do czego zdolny jest się posunąć, aby osiągnąć swój cel.

- Zły, który pragnie Kryształu. To właśnie Jemu małpy niosą teraz posłusznie Kryształ i gdy tylko położy na nim swoje ręce, skieruje swój gniew najpierw na mój lud, a potem na wasz. „Widział" i „słyszał" nas. Wie, gdzie jesteśmy, i zamierza przyjść odebrać to, co uważa za jemu należne.

- Czyli co? – spytał Szef.

- Pożąda Księgi Władzy, którą wykradłam moim ludziom,

gdy udałam się na wygnanie. To mnie przede wszystkim chce dopaść. Widzisz, kiedyś byłam Mu obiecana jako narzeczona.

- I twój lud strzeże jej od tamtej pory?

- Nie, mam ją tu ze sobą.

Oczy prawie wyskoczyły Szefowi z orbit.

- Nie ukrywam, jesteś, pani, naprawdę pełna niespodzianek. W jakim celu jednak przyniosłaś Księgę tu, do nas?

- Najpierw odpowiedz, proszę, na moje pytanie. Czy uważasz, że po tym, jak Holly wykradła wam Kryształ, przymierze między naszymi ludami ma szansę przetrwać?

- Nikt nie obwinia tego dziewczęcia za to, czego się dopuściła. Wszyscy zdajemy sobie tu sprawę, że jej los był przypieczętowany z chwilą, gdy Duma wystawił ją na działanie Kryształu. Obwiniamy raczej siebie za to, że nie podjęliśmy skuteczniejszych środków ostrożności i nie w porę spostrzegliśmy jej... przypadłość. Powinniśmy byli jej jakoś pomóc.

- Więc wciąż macie nas za sprzymierzeńców? – spytała Salli.

- Powiem więcej, jestem dumny, że mogę ciebie i twój Klan nazywać przyjaciółmi – odparł Szef.

- Więc zacznijmy od tego, że będziesz mówić mi po prostu Salli. Wracając zaś do twojego pytania, przyniosłam Księgę Władzy w darze oraz w nadziei, że razem znajdziemy na jej stronach coś, co pomoże nam odeprzeć zakusy Złego. Mam nadzieję, że zechcecie dopuścić mnie z kolei do Księgi Dziejów.

- Ależ oczywiście. Dziękuję ci za ten cenny dar.

- Kiedy Tamten przybędzie szukać mnie oraz księgi, będzie szukał w złym miejscu. *Na pewno* ruszy wtedy na północ, chcąc zdobyć *waszą* księgę. Miałam nadzieję, że przychodząc tu, dam wam więcej czasu na przygotowania. Mam również nadzieję, że okażecie nam swoją pomoc, ponieważ dzień ostatecznego starcia między moim Klanem i Złym zbliża się z każdą chwilą.

- Jesteśmy wspólnotą, gdzie każdy może wyrazić swój głos. To prawda, wybrano mnie na przywódcę, ale nie mogę wydawać decyzji, które w tak wielkim stopniu wpłyną na nas wszystkich.

Mogę jednak służyć radą, a kiedy będzie już absolutnie pewne, że Kryształ wpadł w ręce nieprzyjaciela, a małpy będą maszerować w tym kierunku, to nie mam najmniejszych wątpliwości, że nasi ludzie okażą wam wszelkie wsparcie, zarówno tutaj jak i na waszej ziemi.

- Dziękuję – odpowiedziała. Poczuła, jak ktoś zdejmuje jej olbrzymi ciężar z barków. Nie była już sama. Klan nie był sam.

- Jeśli sprawy są rzeczywiście tak poważne, jak to przed chwilą zarysowałaś, powinniśmy natychmiast rozpocząć lekturę ksiąg. Mogę zacząć czytać Księgę Władzy, podczas gdy ty trochę odpoczniesz – rzekł.

- Wolę odpocząć później, chciałabym jak najszybciej zacząć czytać Dzieje.

- Wedle życzenia. Księga znajduje się w skarbcu. Poinformuję strażników, żeby ją tu przynieśli, gdy tylko będziesz gotowa.

- Już jestem, nie możemy sobie pozwolić nawet na chwilę zwłoki. To zbyt ważne, przetrwanie mojego Klanu stoi pod znakiem zapytania. Sądzę, że jeśli On zdobędzie Kryształ, ruszy natychmiast na mój lud.

- Poproszę jedną z kobiet, żeby naszykowała ci kąpiel, musisz trochę odpocząć po podróży przez pustynię. Odprowadzi cię tu, gdy tylko będziesz gotowa. W międzyczasie ktoś przyniesie ci tutaj Księgę Dziejów.

Z torby, która leżała u jej stóp, wyjęła pokaźne zawiniątko, obwiązane jeszcze ciężkim płótnem. Wstała i wręczyła je Szefowi oburącz.

- Księga Władzy, wedle słowa.

ROZDZIAŁ 10

Siedzieli razem przy długim stole. Szef ślęczał nad Księgą Władzy, podczas gdy Salli studiowała każde słowo zawarte w Księdze Dziejów.

- Masz jakiś pomysł, czego właściwie szukamy? - spytał.

- *Władza* wspomina coś o przejściu do miejsca zwanego „Sanktuarium" i o Wrotach, które nigdy się nie zamykają. Szukam najdrobniejszej nawet wzmianki, która dotyczyłaby tego Sanktuarium – powiedziała.

- „Wrota" jako przejścia otwierane przez Kryształ? Kiedy Kryształ znajduje się blisko granicy, otwiera się portal, który pozostaje otwarty tak długo, jak Kryształ jest w pobliżu.

- Więc w takim razie Sanktuarium musi znajdować się blisko granicy. Na razie mam przed sobą fragment o wszystkich ludach, które tu przybyły – rzekła.

- Później dowiesz się o waśniach, które powstały wśród starożytnych – odparł Szef. - Niektórzy pragnęli zamknąć Wrota, inni natomiast chcieli przez nie przejść, czy też „podążać naprzód", jak sami mówili

- Naz opowiedział nam, że ten, którego zwiecie Ran, podążył za małpami i odnalazł wspaniałe miasto, które na jego oczach zmieniało się w ruinę. Tam właśnie małpy przetrzymywały Kryształ. Są jakieś mapy, które wspominają o tym miejscu? - spytała Salli.

- Tak, mamy je nawet tutaj.

Szef odwrócił się w stronę półek i wyciągnął grubą, oprawioną w skórę książkę, która zajęła prawie całą szerokość stołu. Rozpiął spinające ją skórzane klamry, i ostrożnie otworzył wolumin, odsłaniając szereg pięknych dzieł kartografów jego kraju. Przeglądał strony ukazujące ziemie na północy, po czym wyjął i rozwinął na stole bardzo wyblakłą mapę. Przebiegł wzrokiem po jej zawartości, objaśniając Salli poszczególne punkty.

- Nasza granica biegnie wzdłuż gór na południu – zaczął. - Przejścia do kraju Dumy są na zachodnim końcu Alp. Jeśli idzie się na wschód, teren stopniowo się obniża i przechodzi w las, tam jest kolejna brama. Tamtędy właśnie szedł Ran, gdy podążył za małpami powracającymi z jednej z wypraw łupieżczych. Spójrz, kiedy małpy miały Kryształ w swoim posiadaniu, mogły przedostawać się do innych krain, kiedy tylko zechciały. Gdy tylko udawało nam się wylizać rany po poprzednich zniszczeniach, one znów przychodziły i równały wszystko z ziemią.

Zrobił na chwilę pauzę, żeby zebrać myśli.

- Z tego, co opowiedział Ran, wynikało, że tamto miasto było na skraju zniszczenia. Leżało dzień drogi od granicy po tamtej stronie. Bez Kryształu oczywiście albo choćby kamienia Bramy miasto równie dobrze mogłoby leżeć na Księżycu, nie sposób byłoby się do niego dostać w inny sposób.

- Skoro do miasta jest dzień marszu, to jest to zdecydowanie za daleko, żeby Brama była cały czas otwarta... dobrze myślę? - spytała Salli.

- Tak, choć na dobrą sprawę nikt nie ma pojęcia, jak tam jest. Ran był jedyną osobą, która widziała to miasto i je opisała – powiedział.

- Sanktuarium jest opisane w *Dziejach* jako główna siedziba

Pradawnych – rzekła Salli. - Mowa o gorących źródłach, wokół których zbudowaliście swoje miasto, ale oni jakoś później przemieścili się dalej. Wszystko wskazuje na to, że czegoś szukali. Może właśnie miasto małp było ich Sanktuarium? - zasugerowała.

- Nie da się tego wykluczyć, ale jednocześnie nigdy nie będziemy mieć stuprocentowej pewności – odparł. - Z opisu podróży Rana wynika, że miasto było zbudowane wokół czegoś, co on uznał za dużą, owalną studnię, choć jednocześnie odniósł wrażenie, że nie było w niej wody. Małpy najprawdopodobniej korzystały z pobliskiego strumienia.

Kiedy spojrzał jeszcze raz na Salli, w jego oku pojawił się błysk, którego nieomal się przestraszyła.

- Ran mógł się pomylić! Napisał, że studnia znajdowała się wewnątrz potężnego budynku zwieńczonego kopułą. Nasi przodkowie zbudowali łaźnię bardzo podobną do tego opisu, zależało im na tym, żeby ich dzieło przetrwało pokolenia. Są tam posągi i płaskorzeźby przedstawiające naszych wielkich bohaterów. Tamta budowla miała własne zdobienia wewnątrz, ale nasza kopuła, kolumny z kanelurami, stopnie, otwory okienne, to wszystko jest dość wierną kopią budynku, który widział Ran.

- Ale jeśli studnia wyschła, to dlaczego w pobliżu wciąż płynął strumień? - spytała Salli.

- Nie wiem, nigdy się nad tym wcześniej nie zastanawialiśmy. Zawsze uważaliśmy, że Wrota zostały stworzone przez Kryształ, nigdzie jednak nie jest wspomniane, dokąd one prowadzą.

- Założę się, że Księga Wiedzy coś o tym mówi. Skoro jest o tym tyle w *Dziejach* oraz *Władzy*, to musiały one mieć olbrzymi wpływ na życie Pradawnych.

- Wiem, co ci chodzi po głowie, Salli, ale nie sądzisz, że to *mimo wszystko* trochę ryzykowne, kiedy mamy tylko nasze domysły, udać się wprost do najplugawszego miejsca na ziemi, gdzie małp masz na pęczki, tylko po to, żeby popatrzeć na jakąś dziurę w ziemi?

- Po lekturze *Władzy* nie mogłam odpędzić się od wrażenia, że Pradawnych cały czas coś ciągnęło do tego miejsca – rzekła. - Teraz zaś, czytając *Dzieje*, wydaje mi się, że oni czegoś poszukiwali. Wciąż przesuwali się na wschód. Nie wiem, czego dokładnie szukali, ale musieli mieć raczej dobry powód, żeby przejść przez pustynię, przedostać się przez trudną do sforsowania granicę, żeby na koniec zbudować miasto wokół „jakiejś dziury w ziemi". Musiało być tam coś, co zatrzymało Pradawnych na dłużej. Nikt nie buduje czegoś, co wygląda jak świątynia, tylko dla tego, że ma taką zachciankę – dodała.

Szef stanął nad stołem, uważnie przyglądając się mapie. Próbował wytyczyć ścieżkę, którą mogli podążyć wcześniej Pradawni.

- Ran opowiedział nam wszystko, co widział w mieście. Odtworzyliśmy arrasy zgodnie z jego wskazówkami, ponieważ opowiadały o przybyciu Pradawnych na nasze ziemie. Nie mamy jednak najmniejszego pojęcia, skąd nadeszli, oraz dokąd udali się później – powiedział.

Wiedział, co Salli powie teraz.

- Pójdziesz ze mną i pomożesz mi w poszukiwaniach?

Skinął głową.

- Skoro nalegasz, robię wszystko, co w mojej mocy.

- Teraz już jednak muszę odpocząć – odparła Salli. - Czy możemy wznowić poszukiwania o świcie?

- Naturalnie, powiem komuś, żeby cię odprowadził.

Salli ostrożnie zamknęła Księgę Władzy. Wiekowa skórzana okładka wciąż błyszczała pomimo upływu czasu, choć strony zdążyły mocno zżółknąć przez stulecia. Przejechała dłonią po okładce, ciesząc się dotykiem grawerowanych wzorów oraz tłoczonych, złotych liter.

Zamknąwszy Księgę Dziejów, Szef zaniósł ją na drugi koniec stołu, żeby Salli mogła poczytać rano. Kiedy położył ją obok drugiej księgi, poczuł, że jakaś siła zaczyna ciągnąć wolumin. Szarpnięcie było nagłe i bardzo silne, prawie wyrwało mu go z rąk. Wyglądało to tak, jakby obie księgi doskoczyły do siebie, po czym rozległo się wyraźne kliknięcie. Oboje popatrzyli po sobie zdumieni.

Gdy oddzielił obie księgi od siebie, słychać było ten sam dźwięk. Otworzył księgę, ale wewnątrz nic się nie zmieniło.

- Co to właśnie było? – spytał.

Salli potrząsnęła głową.

Zbliżył księgi jeszcze raz do siebie, znów poczuł, jak wymykają mu się z rąk. Znów kliknięcie.

- Są magnetyczne! – powiedział.

Salli poczuła nerwową ekscytację, widziała, jak Szefowi z podniecenia drżą ręce. Bardzo ostrożnie położył jeden wolumin na drugim i otworzył *Księgę Dziejów*. Górna okładka odczepiła się, odsłaniając przestrzeń w środku. Pomiędzy jej warstwami leżał zwinięty kawałek pergaminu. Oboje głośno westchnęli z wrażenia. Z najwyższą ostrożnością Szef wyjął znalezisko i rozwinął je na stole. Ich zdumionym oczom ukazała się mapa.

- Przez te wszystkie lata nie mieliśmy o tym najmniejszego pojęcia! Chyba aż od czasów Pradawnych nikt jej nie wyjmował.

Oboje pochylili się nad mapą.

- Spójrz tutaj – powiedział Szef, wskazując na odległy kraniec mapy. – To jednak prawda! Jest ląd po drugiej stronie oceanu. Pradawni rzeczywiście przybyli zza morza!

- Niewiarygodne! – wykrztusiła Salli. – Ten znak tutaj na pewno wskazuje moje rodzinne miasto. Spójrz! Wybrzeże prowadzi do rzeki, nad którą dawniej żył Klan. Tutaj masz jej ujście. Jeśli podąży się z powrotem w stronę źródła, wówczas trafi się do mojego miasta – dodała.

- Z kolei ten krzyżyk tutaj musi oznaczać gorące źródła, na których się znajdujemy, w pobliżu wybrzeża. Droga prowadzi przez góry dokładnie tam, gdzie leży teraz miasto małp. Tę część mapy znamy z opisów Rana – rzekł.

Salli wskazała na kolejny punkt na mapie.

- To chyba był ich główny cel – szczegółowy i staranny rysunek przedstawiał Wrota, które prowadziły do czegoś, co wyglądało jak kopalnia. – Może to właśnie o tych Wrotach pisały *Dzieje*?

- Cały ten czas mieliśmy rozwiązanie pod samym nosem... - rzekł.

- Tylko że wcześniej nie mieliście dostępu do *Księgi Władzy*, a to ona była kluczem do skrytki.

- Spróbuj położyć je na odwrót, może w ten sposób też coś znajdziemy.

Wciąż podekscytowany, Szef zdjął jedną księgę z drugiej, położył na stole, po czym postawił na niej *Księgę Władzy*. Niewidoczna siła zaczęła wypychać mu księgę z rąk.

- Na pewno są magnesami! – powiedział. – Nie mogę jej położyć, choćbym nie wiem, jak próbował. – Wolumin wyskoczył mu z rąk i wylądował obok drugiej księgi.

- Więc można je ułożyć tylko w jednym porządku. Dam sobie głowę uciąć, że *Dzieje* ujawnią ukrytą zawartość *Księgi Wiedzy*, a ona z kolei otworzy *Księgę Władzy*. Nie tylko muszą być zebrane razem, ale też ułożone w odpowiedniej kolejności – powiedziała Salli.

- To znaczy, że w księgach mogą znajdować się informacje, których On nie przeczytał i nie ma do nich dostępu. To może być nasza szansa. Nie możemy dopuścić, żeby kiedykolwiek zdobył *Księgę Dziejów*. Ona da mu właściwe zrozumienie *Wiedzy*, ta zaś *Władzy*.

- Co Pradawni mogli w ten sposób schować?

- Nie mam pojęcia – odparł. – Ale jeśli zadali sobie tyle trudu, żeby skonstruować takie mechanizmy i tak je ukryć, to musiało to być niewyobrażalnie cenne... może nawet stanowiło klucz do wszystkiego. Na tej mapie mamy pokazane Wrota, więc pozostałe pozaznaczane miejsca też muszą być w jakiś sposób ważne.

- Na mapie nie ma pozaznaczanych granic – zauważyła Salli.

- Może dlatego, że podróżowali wraz z Kryształem.

- Ale przecież widzieli, kiedy przekraczają jakąś granicę, bramy jednak dość rzucają się w oczy. Musimy koniecznie przyjrzeć się tym Wrotom, są najważniejszym punktem na tej mapie. Może Ranowi coś umknęło, gdy tam był? Muszę tam pójść i zobaczyć to miejsce na własne oczy.

- Salli, przekroczysz granicę, nie umiejąc zmienić swojej formy. Brama cię zniszczy tak, jak zniszczyła Sama.

- *On* musi zostać powstrzymany. Zrobię wszystko, żeby pomóc mojej córce.

- Niech Avi i Ben pójdą, przydzielę im kilku Gwardzistów do pomocy. Są młodzi, nauczymy ich, jak zmieniać formę, i nic im nie będzie.

- Prawie całe swoje życie poświęciłam na studia nad *Księgą Władzy* – rzekła Salli. – Znam na pamięć każdy jej fragment. Może będę mogła wykorzystać swoją wiedzę, żeby to wszystko rozwkłać? Dlaczego Pradawni tu przybyli? Po co ukryli swoje sekrety w księgach? Jaka jest prawdziwa moc Kryształu? Tego jest naprawdę wiele, Ben i Avi raczej nigdy nie tego nie pojmą.

- Wiem, że czujesz, że powinnaś iść, ale uważam, że popełniasz straszliwy błąd.

- Nie mam wyboru.

Pokręcił głową, ważąc w duchu argumenty za i przeciw. Po chwili jednak głęboko westchnął, wiedząc, że Salli już podjęła decyzję.

- Chciałbym, żeby ktoś z tobą poszedł – powiedział. – Zjadł zęby na *Księdze Dziejów*. Wciąż jest młody, ale jako dziecko był uważany za geniusza. Gdybyś go o to poprosiła, to wyrecytowałby księgę nawet od tyłu. Wciąż jest uczniem, ale to on uczy swoich mistrzów. Odwagą zaś mógłby obdzielić kilku rówieśników. Nie mogę jednak kazać mu iść na tak niebezpieczną wyprawę. Musi się na to zdecydować sam.

- Rozumiem. Mam dokładnie to samo z Benem i Avim – odparła.

- A do tego muszę znaleźć ci Gwardzistę, żeby służył jako ochroniarz oraz jako przewodnik.

Walenie do drzwi robiło się coraz bardziej natarczywe. Salli bardzo przykładała się do tego, żeby je zignorować, ale hałas nie ustawał. W końcu, zmuszona, otworzyła oczy.

- Idę! – krzyknęła.

Owinęła się szalem, żeby odegnać poranny chłód, i nacisnęła zimną metalową klamkę, ciągnąc drzwi oburącz do siebie.

- Ben! To już ta godzina? – jęknęła.

- Cześć, Salli. Jesteś pewna, że chcesz się na to porwać?

- Nic mi nie będzie.

- Martwię się. Twoje ciało zapłaci olbrzymią cenę za tę podróż.

- Przecież kobiety i tak nie wypada pytać o wiek – uśmiechnęła się.

- Dobrze wiesz, że nie o to mi chodzi. Wszyscy się o ciebie martwimy.

- Nie ma innego wyjścia. Muszę to zobaczyć na własne oczy. Tam na pewno coś jest i muszę dowiedzieć się, co takiego dokładnie, a nie osiągnę tego, siedząc tu i czytając książki.

- Nie podoba mi się to. Naprawdę chcesz zakraść się do miasta, gdzie za każdym rogiem masz tuzin rozwścieczonych goryli?

- To moja decyzja. Ufam tobie oraz naszym przewodnikom, że wyjdziemy z tego cało.

- Nie możemy pozwolić, żeby stała ci się jakakolwiek krzywda. Nie teraz, nie po tym, jak Sam... przecież to by zupełnie złamało Lulu.

- Nic się nie stanie. Swoją drogą, Ben, która jest w ogóle godzina?

- Słońce wstanie za kilka minut. Mówiłaś, że chcesz wyruszyć wcześnie, żeby uniknąć maszerowania w upale, pamiętasz?

- Tak. Spotkam się z wami za chwilę na głównym placu.

- Coś ci wziąć?

- Moje rzeczy są tam – rzekła, wskazując na dwa skórzane worki związane paskami, żeby możne je było nieść je jeden tobołek.

Ben zszedł na dół na plac, gdzie zastał Szefa pogrążonego w rozmowie z Dolanem i Carrickiem. Po kilku chwilach na stopniach prowadzących do budynku pojawiła się Salli.

- Pani... to znaczy, Salli, oto Dolan. Carricka, jak sądzę, już poznałaś.

Carrick ukłonił się w pas, ale wciąż był od niej znacznie wyższy.

- Zaoferowali swoją pomoc w zadaniu – rzekł Szef.

- To zaszczyt znów służyć ci pomocą – powiedział z uśmiechem Carrick.

Dolan wyciągnął rękę, żeby się przywitać.

- Naz i Vin są moimi najbliższymi przyjaciółmi, obaj są najlepszymi Gwardzistami w naszych szeregach. Zrobię, co w mojej mocy, żeby pomóc. Czuję się zaszczycony, że będę mógł was poprowadzić.

- Dziękuję wam obu – powiedziała. – Ja jestem Salli, Bena i Aviego prawdopodobnie już poznaliście – dodała, skinąwszy głową w ich kierunku. – Avi to ten z zielonymi oczami. Ben ma niebieskie. Tylko po tym zdołacie ich odróżnić.

- To jest Caldo – rzekł Szef, przedstawiając kolejnego gwardzistę, który właśnie się zbliżał. – Pójdzie z wami, żeby otworzyć dla was przejście. Potem będzie czekał z kilkoma Gwardzistami po naszej stronie granicy na wasz powrót. Kiedy wrócicie, ponownie otworzą Bramę.

- Z całego serca dziękuję wam za tę pomoc – rzekła Salli. – Sama na pewno nie dałabym rady.

Szef skinął głową.

- Wolałbym, żeby to spotkanie odbywało się w innych, spokojniejszych okolicznościach. Cóż, związki między naszymi ludami będziemy mogli zacieśnić dopiero, gdy wrócicie.

Salli spojrzała na jego przeoraną twarz, której liczne zmarszczki i blizny opowiadały o człowieku który wiele dni spędził, zmagając się to ze skwarem pustyni, to z zimnym, kąsającym wiatrem. Wzrok wciąż miał jednak bystry i pełen energii.

- Mam nadzieję, że moja córka... że królowa Lucinda będzie mogła kiedyś sama wam złożyć w przyszłości wizytę.

- Z radością ją wtedy ugościmy. Skupmy się na jednak na bardziej naglących sprawach. Proponuję, żebyście zatrzymali się i odpoczęli około południa. W ten sposób do wieczora powinniście znaleźć się na przełęczy. Nie umiem jednak powiedzieć, która będzie godzina, kiedy przejdziecie na drugą stronę granicy.

- Dzięki za rady – powiedziała Salli. – Pamiętajcie, że *Księga Władzy* i *Księga Dziejów* będą po prostu książkami, dopóki nie połączą się z *Księgą Wiedzy*. Zły nie może pod żadnym pozorem wejść w ich posiadanie. Myślę, że byłoby nawet lepiej, gdyby zaginęły bezpowrotnie.

- Rozumiem cię – odrzekł Szef. – Gdy nadejdą, będziemy bronić się do ostatniego człowieka.

- Przyjdzie, to pewne, lecz żadna armia nie da rady go powstrzymać. Kiedy będą na was iść, powinniście uciekać. Daleko i szybko.

- Salli, to miejsce jest naszym domem. Nie porzucimy go tak, jak uczyniły go koty, nie ruszymy się stąd na krok.

- Tak też myślałam – odparła, przyglądając się pięknym kamiennym budowlom otaczającym plac. Uwiecznieni w kamieniu bohaterowie tego miasta spoglądali na nich z góry. – Warto przelać trochę krwi w obronie takiego miejsca. Po prostu musiałam was przestrzec – dodała.

Szef mocno uścisnął jej dłoń na pożegnanie. Zdumiała go siła, z jaką Salli odwzajemniła uścisk. Odwróciła się, żeby ostatni raz popatrzeć na okolicę. Zobaczył, jak opadły jej ramiona, gdy głęboko westchnęła.

- *Tak piękne miasto... mam nadzieję, że przetrwa nadchodzącą burzę* – pomyślała w duchu.

Poszli za Carrickiem, Dolanem i Caldo drogą na wschód, ku wschodzącemu słońcu.

ROZDZIAŁ 11

Wiatr wył żałośnie, gnając na południe z wierzchołków Alp wzdłuż zboczy i podrywając za sobą tumany śniegu. Minął półkę skalną, na której znajdowała się zamarznięta sadzawka, po czym z impetem rozbił się o ruiny leżącego niżej miasta.

Na tejże półce skalnej, tuż przy pionowej ścianie, która ją zamykała, powstało coś w rodzaju oka cyklonu, gdzie drobne płatki śniegu z wolna dryfowały w powietrzu, nieniepokojone wściekłą burzą, która przetaczała się tuż obok. Płatki powoli opadały na ziemię, zakrywając ciało Vina i otulając je grubą warstwą śniegu. Krew sącząca się z jego rany na głowie mogła dzięki temu zakrzepnąć, a on sam był niewidoczny dla przechodzących obok małp, które z wielką chęcią dobiłyby powalonego niedźwiedzia. W ciągu kilku godzin Vin całkowicie zniknął pod grubą zaspą śniegu. Gdyby nie śnieżyca, prawdopodobnie nie miałby tyle szczęścia.

Długo odzyskiwał przytomność. Rozrywający umysł ból przychodził falami, Vin miał wrażenie, że ktoś zdziera mu futro z całego ciała, a każdy nerw jego ciała wyje w agonii. Leżał w bezruchu, nie wiedząc, czy małpy wciąż kręcą się po okolicy, czy jednak wolały go zostawić na pewną śmierć. Jedyne, czego był pewien, to że naprawdę był na skraju śmierci. Skupił się teraz po kolei na każdej części ciała, zaczynając od głowy, żeby ocenić, jak bardzo jest ranny. Pamiętał oślepiający ból od uderzenia głazu oraz to, że bał się, żeby lód pod nim się nie zarwał, bo mu się futro pomoczy. Dość osobliwe, biorąc pod uwagę, że równie dobrze mógł wtedy po prostu zginąć.

Skupił się teraz na dość głębokiej ranie, którą miał na czubku głowy. Nie umiał powiedzieć, czy kość była strzaskana. Mimo to wciąż wyobrażał sobie, jak odpycha napierającą na niego ścianę bólu, której promieniowanie zdołał ograniczyć najpierw do samej głowy, a następnie jedynie do samej rany. Ból zelżał z czasem na tyle, że był już tylko nieprzyjemnym łomotaniem w tle.

Zszedł z trudem na dół, analizując w głowie swoje rany. Przed oczami miał obraz swojego ciała leżącego na lodzie. Kości w łapach miał całe, choć małpy *bardzo* starały się je połamać. Grzbiet nosił ślady kłów i pazurów, ale rany były powierzchowne w porównaniu do reszty ciała. Jedną nogę miał odrętwiałą, ale raczej tylko poobijaną. Druga pulsowała bólem, którego nie potrafił okiełznać, ale przynajmniej mógł poruszać palcami.

- *To dobry znak* – pomyślał.

W końcu oprzytomniał na tyle, że mógł zaplanować, co zrobić dalej.

- *Muszę mieć pewność, że tych goryli nie ma już w pobliżu, zanim dokądkolwiek pójdę. Potem ustalić, co się stało z Kryształem, a na koniec znaleźć Naza i Cartera.*

Ostrożnie i powoli, tak żeby nie strząsnąć za bardzo śniegu, który go pokrywał, przysunął łapę do pyska i przetarł oczy. W końcu mógł rozejrzeć się wokół. Płatki śniegu powoli opadały na ziemię. Śnieżyło tak gęsto, że Vin ledwie widział na odległość ręki.

Podniósł głowę, mając szczerą nadzieję, że małpy nie są na

tyle głupie i gdzieś się schowały na czas śnieżycy, a nie wałęsają się po okolicy. Nie usłyszał żadnego warczenia, żadnych krzyków, nikt nikogo nie alarmował. Poczuł się trochę pewniej. Przewracając się na bok, poczuł przeszywający ból w całej nodze. Zacisnął zęby, żeby nie wrzasnąć.

Gdy wstał, dostrzegł niewielki kopczyk po lewej stronie, który jakoś odstawał od otoczenia.

- Może mój plecak? Albo Naza? - pomyślał z nadzieją.

Odgarnął warstwę śniegu. Serce zabiło mu mocniej, gdy poczuł szorstkie płótno swojego plecaka. Pamiętał, jak któraś z małp mu zerwała, a potem wszyscy o nim zapomnieli podczas walki jako o niepotrzebnym drobiazgu. Szczęście zaczynało się uśmiechać do Vina.

Podpełznął do ściany skalnej i oparł się o nią plecami. Tuż przed nim, na jego oczach, szalała śnieżyca, ale na jego szczęście półka skalna obok sadzawki, na której leżał, dostarczała mu schronienie przed żywiołem.

Otworzył swój tobołek i wyciągnął szczelnie zawinięte ciasto, ale oparł się pokusie, żeby się nim natychmiast napchać. Położył ją na bok i wyjął mech, które Salli wręczyła im, zanim wyruszyli na poszukiwanie Kryształu.

Odłamał kawałek i położył na głowie tam, gdzie ból był najsilniejszy, po czym przykrył mchem pozostałe rany, które akurat poznajdywał. Wiedział, że teraz musi uzbroić się w cierpliwość, żeby lecznicza magia zaczęła działać.

Kilka godzin później, gdy okolicę rozświetlał już zimny blask poranka, Vin obudził się z kamiennego snu. Natychmiast uderzyła go panująca cisza. Zdążył się już przyzwyczaić do nieustannego wycia wiatru w ciągu nocy, przez co milczenie wokół wydało mu się teraz ogłuszające. Potrząsnął głową, żeby zrzucić resztki śniegu z nosa i uszu, i zauważył, że ból głowy już minął. Rozejrzał się dookoła. Ból po ugryzieniu w szyję również zniknął. Podkurczył nogi i wstał, wszystko zdawało się już być w porządku.

- *Ten mech to serio niezła rzecz* – pomyślał. - *Ale pomału, nie ma co się rozdrabniać. Jeśli podążę za Kryształem, to może przy okazji dowiem się, co stało się z Nazem i Carterem.*

Przyglądając się licznym śladom prowadzącym do miasta, schował ciasto z powrotem do plecaka i ruszył ich tropem.

Zszedł ostrożnie na dół wzdłuż terasowych pól uprawnych, wyglądając zagrożenia. Gdy dotarł do miasta, zaczął skradać się od domostwa do domostwa, każde miejsce służyło jako tymczasowa kryjówka. Ślady prowadziły do największego budynku położonego w sercu miasta, do ratusza.

Okolica wyglądała na opuszczoną, ale Vin wiedział z tyłu głowy, że małpy wciąż grasują po mieście. Podszedł do wejścia, dawniej zaryglowanego ciężkimi dębowymi drzwiami, które teraz wisiały bezwładnie, nieomal wyrwane z zawiasów. Zajrzał zza nich na chwilę do środka budynku, w każdej chwili gotów do ucieczki. Ratusz wyglądał na pusty, nie było też słychać żadnych hałasów. Ośmielony, Vin przestąpił przez próg.

Jego nozdrza po chwili uderzył smród gnijącego martwego ciała, nieomal wytrącając Vina z równowagi. Poczuł, jak zbiera mu się na wymioty, żołądek w okamgnieniu podszedł mu do gardła. Zdążył wybiec z ratusza i opanować nudności. Ta krótka chwila wystarczyła mu, żeby w pełni pojąć, do jakich okrucieństw zdolne są małpy. Wspomnienia zaczęły przelatywać mu przed oczami z zawrotną szybkością.

Znów widział przywódcę stada małp, niegdyś budzącego grozę, teraz leżącego twarzą na podłodze. Z każdego otworu w głowie sączy się krew, ciało Dumy oparte o ścianę. Przed nim wachlarz krwi. Podłoga była cała lepka od posoki, która zdawała się być wszędzie wokół. Miał zamknięte oczy, a widział wszystko tak wyraźnie, jakby było to na wyciągnięcie ręki. Połamane i pourywane kończyny Dumy, które teraz leżały bezładnie rozrzucone po pomieszczeniu, na wpół zjedzone. Znowu poczuł obrzydzenie, tym razem nie mógł powstrzymać wymiotów. Rzygał, dopóki gardło nie zaczęło go palić.

Wiedział, że musi tam wrócić. Wrócić i dojść na sam koniec korytarza, żeby stanąć naprzeciw Naza, który siedział tam przywiązany do krzesła. Musi tam pójść, unieść jego głowę i zobaczyć, czy wciąż żyje.

W żołądku nie miał już nic, ale i tak poczuł falę nudności, gdy tylko smród doszedł do jego nozdrzy. Stąpając po kościach, których nie umiał nawet rozpoznać, zakradł się cicho na koniec korytarza. Ukląkł przed przyjacielem i delikatnie uniósł jego głowę, trzymając za brodę.

Oddychał! Był to jednak bardzo płytki oddech, pierś ledwo mu wtedy falowała.

- Naz! Jestem tu, zabieram cię do domu – szepnął mu w skrwawione ucho. - Naz, obudź się. Zwijamy się stąd.

Drgnęły mu powieki. Vin widział, że Naz próbuje otworzyć oczy i spojrzeć na niego.

- Vin? To ty żyjesz? - wybełkotał. - Myślałem, że już po tobie.

- Ja też – odszepnął. - Gdzie jest Carter? Co z Kryształem?

Naz potrząsnął głową, załamany.

- Dopadli go. Mają i Cartera, i Kryształ, zdobyli wszystko, co chcieli – broda opadła mu na pierś. Wspomnienie ich straty było zbyt bolesne. - To był Sonny. Zdradził nas, zaprowadził ich na nasz ślad...

Vin znów uniósł głowę Naza i spojrzał mu głęboko w oczy.

- Chodź już, stary. Zabiorę cię stąd, ale musisz mi w tym trochę pomóc.

Naz pokręcił głową.

- Vin, uciekaj – wycedził. - Wkrótce tu wrócą. Nie mają pojęcia, że żyjesz, tobie będzie łatwiej uciec. Ja będę cię tylko spowalniać.

- Nie, nie pozwolę, żebyś skończył jako obiad dla tych ścierw. Idziesz ze mną.

Naz znów potrząsnął głową.

- Musisz przekazać Szefowi, że straciliśmy Kryształ. W przeciwnym razie naszemu miastu grozi zagłada. Wszystko w twoich rękach. Ja już nie dam rady ci pomóc.

Vin uniósł jego głowę wyżej, świdrując go wzrokiem.

- Jesteś szefem, zwiadowcą Gwardii – warknął z taką wściekłością, że Naza zamurowało. - Jesteś najlepszym z najlepszych. Czy my *kiedykolwiek* się poddaliśmy? Idziesz ze mną i odbijamy razem Kryształ z rąk tych cuchnących goryli, a potem jeszcze znajdujemy Cartera. Spójrz w głąb samego siebie i dmuchnij w ten żar, który się w tobie tli. Niech to nie będzie po prostu żar, potrzebuję prawdziwego ognia w twoim sercu. Nigdzie bez ciebie nie idę.

Naz patrzył mu długo w oczy. Spojrzenie zaczynało odzyskiwać dawną bystrość i blask. Rozejrzał się wokół, patrząc na rzeź, która miała tu miejsce wcześniej.

- Drugi raz nie dam się złapać.

- Wiem.

Vin przeciął sznury, którymi Naz był przywiązany do krzesła.

- Musimy się gdzieś skitrać, dopóki ci się nie poprawi. Jak teraz rzucimy się do ucieczki, to łatwo nas dopadną.

Z oddali doszedł ich trzask pękającego drewna. Małpy wróciły dokończyć dzieło zniszczenia miasta.

- Musimy stąd natychmiast uciec – powiedział Naz.

- Przede wszystkim musimy działać z głową. Schowamy im się tuż pod nosem – Vin spojrzał w górę. - Albo tuż nad ich pustymi głowami! - dodał.

Naz podążył za jego wzrokiem. Z płaskiego sufitu zwisał łańcuch przyczepiony do okrągłego żyrandola, którym bujał przeciąg dochodzący ze strzaskanych okien i drzwi. Pamiętał, że ratusz miał wysoki, spadzisty dach, z którego łatwo zsuwał się śnieg. Obok punktu, do którego przyczepiony był łańcuch, znajdowały się drzwi prowadząca na górę.

- Dobry plan, Vin – kiwnął z uznaniem Naz.

- Trzeba się będzie wspiąć, pomogę ci, nie martw się, i już nas tu nie ma, jasne? Dostajemy się na poddasze, czekamy, aż odzyskasz siły, a potem po cichu się stąd zmywamy, ale ruszyć musimy już teraz. Wejdź mi na ramiona, wespnij się na górę, a potem zrzuć mi linię i mnie wciągnij. W porządku?

Naz pokręcił głowę.

- Ty pójdź pierwszy i mnie wciągnij. Jestem wyższy od ciebie.

Vin pomyślał przez chwilę.

- Dobra, nie ma na co czekać!

Naz milcząco przytaknął. Splótł łapy tak, żeby Vin mógł oprzeć nogę. Była śliska od krwi, przez którą był przeszedł, idąc korytarzem. Naz próbował okiełznać ogarniające go obrzydzenie. Vin złapał się ramion Naza, złapał równowagę i spróbował złapać łańcuch trzymający żyrandol. Modlił się w duchu, żeby zdołał utrzymać jego ciężar. Stanął na ramionach Vina i zaczął się wspinać, jednocześnie niebezpiecznie się kołysząc. Sięgnął długimi pazurami i otworzył drzwi. Naz wsunął łapy pod podeszwy stóp Vina i podniósł go jeszcze wyżej, żeby ten mógł chwycić się dachu. Vin stęknął głośno i przełożył głowę przez otwór w dachu, po czym chwycił się lewą ręką wewnętrznej strony strychu. Wierzgnął nogami w powietrzu kilka razy i wciągnął na górę resztę ciała i wgramolił się na poddasze.

Naz podniósł plecak Vina z podłogi i wetknął tam swój nóż. Stał teraz w miejscu, patrząc w pustą przestrzeń nad sobą. Po chwili dostrzegł wyszczerzoną paszczę Vina.

- Miejsca nam na pewno nie zabraknie, a całość jest na tyle mocna, że się pod nami nie zawali.

- Łap – powiedział Vin, rzucając mu plecak.

Vin wciągnął swoje sprzęty przez otwór i wygrzebał z nich linę.

Stanął nad otworem, w rozkroku, i zaczął spuszczać linę Nazowi, żeby ten mógł się wspiąć.

- Lepiej się pospiesz, ten łomot robi się coraz głośniejszy.

- Dobra, trzymam cię. Właź tu.

Naz obwiązał sobie linę wokół piersi, po czym wgramolił się na strych i, kompletnie wycieńczony, oparł się o krokiew, żeby złapać tchu.

Trzask pękającego drewna, który usłyszeli po kilku chwilach, oznaczał, że małpy zdążyły już wrócić i przy okazji wyrwać dębowe drzwi z zawiasów. Vin bezgłośnie zakrył otwór na strych, dosłownie sekundy przed tym, zanim bestie wparowały do pomieszczenia.

Zapadła głucha cisza, gdy stanęły w progu. Nie mogły uwierzyć, że ich jeniec, a zarazem zabawka i najbliższy posiłek, po prostu zniknął.

Nad nimi Naz i Vin siedzieli w ciemności, wstrzymawszy oddech. Nie mogli się nawzajem dostrzec, ale czuli wzajemnie swój strach. Milczenie był tym bardziej przerażające, że mogli się tylko domyślać, co się dzieje pod nimi. A stamtąd, gdzie byli teraz, nie było żadnej drogi ucieczki.

Przez cały ratusz przetoczył się wściekły ryk, ktoś stłukł ostatnio okno czymś, co akurat miał pod ręką. I wtedy rozpętało się piekło.

Słychać było, że przybyła reszta małp, która postanowiła wyładować swój szał, przemieniając w drzazgi wszystkie elementy wyposażenia, Hałas był na tyle głośny, że Naz i Vin mogli spokojnie oddychać. Wszystko ucichło, gdy ostatnia małpa ruszyła do miasta, żeby tam ulżyć bezmyślnej żądzy zniszczenia.

Oczy niedźwiedzi przyzwyczaiły się wkrótce do ciemności. Vin cicho położył sobie torbę na kolanie i pomacał na oślep w poszukiwaniu resztek ich zapasów. Podał Nazowi dzban z herbatą, którą przygotowano dla nich, gdy szykowali się do wyprawy. Była parzona z dodatkiem mchu, ziół oraz imbiru, specjalnie na wypadek, gdyby odnieśli jakieś rany. Powiedziano im, że taka mieszanka pomaga zwalczyć zakażenie. Obaj wzięli po łyku, była słodka w smaku, natychmiast poczuli ulgę w środku. Vin wyciągnął mech, odłamał kawałek i ulał nań kilka kropel herbaty. Od razu zrobił się mokry i gąbczasty.

- Przyłóż i wymasuj tam, gdzie boli najbardziej – szepnął, podając mech Nazowi.

Przyjął lekarstwo bez słowa.

- Teraz jedz – dodał Vin, wręczając towarzyszowi trochę prowiantu.

Poczuł, że jego łapa drży, gdy brał od niego jedzenie.

- *Chyba wciąż jest w szoku* – pomyślał.

- Teraz odpocznij, będę na straży – szepnął.

Gdy Naz układał się do snu, drewniane belki zdawały się wrzeszczeć *SĄ TUTAJ!* do każdego, kto był w zasięgu słuchu. Obaj znów wstrzymali oddech.

Vin siedział w ciemności, nasłuchując najmniejszego szelestu, który dochodziłby z dołu. Od strony okapu dochodziły przytępione odgłosy gorylich wrzasków. Żadna z małp jednak raczej nie wracała do ratusza, pomimo na wpół pożartych ciał, które tu gniły.

- *Może po prostu najlepsze już zjadły?* - Vin potrząsnął głową, żeby zostawić ten wątek w spokoju. - *Muszę się dowiedzieć, co stało się z Kryształem oraz z Carterem* – pomyślał. - *Teraz jednak najważniejsze jest, żeby Naz mógł odpocząć i odzyskać siły, a do tego trzeba po prostu trochę więcej czasu* – powiedział samemu sobie.

Odgłosy zniszczenia były coraz cichsze. Małpy albo kładły się spać, albo szły coraz dalej, tego Vin nie umiał ocenić. Gdy wieczór przeradzał się powoli w noc, umęczony oddech Naza zrobił się głośniejszy. Vin postanowił go na wszelki wypadek obudzić.

- Naz, obudź się. No wstawaj.

Vin szybko stłumił przeciągłe jęknięcie Naza, zatykając mu pysk łapami.

- Ćśś, nie hałasuj tak!

Naz pokiwał głowa i Vin powoli zabrał łapy.

- Jak długo spałem?

- Jest noc. Przespałeś prawie cały dzień.

Zapadła długa cisza, gdy Naz próbował przypomnieć sobie, co się wcześniej wydarzyło.

- Wypij jeszcze herbaty – szepnął Vin, podając mu skórzany plecak z zapasami.

Naz wziął kilka głośnych łyków.

- Co z Carterem? Wiesz, gdzie jest Kryształ? - spytał cicho Vin.

Znów cisza. Naz starał się ustalić w głowie kolejność wypadków.

- Ostatnie, co pamiętam, to że Sonny zabrał mi Kryształ, który miałem zawieszony na szyi, a potem jakiś goryl, wielki jak dom, złapał go za kark i przejął od niego Kryształ. To on tym wszystkim dowodził. Jestem pewien, bo warknął coś kilka razy, wskazał na Cartera i reszta małp zaczęła wlec go po ziemi, gdy schodzili z góry. Myślałem, że nie żyjesz i że na mnie też już przyszła pora. Tamten głaz rozłupałby mi czaszkę, wystarczyłoby, żebyś o sekundę za późno skoczył na tego goryla. Uratowałeś mi życie.

- Dobrze, że skończyło się tylko na obitej głowie, mogło być znacznie gorzej.

- Co racja, to racja, Naz. Ja leżałem nieprzytomny przez jakiś czas, nie wiem, jak długo to mogło być, ale kiedy się obudziłem, to wszystko z wyjątkiem nosa miałem pod śniegiem. Ile czasu mogło minąć, odkąd nas zaatakowali?

- Dwa dni, jak nie więcej, nie umiem powiedzieć. Straciłem

poczucie czasu. Kiedy grozi ci bycie zjedzonym żywcem, nie ma się specjalnie ochoty liczyć dni.

- Naprawdę zamierzały cię zjeść?

- No pewnie. Widziałem, jak na mnie patrzą.

- Co za obrzydliwe stworzenia... nie sądziłem, że posuwają się do czegoś takiego, nie mówiąc już zjadaniu swoich. Wiesz, co zrobiły z Carterem?

- Nie. Straciłem przytomność po tym, jak mi wtłukły – odparł Naz.

- Powinniśmy pójść go odnaleźć.

- Musimy ostrzec Szefa oraz naszych ludzi, że Kryształ jest stracony.

- A co z Carterem? - spytał Vin. - Nie możemy go tak zostawić.

- Zostawilibyśmy go, gdybyśmy w ogóle wiedzieli, gdzie jest.

Vin westchnął głęboko. Naz wiedział, że ten gest oznacza poddanie się.

- Słuchaj, myślałem, że już po mnie, i ani się obejrzę, a małpy będą mi wysysać szpik z kości. Byłem więcej niż pewny, że ciebie też kropnęli. Samo to, że żyjemy, powinniśmy uważać za dar od losu. Nigdy nie sądziłem, że uda nam się z tego wszystkiego wykaraskać. Sugeruję, żebyśmy wrócili do domu i poinformowali naszych o tym, co się tu wydarzyło. Tylko w ten sposób możemy ich ocalić, muszą być przygotowani. Skoro małpy mają Kryształ, to znaczy, że granice nie będą już bezpieczne. Przyjdą po nas, zabiją nasze rodziny, spalą miasto i zetrą po nas wszelkie wspomnienie jako ludu z Księgi Dziejów. Potem to samo zrobią z Południowcami.

- Jeśli pójdziemy poszukać Cartera, możemy znaleźć tego zawszonego Sonny'ego – zauważył Vin.

- Wiem, co sądzisz o tym... o tym... argh! kocie, ale Szef *musi* się o tym dowiedzieć.

- Nie spojrzę w lustro ze świadomością, że Carter przechodzi przez to, co chcieli zrobić z tobą.

Naz celowo unikał odpowiedzi, nie chcąc od razu wymuszać decyzji.

- Może teraz ja postoję na straży? Ty też musisz trochę odpocząć – rzucił zamiast tego.

Vin oparł się o krokiew i wyciągnął nogi przed siebie. Powolny, miarowy oddech mówił Nazowi, że zasnął bardzo szybko.

ROZDZIAŁ 12

Kiedy Vin zaczął chrapać, Naz szturchnął go, żeby go obudzić. Vin ocknął się z wyraźnym trudem i spróbował się ruszyć, nie robiąc za wiele hałasu. Na próżno. Skrzypienie belek, na których siedzieli, przyprawiało ich o dreszcze.

- Ten mech jest niesamowity, czuję się jak nowo narodzony – powiedział Naz, gdy tak siedzieli obok siebie w ciemności. - Vin, podałbyś mi ciasta?

- Jeszcze czego, *mojej* porcji ci się zachciało? Widać, że już wszystko z tobą w porządku, Naz, którego znałem, wrócił na dobre. Tak w ogóle to gdzie twoje jedzenie?

- Zjadłem, jak spałeś. Konałem z głodu.

- Chodźmy, póki jest cicho. Zjemy później, jak już będziemy w drodze. Nie wyjdziemy stąd do jutra, jeśli mamy tu czekać na dogodny moment, żebyś zjadł.

- W porządku, pójdę pierwszy.

- Ale to był mój pomysł, więc ja powinienem iść pierwszy – syknął Vin.

- Vin, to zadanie dla szefa.

Vin usiadł i podrapał się po głowie, ważąc te argumenty w duchu.

- Ale obiecujesz, że mnie złapiesz, jak skoczę?

- Jasne, że tak. No już, ruszajmy się, nie mamy całego dnia.

Vin opuścił linę przez otwór i patrzył, jak Naz przełazi przez otwór i opuszcza się na dół. Puścił linę, gdy był już odpowiednio nisko, i wylądował wśród połamanych krzeseł i zaschniętych kałuż krwi na podłodze. Uderzył go ohydny smród, a zaraz potem małpa, która wylądowała na jego plecach i silnymi łapami próbowała wyłupać mu oczy oraz rozerwać twarz.

- *Skąd to się tu wzięło?* - zdążył pomyśleć, zanim ciało zareagowało tak, jak zostało nauczone. Zgiął się w pasie do przodu, chwytając ramiona przeciwnika. Padł na jedno kolano i przerzucił małpę nad głową, nie zwalniając uchwytu. Wiedział, że w tej chwili najważniejsza była cisza. Położył swoją olbrzymią stopę na krtani bestii i solidnie docisnął.

- Naz, puszczam linę, zaraz skaczę, więc złap mnie, proszę – usłyszał szept dochodzący z góry.

- Nie, jeszcze nie, poczekaj, jestem zaję...

Rozległ się huk, a po nim niski jęk.

- Mówiłeś, że mnie złapiesz... następnym razem to ja schodzę pierwszy.

Naz nie cofnął nogi, dopóki nie poczuł, że ręce małpy opadły bezwiednie. Odrzucił jej zwłoki ze wstrętem.

- Byłem zajęty walką o życie. Nie słyszałeś, jak mówiłem, żebyś zaczekał?

- Słyszałem, tylko co mi po tym, jak mówisz mi to, gdy już zeskoczyłem? Mów takie rzeczy trochę wcześniej, bo niezbyt mogłem pofrunąć z powrotem do góry.

- Vin, czasami naprawdę jesteś w gorącej wodzie kąpany. Skok z takiej wysokości bez namysłu... no ale nieważne, nic ci nie jest?

- Złamana noga to raczej nic wielkiego, zawsze mam drugą.

- Co? Złamałeś nogę?

- Nie no, żartuję, nic mi nie jest, choć bardzo się postarałeś, żeby było inaczej.

- Dobra, następnym razem ty skaczesz pierwszy.

- Tak w ogóle to co ty robisz z tym truchłem małpy?

- Zaatakowała mnie. Chowała się tu w mroku, pewnie szukała jakichś kości do obgryzienia.

- Lepiej umyj łapy po tym.

- Od teraz starajmy się przemieszczać trochę ciszej. Bez ciężkich lądowań na podłodze, w porządku? W pobliżu może być ich więcej.

- Dobra, idę pierwszy. Chodźmy stąd – powiedział Vin. Rzucił jeszcze okiem na dębowe drzwi, które małpy w końcu zdołały wyrwać z zawiasów. Stały tak, że niczego nieświadomy przybysz zostałby przez nie zmiażdżony, gdyby tylko je pchnął.

Wczesnym rankiem udało im się niepostrzeżenie przemknąć obok budynków leżących na obrzeżach i wdrapać się na skały położone naprzeciw miasta. Przykucnęli za dużym głazem, patrząc na porzuconą ojczyznę Zagubionych.

- Trzeba ostrzec naszych. Muszą się jak najszybciej dowiedzieć, co im grozi – powtórzył Naz.

- Do przekazania wieści Szefowi wystarczy jedna osoba. Wiesz, że nie mogę tak po prostu zostawić Cartera. Ocalił mi życie.

- I to dwa razy – przypomniał Naz.

- No właśnie, dwa razy. Nie możemy go zostawić na pastwę tych goryli, ciebie przecież też prawie przerobiły na miazgę.

- Są takie chwile, kiedy los wielu czy też misja są ważniejsze niż życie jednostki. Jako Gwardziści musimy się z tym pogodzić.

- Naz, on nie jest „jednostką", tylko jednym z nas. Nadaliśmy mu honorowy tytuł zwiadowcy Gwardii. Jest Gwardzistą, a my nigdy nie zostawiamy swoich.

- Pomyśl o naszym ludzie, o domu, o wszystkich, których znasz... pomyśl o swojej matce!

- Myślę o niej i wydaje mi się, że nie chciałaby, żebym tak po prostu porzucił Cartera, nie próbując nawet go uratować.

- Vin, nie chcę cię zmuszać do posłuszeństwa, ale muszę podjąć tę decyzję jako starszy rangą.

- A jeśli odejdę z Gwardii?

Naz nie odpowiadał przez dłuższą chwilę.

- Nie było nigdy takiego przypadku, ale wydaje mi się, że w takim wypadku miałbyś wolną rękę. Tylko jednocześnie rezygnujesz wtedy z przydziałów żywnościowych.

Teraz to Vin pogrążył się w zadumie.

- Naz, modliłeś się kiedyś?

- Robię to zawsze, kiedy widzę jakąś małpę.

- Ja też i wiesz co? Za każdym razem, gdy się modliłem, kończyło się to tak, że albo Carter, albo Kerri pojawiali się i ratowali nas z opresji. Są młodzi, ale mimo to nigdy się nie cofnęli, gdy zaczynało się robić gorąco. Kerri była z nami, kiedy wyprowadzaliśmy ludzi z Utraconych Ziem i zaatakowały nas małpy. Carter przecież pomógł nam odnaleźć Holly i razem z nami walczył na przełęczy, gdy tamte stwory urządziły na nas zasadzkę.

- Do czego zmierzasz?

- Do tego, że zawsze kiedy się czegoś naprawdę baliśmy albo byliśmy po uszy w kłopotach, ci dwoje byli obok nas i wyciągali nas z nawet najgorszej opresji. Kiedy błagałem o pomoc, pojawili się. Niedawno modliłem się o pomoc w podjęciu słusznej decyzji. Takiej, która będzie najlepsza dla naszego ludu. I wiesz co? Taki głosik w mojej głowie cały czas mi mówi, żebym odnalazł Kerri i Cartera.

- Co? Ty też zacząłeś słyszeć głosy? Tak jak Carter?

- Nie wiem, czy on słyszał taki sam. Mówił, że to Lulu go wołała w ten sposób. Ten w mojej głowie mówi raczej „to słuszny wybór, zrób to, Vin". Naz, nie chcę cię zostawiać, nie chcę odchodzić ani też tracić moich racji jedzenia, ale jeśli to jest cena za odnalezienie naszego przyjaciela, to jestem gotów ją zapłacić.

Naz bardzo długo siedział bez słowa. Kamień, na którym się

oparł, był okropnie niewygodny, ale i tak siedzenie na nim było znacznie przyjemniejsze niż konieczność podjęcia tej decyzji. Wbił wzrok w ziemię, tępo kopiąc drobne kamyki. W końcu potrząsnął energicznie głową i spojrzał w górę.

- Dobrze, skoro tego chcesz, to tak zrobimy. Szef musi dowiedzieć się, co się tu wydarzyło. Moim priorytetem jest przygotować nasze miasto na atak goryli. Ty zaś, Vin, udasz się na misję specjalną. Wyjątkowo niebezpieczną i szalenie ważną. Chcę, abyś dowiedział się, co stało się z Kryształem oraz Carterem. Jeśli znajdziesz Cartera, prawdopodobnie znajdziesz też i Kryształ. Następnie masz mi o wszystkim zameldować. Przejmuj inicjatywę, jeśli będzie to w twoim przekonaniu konieczne. Rozumiecie wasze zadania, Gwardzisto?

- Tak jest, szefie.

- Jeśli zdarzy się, że trafisz na tego pchlarza, Sonny'ego, to masz mu porządnie wtłuc za to, że zdradził Południowców oraz własnych ludzi. A na koniec sprzedaj mu ode mnie z liścia.

- Zrozumiano.

- Proszę, oto twoje racje na tę misję. Na wypadek, gdyby tam, dokąd się wybierasz, nie było nic jadalnego.

- Szefie, a ty?

- Jeśli pobiegnę, to do jutrzejszego wieczora powinienem dostać się do granicy. Wrócę potem po ciebie, zostawiaj mi znaki po drodze.

- Zrobię ci trop z tego papieru, w którym pozawijane są ciasta. Znajdziesz je bez problemu.

- Sprytnie, Vin. Za to cię właśnie lubię, zawsze wyskoczysz z jakimś planem.

Stali naprzeciw siebie, mierząc się wzrokiem. Czekali, niepewni, który z nich pierwszy powinien wykonać jakiś gest. W końcu Naz zrobił krok i mocno uściskał Vina.

- Do zobaczenia, Naz – tylko tyle Vin zdołał z siebie wydusić.

Naz odpowiedział skinieniem głowy.

Obaj odwrócili się i stanęli w przeciwnych kierunkach.

- Vin, wiesz co...

Zatrzymał się i po raz ostatni spojrzał na przyjaciela.

- Podsunę Szefowi pomysł, żebyś dostał awans i przy okazji dodatkowy przydział żywności.

Na twarzy Vina zarysował się delikatny uśmiech.

Naz patrzył, jak jego przyjaciel ugiął się pod ciężarem plecaka, po czym ruszył tam, dokąd żaden Śnieżny Niedźwiedź nigdy nie zapuściłby się z własnej woli. Do lasu.

Schodząc z wysoko położonych równin, Vin z ulgą powitał zmianę temperatury. Ostre źdźbła trawy, jedyne pozostałości po pożarze, który zniszczył tę okolicę, chrzęściły pod jego stopami. Dobrze pamiętał ten wieczór, kiedy poczuł zapach dymu zaraz po tym, jak Duma nakazał podpalić łąki, chcąc wykurzyć Cartera z jego kryjówki.

- *Musiał być świadom, że las też zająłby się ogniem* – pomyślał. To tej nocy wszystko się zaczęło, małpy były wolne i mogły znów grasować po świecie, a to oznaczało śmierć i zniszczenie, gdziekolwiek się zjawiły.

Szczątki lasu wyglądały z oddali jak mur. Strzeliste sosny górowały nad okolicą, stojąc na wzór żołnierzy pilnujących drogi na wschód. Ich korony kołysały się złowieszczo, miotane silnym wiatrem, rzucając mu wyzwanie, żeby odważył się wniknąć w mrok lasu. Nie sposób było zobaczyć coś więcej między drzewami na odległość większą niż kilka metrów. Jeśli chciał ich wyśledzić, musiał oprzeć się na tropach pozostawionych w runie leśnym. Wydedukował, że skoro małpy zdobyły Kryształ, to będą chciały dostać się do swojej siedziby najkrótszą drogą. Miał nadzieję, że podążając na południe wzdłuż granicy lasu, trafi na ślady zniszczeń pozostawione przez wściekłe stado małp pędzące na złamanie karku przez łąki, a potem do lasu.

Miał spore szczęście, bo zaledwie po kilku godzinach znalazł miejsce, gdzie krzaki oraz mniejsze sosenki były zdeptane bądź powyrywane, żeby utworzyć nową ścieżkę. Widać też było, że ciągnięto tutaj po ziemi coś bardzo ciężkiego.

- *To musi być to* – pomyślał. - *W sumie mogę teraz coś zjeść, kto wie, kiedy będę miał następną okazję?*

Położył papier, w który zawinięte było ciasto, i położył je w widocznym miejscu na ziemi, ale przykrył je kamieniami, gałązkami i liśćmi, żeby sprawić wrażenie, że zostało tu rzucone już dawno temu.

- *Lepiej nie być aż tak oczywistym* – pomyślał.

Odłamał prostą gałąź i wyciągnął z plecaka nożyk, którym poucinał z niej drobne narośle. Miał teraz porządny, całkiem solidny kostur, którym mógł się obronić. Podniesiony na duchu, był już gotów przekroczyć granicę lasu.

Prawie dostał zawału, gdy usłyszał pierwszy trzask gałęzi, ale pamiętając, że małpy były już znacznie dalej, kontynuował marsz. Wszędzie wokół widział skutki ich bezmyślnego szału.

Nie miał najmniejszego pojęcia, że podążał dokładnie tą samą ścieżką, którą wcześniej szła Kerri. On również wolał iść skrajem polany niż ryzykować bieg przez otwarte pole. Na drugiej łące wśród lasy natknął się na dwie nieżywe małpy.

Zatrzymał się na chwilę i podrapał po głowie. Na ciałach nie było widać żadnych ran, co mocno zbiło go z tropu.

- *Może coś zeżarły po prostu?* - pomyślał.

Poszedł dalej dróżką wytyczoną przez połamane gałęzie i pourywane krzewy. Właściwie to biegł, nie zwracając już uwagi na to, jak głośno się przemieszcza. Należało teraz nadrobić stracony czas. Prawie się wywrócił, gdy gwałtownie się zatrzymał na widok kolejnych trupów leżących przy drodze. Znów nie było żadnych śladów walki. Znów podrapał się po głowie.

- *Lepiej zachować czujność teraz* – pomyślał. - *Coś dziwnego się tutaj dzieje.*

Trochę dalej natknął się na miejsce, gdzie miała miejsce jakaś większa potyczka. Teraz już kompletnie nie wiedział, o co chodzi. Wszystko wokół było połamane, a w błocie leżały tym razem trzy małpy. Powoli podszedł bliżej, idąc wzdłuż ścieżki, która od tego miejsca była znacznie mniej zniszczona. Włosy stanęły mu dęba na karku. Obejrzał się za siebie, ale za nim był tylko pusty las. Nie ruszał się, nerwy miał napięte jak postronki. W migoczącym świetle dnia, które przebiło się przez gęste sito drzew, próbował dostrzec potencjalne zagrożenie. Cały las zdawał się wstrzymać oddech. Cisza była wręcz namacalna. Groźba ataku wisiała w naelektryzowanym powietrzu.

Trzymał kostur w gotowości i wykonał krok naprzód. Gdy jego łapa dotknęła ziemi, usłyszał jak pęka pod nią gałąź. Po swojej prawej stronie usłyszał szelest liści i dostrzegł, że coś rusza się w krzakach. Odwrócił się w stronę tego, co nacierało na niego od strony lasu, lecz nagle usłyszał głos Kerri.

- Carter, STÓJ! To przecież V...

Krzyknęła jednak poniewczasie.

W momencie gdy Vin obrócił się w stronę Kerri, z prawej dostał obuchem kostura, który dźgnął go w brzuch. Powietrze uszło mu z płuc i zgiął się w pół, rozpaczliwie szukając oddechu.

- O rany! To musiało boleć – powiedziała Kerri.

- Vin? - krzyknął Carter zza krzaków po prawej. - Ale jak ty...? Gdzie...? Co się stało z...? Gdzie jest Naz? - wybełkotał wstrząśnięty.

- Tym razem to nie byłam ja! - rzekła Kerri, wychodząc spośród drzew za nim.

Vin zdołał spojrzeć w górę i nie mógł powstrzymać uśmiechu.

- Przestańcie mnie rozśmieszać, nie mogę jeszcze oddychać! - wysapał.

- Carter chyba wyszedł z wprawy – rzekła.

Vin pomachał jej łapą.

- Nic mi nie będzie – wydusił z siebie. - Gdzieś mi tu wypadły płuca, poczekaj, tylko je znajdę.

- Chodź, usiądź. Jak nas znalazłeś?

- To nie było trudne – powiedział, wciąż oddychając bardzo płytko. - Po prostu szedłem za trupami.

- Gdzie jest Naz? Myślałem, że... no wiesz. I że on też – rzekł Carter.

- Tylko mnie znokautowały. Udało nam się uciec z Nazem. Poszedł ostrzec wszystkich i powiedzieć, że Sonny, ten zapchlony padlinożerca, nas wystawił.

- Zapłaci za to, co zrobił, poczekaj no tylko – powiedziała Kerri. - Vin, trochę ci lepiej?

- Bywało lepiej, bywało gorzej. Tylko napiłbym się czegoś, choćby łyku wody.

- Mamy tu herbatę, poczęstuj się – Kerri wręczyła mu menażkę.

- Właśnie, mam pytanie – powiedział Vin. - Wiecie, co się stało z Kryształem?

- Jedna z małp go wzięła. Właściwie to goryl, wielkie, paskudne bydlę. Odebrał go Sonny'emu – powiedział Carter.

- Ten sam goryl, który zrzucił mi głaz na łeb?

- Zgadza się. Był serio wściekły na wszystkich i zaczął dusić Sonny'ego, ale zaraz potem padł na ziemię, kurczowo trzymając się za głowę. Chyba oberwał tym samym, co ja, gdy goniliśmy Holly – rzekł Carter.

- Więc mam w tym też osobisty interes. Słuchajcie, jestem teraz na misji. Muszę odzyskać Kryształ – powiedział Vin.

- To wygląda na to, że będziemy podróżować razem. Razem z Carterem mieliśmy taki sam zamiar.

- Powinniście zawrócić, to zbyt niebezpieczne.

- Klamka zapadła – odparł Carter. - Naprawdę się cieszę, że będziemy podróżować razem.

Vin popatrzył to na Kerri, to na Cartera. W ich oczach widział to, co sam teraz odczuwał. Szczęście na widok dawno niewidzianych przyjaciół i determinację, żeby odzyskać to, co utracili. Nie umiał się powstrzymać i po prostu mocno ich wyściskał.

- Aleście sobie dzielnie dali radę beze mnie. Nieziemsko się cieszę, że pójdziemy tam razem! - rzekł Vin.

Dalsza podróż była bardzo łatwa. Samiec alfa nie przypuszczał, że ktoś go będzie śledzić, więc nie kłopotał się zacieraniem śladów. Podążali więc traktem wytyczonym przez pourywane gałęzie, pogniecione krzewy, rozrzucone wszędzie liście oraz smród małpy. Nagle jednak wszystko się urwało.

Kerri cofnęła się po śladach, kompletnie zbita z tropu, nie wiedząc przez chwilę, co się dzieje. Trop był bardzo wyraźny, ale w pewnym miejscu po prostu znikał bez śladu.

- Ludzie, chyba go zgubiłam. Nagle nic nie ma – zawołała.

- Ja i moje genialne plany! - jęknął Vin. - Mogłem się domyślić, że przejdą przez granicę. Co niby teraz mamy zrobić?

- Granica? No jasne! Tak się składa, że mam coś na tę okazję. Od dłuższego czasu zastanawiałam się, co się tak nagrzewa w moim plecaku. Kompletnie o tym zapomniałam – odparła Kerri, wyciągając ciężkie płócienne zawiniątko. W środku znajdował się rozżarzony kamień.

- Kamień graniczny! - zakrzyknął Vin.

- Dobrze, że Lulu o tym pomyślała zawczasu i naciskała, żebyśmy wzięli go ze sobą. Mówiła, że „lepiej mieć i nie skorzystać, niż nie mieć i tego żałować".

- I ja się z tym bardzo zgadzam – zaśmiał się Vin.

- Lulu pomyśli o wszystkim.

- Kerri, pozwól, że ja to zrobię – powiedział Vin. - Te maleństwa potrafią naprawdę poparzyć.

Chwyciwszy kamień, wziął zamach, nie rzucając jednak kamienia. Skała w jego łapie zaczęła buczeć, gdy znalazła się bliżej granicy, i rozżarzyła się jeszcze bardziej. Vin wykonał jeszcze kilka kroków i kamień zaczął drżeć.

- Mam to. Przygotujcie się na błysk, dobra? - powiedział.

Rzucił kamień przed siebie. Nastąpił wybuch światła, gdy

ten uderzył o niewidzialną barierę. Przed nimi wyrósł świetlisty okrągły portal prowadzący w nieznane.

- Pamiętajcie, gdy tylko znajdziecie się po drugiej stronie, *ruszajcie dalej*! Pod żadnym pozorem nie stójcie w miejscu i nie podziwiajcie widoków. Ja pójdę pierwszy i jeśli trafię na jakąś paskudę po drugiej stronie, biorę nogi za pas, wracam tutaj, podnoszę kamień i zamykam przejście. Jasne? Dobra, policzcie do dziesięciu i dopiero potem idźcie za mną.

ROZDZIAŁ 13

Mech zdążył już zdziałać cuda z ranami Naza. Pierś i ramiona bardzo dobrze się goiły po tym, jak małpy go poturbowały. Głowa jednak wciąż wyglądała paskudnie, jedno oko wciąż miał zamknięte, usta rozcięte, a te zęby, na których nie mógł położyć mchu, trochę mu się kołysały. Mimo to uważał, że miał duże szczęście, bo małpy nie zdążyły mu połamać nóg przed przyjściem Vina.

Zmierzał w stronę Wysokich Alp, które były dla niego jak drugi dom. Wiedział, że gdyby jakaś małpa chciała go śledzić, zginęłaby w niskich temperaturach. Nie miał ze sobą żadnego bagażu, więc mógł szybko przebijać się przez śnieg i pokonywać kolejne zbocza gór. Nawet, gdy zapadł już zmrok, cały czas biegł na północ w solidnym tempie, podążając za swoim ulubionym gwiazdozbiorem, który prowadził go do prawdziwego domu.

Nad ranem miał już przełęcz w zasięgu wzroku. Przejście pomiędzy dwiema skalnymi skałami prowadziło wprost do granicy. Zaczął się niepokoić, ponieważ wiedział, że jest to wprost wymarzone miejsce na zasadzkę. Słyszał już, że cały oddział Gwardzistów wpadł tutaj w pułapkę i został wycięty w pień. Pamiętał kopce usypane ze śniegu, poprzednim razem też tu były. Carter ostrzegał go, że po wąwozie krąży widmo śmierci.

Wtedy woleli pójść dalej na wschód, niż ryzykować, ale teraz należało jak najszybciej wrócić do domu i ostrzec wszystkich. A to była najkrótsza droga.

Przełęcz przypominała ogromny lej. Zimne, szare pionowe ściany zdawały się wsysać wszystko wokół. W wyniku niekończącego się cyklu naprzemiennego topnienia i zamarzania śniegu z góry, skały były pokryte grubą warstwą lodu, przez co nie można się było po nich wspinać. Woda skapująca w trakcie odwilży wnikała w skałę, zamarzała i rozsadzała ją od środka. W niektórych miejscach z kolei jedynym, co spajało skałę, był właśnie lód. W razie ataku był tylko jeden kierunek ucieczki – jeszcze głębiej w wąwóz.

Naz czuł się odsłonięty na atak jak nigdy przedtem, idąc samotnie przez wszechogarniającą pustkę, która prowadziła do tamtego przejścia. Pierwszy raz nie było z nim kogoś, kto by go osłaniał. Czołgał się, wyczekiwał, rozglądał, a potem biegł kawałek naprzód.

Dostrzegł duży kopiec, który wyraźnie odcinał się na tle otaczającej płaszczyzny. Ten widok wzbudził w nim niepokój. Jako zwiadowca Gwardii jego obowiązkiem było zbadać podejrzany punkt, ale już przeczuwał, co tam znajdzie. Przyklęknął i zaczął kopać, aż jego ręka trafiła na jakiś ostro zakończony przedmiot. Brzegiem łapy odgarnął resztkę śniegu, odkrywając białe futro innego Gwardzisty, który zamarzł w pozycji siedzącej. Jego futro zmieniło się w lodowe kolce. Naz położył łapę na ramieniu poległego towarzysza i w milczeniu odmówił modlitwę.

Patrol liczył dwunastu Gwardzistów, ale Naz nie widział więcej kopców. Ruszył dalej. Cienki lód załamywał się pod jego ciężarem, przez co brnął aż po pas w sypkim śniegu. Kiedy udało mu się już wyciągnąć nogi i iść po bardziej stabilnym podłożu, wydawało mu się, że każdy jego krok niesie się echem, które odbija się daleko od skalnych ścian. Miał wrażenie, że hałasuje tak, że obudziłby umarłego. Albo zwróciłby na siebie uwagę grasujących w okolicy małp.

Zatrzymał się, nie wiedząc nawet w sumie, dlaczego tak zrobił. Czuł jednak w kościach, że coś jest nie tak. W tym samym czasie ktoś go uderzył w tył głowy. Padł twarzą na pokrytą śniegiem ziemię, czując na plecach olbrzymi ciężar. Nie mógł się ruszyć. Napastnik przygniótł go kolanami na wysokości krzyża, przez co Naz musiał zacisnąć zęby, żeby nie krzyknąć z bólu.

Nagle jednak usłyszał głos.

- Chwila, czy to nie jest Naz?

- Naz! To naprawdę ty!

Ucisk na plecy zniknął. Przewróciwszy się na plecy, Naz ujrzał rozradowane oblicza dwóch Śnieżnych Niedźwiedzi.

Jeden z nich podał mu łapę, żeby pomóc mu wstać, po czym obaj otrzepali go z płatów śniegu, uścisnęli łapy i poklepali po plecach.

- Nawet nie wiecie, jak się cieszę na wasz widok. Co wy tu robicie?

- Mamy za zadanie odzyskać ciała poległych w walce z małpami i zabrać je do domu. Szef nie zgadza się, żeby ktokolwiek tu został. Słyszałeś, że tym gorylom zasmakowało nasze mięso?

Naz skrzywił się na samo wspomnienie.

- Chłopaki, jest nawet gorzej – pokręcił głową. - Żrą teraz wszystko, nawet swoich potrafią schrupać.

- Bujasz!

- Nie, widziałem to na własne oczy – odparł Naz.

- Gdzie jest Vin – spytał jeden z nich, rozglądając się wokół.

- Vin jest na specjalnej misji, ma wyśledzić, gdzie jest Kryształ.

- Jak to wyśledzić? To znaczy, że go utraciliśmy?

- Na to niestety wychodzi. Słuchajcie, lepiej uwińcie się ze swoją robotą jak najszybciej. Przypuszczam, że małpy wkrótce się tu pojawią. Możliwe, że będzie ich cała horda, więc upewnijcie się, że punkty obserwacyjne są obsadzone. Niech wyślą gońca, jeśli *cokolwiek* wyda im się podejrzane. Wszyscy muszą być w pełnej gotowości.

- Jest aż tak źle?

- Owszem – przytaknął.

- Dobrze. Niedługo skończymy i nie będzie tu po nas śladu.

- Muszę tu wrócić tak szybko, jak to możliwe. Są jakieś wrota otwarte w okolicy?

- Tak, na końcu przełęczy.

- Dzięki. Uważajcie na siebie i pamiętajcie, żeby donieść Szefowi o wszystkim, co wam się wyda podejrzane.

- Jasne, Naz.

Pobiegł w głąb wąwozu, besztając się w duchu za to, że dał się tak łatwo zaskoczyć.

- *Powinienem był zauważyć znaki* – powtarzał sobie.

Za ostrym zakrętem dostrzegł lśniącą osnowę, której światło przenikało powietrze. Zdawać się mogło, że ktoś umieścił w wąwozie dużą soczewkę kontaktową, która w nieskończoność wydłużała przejście. Brzegi osnowy działały jak szkło powiększające. Naz wkroczył w świetlisty krąg, po czym rozległ się głośny trzask. Miał teraz przed sobą tunel utkany z samego światła. Szedł pewnie przed siebie, dopóki nie poczuł w końcu solidnego gruntu pod stopami. Mógł odetchnąć z ulgą, był już na znajomym płaskowyżu. Był w domu.

- Naz! Niech mnie, dobrze cię widzieć!

Zewsząd zaatakowały go uściski i poklepywania po plecach. Wszyscy strażnicy pilnujący bramy rzucili się go powitać.

- Naz, mów, jak wygląda sytuacja – spytali.

- Słuchajcie, nie mogę się zatrzymywać, sprawa jest piekielnie ważna. Muszę wrócić do miasta i zameldować o wszystkim Szefowi. Powiedziałem tamtym, żeby zachowali *najwyższą* czujność i donosili o wszystkim, co wyda im się podejrzane... nie będę owijał w bawełnę, straciliśmy Kryształ.

Był pewien, że każdy z nich głośno przełknął ślinę.

- Przyślę wam potem gońca, który opowie wam o wszystkim, ale teraz naprawdę muszę iść.

Wszyscy skinęli ze zrozumieniem.

- Szefie, dobrze mieć cię z powrotem – odparli.

- Dobrze was widzieć, chłopaki – odrzekł. Po raz pierwszy od dawna się uśmiechnął.

Odwrócił się i pobiegł w stronę miasta, wzniecając za sobą tumany kurzu na drodze przez wyżynę.

- Wiem, co się stało z Kryształem – rzekł Szef.

- Do diabła! W takim razie niepotrzebnie tu biegłem. Ale skąd już o tym wiesz?

- Twój trud w żadnym wypadku nie był daremny. Musieliśmy mieć absolutną pewność, że Kryształ w istocie został skradziony oraz że ów dwulicowy zdrajca, Sonny, rzeczywiście zasłużył na to miano. Przyjście tutaj było słuszną decyzją. Nie mogłeś w końcu wiedzieć, że Salli jest tutaj.

- Salli? Tutaj?

- Właściwie to była tutaj. Udała się do miasta małp. Chodź, opowiem ci wszystko przy obiedzie – Szef ujął go pod ramię, prowadząc w stronę Akademii Gwardii. - Musisz jednak o czymś wiedzieć, Naz. Chodzi o Sama. On... nie żyje. Nie przeżył podróży do naszego miasta.

Naz stanął w miejscu, wstrząśnięty tym, co właśnie usłyszał. Spojrzał Szefowi w oczy.

- Sam? Jak to nie żyje?! Nie... - jego ramiona gwałtownie opadły, głowę zwiesił niemy.

Był wyczerpany tą misją, a teraz jeszcze na jego barki zwalił się kolejny ciężar. Kręcił głową z niedowierzaniem, zbyt osłabiony, żeby móc ją podnieść.

- Przykro mi. Wiem, że bardzo cię cenił. Sam żałuję, że nie miałem okazji go spotkać.

- Salli musi być zdruzgotana.

- Nigdy nie spotkałem silniejszej kobiety.

- To typowe u nich, na południu. Powinieneś poznać Kerri, Szefie.

Szef poprowadził go do pustej jadalni w Akademii. Długie stoły były już uprzątnięte po posiłku przygotowanym dla rekrutów. Szef zasiadł przy jednym z nich, podczas gdy Naz powoli nakładał swoje racje na talerz, jednocześnie składając ustny raport ze swojej misji na południe od Utraconych Ziem.

- Nie jesteś głodny? To do ciebie niepodobne.

- Niezbyt chce mi się jeść po tym, co usłyszałem.

Szef kiwnął głową ze zrozumieniem.

- Muszę powiedzieć ci coś dziwnego – rzekł Naz. - Nie napotkałem żadnej małpy w drodze tutaj. Spodziewałem się, że po mojej ucieczce będą mnie szukać, a przynajmniej obstawią wejścia na przełęcz, a tu nic takiego.

Szef przeczesał brodę palcami i podrapał się po podbródku.

- To rzeczywiście osobliwe – odpowiedział po chwili. - Dobrze, powiedz mi, jakie rozkazy wydałeś Vinowi.

- Ma podążać tropem małp, zostawić ślady, dzięki którym go odnajdę. Nie jest niczym skrępowany, może wykazywać się własną inicjatywą. Tylko co ja powiem jego matce? To był błąd puścić go samego na tak niebezpieczną misję.

- Naz, zrobiłeś, co uznałeś za słuszne. Nie ma potrzeby się tym zadręczać.

- Jeszcze go awansowałem. Nadałem mu rangę zwiadowcy pierwszej klasy – rzekł Naz.

- Słusznie. Jestem pewien, że na to zasłużył. Zajmę się potem stosownymi papierami.

- Ja wciąż mam trochę wątpliwości. A, właśnie, podwoiłem mu też racje żywnościowe.

- Że co? Stale czy na czas misji?

- Szefie, to naprawdę nie jest najlepsza pora na bycie liczykrupą. Jest tam sam, zmarznięty, zmęczony i głodny.

- Porozmawiamy o tym, gdy wróci.

- Co mam powiedzieć jego mamie? - potrząsnął głową.

- Zostaw to mnie, wszystko jej wyjaśnię. Nie martw się, dokonałeś słusznego wyboru. Teraz powinieneś odpocząć.

- Wracam tam i idę za nim.

- Nie, musisz być wypoczęty i w dobrej formie.

- Formę wciąż mam dobrą, a odpocznę, kiedy to wszystko się wreszcie skończy.

- Potrzebuję cię tu, na miejscu. W każdej chwili spodziewamy się inwazji, która może nadejść z każdej strony.

- Szefie, nie mogę zostawić Vina na pastwę losu, muszę iść.

Szef popatrzył na utytłane i potargane futro Naza. Śnieg i deszcz nie zmyły do końca krwi, a samo futro, choć długie, nie było w stanie zakryć sińców na jego twarzy. Jedno oko, teraz już tylko na wpół zamknięte, miał cały czas spuchnięte.

- Wyślę kogoś innego. Nie nadajesz się w tym stanie do służby. Spójrz na siebie.

- Mam trochę mchu, nic mi nie będzie.

- Naz, to jest rozkaz. Weź kąpiel i zostaw na chwilę to futro. Prześpij się w nocy i spotkaj się ze mną rano.

Naz pokręcił głową. W głębi duszy wiedział jednak, że Szef ma rację. Obrócił się na pięcie i wyszedł powolnym krokiem z Akademii, po czym skierował się w stronę miejskiej łaźni.

Nikogo nie było na placu przed świtem następnego ranka. Chłód powoli przeganiały pierwsze czerwone pręgi wyrastające znad szczytów położonych na wschodzie. Naz cicho wszedł po schodach i pchnął dębowe schody. Skręcił w lewo do pierwszego pomieszczenia, gdzie zobaczył biurko Szefa tak, jak je zostawił poprzedniego dnia. Chwycił coś do pisania i wygrzebał czystą kartkę w bałaganie, który tam panował, i napisał:

Szefie,

Przyszedłem zgodnie z rozkazem. Prawdopodobnie minęliśmy się w drodze. Ruszyłem odszukać Vina.

Naz

Miasto wciąż spało, gdy wkroczył na drogą prowadzącą do przełęczy na południu.

ROZDZIAŁ 14

Śnił na jawie o chwale, która była już na wyciągnięcie ręki. Klucz do wszystkiego miał wkrótce sam wpaść w jego ręce. Kryształ był już blisko, czuł coraz wyraźniej jego obecność. Dał się ponieść ekstatycznym wizjom, gdzie świat pada przed nim na kolana, a jego imię budzić będzie taki lęk, że nikt nie ośmieli się go wymówić na głos.

- *Beztroskie rodziny mieszkające w tych swoich żałosnych drewnianych chatach nad oceanem. Klan poniesie srogą karę za swoją zdradę* – myślał z pogardą. - *Może zesłać na nich zarazę? Coś wywołującego wymioty? A może pragnienie? Tyle wody wokół, ale nic nie mogą wypić? I ona... ta, która mną wzgardziła, i skradła należne mi dziedzictwo, Księgę Władzy. Choć i tak już na nic mi się nie przyda, skoro zdobędę Kryształ.*

Pamiętał każdy wers księgi. Przepisał ją i nie potrzebował już oryginalnego tomu. Każde słowo miał niemal wygrawerowane w umyśle, przez co mógł korzystać z ich mocy, kiedy chciał, oraz jak chciał.

- *Najpierw zajmę się Sallinią. Potem pozostaje przejść przez przełęcze w górach i pokonać płaskowyż. Nic wtedy nie stanie na drodze między mną i tym żałosnym plemieniem niedźwiedzi. Umrą powolną i bolesną śmiercią za to, że ośmielili się stawić mi opór oraz ukraść*

Księgę Dziejów. Należała do mnie. Więc jak? Głód? Choroby? Po co się decydować na jedno, WSZYSTKO jest teraz w zasięgu mojej mocy... Potem powrócę przez ocean do ojczyzny Pradawnych. Powrócę w chwale i narzucę moją władzę wszystkim. Nawet niebiosa nie będą w stanie powstrzymać mojego triumfalnego pochodu!

Ten groteskowy narcyzm przyprawiał go o dreszcze podniecenia. Nie poczuł w ogóle chłodu marmuru, gdy na nim usiadł. Podobnie nie zwracał uwagi na upał panujący na zewnątrz świątyni.

- *Ziemskie bodźce przestają na mnie działać* – pomyślał. - *Chyba już teraz zaczynam zmieniać się w boga. NIKT nie posiadł takiej mocy, którą wkrótce zawładnę, nawet Pradawni. Nigdy nie było wśród nich człowieka, który dzierżyłby potęgę trzech ksiąg oraz Kryształu. Zawsze uważali, że jedna osoba nie byłaby w stanie jej okiełznać. Głupcy! Jak mogli tak zbłądzić? I co niby przekazali potomnym? Że miłość jest największą potęgą? Idioci. STRACH jest kluczem do władzy i potęgi, STRACH! Rzucić na kolana cały świat, który ze strachu przede mną spełni każdą moją zachciankę. Strachu przed bólem, który mogę na nich zesłać. Strachu przed utratą ich śmiesznego życia, rodziny czy Klanu. NIE! To strach jest kluczem do najwyższej potęgi. Strach oraz Kryształ.*

Oparł brodę na dłoniach, łokcie spoczywały na zimnych oparciach siedzenia, które w myślach zaczął już nazywać tronem. Zamknął oczy, marząc przez chwilę o tym, żeby mógł zasnąć i swobodnie śnić.

- *Ileż już czasu minęło, odkąd spałem po raz ostatni?*

Nie pamiętał już, jak to jest, kiedy opuszcza się ten świat i swoje własne ciało, aby następnie krążyć beztrosko wśród gwiazd. Poszybować nie wiadomo dokąd. Wtem HUK!

- *Sallinia!*

To imię wytrąciło go z równowagi.

- *Teraz jeszcze nazywa samą siebie „Salli!" Odrzucane nadane jej imię. Ukarzę ją za to, że mnie opuściła. Może każę jej patrzeć, jak niespiesznie uśmiercam jej córkę? A może powinienem ją po prostu oddać tym obrzydliwym małpom jako zabawkę? Zdecyduję, gdy padnie przede mną na twarz.*

Z powrotem do rzeczywistości ściągnęło go walenie w dębowe drzwi. Całe zadrżały, trzymane w ryzach przez metalowe okowy. Trzeba było ośmiu ludzi, aby umieścić je w nich umieścić. Nie ruszając się z miejsca, On skupił umysł na otwarciu blokady, którą nałożył wokół świątyni. Był to, niewidoczny gołym okiem, niezniszczalny mur, który izolował jego sanktuarium od świata zewnętrznego, dopóki nie pozwolił komuś wejść. Wrota powoli się otworzyły, a Jego oczom ukazał się goryl alfa oraz Sonny, który stał u jego boku.

- Następnym razem mądrzej dobieraj swoich towarzyszy, inaczej zapłacisz za to głową – Jego głos niósł się echem po pomieszczeniu, a szyderczy śmiech ściąłby z nóg każdego, kto przed nim stoi.

Alfa skłonił się w pas, ale Sonny stał w bezruchu, rozglądając się po tajemniczej świątyni, którą od czasu jej ukończenia niewielu miało okazję zobaczyć, zaś każdy, kto pracował przy jej budowie, umarł tajemniczą i bolesną śmiercią.

Jego oczy spoczęły na Sonnym, który wciąż przebywał w zwierzęcej postaci. Sonny poczuł niewyobrażalny ból rozsadzający mu czaszkę, zupełnie jakby jego mózg miał zaraz wyskoczyć. W czole poczuł natomiast taki nacisk, że wydawało mu się, że gałki zaraz wypadną mu z oczodołów. Wrzeszczeć z bólu mógł tylko w swojej głowie, nie mógł oddychać. Padł na posadzkę, wijąc się w spazmach.

- Nikt cię nie uczył, żeby kłaniać się przed PANEM? Co za skandaliczny brak manier – rzekł.

Zostawił miotającego się z bólu Sonny'ego i zwrócił się w kierunku Alfy. Wyciągnął rękę. Rozkaz był jasny, nie trzeba go było wypowiadać. Goryl podszedł ze spuszczoną głową i opuszczonymi ramionami, w wyciągniętej łapie trzymał skarb tak cenny, że niósł go nad głową niczym ofiarę składaną bóstwu. Bijące od Kryształu ciepło rozlewało się po jego ciele. Nie mógł pogodzić się z myślą, że miałby oddać coś tak pięknego, coś, co dało mu tyle przyjemności w jego przeklętym życiu. Goryl nie mógł znieść myśli, że musi się tego zrzec. Powoli cofając rękę, wniknął wzrokiem w przejrzyste ścianki Kryształu, w feerię barw, która migała w jego sercu.

Nagle dotarło do niego, co robi. Spojrzał w górę, przerażony, po czym wyciągnął łapę przed siebie i oddał Kryształ Jemu.

Siła, która ogarnęła jego ciało, sprawiła, że o wszystkim zapomniał. Kolejne fale najczystszej ekstazy przepływały przez jego ciało, serce waliło mu jak młot, a umysł wzbijał się na niedostępne wcześniej wyżyny. Puls znacznie mu przyspieszył. Wyrzucił z pamięci wszystko: Sonny, wahanie Alfy – to wszystko nie miało teraz znaczenia. Kryształ w końcu był jego, po tych wszystkich latach planowania, wyczekiwania oraz snucia wizji. Był, był w jego dłoni. Całe jego ciało drżało z podniecenia.

- *Ostateczna władza! Teraz już nic mnie nie powstrzyma.*

Goryl zaczął się wycofywać z pomieszczenia, cały czas nisko się kłaniając. Sonny zdołał przepełznąć przez próg, uwolniony w końcu od cierpienia. Nie mógł jednak powstrzymać się przed spojrzeniem nań ten ostatni raz. Widział, jak jego pan wpatruje się w Kryształ, uzależniony od jego piękna. Kryształ lśnił dokładnie tak, jak to zapamiętał. Przeszył go ból na myśl, że utracił go na zawsze.

- STÓJCIE! Mam dla was zadanie.

Sonny zaczął się energicznie kłaniać, wyczekując na rozkazy.

- Trzy ludzkie ścierwa ośmieliły się wkroczyć na moją ziemię. Weźcie grupę małp ze sobą i je wyrżnijcie. Tym razem żadnych pomyłek, nie zamierzam dłużej znosić waszej niekompetencji. Idźcie już!

Sonny'emu zaschło w pysku, nie przychodziła mu do głowy żadna odpowiedź, więc skłonił się nisko i wycofał się ze świątyni. Prawie wpadł na inną małpę, która właśnie zmierzała w stronę drzwi.

Stała na zewnątrz świątyni, pięści miała na podłodze, głowę pochyliła nisko, zbyt przerażona, żeby Jemu spojrzeć w oczy.

- Powiedzieliście mi, że niedźwiedzie są martwe.

Małpa energicznie pokiwała głową.

- Okłamaliście mnie!

Potrząsnęła głową, żeby zaprzeczyć, po czym sama zaczęła się trząść. Potwór chciał zawrócić i uciec z pomieszczenia, lecz strach przed karą za nieposłuszeństwo był większy niż ten, który czuła teraz.

Wiedziała, co teraz nastąpi. Spojrzała na chwilę, błagając spojrzeniem o przebaczenie, ale napotkała jedynie zimny wzrok pełen pogardy. Poczuła kałużę między nogami, pęcherz nie wytrzymał napięcia. Ból, który poczuła, był nie do opisania. Mimowolnie złapała się za głowę w czczym geście obrony, ale przed czymś takim nie było żadnej ochrony, żadnej ucieczki.

Patrzył z obrzydzeniem na wijącą się po posadzce małpą, której pysk wykrzywiał niemy krzyk bólu. Brukała jego sanktuarium swoją obecnością, a gdy zobaczył, co jeszcze po sobie zostawiła, wpadł w szał. Z zaciśniętymi pięściami skupił swoje myśli na jej śmierci. Jej ostatni, przedśmiertny krzyk nigdy nie wydobył się z ust, umysł już przestał działać. Jej ciało leżało, smagane ostatnimi, pośmiertnymi spazmami.

Sonny pospieszył wzdłuż korytarza, gdzie zobaczył Alfę strzegącego drzwi.

- Nasz pan każe ci iść ze mną zniszczyć te psy i niedźwiedzia – próbował zabrzmieć władczo, ale wstyd, który czuł z powodu swojej hańby, sprawił, że brzmiało to raczej jak błagalna prośba.

Goryl ryknął mu prosto w twarz, jego sterczące kły błysnęły groźnie, niszcząc zupełnie fałszywą pewność Sonny'ego. Uderzyła go fala stęchłego, cuchnącego powietrza, a zaraz po tym Alfa celnie przyłożył mu w pysk z pięści. Sonny poleciał do tyłu i przywalił w ścianę. Goryl chwycił go za kark oraz ogon, po czym wyrzucił go przez drzwi na zewnątrz na dziedziniec.

Alfa warknął w stronę pobliskiej grupy małp, które wcześniej przykucnęły na posadzce, żeby skryć się przed oślepiającym słońcem. Natychmiast wstały, posłuszne rozkazowi, i pobiegły w stronę Sonny'ego, który właśnie próbował się podnieść. Goryl wydał z siebie coś, co przypominało szczeknięcie, po czym wskazał na bramę prowadzącą na północ. Małpy stały, czekając aż Sonny przejmie inicjatywę.

- Zapłacisz mi za tę zniewagę! - krzyknął w stronę Goryla.

Ten rzucił się w jego kierunku, wszystkie małpy uciekły mu z drogi. Sonny zaczął biec w stronę bramy dosłownie chwilę przed tym, jak goryl huknął pięściami tam, gdzie stał. Pozostałe małpy pobiegły za nim w stronę bramy, która prowadziła na puste, spalone słońcem obrzeża niegdyś wspaniałego miasta, odartego przez małpy ze swojej dawnej świetności.

Zew w głowie Alfy kazał mu zatrzymać się, odwrócić w stronę wewnętrznego sanktuarium, gdzie czekał jego pan. Pobiegł tam i przekroczył próg, stając na wypolerowanej posadzce.

- Przygotuj wojsko. Wyruszamy natychmiast!

Ukłonił się i wybiegł bez słowa. Krzyczał i wył, podniecony myślą o nadchodzącej bitwie i o zemście.

- *Nareszcie! Nadszedł czas. Zemsta za śmierć Craga, mojego ojca, już wkrótce będzie moja* – pomyślał.

ROZDZIAŁ 15

Brama zdawała się rzucać iskry w świetle obozowego ogniska. Stali wokół portalu, który miał przenieść ich na drugą stronę granicy, czekając aż Carrick bądź Dolan wróci i zacznie bić na alarm. Byli zdenerwowani, ale jednocześnie na swój sposób podekscytowani.

- Chyba już możemy ruszyć – rzekł Caldo. - Gdyby po drugiej stronie było jakieś niebezpieczeństwo, natychmiast by do nas wrócili.

- Do zobaczenia niebawem – powiedziała Salli. Z uśmiechem spojrzała na stojących wokół portalu Gwardzistów, którzy kolejno znikali w błysku światła.

Rozległy się dwa głośne trzaski po tym, jak Ben i Avi weszli w roziskrzony krąg. Skinęła głową do pozostałych, chcąc wyrazić wdzięczność, i podążyła za bliźniakami do źródła nękających ich plugastw.

Stawiała stopy bardzo ostrożnie, za każdym razem badając grunt, gdy przechodziła przez portal. Nie wiedziała, czego powinna się spodziewać. Czuła miękki piasek ustępujący pod jej ciężarem. Po chwili czuła, jak dwie dłonie złapały ją za ramiona, żeby ją wesprzeć.

- Tędy, Salli. Nie wychylaj się ,dopóki nie upewnimy się, że jest bezpiecznie – powiedział Avi.

Dała się ściągnąć na dół, leżała teraz płasko na zboczu wydmy. Po prawej i lewej stronie miała jeszcze dwójkę śnieżnych niedźwiedzi, które wyglądały zza wzgórza w poszukiwaniu zagrożenia.

- Chyba nic nam nie grozi – rzekł olbrzym po prawej.

- Ktoś widział Carricka i Dolana? - zawołał Ben.

Mniejszy z niedźwiedzi odwrócił się z uśmiechem.

- Najlepiej jest się przeistoczyć natychmiast, gdy tylko nie ma żadnego zagrożenia wokół – rzekł Dolan.

Carrick przyczołgał się do nich.

- Wy dwaj też powinniście to teraz zrobić – zwrócił się do Aviego i Bena.

- Nigdy wcześniej tego nie robiliśmy – odparł Avi.

- Nigdy? - spytał Dolan.

- Niet, ani razu.

- Ile macie lat? – spytał Carrick.

- Niedawno wypadła nasza osiemnastka – powiedział Avi.

Carrick i Dolan spojrzeli na siebie. Salli dostrzegła, że obaj byli zaniepokojeni.

- Nie możecie ich tego nauczyć? - spytała.

- Wy dwaj, skończyliście osiemnaście lat, a to oznacza, że już za późno dla was na naukę. Przemiana jest zbyt niebezpieczna po przekroczeniu określonego wieku, serce może nie wytrzymać wysiłku. Coś takiego mogłoby was zabić.

- Więc musimy to załatwić bardzo szybko – stwierdziła Salli.

- To na co czekamy? - spytał z uśmiechem Dolan. - Chodźcie, pójdę pierwszy. Dajcie mi tylko znać, gdybyśmy szli *zbyt* szybko.

Oba niedźwiedzie ruszyły przed siebie, wybierając drogę tak, żeby iść pomiędzy wydmami i nie wychylać się zanadto. Cały czas kierowali się na wschód.

- Myślicie, że jest jakoś spokrewniony z Caseym? - szepnął Ben bratu na ucho.

- Możliwe, wzrost się zgadza – odparł Avi, patrząc badawczo na Carricka.

- Bo z Nazem musi być już spokrewniony – szepnął Ben zbyt głośno.

- Naz jest moim kuzynem – wtrącił się Carrick, usłyszawszy te komentarze.

Kiedy rumieniec wstydu trochę zszedł z twarzy Bena zwrócił się do Carricka tym razem wprost.

- Carrick, ile właściwie masz lat?

- Skończę osiemnaście lat w następny księżyc – niski baryton doskonale współgrał z rosłą sylwetką.

- Liczycie urodziny księżycami? - spytał Avi.

- Naturalnie. Dlaczego pytasz?

- Po prostu zastanawialiśmy się jeszcze, czy ojciec musiał ci zrobić specjalne łóżko.

- Cicho tam – syknęła Salli. - Patrzcie tam – powiedziała, wskazując na kopułę, która wyłoniła się w oddali spomiędzy wydm.

Wszyscy przykucnęli, bacznie rozglądając się wokół. Nastrój beztroskiej przechadzki wyparował błyskawicznie.

- Co możesz nam powiedzieć o układzie miasta na podstawie tego, co mówi *Księga Dziejów*? - spytała Dolana.

- Główny budynek położony jest na wschodnim krańcu. Tam też znajdowały się księga oraz Kryształ, gdy Ran je odnalazł. Z opisu wynikało, że było to coś na wzór skarbca, pełnego w dodatku różnych posągów, fresków oraz mozaik. W pewnym sensie cała budowla była księgą, która opowiadała obrazem o podróżach Pradawnych. Miejsce, do którego chcemy się dostać, czyli to, gdzie znajdują się Wrota, znajduje się na południu i ma dach w kształcie kopuły. Możliwe, że go właśnie widzimy. Ran pisał, że inne budowle były zrujnowane, a małpy spały, gdzie tylko się dało. Jeśli rzeka wciąż płynie, to powinna być idealnie przed nami, po zachodniej stronie, tuż przed miastem.

- Idźmy na południe, znajdźmy dogodne miejsce do przeprawy przez rzekę, a potem wejdźmy do miasta od tamtej strony – zaproponował Carrick.

Avi i Ben chwycili mocniej kostury i skinęli w stronę niedźwiedzi obok.

- Salli, pójdziemy przodem, ty idź w środku grupy. Ben, Avi, zamykacie pochód – zarządził Carrick.

Dolan wczołgał się na szczyt wydmy i położył się tuż przed zwieńczeniem jej grzbietu. Machnął łapą na południe, dając im jasny sygnał, po czym zbiegł, żeby do nich dołączyć. Ruszyli w dół zbocza na południe, aż kopuła budynku znalazła się idealnie po ich lewej stronie. Dolan wspiął się na kolejne wzniesienie, chcąc ustalić ich położenie.

- Rzeka jest przed nami. Wciąż płynie, ale wygląda na płytką – powiedział.

- Jakieś małpy w pobliżu? - spytał Carrick.

- Okolica wydaje się czysta. W tym miejscu nie dostrzegą nas z miasta, więc tutaj możemy przekroczyć rzekę, a potem skierować się na północ.

Carrick ruszył pierwszy, biegnąc nisko wzdłuż brzegu, po czym przeszedł rzekę w bród. Wspiął się na wydmę po drugiej stronie i rzucił okiem na miasto. Chwilę później dał im sygnał, żeby dołączyli.

Salli podciągnęła spódnicę, zanim weszła do rzeki. Nurt był bardzo delikatny, a chłodna woda jawiła się jak wybawienie dla umęczonych nóg. Gdy znaleźli się na drugim brzegu, pobiegli dołączyć do Carricka.

- Wygląda na opuszczone, nie widzę żadnego ruchu – powiedział. - Martwi mnie to.

- Jeśli ich nie widać, to równie dobrze możemy wejść prosto w pułapkę – stwierdził Dolan.

- Pójdę pierwszy. Będziemy przemieszczać się wydma po wydmie – rzekł Carrick. - Będę wam dawać za każdym razem znak, że jest bezpiecznie. Zatrzymamy się tuż przed murami miasta... i pamiętajcie, żeby mieć oczy dookoła głowy!

Napięcie było wyczuwalne w powietrzu. Szli z rozszalałymi sercami, czując jednocześnie ogromny ciężar na barkach.

Carrick przetoczył się przez wierzch najbliższej wydmy i pobiegł do następnej, podczas gdy pozostali trzymali straż. Wbiegł na kolejne wzniesienie, wybadał spojrzeniem miasto i dał znak, że mogą iść dalej. Stopniowo zbliżali się do miasta.

- Myślałem, że trochę ich tu będzie, a cała okolica wygląda na opustoszałą – rzekł Dolan.

- Może wszyscy są na Utraconych Ziemiach? - rzucił Avi.

- Miejmy nadzieję.

Carrick dał sygnał, żeby wbiegli na ostatnią wydmę. Gdy tylko dotarli na szczyt, od razu padli obok niego na ziemię. Obserwując bramy miasta, szukali wzrokiem choćby najmniejszego ruchu. Wciąż nic.

- Jest zbyt cicho – powiedział Dolan.

- Szczęście chyba zaczyna nam sprzyjać – rzekł Carrick. - Wchodzimy do miasta niezauważeni i tak samo je opuszczamy, jasne? Bądźcie czujni.

Pobiegł przez ostatnią połać piachu i przywarł do muru okalającego miasto. Powoli podszedł do bramy i ostrożnie zajrzał do środka. Wszystko tkwiło w bezruchu, nie licząc wirów piaskowych, które gdzieniegdzie na ulicach wzniecał gorący wiatr. Podrywały ze sobą piach oraz kurz, zasypując nimi z wolna okoliczne budynki. Miasto miało przez sprawiało przez to posępne wrażenie, jakby było zupełnie umarłe.

Carrick machnął, żeby się zbliżyli.

- Rozejrzę się wokół. Jeśli zobaczycie, że biegnę, natychmiast uciekajcie w stronę rzeki, w porządku?

- Jasne – odparł Ben.

Carrick biegł od budynku do budynku, kucał nisko, sprawdzał wejścia i okna budynków. Dopiero wtedy dawał znak, że mogą iść dalej. Widać było gołym okiem, że pustynia powoli pożera miasto. Tam, gdzie zawalił się dach, wszystko było wystawione na działanie żywiołów, a puste pomieszczenia stopniowo napełniały się piaskiem.

- Wygląda, jakby nie było ich tutaj od lat – rzekł Carrick, kiedy pozostali się z nim zrównali. - Nie wolno nam jednak poczuć się zbyt pewnie. Pamiętajcie, żeby za każdym razem sprawdzić okna, zanim przejdziecie przed nimi. Dobra, znajdźmy teraz te Wrota.

Sprawdzili wszystko z obu stron, zanim wbiegli na szeroką, otwartą przestrzeń prowadzącą wprost do budynku zwieńczonego kopułą. Tylko jedno z dwóch skrzydeł drewnianych drzwi jeszcze się trzymało, przy czym w znacznej części było ono zakopane pod naniesioną przez wiatr zaspą z piachu. Wiatr niepokojąco gwizdał, wiejąc przez puste otwory okienne. Cały czas w mieście nie było żadnego śladu małp.

Wspięli się na hałdę i rękami odgarnęli piach tak, że u szczytu wejścia powstał na tyle duży otwór, że można się było przezeń przecisnąć. Wczołgali się do środka i stoczyli na dół, lądując w sieni.

Serca prawie wyskoczyły im z piersi. Oglądali w zachwycie sklepienie, na którym namalowano nocne niebo z zaznaczonymi konstelacjami. Pomimo wyblakłej bądź złuszczonej farby rozpoznali niektóre figury, które kojarzyli ze swojej ojczyzny. Rzeźbione, marmurowe kolumny wznosiły się niczym palmy w sercu oazy. Ich szczyty, które dźwigały kopulasty dach, wyrzeźbiono na wzór liści palmowych. Na wpół zasypane mozaiki zdobiące podłoże oświetlone były padającymi z ukosa promieniami słońca, które wpadały przez wysokie, puste okna, gdzie widać było, jak pył wiruje w rozedrganym powietrzu. Szli między kolumnami, aż stanęli dokładnie pod kopułą, okrąg był zaznaczony również na posadzce. Czarne i białe kafelki układały się u ich stóp w spiralę, której środek odpowiadał zwieńczeniu kopuły.

W sercu okręgu zionęła czarna dziura. Podeszli bliżej i spojrzeli w otchłań.

- Rozumiem teraz, dlaczego Ran myślał, że to studnia. Cały budynek jest jednak zbyt wystawny, żeby być po prostu ozdobą źródła wody, szczególnie że w pobliżu płynie rzeka. Wrota muszą być właśnie tutaj – rzekł Dolan.

- Salli! - szepnął Ben. Wyraźnie słyszała ekscytację w jego głosie. - Jest droga na dół! - Wskazał na stopień wyciosany przy bocznej ścianie szybu.

Carrick zrzucił z siebie plecak i wygrzebał z niego pochodnie wraz z krzesiwem oraz suchą trawą. Potarł krzesiwo, a ta szybko zajęła się ogniem. Dolan zdjął szmaty, którymi owinięte były pochodnie i przyniósł unurzane w czarnej smole kije Carrickowi, który delikatnie dmuchał na kulę suszonej trawy. Rozległo się ciche pyknięcie i trawa zajęła się ogniem w jego łapach. Szybko przyłożył ją do końca pochodni. Dolan przekazał po jednej Benowi i Aviemu, a potem Carrickowi. Następnie ostrożnie położył stopę na pierwszym stopniu.

- Poczekaj – rzekł Avi. - Pójdę pierwszy i zawołam was, jak już będę wiedział, czy zejście jest bezpieczne.

- Jasne – odparł Dolan.

- Lepiej będzie, jeśli Avi pójdzie – rzekła Salli. - Dobrze walczy, da sobie radę. Wasze umiejętności przydadzą nam się do czegoś innego. Znacie księgę najlepiej z nas wszystkich, nie możemy pozwolić, żeby cokolwiek wam się stało.

- Nie możemy pozwolić, żeby komukolwiek coś się stało – odparł, patrząc na Aviego.

Dolan ustąpił miejsca Aviemu, żeby ten mógł przejść.

Avi wybadał stopą teren, sprawdził, czy stopień utrzyma jego wagę, i zaczął powoli schodzić w dół spirali, która rozpływała się w ciemności. Przywarł mocno do muru i wlepił wzrok w schody, starając się nie patrzeć w otchłań. Wolał nie wiedzieć, jak długi byłby upadek.

Patrzyli zza krawędzi, jak pochodnia Aviego powoli schodziła w ciemność, rzucając na ściany fantazyjne cienie.

- Pięćdziesiąt stopni – krzyknął. Stanął na chwilę i wystawił pochodnię ponad przepaść. - Wciąż nie widzę dna.

Pochodnia migotała, cały czas powoli osuwając się w mrok.

- Ściany robią się wilgotne, może to rzeczywiście studnia – zawołał.

Światło pochodni stało się już tylko drobnym punktem zatopionym w pustce otchłani.

- Sto stopni! - krzyknął. Jego głos odbił się głębokim basem od ścian przepaści. - Widzę coś, coś migoczącego – dodał głośno.

Wyciągnął pochodnię nad przepaść, odbite światło powróciło do niego.

- *Woda* – pomyślał rozczarowany. - *Sto sześć stopni w dół po nic.*

- Woda! - zawołał.

Chwycił kostur i nacisnął kolejny stopień. Był teraz po kostki w wodzie. Nacisnął kosturem tam, gdzie, wiedział, znajduje się następny schodek... na nic nie jednak nie trafił. Zanurzył laskę trochę głębiej, aż w końcu trafił na skałę. Wybadawszy w ten sposób grunt w kilku innych miejscach, uświadomił sobie, że znalazł się na dnie. Zszedł jeszcze trochę, był teraz w wodzie po kolana. Uniósłszy pochodnię wysoko nad głową, zaczął badać ściany szybu.

- *Jak mogłem tego nie zauważyć?* - pomyślał. Patrzył na tunel, który otwierał się tuż przed nim.

- Sto osiem stopni i jestem już na dnie. Mam przed sobą tunel – zawołał do pozostałych.

- Avi, poczekaj, już do ciebie schodzimy – odkrzyknęła Salli.

Avi patrzył, jak reszta, również uzbrojona w pochodnie, powoli schodzi ku niemu. Znów podniósł pochodnię i zaczął uważnie przyglądać się zarówno samemu szybowi jak i wejściu do tunelu.

- Ściany ułożone są tak, że zazębiają się z kamieniami tutaj. Te z kolei są doskonale ociosane, nawet igła nie wejdzie między nie – krzyknął. - Ktokolwiek się za to zabrał, zdecydowanie znał się na kamieniarce.

- Jak głęboka jest woda? - spytał Dolan, dochodząc do dna.

- Mniej więcej do kolan. Dno jest solidne. A oto i tunel – odparł.

Avi i Dolan weszli do wnętrza tunelu. Przeszli raptem pięć kroków, kiedy korytarz nagle gwałtownie skręcił w prawo. Avi poszedł zgodnie z jego kierunek, ale Dolan zawołał go, żeby się zatrzymał.

- Spójrz! - powiedział. - Tę ścianę dodano później. Próbowali ją zamaskować jako część pierwotnego ciągu, ale znaki na podłodze kierują wprost na tę ścianę, natomiast kamienie nie pasują do siebie tak dobrze jak w innych miejscach. Myślę, że początkowo tunel się rozwidlał i ktoś zamurował jeden korytarz. Ten ktoś, kimkolwiek był, chciał go z jakiegoś powodu ukryć.

Weszli głębiej w korytarz po prawej. Dolan nagle wpadł na plecy Aviego.

- Dlaczego stanąłeś? - spytał.

- Tam dalej jest światło!

Dolan przesunął się na bok, żeby lepiej się przyjrzeć.

- To nie jest światło, tylko jego odbicie!

Dolan obrócił się i dostrzegł Carricka, który zgiął się nieomal w pół, próbując zmieścić swoje masywne cielsko w co ciaśniejszych partiach korytarza.

- Carrick, lepiej tu podejdź. W tym tunelu jest brama.

- Wrota, których szukamy? - spytała Salli.

- Wkrótce się dowiemy.

Carrick spróbował przecisnąć się obok Salli, jednocześnie nie rozgniatając jej o mur.

- Jak myślisz? - spytał Dolan.

- Jest tylko jeden sposób, żeby to sprawdzić – powiedział Carrick. - Dolan, ty zostań tutaj. Ja przejdę na drugą stronę i wrócę, jeśli wszystko będzie wyglądało w porządku. Jeśli nie będę wracać, Dolan zabierze was z powrotem do granicy. Macie uciekać i nie oglądać się za siebie. I nie próbujcie mnie wtedy odnaleźć.

- Nie możemy tego zrobić, nie możemy cię tak po prostu zostawić – powiedział Dolan.

- Co niby zrobicie? Pójdziecie za mną i wylądujecie w tych samych tarapatach?

- Ja z tobą pójdę – rzekł Avi.

Popatrzyli po sobie, pochodnie cicho trzaskały.

- Nie mamy pojęcia, dokąd ten portal prowadzi. Możemy wylądować gdziekolwiek, na przykład w samym środku małpiej wyżerki.

- Przyda ci się wsparcie. Pójdę z tobą, ale zostanę przy bramie, ty pójdziesz naprzód i sprawdzisz, czy okolica jest bezpieczna. Ja im przekażę, że mogą przechodzić lub, w gorszym wypadku, będę cię osłaniał od tyłu – powiedział Avi.

- Jeśli żaden z nas nie wróci, wówczas zabierasz Salli oraz Bena z powrotem do granicy, jasne, Dolan?

- Nie. Nie ma takiej możliwości, żebym wróciła, nie wiedząc, co jest po drugiej stronie – wtrąciła się Salli, wskazując na migoczące światło przed nimi. - Przyjemne czy nieprzyjemne, muszę się dowiedzieć, co to jest, a na ględzeniu, kto idzie, a kto zostaje możemy strawić cały dzień. Ktoś na ochotnika, żeby tu zostać i donieść Szefowi o ewentualnym niepowodzeniu?

Cisza.

- W takim razie chyba najlepiej, żebyśmy wszyscy poszli razem, a jeśli dojdzie do walki, to pędzimy w stronę granicy, wiedząc, że więcej nie dało się zrobić.

- Tak jest – odparli jednogłośnie.

- Idę pierwszy – rzekł Carrick.

Salli wyciągnęła ręce przed siebie, wchodząc w portal. Powietrze wokół niej pełne było iskier i trzasków. Rozległ się głośny huk i towarzyszący mu rozbłysk światła, gdy weszła do ciemnego pokoju. Jej oczy potrzebowały chwili, żeby odzwyczaić się od światła i przystosować do otaczającego mroku. Kolejny błysk i z jasności wyłonili się Ben oraz Dolan. Przed nią stał Carrick z zapaloną już pochodnią. Przekazał ogień Aviemu, a potem pozostałym. Gdy każdy dzierżył już swoje łuczywo, Salli dostrzegła wzór na posadzce. Spirala zakręcała i stawała się coraz mniejsza z każdym kolejnym kręgiem, aż dobiegała do końca dokładnie tam, gdzie stała.

- Dokładnie taki sam wzór jak po tamtej stronie – zauważyła.

Wszystko wyglądało znajomo. Była pewna, że gdzieś już kiedyś widziała ten pokój i to nie w swojej wyobraźni. Wzdłuż białych marmurowych ścian zawieszone były uchwyty na zgasłe już pochodnie, które niegdyś rozświetlały cały pokój. Gdy się obróciła, zobaczyła marmurowe siedzisko stojące na podwyższeniu.

- Znam to miejsce – powiedział Dolan. - Jest dokładnie opisane w *Księdze Dziejów*. Wystrój, tron, podium. Wszystko, nawet rozmiar kafelków na posadzce. To właśnie o tym miejscu mówi księga, dokładnie o tym!

Salli mimowolnie wzdrygnęła się i mocno otuliła ramionami. Czuła lęk, ogromny lęk.

- Salli, co się dzieje? - spytał Ben. - Wyglądasz, jakbyś zobaczyła ducha.

- Tu jest niebezpiecznie. Musimy opuścić to miejsce.

- O co chodzi? Jakie niebezpieczeństwo? - dopytywał Ben.

- Znam ten pokój – powiedziała. - Należy do Niego. Widziałam to miejsce, gdy zajrzałam w wir... gdy użył Zewu... gdy zobaczył nas.

- Mówisz o Złym, który sprawuje władzę nad małpami?

- Tak. Musicie stąd natychmiast uciec i donieść o wszystkim swojemu Szefowi.

- Nie możemy, Salli. Musimy się dowiedzieć, gdzie jesteśmy. Może nawet będziemy mogli go powstrzymać.

- Musicie iść, zanim się dowie, że tu jesteście. Grozi wam niewyobrażalne niebezpieczeństwo. Sama stawię mu czoła, to walka, którą muszę stoczyć sama.

- Salli, nawet nie myśl, że cię zostawimy. Avi i ja jesteśmy tutaj dla ciebie – rzekł Ben.

Dolan skinął w stronę Carricka. Obaj porozumieli się bez słów.

- My też zostajemy. Musimy się dowiedzieć, co tu jest – rzekł Dolan.

Carrick podszedł do drzwi.

- Chodźcie, załatwmy to w końcu – powiedział.

Powoli otworzył ciężkie drewniane drzwi, jednocześnie zaglądając przez szparę. Ich nozdrza uderzył ciężki smród.

- Nie licząc tego tu, wszystko wygląda normalnie – rzekł Carrick, wskazując głową na zwłoki małpy leżące przed drzwiami. Jej ciało padło na ziemię, jakby wyssano z niego wszelkie życie. Pysk miała wykrzywiony w cierpieniu, cofnięte wargi, a oczy prawie wyszły jej z orbit. Z całą pewnością umarła w wielkich bólach.

Carrick w milczeniu przeszedł nad zwłokami w głąb ciemnego korytarza. Pozostali starali się nie zwymiotować od okropnego zapachu gnijącego ciała, gdy przechodzili obok szczątków małpy.

- Bądźcie bardzo cicho. Tamto coś zginęło nie tak dawno temu, w okolicy na pewno jest ich więcej – szepnął Carrick.

Długi pusty korytarz doprowadził ich do kolejnych drzwi. Spod szpary u dołu dochodziła cienka, srebrzysta strużka światła. Carrick chwycił za metalowy skobel i bardzo powoli je otworzył, zaglądając przez powstały otwór. Zobaczył otoczony murem dziedziniec, po którym walały się resztki jedzenia, wgniecione w niektórych miejscach w ziemię. Lekki wiatr wzburzał warstwy pyły i rzucał tu i ówdzie wiechcie słomy na pobojowisko.

- Miejsce jest opuszczone. Ktokolwiek je zostawił, robił to w pośpiechu, sądząc po tym, jak to wygląda – rzekł Carrick.

Dolan spojrzał przez szparę w drzwiach.

- To o tej świątyni wspomina Księga. Właśnie tam odprawiano rytuały, które miały otworzyć bramy do innych krain.

- Więc Wrota prowadzą do Jego świątyni? - spytała Salli.

- Tylko do jednej z nich! Nie zapominaj, że najpewniej była jeszcze jedna, ale zamurowano do niej dostęp – powiedział Dolan.

- Musimy ustalić, gdzie one wszystkie są. To miejsce zostało kompletnie opuszczone – rzekł Carrick. - Sprawdzę, jak to wygląda poza murami miasta. Jeśli zobaczycie, że wrócę biegiem, wiecie co robić. W długą w stronę Wrót i byle dalej stąd.

Carrick pociągnął ciężkie drzwi, zalewając korytarz światłem dnia. Przebiegł wraz z Dolanem dziedziniec, starając się nie rzucać za bardzo w oczy. Obaj przyparli do muru, rozglądając się wokół za niebezpieczeństwem. Ściany świątyni, wykute w piaskowcu, rzucały żółtą poświatę na okolicę. Dolan i Carrick powoli zbliżali się z dwóch stron w stronę głównej bramy zwieńczonej dużym łukiem.

Reszta czekała w ukryciu. Zobaczyli, że Dolan i Carrick wyraźnie się uspokoili, po chwili obaj im zamachali, że nic im nie grozi i i mogą wyjść na dziedziniec. Poczuli falę gorąca, gdy tylko wyłonili się z mroku pomieszczenia. Pobiegli czym prędzej schronić się w cieniu rzucanym przez zewnętrzny mur. Salli zachłysnęła się, gdy dołączyła do nich pod bramą.

- Nie, proszę, nie! To nie może być prawda!

Ben i Avi podbiegli do niej i złapali ją z dwu stron, zanim upadła na ziemię, straciwszy czucie w nogach.

- O co chodzi? Co się dzieje? - spytał Avi.

Salli nie mogła powstrzymać napadu płaczu i szlochu. Avi i Ben zaprowadzili ją do cienia, obejmując delikatnie w pasie.

- Salli? Salli, co się dzieje?

Wskazała w stronę bramy. Ścieżka prowadziła w dół stromym zboczem aż do upadłego miasta, wstrząsanego jeszcze ostatnimi spazmami przed całkowitą zagładą. Wszędzie były gruzowiska, okna i drzwi wisiały powyrywane z zawiasów. Na zrujnowanych ulicach walał się dobytek życia setek ludzi. Wiatr dochodzący z miasta dmuchnął im w twarz zapachem śmierci i rozkładu. Pokazała im szczątki niegdyś dumnego miasta.

- To moje miasto... to właśnie tu się urodziłam.

ROZDZIAŁ 16

Odpoczywali w cieniu muru, wolno sącząc wodę ze swoich zapasów. Czekali, aż Salli dojdzie do siebie po szoku.

- Skąd to wiesz? Prawie nic tam nie zostało z wyjątkiem gruzów – powątpiewał Ben.

- Poznaję statuę nad fontanną, freski, dachy w kształcie kopuł... to właśnie tą rzeką udało mi się uciec. Ale to miejsce... tej *świątyni* – wypluła to słowo. - nigdy tu nie było. Tutaj zawsze rosły winorośle, pokrywały całe wzgórze aż do doliny. *On* to zrobił. Na pewno za tym stoi, jestem tego pewna.

- Możesz już stanąć?

- Tak. Ale jak to możliwe? Musieliśmy pokonać pół świata przez tę bramę.

Pokręcili głowami, nie mogąc znaleźć żadnej odpowiedzi.

- Chodźmy – rzekła. - Musimy się śpieszyć.

Otrzepała ręce z kurzu i podeszła do pozostałych, którzy pełnili straż przy wejściu do miasta.

- Musimy zbadać skarbiec. Znam drogę.

- Trzymamy się razem i idziemy blisko murów. Gdy tylko możliwe, poruszamy się w cieniu. Jeśli coś się stanie i rozdzielimy się, spotykamy się w tym miejscu – powiedział Dolan.

- Dolan, nie możemy zaryzykować, ze cię zgubimy – odparła

Salli. - Znasz Księgę na pamięć i możesz być naszym kluczem do zrozumienia tego, co się teraz dzieje. Chcę, żebyś został tu razem z Carrickiem i pilnował portalu. Jeśli coś się stanie i nie wrócimy do zmierzchu, musicie stąd odejść i wrócić do domu najszybciej, jak się da. Opowiedzcie Szefowi o wszystkim, co tutaj widzieliście. Przekażcie mu, że to było moje miasto, będzie umiał odnaleźć je na mapie. Ben, prowadzisz. Avi, trzymaj się blisko mnie – powiedziała, po czym przeszła przez bramę, nie czekając na decyzję reszty.

Dolan i Carrick patrzyli, jak szybko w trójkę pokonują wzgórze i kierują się w stronę miasta w oddali. Ben szedł na czele, lawirując między zniszczonymi murami, hałdami gruzu oraz zwłokami – zarówno ludzi jak i zwierząt – leżącymi na ulicy. Od zapachu wiszącego w powietrzu dostawali mdłości. Salli szła tuż za nim, mówiąc, którędy mają iść. W końcu wyszli z ukrycia, które dawały im stojące jeszcze budynki, i wyszli na otwarty plac, gdzie na powyrywanym z ziemi bruku dogasał ogień. Tam, gdzie niegdyś chłodna woda spływała ponad rzeźbionymi postaciami tutejszych bohaterów, dając wszystkim ulgę od skwaru popołudniowego słońca, teraz widać było wyschnięte rezerwuary, sterty marmuru oraz kości, resztek po ludziach bądź zwierzętach, które nieopodal upieczono i pożarto. Nad całym placem wisiała ciężka atmosfera zagrożenia. Ten, kto wyrządził całe to zło, odcisnął na tym miejscu piętno, od którego im wszystkim włosy stawały dęba. Gdy dotarli na skraj placu, Salli zawołała, żeby odpocząć chwilę w cieniu.

- Nie mogę iść dalej. Upał i to wszystko... to po prostu za dużo na jeden raz. Avi, mogę łyk wody?

Zaprowadzili ją za kolumnadę, która wspierała kopułę położoną na gładko ociosanych drewnianych wiązaniach.

- Oto skarbiec – powiedziała.

- Wygląda na to, że oszczędzono go podczas napaści – zauważył Avi.

- Pomieszczenie, które chcę sprawdzić, znajduje się niedaleko na piętrze.

Kamienne schody zaprowadziły ich do poręczy biegnącej przez całe pierwsze piętro. Salli poszła w stronę pierwszych drzwi, które im się ukazały. Pchnęła je, ale te ledwo drgnęły. Bliźniacy podeszli i mocno przyparli barkami. Dopiero gdy pchnęli razem, drzwi nieznacznie się otworzyły. Zardzewiałe zawiasy wydały z siebie żałosny jęk, na dźwięk którego natychmiast pobiegli schować się za poręcz. Czekali w bezruchu, skuleni, wstrzymawszy oddech. Nic jednak nie przyszło, nie było słychać żadnego zagrożenia. Po kilku chwilach Salli pognała w stronę drzwi.

Drewniana posadzka, która dawniej zdobna była wzorzystymi dekoracjami lśniącymi krwistym światłem, teraz świeciła jedynie szarym światłem odbitym od grubej warstwy kurzu, której nikt nie naruszył przed nimi. Na środku pokoju stał drewniany pulpit, obok którego znajdował się inny, przewrócony na ziemię dokładnie tak, jak to zapamiętała. Nic się tu nie zmieniło przez tyle lat.

Nie mogła uwierzyć w swoje szczęście, gdy podeszła do pulpitu. Leżała na nim oprawiona w skórę księga, która była stara jak sam czas.

- Jest! Księga wciąż tutaj jest! Księga Wiedzy!

Chwyciwszy księgę, obróciła się na pięcie i już chciała wybiec z pokoju, gdy pewien przedmiot na podłodze przykuł jej uwagę. Zatrzymała się i schyliła, żeby móc dotknąć tego barwnego błysku, który wyjawiło jej światło słońca. Podniosła szal i przyłożyła go do policzka.

Wspomnienia tamtej długiej nocy wróciły ze zdwojoną mocą. Widziała samą siebie, jak wkracza do skarbca, zabrawszy uprzednio klucz swojemu ojcu, wywraca pulpit i celowo zostawia szal, żeby wszyscy wiedzieli, że to ona wykradła Księgę Władzy, a nie jej ojciec. Potem ucieczka w stronę rzeki, byle by umknąć przyszłości pełnej służby *Jemu* i, przede wszystkim, strachu przed *Nim*. Jej narzeczonym.

Przeżywała wszystkie te wydarzenia na nowo w ciszy. Ben i Avi patrzyli na nią bez słowa, chcąc uszanować jej prywatność.

- Musiał ją tu zostawić i uznać za bezwartościową po tym, jak przeczytał Księgę Władzy. Musimy to za wszelką cenę przynieść Dolanowi i Szefowi. Muszę zajść do jeszcze jednego miejsca, gdy będziemy wracać – wyprowadziła ich z pokoju, upuszczając szal z powrotem na podłogę.

- Dokąd teraz, Salli? - spytał Ben.

- Muszę zobaczyć mój dom rodzinny. Nie mogę stąd odejść, nie upewniwszy się, czy ktoś nie przetrwał.

Ben i Avi popatrzyli po sobie. Obaj pomyśleli to samo. Avi pokręcił głową, dając Benowi do zrozumienia, że w tej sytuacji lepiej będzie zachować milczenie. Żaden z nich nie wierzył, że ktokolwiek mógł umknąć przed takim kataklizmem.

Znów czuła nadzieję, energię do działania. Poprowadziła ich naokoło placu do miejsca, które kiedyś było szeroką drogą biegnącą aż do rzeki. Dawniej po obu stronach ulicy było gwarno od kupców sprzedających swoje towary, teraz dookoła było tylko spalone drewno, zniszczone mury oraz walające się zwłoki mieszkańców.

Czuli się, jakby zeszli do samego piekła. Salli wytyczała drogę pośród pobojowiska, zmierzając w stronę rzeki. Skręciwszy w prawo, trafili do alei, gdzie po obu stronach rosły zgarbione palmy. Zatrzymali się przed ostatnim domem.

Wysoki budynek został doszczętnie złupiony i zniszczony. Drzwi leżały na ziemi, roztrzaskane w drzazgi, okiennice wyrwano ze ścian. Ciemność panująca na korytarzu nie zapowiadała nic dobrego.

Salli weszła w głąb domu, w każdym jej kroku widać było drżenie. Otworzyła pierwsze drzwi. Strzaskane meble i nadpalone ściany. Wyglądało na to, że pożar wybuchł na środku pomieszczenia. Weszła do kolejnego pokoju, znów to samo. Szła dalej korytarzem, skrzypienie podłogi niosło się po opuszczonym domostwie, a każde drzwi skrywały podobne spustoszenie. Gdy doszła do końca korytarza, weszła do kuchni. Zza strzaskanych okien można było dostrzec trawy rosnące nad brzegiem. Poczuła, jak w oczach zbierają jej łzy. Rozejrzała się wokół świata, który niegdyś należał do jej rodziny.

Tylko stół zdawał się przetrwać w miarę nienaruszony kataklizm, który tu się tu przetoczył. Podniosła rozbity kubek, który rozpoznała. Obracając go w dłoniach, próbowała sobie przypomnieć szczęśliwe dni spędzone w cieniu palm, kiedy to wraz z rodzicami mogła usiąść i wypić coś chłodnego. Albo gości, którzy przychodzili spędzić spokojne popołudnie, obserwując wolny nurt rzeki. Oraz wieczory, gdy pijali ciepłą herbatę bądź najwykwintniejsze kawy. Złapała dzbanek, w którym gotowali wodę, teraz czarny i wyszczerbiony. Nagle go puściła i odskoczyła, przestraszona. Miała roztrzęsione ręce. Spojrzała na braci i przyłożyła palec do ust. Ben i Avi natychmiast nabrali czujności, kostury mieli w dłoniach w okamgnieniu.

- Co? - szepnął Ben. Oczy miał teraz szeroko otwarte.

- Jest gorący! - odparła bezgłośnie Salli. Bała się mówić nawet szeptem.

Ben przysunął się do otwartych drzwi, Avi udał się do wyjścia, którędy dawniej można było wyjść na ogród. Salli stała na środku kuchni, nie wiedząc, co robić dalej.

- Moma? Jesteś tu? To ja, Sallinia – zawołała delikatnie, nie wiedząc właściwie, na co liczy.

Czekała, nasłuchując najdrobniejszego choćby szmeru. Cisza była wręcz ogłuszająca, słyszała nawet własny oddech.

- Moma? - spytała. Wciąż bała się mówić głośno. - Jesteś tu?

Wtem z dołu doszło jakieś drapanie. Salli nagle przypomniała sobie, że pod kuchnią znajdowała się piwnica, do której wchodziło się przez klapę w podłodze. Spojrzała na miejsce, gdzie stał stół. Widać było pod nim delikatny obrys drzwi.

Odepchnąwszy prędko stół na bok, Salli chwyciła metalowy pierścień przymocowany do podłogi.

- Pomóżcie mi – zawołała do bliźniaków. Ben przejął od niej uchwyt i zaczął ciągnąć. Avi stał obok, gotów odeprzeć atak czegokolwiek, co mogłoby wyskoczyć z dołu. Zobaczyli tylko gęstą ciemność. Salli spostrzegła, że nie było schodów, które dawniej prowadziły w dół piwnicy. - Kto tam jest? Pokaż się! - powiedziała wprost do czeluści.

Coś spostrzegli. Ktoś się poruszył. A potem błysk oczu. Szeroko otwartych oczu pełnych strachu.

- Wyjdź – rozkazała Salli.

Na światło wyszedł starzec. Brud osiadł mu na twarzy, trudno było określić rysy.

- Sallinia? - zapytał zmęczonym, chrapliwym głosem. - To naprawdę ty? Wróciłaś?

Salli nie umiała odpowiedzieć. Była oszołomiona, musiała złapać się stołu, żeby nie upaść. Starzec oparł drabinę i wyszedł z ciemności.

Niegdyś elegancka toga była teraz brudnym, obszarpanym i zakrwawionym kawałkiem materiału. Dłonie, dawniej zadbane i delikatne, które witały tylu znamienitych gości, były teraz sczerniałe; połamane paznokcie wieńczyły szponiaste dłonie, które trzęsły się ze strachu. Nie było śladu po uczesanych, naoliwionych włosach zaplecionych w warkocz. Na ich miejscu była teraz skołtuniona kępa siwych, ubrudzonych ziemią strąków opadających wokół twarzy.

Wszedł do kuchni i stanął przed nimi, obserwując Salli. Rozpostarł szeroko ramiona, wołając ją.

- Sallinio, to ja, twój ojciec – powiedział, chcąc ją objąć.

Salli stała z rozdziawionymi ustami. Cofnęła się, byle dalej od tego zniedołężniałego starca, którego nie chciała dotykać.

- Ojcze! Co...? Jak ty...? Gdzie Moma?

- Chodź, córko, pozwól się przytulić jak dawniej – zrobił krok w jej kierunku.

Salli natychmiast się cofnęła.

- Ty! Ze wszystkich ludzi tylko ty przeżyłeś? - obrzydzenie na jej obliczu wstrząsnęło Benem i Avim.

- Sallinio, myśleliśmy, że nie żyjesz – znów się do niej zbliżył, chcąc złapać ją za rękę. - Myśleliśmy...

Kostur Bena znalazł się tuż przed nim, blokując mu drogę do Salli. Nic nie powiedział, kiedy ojciec Salli spojrzał na niego, nie wiedząc do końca, co się dzieje.

Salli wzięła głęboki wdech, żeby się uspokoić. Cofając się przed ojcem, obroniła swoją dumę i niezależność. Nie chciała wchodzić w rolę dawno zaginionej córki.

- Gdzie jest Moma? - spytała.

Starzec rozejrzał się wokół, bezradnie rozkładając ręce w geście poddania. Nie wiedział, co powiedzieć.

- Odeszła... - wyskrzeczał w końcu. Wskazał w kierunku ogrodu. - Twojej matki już tutaj nie ma.

Salli potrząsnęła głową, nie chcąc uwierzyć w to, co właśnie usłyszała. W oczach zapłonął jej gniew. Zaczęła czuć nienawiść wobec człowieka, który stał przed nią.

- Kiedy?

- Po tym, jak nadeszły małpy, przyszły tutaj i zaczęły jej szukać – ramiona skuliły mu się na wspomnienie ponurego dnia, kiedy napastnicy wyważyli drzwi.

- I jak tobie udało się przeżyć, skoro Moma... skoro wszyscy inni zginęli? - pogarda w jej głosie przeszyła go jak strzała. Zdawało się, że chciał się przed tym uchylić jak przed prawdziwym ciosem.

- Oszczędził mnie. On...

- Oszczędził! - krzyknęła Salli. - Ciebie! Najbardziej służalczego ze wszystkich. Człowieka, który to wszystko spowodował... - brakowało jej słów, żywo gestykulowała rękami, jakby miało jej to pomóc ogarnąć ogrom śmierci wokół. - Tylko ciebie uznał za godnego dalszego życia! Co tym razem mu ofiarowałeś, żeby ratować swoją skórę?

- Och, Sallinio, nic mu nie dałem, ja tyl...

- Dałeś mu Księgę Władzy – wrzasnęła mu w twarz. - Choć nasze prawa tego zabraniały. Dałeś mu narzędzie, którego najbardziej potrzebował! - krzyknęła. - Ofiarowałeś mu nawet mnie jako narzeczoną! Jak śmiesz mówić, że nic mu nie dałeś?!

- Co miałem zrobić? Jak mogłem mu się sprzeciwić, gdy...

- Mogłeś powiedzieć NIE! Mogłeś ochronić Momę. Mogłeś pomyśleć chwilę o czymś innym niż twoja pozycja, dobre imię i całe to wspinanie się po drabinie społecznej. Ty! Ty to na nas sprowadziłeś, bo dałeś Mu to, czego chciał!

- To nie było tak, Sallinio... - jęknął. - Córeczko, daj się objąć.

- Nie jestem twoją córką! - ryknęła. - Zrzekłeś się córki oraz rodziny, dając Mu Księgę Władzy. Dałeś mu całą naszą cywilizację! Spójrz! Rozejrzyj się wokół siebie. NIC tu nie zostało. Nie waż się nigdy więcej nazywać mnie swoja córką. Gdzie moja matka?

Czuł się wbity w ziemię, zmiażdżony. Nie mówił nic, bo wiedział, że wszystko to było prawdą.

- Tam – powiedział, wskazując na wiekowe drzewo. - Gdzie ją pochowałem.

Salli odwróciła się do niego plecami i poszła w stronę rzeki, Ben i Avi za nią, rozglądając się za oznakami niebezpieczeństwa. Przebiegła przez ogród, obojętna na wszystko inne niż odnalezienie grobu matki. Zobaczyła kopiec usypany w cieniu palmy. Uklękła obok ubitej ziemi i wczepiła dłoń w zimną glebę.

- Moma – szepnęła. Po policzkach poleciały łzy. - Dlaczego musiało do tego dojść?

Ojciec powoli do niej podszedł, lecz i Ben i Avi skrzyżowali kostury, zabraniając mu zbliżyć się choćby o krok.

Czekali w milczeniu, dopóki nie usłyszeli, że Salli bierze głęboki wdech, żeby się otrząsnąć z żalu.

- Powiedz mi, co się stało – powiedziała lodowato.

. . .

- Wszystko zaczęło się tak powoli, że nie dostrzegliśmy zmian – pustymi oczami patrzył na rzekę, na minione lata, dopiero teraz dostrzegając, że cały ten koszmar zrodził się i zadomowił w ich świecie, a oni byli na to cały czas ślepi. - Chciał armii. Odmówiliśmy mu oczywiście. Próbowałem...

- Od początku! - władczość jej głosu ściągnęła go z powrotem na ziemię. - Masz mi opowiedzieć, co się wydarzyło po tym, jak odkryli, że wykradłam Księgę Władzy – powiedziała.

- Tak... ten dzień, gdy cię straciliśmy i myśleliśmy, że utonęłaś w rzece. Znaleźli twój szal w skarbcu obok przewróconego cokołu, na którym księga zawsze była przechowywana. Nikt nie mógł zrozumieć, dlaczego porwałaś się na taki czyn. Ja jeden wiedziałem, że księgi tam w ogóle nie było, bo On zabrał ją do swojej biblioteki. Wiedziałem, że tak naprawdę wykradłaś ją z jednej z Jego komnat. Był wściekły, ale miał ją wystarczająco długo w swoim posiadaniu, żeby nauczyć się jej na pamięć... co do słowa. Przepisał ją, strona po stronie, tak po prostu z głowy. Pokazał to nam, żeby pochwalić się swoim triumfem. Ludzie uważali go wtedy za zbawcę naszego świata. Nigdy im jednak nie powiedział, że to ja dałem Mu księgę. Nigdy nie mogłem zrozumieć, dlaczego mnie chronił. Sallinio, dlaczego ją zabrałaś? Dlaczego zabrałaś księgę? Dlaczego uciekłaś?

- Żeby ochronić naszą rodzinę przed twoją hańbą. By ochronić Momę oraz cały nasz lud przed Jego złem. Dobrze wiedziałeś, że to wbrew prawu, aby posiadał zarówno Księgę Wiedzy jak i Księgę Władzy. A mimo to dałeś mu, czego chciał, byle byś tylko mógł zachować swoją reputację, a Jego rodzina przyjęła mnie jako jego żonę.

- To nie tak, Sallino. Nie miałem wyboru...

- Nie rozśmieszaj mnie! Mogłeś zachować się, ja należy: postąpić zgodnie z prawem, odmówić Jego natarczywym żądaniom – chciała, żeby spojrzał jej w oczy. Wciąż targała nią wściekłość.

Spuścił wzrok na grób, nie umiejąc znieść gniewu córki.

- Jak małpy się tu dostały?

- To była Jego sprawka. Po lekturze Księgi Władzy zrozumiał, że istnieją Wrota do innych krain. Przekonał więc ludzi, że należy zbudować na wzgórzu Świątynię u Wrót. Mówił, że nadchodzą „inni", którzy chcą nas zgładzić, i że potrzebujemy go jako strażnika Wrót. Przekazał nam dokładne projekty i wskazówki, do których mieliśmy się zastosować, aby mógł chronić przed napaścią zarówno Wrota jak i nas – odpowiedział starzec.

- Potem jednak chciał, by Rada Starszych dała mu upoważnienie do zrekrutowania armii. Cały czas mówił Radzie o niebezpieczeństwach, które nam groziły, o zupełnie nieznanych nam krajach i ludach. Pokazywał fragmenty Ksiąg, które wspominały o zagrożeniach. Rada nie dała temu wiary i odmówili mu prawa do utworzenia wojska. Był rozwścieczony, wykluczył samego siebie ze społeczeństwa na całe lata i zamknął w świątyni, którą zaczął już nazywać własną. Aż pewnego dnia zjawił się znowu, mówiąc wszystkim, że Księgi mówią o nadchodzącym ataku, i że powinniśmy dać mu władzę nad Radą, żeby mógł pokierować naszą obroną. Wszyscy myśleli, że oszalał po tych wszystkich latach spędzonych w samotności, rzekomo pilnując Wrót. Odmówiliśmy Mu po raz kolejny.

Przerwał na moment. Wszystko rozgrywało się na nowo w jego głowie. Dzień, gdy miasto zostało zaatakowane, a cały dorobek ich cywilizacji obrócił się w pył.

- Przyszedł tamtego ranka na forum, żeby stawić się przed Starszymi. Nikt Mu nie uwierzył. Krzyczał, wrzeszczał wręcz, że „oni" nadchodzą, a on nie da rady nas dłużej bronić, jeśli miasto nie da Mu władzy koniecznej do odparcia ataku. Starszyzna w końcu straciła cierpliwość i nakazali mu wynieść się z Forum Rady. Nigdy nie zapomnę wyrazu Jego oczu. Niemal płonęły żywym ogniem. Obalił mistrza obrad, zrzucił go z należnego mu miejsca i sam w nim zasiadł. Właśnie wtedy przyszły. Ze Świątyni u Wrót, którą nakazał zbudować. Było tak, jakby plaga szczurów zalała miasto. Atakowały wszystko i każdego, przyszły tylko po to, żeby niszczyć. Kobiety, dzieci, starcy... nikogo nie oszczędziły.

- Z wyjątkiem ciebie!

- Ale było ich tak wiele... dosłownie wylewały się ze Świątyni. I owszem, to były małpy, ale zupełnie nie przypominały tych, które wcześniej widzieliśmy. To były olbrzymie stworzenia, przepełnione nienawiścią i szałem, obdarzone do tego niesamowitą siła. On zaś siedział w krześle mistrza i pokrzykiwał „Ostrzegałem was", „Mówiłem, że to w końcu nadejdzie", „Nie chcieliście słuchać". Siedział pośród tej rzezi, krzycząc, że to wszystko nasza wina. Krzyki niosły się całymi dniami. Nie było żadnej ucieczki, nie było, gdzie się skryć. To nie są bezmyślne, prymitywne bestie. Planowały, miały swoją hierarchię, umiały się nawet posłużyć ogniem. W środku jednak były tym, czym były zawsze – łaknącymi śmierci dzikimi bestiami. Ci, którzy wpadli w ich łapy, byli zjadani żywcem. Otoczyły miasto, nikt nie mógł się wymknąć, a następnie powoli zmierzały do centrum, budynek po budynku, dom po domu. Świat dosłownie runął na naszych oczach.

Jej ojciec zaczął szlochać i się trząść, na nowo przeżywając całe oblężenie. Salli klęczała przy grobie matki, głucha na jego łzy. Avi podszedł do niej i położył jej rękę na ramieniu.

- Powinniśmy już iść – powiedział.

Spojrzała na zachód, ponad rzekę, przy której bawiła się jako dziewczynka, snując plany i marzenia o przyszłym życiu. To właśnie ta rzeka pozwoliła jej uciec przed Nim. Słońce szybko znikało za horyzontem, ozłocona jego światłem droga odbijała się w leniwych wodach. Droga na zachód.

- Kiedy wyruszyli? - spytał Ben.

- Dwa dni temu. Miasto zamilkło po tym, jak dniami i nocami rozlegały się krzyki mordowanych. Po prostu nagle nie było nic. Szukałem niedobitków, ale całe miasto jest opuszczone. Wszystkie potwory nagle odeszły.

- Dokąd? - dopytywał Ben.

- Na zachód, ruszyły całą hordą, pył był taki, że...

- Zachód? - wtrąciła się Salli.

- Tak, wyszły przez Zachodnią Bramę, a raczej przez miejsce, gdzie niegdyś stała. Po prostu wyrwano ją z murów.

- Na Zachód leżą Utracone Ziemie oraz góry. Idą do Lulu, a jeśli On ma Kryształ, to granica w żaden sposób go nie powstrzyma, otworzy po prostu własny portal. Jeśli myśli, że przebywam razem z Klanem, to przede wszystkim będzie chciał się zemścić.

Ben zwrócił się do starca.

- Dlaczego tylko ty pozostałeś przy życiu? Jak to się stało, że nie zginąłeś? - spytał. Avi wyczuł oskarżycielski ton w jego głosie. Również spojrzał na mężczyznę.

- Nie wiem, dlaczego tu jeszcze jestem...

- Jak to nie wiesz, dlaczego? - krzyknęła Salli. Zerwawszy się na równe nogi, również zaczęła drążyć go wzrokiem. Wszyscy czekali na wyjaśnienia.

- Ja... ja... naprawdę nie wiem. Przyszedł pewnego ranka, a wraz z Nim jego małpy. Przyprowadził je tu. Najpierw zniszczyły drzwi, a potem zaczęły demolować dom. Wkroczył do środka, za nim jakieś dwie olbrzymie bestie. Stał tak w korytarzu i wskazywał na mnie, krzycząc, że to wszystko jest moją winą. Wypchnął mnie do ogrodu. Mówił, że gdybym „był w stanie okiełznać własną córkę, nie doszłoby do tego". Błagałem go, żeby nam pomógł i ocalił naszą rodzinę. „Oszczędzę cię, żebyś patrzył każdego dnia, jak upada twój świat. Tak jak twoja córka zniszczyła mój", właśnie tak powiedział.

Avi poczuł, że Salli zaczęła szybko i płytko oddychać. Objął ją ramieniem.

- Zabrali twoją matkę do ogrodu i tam...

- PRZESTAŃ – ryknęła Salli. - ZAMKNIJ SIĘ! - nogi odmówiły jej posłuszeństwa, upadłaby na ziemię, gdyby Avi jej nie złapał.

Ben stanął tuż przed starcem, kostur ścisnął tak mocno, że

miał zbielałe knykcie. Przyłożył koniec kostura do jego brody i odepchnął go na bok. Avi zauważył, że Ben mocno zacisnął szczękę, a ręce trzęsły mu się ze wściekłości.

- Mogłeś nam tego oszczędzić – wycedził Ben przez zęby. Upuścił kostur na ziemię i podniósł Salli. - Weź Księgę i mój kostur, bracie. Nic tu po nas – rzekł.

Zostawił za sobą roztrzęsionego starca leżącego na trawie. Salli trzymała się kurczowo szyi Bena. Czuł, jak jej łzy spływają mu po piersi. Słońce piekło go w kark, gdy długimi krokami pokonywał cuchnącą śmiercią aleję. Mijał szczątki ludzi i zwierząt zjedzonych przez małpy. Robił wszystko, by nie patrzeć w dół.

- *Kolejna klęska, kolejna utracona ziemia* – pomyślał. - *Czym to się skończy?*

ROZDZIAŁ 17

Dolan ukląkł z boku bramy i spojrzał na rozpościerające się pod nimi miasto. Świątynia za nim przyprawiała go o dreszcze. Miał wrażenie, że obserwowało ich coś bardzo złego i do tego wrogo nastawionego. Wstał i rozejrzał się wokół, żeby się upewnić, że to tylko wyobraźnia płata mu figle.

Carrick, czuwający po drugiej stronie, nagle podskoczył. Coś się zbliżało w ich kierunku.

- Psst – syknął do Dolana. - Spójrz, ktoś tu idzie.

Spojrzeli w dół wzgórza, jakieś postaci wspinały się w stronę bramy.

- Widzę jakieś dwie sylwetki – rzekł Carrick.

- To Ben i Avi... niosą Salli! - zawołał Dolan i pobiegł w ich kierunku, wzniecając wokół chmury pyłu.

- Co się stało? - spytał Dolan.

- Salli odnalazła swoją rodzinę – odpowiedział lakonicznie Ben. Pokręcił głową, dając do zrozumienia, żeby na tym skończyć pytania.

- Dobra, przejmę ją od was – rzucił Carrick, hamując. Nie czekając na odpowiedź, wziął Salli na ręce. Wyglądała groteskowo delikatnie na tle jego potężnej sylwetki.

- Macie ze sobą księgę! - zauważył Dolan. - Proszę, powiedzcie, że to Księga Wiedzy!

Avi wręczył mu zdobycz.

- Pozostawiono ją w skarbcu.

- Dlaczego ktoś miałby chcieć ją zostawić?

- Bo uznał, że już nic więcej się z niej nie nauczy – powiedziała z trudem Salli. - I to może być Jego największa pomyłka – dodała resztką sił, zanim zasnęła z wycieńczenia.

- Tak! - dodał z entuzjazmem Dolan. - To jest klucz.

- Wyruszyli dwa dni temu – powiedział Ben, próbując zrzucić z siebie zmęczenie po tym, jak przez całą drogę niósł Salli.

- To efekt portali. Następują przesunięcia w czasie, przez które jeden dzień tutaj, może równie dobrze trwać tydzień po drugiej stronie, gdy się tam pojawisz. Nigdy nie da się określić, kiedy dokładnie wyjdziesz z portalu, ani też ile czasu upłynęło. Równie dobrze mogła nie minąć nawet sekunda. My zaś przeszliśmy już przez dwie bramy i nie mam pojęcia, „kiedy" wrócimy. Może za tydzień, a może nawet wczoraj.

Carrick poprowadził ich z powrotem w stronę bramy prowadzącej do świątyni.

- Nie wiem, jak wy, ale ja mam wrażenie, jakbym biegł całymi dniami bez najmniejszej przerwy. Jestem kompletnie wyczerpany – powiedział Ben.

Dolan domyślił się po uniesionej brwi Carricka, że czymś się niepokoi.

- To wpływ podróży przez portale. Bez umiejętności przemiany ciało starzeje się i męczy w przyspieszonym tempie, a im starszy jesteś, tym efekt jest silniejszy. Przejście zaś przez dwie bramy... cóż, wolę nie myśleć, co to teraz oznacza. Musimy was stąd jak najszybciej zabrać.

Nikt nie chciał przyznać, że to właśnie dlatego Salli nie może chodzić.

. . .

Carrick wniósł Salli po krętych kamiennych schodach prowadzących do budynku wzniesionego wokół Wrót. Salli nie ocknęła się, odkąd Carrick przeniósł ją przez portal.

- Teraz prosto do granicy – powiedział. - Jeśli, tak jak mówicie, małpy udały się na zachód, to nie ma co martwić się zacieraniem śladów i innymi środkami ostrożności, możemy cały czas biec. Musimy natychmiast zabrać stąd Salli.

Ben i Avi widzieli, jak Salli więdnie w oczach.

- Z Samem było dokładnie tak samo – szepnął Ben.

- Tylko teraz to się dzieje znacznie szybciej – zauważył Avi. - W jego przypadku to trwało tygodniami, a on sam przekroczył tylko jedną granicę jednym portalem.

- Myślałem przez dłuższy czas o tym, co Dolan nam powiedział – rzekł Ben. - Że nie da się tego cofnąć. Ej, może przyspieszmy? Możemy się wymieniać, kto będzie niósł Salli, i w ten sposób powinniśmy utrzymać dobre tempo.

- Im szybciej wrócimy, tym lepiej dla nas wszystkich – zgodził się Carrick.

Ben i Avi wspięli się przez szparę między hałdą piasku i szczytem bramy. Zdębieli, gdy zobaczyli, że słońce zaczęło wschodzić.

- Jak to? Przecież był środek nocy! - rzekł Ben.

Pomogli przenieść Salli przez otwór w bramie, gdy Carrick i Dolan ją podnieśli z tamtej strony. Nie tyle spała, co była nieprzytomna. Oddech miała bardzo płytki, ledwie zauważalny.

- Dlaczego tak się upierała, żeby z nami iść? Mogliśmy to zrobić sami – powiedział Avi.

- Nigdy byśmy nie znaleźli księgi ani jej ojca. Gdyby nie Salli, nigdy byśmy się nie dowiedzieli, co tam zaszło – odparł Ben.

- Wiem, po prostu... Po prostu wścieka mnie, że to musiało się tak skończyć.

- Zrobiła wszystko, co mogła, żeby wspomóc Lulu oraz Klan – rzekł Ben. - Oddała nam wszystko, a naszym zadaniem jest teraz wrócić do Lulu tak szybko, jak to możliwe.

- Tamten ma kilka dni przewagi nami, ale przekroczenie pustyni zajmie mu cztery dni, nie mówiąc już o tygodniu, który będzie musiał spędzić na statku.

- Góry spowolnią ich pochód. Małpy nie przetrwają zimowych śniegów. Będą musieli poczekać na wiosnę, żeby móc zaatakować. Przejście przez przełęcze przy tych temperaturach byłoby dla nich samobójstwem.

- Więc dlaczego wyruszyli teraz? - spytał Avi. - Będą musieli rozbić obóz i nie umrzeć z głodu w górach aż do wiosny. To nie ma sensu.

- Może po prostu nie wiedzą, jak bardzo pogoda da im się we znaki? Lód, wiatr, wysokość i takie tam? - zasugerował Ben.

- W sumie... może masz rację. Wrócimy, zanim stopnieje śnieg i ostrzeżemy wszystkich.

Delikatnie przełożyli Salli przez otwór i znieśli ją po hałdzie piasku. Carrick i Dolan wgramolili się przez otwór i dołączyli do reszty.

- Myślisz, że Lu stanie do walki? - spytał Avi.

- Musi. Musi*my* – odparł Ben. - Nie mamy, dokąd pójść. Gdybyśmy nie dotarli na wybrzeże Nowych Ziem i po prostu zostali u siebie na południu, to mogliby nas zaatakować, nie wiem, choćby i jutro.

- Nie mogłem pojąć, dlaczego musieliśmy wszystko zostawić i szukać nowego domu, tylko po to, żeby pomóc przetrwać Zagubionym. Teraz jednak widzę, że to była najlepsza decyzja, jaką mogliśmy wtedy podjąć. Mamy czas, żeby przygotować się na atak – powiedział Avi.

- Dość tej paplaniny, skupcie się na biegu – powiedział Dolan. - Chodźcie! Tędy.

Wybiegli z miasta, przeprawili się przez czyste wody usychającej rzeki i rozpoczęli bieg przez pustynię.

. . .

- Biegniemy przez godzinę, postój, żeby się napić i biegniemy znowu. Robimy tak, aż dotrzemy do granicy – rzekł Carrick.

- Nie wiem, czy zdołam utrzymać takie tempo w tym słońcu, niedługo będzie południe – wycharczał Ben, łykając łapczywie powietrze. Był zgięty w pół, ręce oparł na kolanach, żeby nie upaść. W ustach miał tak sucho, że myślał, że zaraz zwymiotuje.

- Nie będę owijać w bawełnę. Jeśli Salli ma przeżyć, musimy ją zabrać na drugą stronę granicy. Sprawa jest naprawdę poważna – powiedział Carrick.

Popatrzyli na nią. Leżała w cieniu, oparta o wzniesienie wydmy. Był dopiero środek ranka, a słońce już prażyło niemiłosiernie. Obaj bracia z trudem zmuszali się do kolejnego kroku, podczas gdy Salli nie drgnęła, odkąd ostrożnie położyli ją na piasku. Oddychała z trudem, pierś ledwo jej falowała. Wyraźnie się postarzała, skutki podróży przez portal wstrząsnęły wszystkimi.

Avi skinął głową.

- Dobrze – tylko tyle zdołał z siebie wydusić.

- W takim razie wracamy do biegu – rzekł Carrick, delikatnie biorąc Salli na ręce.

Dolan prowadził ich przez wydmy, starając się biec nieckami, gdzie piach był bardziej zbity i łatwiejszy do przejścia. Nie zwalniali tempa nawet, gdy słońce było już w zenicie. Ben i Avi ciężko dyszeli, gdy dobiegali do punktu postoju, ale nie mieli już najmniejszego zamiaru prosić o dłuższe przerwy. Dolan niósł Księgę Wiedzy, tuląc ją jak nowo narodzone dziecko.

- W tym tempie powinniśmy być do wieczora przy grancy – rzekł Dolan.

Bliźniacy popatrzyli po sobie. Obaj wiedzieli, co myśli drugi, ale żaden nie chciał powiedzieć tego głośno.

- *Nie dam tak dłużej rady.*

Przekazywali sobie flakon z wodą, tym razem biorąc tylko niewielkie łyki. Carrick owinął szal wokół Salli, żeby osłonić jej twarz przed słońcem. Widział, że bliźniacy bardzo cierpieli, nosy i policzki mieli boleśnie spalone, ciągłe zmiany kierunku sprawiały, że słońce zawsze mogło znaleźć jakiś odsłonięty kawałek skóry. Mieli spuchnięte usta, które zaczynały pokrywać się bąblami.

Carrick podniósł Salli, to był znak, że muszą już ruszać. Ich bieg przeradzał się miejscami w szybki marsz, każdy z nich bowiem starał się wytrwać do kolejnego postoju bez zatrzymywania się. Późnym popołudniem wypili ostatnie resztki wody. Powodzenie całej wyprawy wisiało teraz na ostrzu noża.

- Nie ma już powodu robić postojów – powiedział Dolan. - Powinniśmy przemaszerować resztę drogi w miarę szybkim tempem. Według mnie powinniśmy dotrzeć do granicy jakoś przed zachodem słońca. Potem pozostaje tylko ustalić dokładne położenie naszego węzła granicznego. Nasi ludzie będą czekać po drugiej stronie, żeby otworzyć portal. Chodźcie, pokażę wam, ile nam zostało.

Zaprowadził ich na szczyt wydmy i wskazał na zachód.

- Widzicie te góry? Musimy dostać się na ich skraj, a potem przesmykiem, który biegnie między tamtymi dwoma szczytami – rzekł, kreśląc w powietrzu ostatni etap podróży.

Zsunąwszy się z piaskowego wzgórza, Carrick podniósł Salli i bez słowa zaczął biec na zachód.

Gwardziści siedzieli wokół ogniska, zajęci przygotowywaniem wieczornego posiłku. Duszone warzywa na ciepło i pulchne białe kluski były idealną kolacją dla kogoś na patrolu. Pyzy były łatwe do przenoszenia, a wrzucone do garnka nadymały się jak balony. Syd dosypał trochę ziół, które trzymał w skórzanej sakiewce i ukradkiem dodał trochę ostrych papryczek do mieszanki. Dobrze wiedział, że Fonz będzie marudzić.

- *Trudno, jeśli to moja kolej, żeby gotować, to zrobię to po swojemu. Poza tym będzie im ciepło dzięki mnie* – zaśmiał się pod nosem.

Niedaleko Caldo i Fonz szli wzdłuż granicy wyznaczającej kres ich kraju. Świecące w oddali gwiazdy kreśliły przebieg niewidzialnej bariery.

- Chyba nigdy nie skumam, jak te granice działają – powiedział głośno Caldo, trochę do siebie, trochę do Fonza, który nadchodził z naprzeciwka. Rozważania nad wielkimi zagadkami tego świata pomagały mu walczyć z nudą. Szedł wytyczoną samemu sobie ścieżką, która prowadziła do wąskiego przesmyku. Wysokie skały wznoszące się po obu stronach tworzyły ostre pionowe wcięcie. Najdalej wysunięty węzeł graniczny na ich ziemi. - W sumie to dlaczego granica biegnie tu, a nie gdzie indziej, co? Dlaczego teraz może być wieczór, ale jeśli otworzymy portal, to po drugiej stronie może być jutro albo dopiero wczoraj? Weź spróbuj to wytłumaczyć – drążył.

- Czasem po prostu musisz przyjąć rzeczy takimi, jakimi są – odparł Fonz, robiąc w tył zwrot. Spotkał się z Caldem na środku przełęczy.

- Nie kupuję tego. Wierzę, że jest jakieś wyjaśnienie tego wszystkiego – zatoczył ręką łuk, chcąc zakreślić ogrom granicy. - Dlaczego właśnie *tu*, a nie na przykład tam? - wskazał. - I dlaczego portal otwarty czarnym kamieniem zapada się, gdy tylko kamień się wypali, a te otwarte Kryształem mogą sobie trwać i trwać, ile tylko chcesz?

- Cal, już tak nie filozuj, jeszcze cię głowa od tego rozboli, po co ci to? Pewnych rzeczy po prostu nie jest dane nam poznać. Jak myślisz, co będzie na kolację? - spytał, chcąc skierować rozmowę na ważniejsze tematy.

- Potrawka – odparł Caldo.

- Co? Przecież była wczoraj.

- Jutro też będzie.

- Co? Gdzie są nasze przydziały racji? A ciasta?

- Skończyły się wczoraj.

- Jak to? To znaczy, że jutro na śniadanie...

- I obiad, i kolację, a potem...

- Dobra, dobra, załapałem, ale to i tak niesprawiedliwe. Nie da się walczyć na samej potrawce z warzyw.

- Fonz, ale my nie walczymy, tylko patrolujemy.

- A gdybyśmy musieli nagle stanąć do walki, to co? Bylibyśmy napchani pyzami i przez to zupełnie bezbronni.

- O co ci w ogóle chodzi?

- Myślę, że Szef znowu nam obcina racje żywnościowe. Gdzieś je gromadzi w jakimś celu. Jakoś nigdy nie widziałem, żeby on jadł potrawki.

- Sam przecież widzisz, że wszyscy jedzą to samo. Ciasta są gromadzone i przechowywane. Sporo się w końcu mówi o nadchodzącej wojnie.

- Co?! Wojna? Że z tymi małpami? Cal, mówię ci, potrawką tego nie wygramy.

- I dlatego też Szef robi zapasy, widzisz?

Rozeszli się w przeciwnych kierunkach. Fonz narzekał pod nosem na niesprawiedliwości życia Gwardzisty, zaś Caldo znowu pogrążył się w rozmyślaniach nad tajemnicami Bram.

- Magnesy! - krzyknął Caldo.

- Że jak? - odkrzyknął Fonz, po czym zawrócił i pobiegł z powrotem na środek przełęczy.

- Magnesy! - powtórzył. - Na pewno o to chodzi. Weźmy czarne kamienie. Zauważyłeś, jak się do siebie przyczepiają? Albo do naszych metalowych garnków? To musi brać się stąd, że mają własności magnetyczne.

- Skoro tak, to dlaczego byle magnes nie otworzy Bramy?

- Hmm... pomyślę nad tym.

- I co z Kryształem? To nie magnes, jest przecież zrobiony z... sam nie wiem.

- Kryształu? - dokończył Caldo.

- Pewnie tak, z kryształu. Mniejsza, jak sądzisz, co będzie na deser? - spytał Fonz, skupiony na ważkich sprawach tego świata.

- Potrawka – odparł Caldo.

- Co? Żadnego ciasta z owocami? Jak niby mamy wygrać wojnę, jedząc tylko podduszone warzywa z kluską?

- Fonz, nie ma teraz żadnej wojny.

- Teraz to nie, ale gdyby jakaś była? Tak w ogóle to skąd tyle wiesz o wszystkim? Czekaj... co to jest?

Caldo spojrzał w lewo, coś się poruszyło po tamtej stronie granicy.

- Przekaż pozostałym, szybko!

Fonz pognał do ogniska, wokół którego siedziała reszta Gwardzistów.

- Jazda! Ruch na granicy! - krzyknął.

- Co zobaczyliście?

- Tam! - wskazał. - To Dolan! Szybko, przynieście kamień graniczny.

Dolan osunął się na kolana, gdy zobaczył, jak otwiera się przed nim krąg skrzącego światła jaśniejszego niż gorejące słońce poranka. Język przykleił mu się do podniebienia, nie mógł wydać z siebie jakiegokolwiek dźwięku, więc po prostu wskazał na Bramę, która otwierała się przed nimi. Carrick podniósł Salli i ruszył w stronę tunelu. Dolan chwycił Bena i pchnął go w stronę portalu, po czym złapał Aviego. Chwycił go wokół pasa i przełożył ramię ponad swoim, po czym zaczęli sunąć w stronę bramy. Drugą ręką kurczowo ściskał Księgę.

Wyszli z tunelu oszołomieni, słaniając się na nogach. Caldo natychmiast popędził, żeby przejąć Salli od Carricka, po czym delikatnie położył ją na ziemi. Zostali powitani w świetle wieczornego ogniska przez pozostałych Gwardzistów. Nikt z przybyłych nie był w stanie mówić, gardła wyschły im na wiór. Po chwili osunęli się na ziemię.

- Zamknąć portal – krzyknął Caldo. - Fonz, przekaż Szefowi, że wszyscy wrócili, ale niektórzy się prawie przekręcili. Niech przyślą ludzi i nosze, trzeba ich przetransportować.

- Jasne, już lecę. Pytać o ciasta... dla nich?

- Dobry pomysł. Teraz leć!

- Fonz! - wysapał Dolan. - Poczekaj – wycharczał, dysząc ciężko.

Wypił łyk wody, żeby móc mówić dalej.

- Weź Księgę, przekaż ją Szefowi. Powiedz mu, że z Salli jest bardzo źle, ledwo oddycha. I powiedz, że małpy opuściły miasto, właśnie maszerują na zachód, chcą dopaść Południowców. Idą na wojnę!

Nikt nie chciał uwierzyć w te słowa, choć od dawna znali krążące plotki.

- A więc tak... - rzekł Caldo. - Fonz, zabieraj się stąd, migiem. Chcę cię tu z powrotem równie szybko.

- Wrócę przed północą – rzucił, po czym pognał w stronę miasta.

ROZDZIAŁ 18

Szef zerwał się na równe nogi. Co prawda spodziewał się wieści już od kilku dni, ale nagłe walenie w drzwi o tak późnej godzinie zawsze zdoła wystraszyć człowieka. Otworzył szybko drzwi, w mroku przed nim dostrzegł Gwardzistę.

– Fonz! O co chodzi? Wejdź, wejdź.

Fonz wszedł do sieni domostwa Szefa. Wciąż dyszał po szaleńczym biegu przez cały płaskowyż. Twarz i całe ubranie miał w kurzu.

– Wody?

Fonz mógł tylko kiwnąć głową, łapczywie łykając powietrze.

– Odetchnij i spokojnie opowiedz, co się wydarzyło – powiedział Szef, wręczając kubek zimnej wody.

Wciąż dysząc, Fonz wręczył Szefowi coś owiniętego w grube płótno. Od razu wiedział, co jest w środku. Rozmiar i waga od razu wydały mu się znajome. Położył pakunek szafce, rozwinął go i wyjął zeń Księgę Wiedzy.

– Wrócili? – zapytał uradowany.

Fonz znów mógł tylko skinąć głową, akurat brał kolejny łyk wody. Szef dostrzegł zatroskanie w jego oczach.

– Nic im nie jest?

Potrząsnął głową, biorąc kolejny łyk.

- Tak, wrócili – wysapał w końcu. - Przebiegli bez wytchnienia całą pustynię. Są odwodnieni i wygłodzeni. Trzeba ich nakarmić i napoić.

- Rozumiem. Pójdź obudzić zaopatrzeniowców, a następnie...

- Szefie – przerwał mu Fonz. - Jest źle z Salli.

- Jak źle?

- Bardzo, Szefie, jak dla mnie jej stan jest bardzo poważny. Salli ma już swoje lata, Szefie, a przejście przez portale na pewno się na niej odbije. Potrzebujemy noszy, żeby ją tu przenieść... nie wiem, czy da radę zjawić się tu żywa.

Poczuł się, jakby coś uderzyło go w brzuch. Spędził z nią tyle czasu na dyskusjach i opracowywaniu planów, że kompletnie zapomniał o tym, jaki wpływ będzie miała podróż na kogoś, kto nie umie zmienić postaci.

- Rozumiem. Pójdę z tobą do Akademii i wszystko załatwię. Musimy dopilnować, żeby nie zmarła w drodze – rzekł, idąc po buty.

- Szefie, jeszcze jedna rzecz. Mówili, że na miejscu w ogóle nie natrafili na małpy. Wszystkie właśnie zmierzają na zachód.

- Zachód?

- Idą na wojnę... z Południowcami.

- Cholera! - pierwszy raz ktoś usłyszał, żeby Szef jakkolwiek zaklął.

Zakładając drugi but, prawie przewrócił się w progu, ale tuż zanim wylądował na ziemi, włożył stopę do końca.

- Chodź ze mną – powiedział.

Po tym, jak załatwił sprawę prowiantu oraz ewakuacji Salli, udał się prosto do skarbca. Jęk wysokich, ciężkich drzwi obudził wszystkich, którzy akurat byli w domu Gwardii. Dużymi krokami ruszył w stronę stołu, trzymając w rękach Księgę Władzy oraz Dziejów.

Ręce mu drżały, gdy uniósł wolumin nad Księgę Władzy.

Gdy je zbliżył, usłyszał znajomy szczęk. Położywszy Księgę Wiedzy na stole, powoli otworzył Księgę Władzy.

Tak jak poprzednio, okładka ukazała ukrytą przegrodę, w której znajdował się pojedynczy zwój pergaminu. Odkąd Pradawni umieścili go tutaj setki lat temu, nikt na niego do tej pory nawet nie spojrzał.

Podniósł Dzieje i ostrożnie przysunął do Księgi Wiedzy, którą otrzymał przed chwilą od Fonza. Znów rozległo się szczęknięcie towarzyszące otwarciu ukrytej przegrody w okładce. Otworzył księgę i zobaczył kolejny zwój pergaminu. Serce waliło mu jak młot.

Oto były przed nim, wszystkie trzy księgi w końcu razem. Pamiętał ustęp Dziejów, który przeczytał już tysiące razy. „Gdy trzy się zjednoczą, odsłoni się ich sekret".

Odsunął się na chwilę, próbując zebrać myśli.

- Czy to wyjaśni zagadkę mocy Kryształu? Dowiemy się, jaki los spotkał Pradawnych, oraz skąd my przybyliśmy? Czy będzie tu wskazówka, jak powstrzymać zło stojące za Kryształem? - zastanawiał się, unosząc w górę stare pisma.

Gwardziści dotarli do domu o brzasku. Przybrawszy już ludzką postać, Carrick i Dolan podążali za swoimi towarzyszami, dźwigając nosze, na których leżała Salli. Nie zbudziła się przez całą podróż. Kiedy dochodzili do przedmieść, czekał już na nich Szef wraz z miejscowym lekarzem.

- Zanieście ją do mnie jak najszybciej – powiedział lekarz, kierując Carricka i Dolana.

- Witajcie z powrotem – rzekł Szef uroczyście. - Podejrzewam, że chcielibyście się obmyć po podróży.

- Powinniśmy iść już w stronę naszej łodzi. Musimy ostrzec nasz lud.

- Rozumiem – odpowiedział Szef. - Posłałem już Gwardzistę na wybrzeże, żeby przysposobił wam łódź do podróży na południe. Myślę jednak, że powinniście zostać choć dzisiaj. Dajcie naszemu lekarzowi szansę pomóc Salli. Ona potrzebuje teraz opieki, a wy będziecie mogli znacznie szybciej podróżować, jeśli trochę odpoczniecie. Nie musicie się wlec półmartwi przez kolejną pustynię.

- Mamy informacje, które pilnie musimy przekazać Lulu.

- Powiedzcie mi, co dokładnie i poślę gońca na wybrzeże. Podróż łodzią zajmie dwa razy mniej czasu niż wam pokonanie pustyni, zwłaszcza biorąc pod uwagę, w jakim jesteście stanie. Poza tym nie dacie rady podróżować szybko z Salli, która musi być na noszach.

- Ben, to ma sporo sensu – stwierdził Avi.

- Muszę napisać wiadomość do waszej królowej dotyczącą tego, czego dowiedziałem się z Ksiąg – rzekł Szef. - Obmyjcie się i posilcie. Przydzielę wam kogoś, kto was odprowadzi. Przyjdźcie potem do mnie, kiedy już będziecie gotowi. Doktor i ja będziemy mieli dzięki temu czas zająć się innymi sprawami. Napiszcie wszystko, co chcecie przekazać królowej.

- Dobrze, ale chcielibyśmy jak najszybciej wyruszyć w drogę.

- Rozumiem. Caldo! - zawołał Szef. - Zaopiekuj się naszymi gośćmi. Potrzebuję kąpieli, jedzenia oraz przyrządów pisarskich. Kiedy już wszystko załatwią, przyprowadź ich z powrotem do mnie. Dolan! - krzyknął. - Chcę ciebie i Carricka u mnie natychmiast. Muszę wiedzieć ze szczegółami, co tam się wydarzyło.

- Tak jest, Szefie – rzekł Caldo. - Chodźcie, chłopaki, pora na najlepszą część każdej misji.

Poprowadził ich przez miasto do wspaniałego budynku z jasnego piaskowca. Weszli do środka i Caldo poprowadził ich do przestronnego pomieszczenia z basenem wypełnionym lekko parującą wodą.

- To nasza łaźnia. Najpierw czeka was kąpiel, a potem zrobicie kilka długości w basenie. Ciepła woda pomoże wam na ból mięśni po kilkunastu godzinach biegu.

Zaprowadził ich do tej części łaźni, gdzie mogli zmyć z siebie pustynny piach przed wejściem do basenu. Sklepienie w kształcie kopuły przedstawiało konstelacje gwiazd na tle nocnego nieba. Przypomnieli sobie, że patrzą na kopię budynku nad Wrotami w mieście małp. Takie same rzeźbione kolumny wspierały dach, z tym że tutaj na cokołach wokół basenu przedstawieni byli bohaterowie zasłużeni dla miasta niedźwiedzi.

Po tym, jak się już wykąpali i przywdziali świeże ubrania, Caldo zaprowadził ich na ciepły posiłek, a potem z powrotem do ratusza, gdzie pracował Szef.

Kiedy weszli do jego pomieszczenia, natychmiast wyczuli napięcie w powietrzu.

- Szefie, wszystko gra? - spytał Caldo. - Wyglądasz na nieco... rozkojarzonego.

- Wszystko w porządku – powiedział niezbyt przekonująco. - Czujecie się lepiej po wizycie w łaźni i obiedzie? - spytał.

- Jeszcze jak – odparł Ben. - Nigdy nie widziałem piękniejszej rzeczy niż wasze łaźnie.

Uwaga zdawała się wybrzmieć niezauważona.

- Zgodnie z obietnicą posłaniec jest już w drodze na wybrzeże, ma ze sobą list, który przekaże waszej królowej. Napisałem w nim wszystko, co opowiedzieli mi Carrick i Dolan, opisałem również waszą misję oraz to, co wyniosłem z lektury trzech Ksiąg. W liście proszę też waszą królową, aby zaczęła się sposobić na nadchodzącą inwazję. List zostanie najdalej jutro umieszczony w łodzi płynącej na południe. To najszybszy sposób, z jakiego możemy skorzystać

Ben i Avi skinęli w podziękowaniu.

- Jak się czuje Salli? Dochodzi do siebie? Możecie nas do niej zaprowadzić – spytał Ben.

Zawahał się o sekundę za długo. Bliźniacy dostrzegli, że bierze wdech.

- Ben, Avi... jest coś, co muszę wam powiedzieć – zaczął Szef.

Bracia popatrzyli po sobie, coś wyraźnie leżało mu na sercu. Obu przeszedł nieprzyjemny dreszcz.

- Nie da się tego powiedzieć inaczej – znów westchnął, zbierając w sobie odwagę.

Widział, jak obaj czekają w napięciu, w oczach malował im się strach. Podskórnie przeczuwali, że wydarzyło się coś okropnego. Nie był w stanie znieść ich spojrzeń. Potrząsnął głową i wbił wzrok w ziemię.

- Salli nie dała rady.

Szczęki im opadły, a strach przerodził się w niedowierzanie.

- Co... co przez to rozumiesz? Przecież... Salli... przecież to niemożliwe – powiedział rozdygotany Avi.

Ben objął brata ramieniem, zaprowadził do krzesła i posadził na nim.

- Wybrała się zbyt daleko. To wszystko przez portale, przeszła aż przez dwa. Nikt nigdy nie porwał się na coś takiego, nie umiejąc zmienić kształtu. Podróż odcisnęła straszne piętno na jej ciele. Nasz lekarz nie był w stanie podać jej wody, chociaż była przeraźliwie odwodniona po przeprawie przez pustynię. Bardzo mi przykro, nie było nic, co moglibyśmy zrobić.

Obszedł biurko wokół i położył braciom dłonie na ramionach.

- Wierzcie mi, ja również jestem zdruzgotany tą stratą. To była niezwykła kobieta i żałuję, że nie miałem okazji poznać jej wcześniej – dodał.

Ben pierwszy otrząsnął się z szoku. Niebieskie oczy nabiegły mu łzami, walczył, żeby nie uronić choćby jednej.

- Pomożecie nam? – spytał.

- Oczywiście. Zrobimy wszystko, co w naszej mocy.

- Chcę ją zabrać z powrotem nad ocean, pochować obok męża. Chciałbym jakoś upamiętnić ich śmierć.

- Rozumiem. Wezmę na siebie przygotowania pogrzebu i pójdę razem z wami pożegnać ją po raz ostatni.

- Czy wspomniałeś o tym w liście do Lulu? -spytał Ben.

- Nie, podobnie zresztą jak o śmierci Sama nic nie pisałem.

Uznałem, że takie wieści nie powinny przyjść do niej w liście od obcego jej człowieka.

Ben zamknął oczy. Myśl o tym, że miałby wrócić do swoich i przekazać nowiny, napawała go przerażeniem. Ogarnęło go odrętwienie, jakby właśnie śnił, odłączony od swego ciała. Miał cichą nadzieję, że gdy otworzy oczy, okaże się, że to wszystko było tylko ułudą.

- Do diabła z tym zapchlonym stadem samozwańczych kotołaków! – zakrzyknął Avi. – Rok temu, ubiegłego lata, byliśmy wszyscy szczęśliwi. Wszystko byłoby po staremu, gdyby nie Sonny i jego przeklęty ojciec, który zaczął porywać nasze dzieci! To oni zaczęli tę wojnę, to ich wina... Najpierw Sam, teraz Salli...

- Avi, to nie pora na szukanie winnych. Rozumiem, co czujesz, ale ślepa nienawiść tylko pogorszy sprawę – powiedział Szef.

- Nie, mylisz się – Avi potrząsnął głową, dygocząc niemal ze wściekłości. – Właśnie teraz należy wskazać winnych. Nadszedł czas zemsty.

- Przyjacielu, zemsta znacznie lepiej smakuje na zimno. Nie rzucaj się bezmyślnie do walki, nie mając w zanadrzu żadnego planu. Teraz należy opłakiwać naszych zmarłych i przygotować się na przyszłość. Zapłata przyjdzie z czasem.

Avi wpatrywał się w Szefa, nie chcąc w ogóle słuchać tego, co mówi. Cały płonął gniewem. Ben stał naprzeciw brata i zmusił go, żeby spojrzał mu w oczy.

- Bracie, on ma rację. Najpierw zajmijmy się Salli, a potem pomóżmy Lulu. Dopiero wtedy skupmy się na odnalezieniu Sonny'ego i wszystkich innych, którzy nas zdradzili.

Avi westchnął głęboko, ważąc w duchu słowa Bena. Spojrzał w sufit, starając się nie rozpłakać ze złości. Powoli wypuścił powietrze z płuc, w końcu podjął decyzję.

- Nasza królowa i Klan... a potem Sonny – rzekł, obejmując mocno brata.

ROZDZIAŁ 19

Kerri wyszła ze świetlistego portalu prosto w mrok. Świat znajdujący się poza aureolą rzucaną wokół przez bramę był całkowicie pogrzebany w ciemności. Kerri stała przez chwilę w miejscu zdezorientowana.

- *PSST!* – usłyszała nagle. – Tutaj!

Obróciła się, zwęszyła zapach Vina dochodzący z lewej strony. Gdy weszła w ciemność, coś złapało jej nogę i ją wywróciło. Dwie potężne łapy złapały ją tuż przed bolesnym upadkiem na ziemię.

- Patrz pod nogi. Wszędzie się plączą jakieś korzenie i gałęzie – powiedział Vin.

- Czyli dalej jesteśmy w środku lasu.

- Zgadza się i nie mam pojęcia, w którą stronę powinniśmy iść. O, idzie Carter.

Rozległ się trzask. Światło zalało okolicę na chwilę.

- *PSST!* Tutaj!

Carter dokuśtykał ostrożnie do pozostałej dwójki.

- Powinniśmy poczekać, aż się rozjaśni – powiedziała Kerri. – Łatwiej będzie nam iść po śladach, jeśli w ogóle będziemy wiedzieć, gdzie stawiamy łapy.

Nie potrzebowali dalszych zachęt, żeby w końcu odpocząć.

- Dobra, prześpijcie się teraz – powiedział Vin. – Będę trzymać wartę.

Vin rozsiadł się na ziemi, opierając plecami o drzewo, zaś Kerri padła z wycieńczenia na ściółkę. Oparła głowę na jego kolanie. Ciepłe, grube futro doskonale udawało poduszkę. Carter położył się obok niej, czuł teraz bijące od niej ciepło i mocne uderzenia jej serca. Powiercił się jeszcze chwilę, chcąc zbliżyć się jeszcze trochę do Kerri.

- *Dobrze, że tu jest* – pomyślał, zanim osunął się w czeluść, gdzie czekał już na niego tylko kamienny sen.

Obudziło ją nagłe napięcie mięśni przez Vina. Wciąż było ciemno, ale Kerri również usłyszała to samo. Szelest suchych liści, trzask gałęzi. Czuła, że Vin powoli się podnosi.

- A KYSZ! – syknęła.

Krzewy zakołysały się, gdy przestraszone zwierzę natychmiast uciekło.

Vin wypuścił powietrze.

- Vin, to był tylko dzik – powiedziała Kerri.

- Skąd wiesz, że to był dzik?

- Zwietrzyłam jego zapach już tam – powiedziała, po czym bezszelestnie wstała, żeby nie budzić Cartera.

- W porządku, teraz ty zmruż oko na chwilę.

Prawie nic nie było widać, ale wiedziała, że Vin się uśmiechnął, kiedy mościł sobie „posłanie” na ziemi, i prędko zasnął.

- *Jego chrapanie przynajmniej odstraszy tamtego dzika* – pomyślała. Usiadłszy, zaczęła wsłuchiwać się w dźwięki lasu. Przez las przemieszczały się niezauważenie zwierzęta, których domeną była noc. Polowały na zwierzynę, same były zwierzyną bądź szukały jakichś resztek dla siebie. Węch Kerri pozwalał jej wyczuwać, jak kolejne zwierzęta przechodzą przez własne terytorium.

W końcu dostrzegła dochodzące ze wschodu pierwsze

promienie słońca, które przebiły się prze ciemność. Nisko wiszące chmury nabrały czerwonej barwy. Kerri wstała i rozejrzała się wokół. Trop pozostawiony przez alfę oraz Sonny'ego był łatwy do odnalezienia. Odór bestii tłumił wszystkie inne zapachy w powietrzu.

Potrząsnęła śpiącymi towarzyszami.

- Słońce wstało – powiedziała cicho. – Pora się ruszać.

Wypili trochę wody i przegrzebali swoje plecaki w poszukiwaniu jedzenia. Vin odpakował otrzymane na drogę ciasto, ślina niemal skapywała mu z ust na myśl o tej skromnej uczcie. Podzielił ją na trzy kawałki i rozdał pozostałym. Gdy skończyli jeść, Kerri wyciągnęła pakunek ze swojej torby. Vin i Carter obserwowali ją z wybałuszonymi oczami, mając nadzieję na coś jeszcze.

Rozdała im suchary, które wzięła była na drogę. Siedzieli tak, mozolnie je przeżuwając. Starali się przekonać w duchu samych siebie, że właściwie to mają szczęście, skoro mogą zjeść suche ciastka na śniadanie.

- Nie pamiętam już, kiedy ostatni raz zjadłem coś ciepłego – powiedział w końcu Vin.

- Chyba na tej uczcie pożegnalnej, którą nam wyprawiła Lulu. Wtedy, kiedy cały Klan się zebrał, żeby życzyć nam szerokiej drogi. Z tym że sam nie pamiętam już, kiedy to było – powiedział Carter.

- Lepiej nie mówmy o tych szarlotkach i ciastach porzeczkowych na ciepło... i o bitej śmietanie, którą nam dali – powiedział Vin.

- Tak, może też nie ruszajmy drażliwego tematu, jakim była ta zapiekana ryba podana z pieczonymi ziemniakami z topionym serem na wierzchu, takimi, jak twoja mama robi, Vin – dodał Carter.

- Albo wrzucaniu sterty naleśników na talerz i utopieniu ich w syropie klonowym – odparła Kerri.

- Macie racje, lepiej się na tym nie skupiać – rzekł Vin. - Także, yyy, bardzo... bardzo dobre rzeczy wzięłaś ze sobą, Kerri.

- Vin, to ciastka, suche ciastka.

- No przecież, że tak. Po prostu brakowało mi słowa.

Kerri siedziała, kipiąc ze złości.

- Sama je upiekłam.

- Od razu wiedziałem!

- Vin, nie pogrążaj się – syknęła.

Zaczął energiczniej przeżuwać, żeby pokazać swój szczery, bijący entuzjazm.

- Nie wiem, o co ci chodzi, Kerri, są bardzo dobre.

- Chcesz jeszcze? - spytała.

- Nie, podziękuję. Jestem już pełny – powiedział, głaszcząc się po burczącym brzuchu. Nagle coś w jego plecaku bardzo mocno przykuło jego uwagę.

- Carter, może chcesz jeszcze jednego?

- Dzięki, nie dam rady więcej – powiedział.

- Chodźmy już. Poniosę zapasy i kostury – rzekł Vin. - Będzie wam łatwiej biec przez las.

- Racja, chodźmy – odparł Carter, trochę zbyt entuzjastycznie.

Podążyli za Kerri, idąc śladem pozostawionym przez wodza stada oraz Sonny'ego. Zmierzali na południowy wschód. Wszechobecny mrok sprawiał, że Vin czuł się bardzo nieswojo, cały czas zerkał niepewnie zerkał za siebie. Był już ranek, gdy znienacka ukazał im się kres lasu. Odetchnęli z ulgą, ponieważ w końcu gęsta, wilgotna ciemność ustąpiła otwartemu polu, światłu słońca i świeżemu powietrzu. Wysoka trawa dotykała niemal skraju lasu, tworząc rozkołysany złoty mur sięgający ponad ich głowy.

- Nawet nie wiecie, jak się cieszę, że już stamtąd wyszliśmy –

powiedziała. - Zaczynałam już mieć wrażenie, że coś mi siedzi na głowie.

- Teraz już powinno nam iść łatwiej – rzekł Vin. - Taki trop trudno będzie przegapić – dodał, wskazując łapą na ścieżkę wygniecionej trawy.

- No to biegiem! - rzuciła Kerri, nie dając im nawet chwili na odpowiedź.

Podążali szlakiem połamanych źdźbeł aż do chwili, gdy wysokie trawy również, podobnie jak las, nagle się skończyły. W jednej chwili Kerri odpychała od siebie co poniektóre łodygi zawadzające jej drogę, po czym w okamgnieniu znalazła się na soczyście zielonej polanie upstrzonej tu i ówdzie niewielkimi wzgórzami ciągnącym się po horyzont. Natychmiast się cofnęła, żeby nie dać się zauważyć.

- Przed nami jest otwarty teren. Będzie nas tam widać jak na dłoni.

Położyła się na skraju polany i ostrożnie wyjrzała poza. Wszystko zdawało się być senne, pogrążone w letargu. Nawet chmury, miała wrażenie, wisiały nieruchomo na horyzoncie. Czuła w powietrzu trop alfy oraz Sonny'ego, ale do tego dołączył się teraz smród kolejnych małp.

- Carter, czujesz to? - spytała.

Skinął głową, uważnie rozglądając się wokół.

- Musieli natknąć się na swoich po drodze.

Vin wstał i wyprostował się, żeby przyjrzeć się łące, która się przed nimi rozciągała.

- Coś mi tu nie gra – powiedział.

- Co widzisz? - spytała Kerri.

- W ogóle nie ma wiatru, trawa się nie rusza, w ogóle nic się nie rusza... z wyjątkiem gałęzi na tamtym drzewie.

Przykucnięci mogli tylko dostrzec koronę potężnego dębu, który samotnie górował nad okolicą, rzucając wokół przyjemny, zachęcający cień.

- Chcecie poczekać, aż się ściemni? Czy idziemy jakoś naokoło? - spytał Vin.

- Straciliśmy już wystarczająco dużo czasu. Trop prowadzi prosto w tamtym kierunku – odparła Kerri, wskazując na drzewo. - Prawdopodobnie wykorzystali je jako znacznik, ale czuję w powietrzu teraz znacznie więcej małp. Chociaż, co dziwne, nie mieszają się z tym tropem.

- Myślisz, że trafimy na jakąś grupę? - spytał Vin.

- To możliwe. Nie mamy przecież pojęcia, dokąd Sonny i tamta małpa niosą Kryształ. Może za tamto wzgórze, a może do miejsca położonego tydzień drogi stąd. Teraz mamy okazję ich dogonić.

- Równie dobrze możemy wejść prosto w zasadzkę – powiedział Vin.

- Vin, nikt nie wie, że tu jesteśmy – odparła.

- Nie podoba mi się to. Mam ciarki, jak widzę, że wszystko tkwi nieruchomo oprócz tych przeklętych gałęzi.

- Może to przez ptaki? – spytał Carter.

- To musiałyby być bardzo duże ptaki, żeby tak trząść gałęziami dużego dębu – powiedział Vin. – Nie ma, gdzie się ukryć. Ledwie się stąd ruszymy, będziemy widoczni jak na dłoni.

- Jeśli na horyzoncie będą małpy, to po prostu pędzimy przed siebie w zmienionych formach, a te goryle wtedy mogą co najwyżej udławić się piachem – powiedziała Kerri. – Z tym że wtedy cały czas będą nam siedzieć na ogonie i nie będziemy mogli zatrzymać się nawet na chwilę. Nie możemy walczyć z nimi jako psy, ponieważ nawet od jednego ugryzienia zemdli nas tak, że prawie zwymiotujemy. Jeśli dojdzie do walki, to najlepszym wyjściem będzie przybrać z powrotem ludzką postać i chwycić w rękę kostur. Vin, Carter mówił mi, że już całkiem nieźle wywijasz.

- Idzie mi coraz lepiej – potwierdził Vin. – Nie lepiej poczekać, aż się ściemni?

- Mogą się tu zbliżyć niezauważone – powiedziała Kerri. –

Uważam, że powinniśmy zmienić postać i obejść tę okolicę jak najszerzej, ale pod żadnym pozorem nie możemy się zatrzymywać. A jeśli koniec końców okaże się, że to tylko nasza wyobraźnia, to możemy znów zmienić postać i znów zacząć biec.

- Jeśli w pobliżu rzeczywiście są małpy, to lepiej będę się czuł, trzymając kostur w garści – powiedział Carter.

Vin zamyślił się.

- To wszystko jest wbrew mojemu szkoleniu oraz przeczuciom, ale jednocześnie rozumiem, że musimy jak najszybciej zrównać się z ekipą od Kryształu – powiedział Vin. – Dobra, idę z wami.

- Znasz szyk w obronny klin? - spytała Kerri.

- Nie, ale szybko się uczę.

- Stoimy bark w bark i każdy w każdej chwili stoi w swoim narożniku. Nie daj się sprowokować i wyciągnąć z formacji. Za każdym razem czekaj, aż przeciwnik podejdzie.

- Da się zrobić – powiedział Vin.

- Dobra, zmiana postaci. Ubrania są w torbach.

Vin wypiął gruby kostur przyczepiony do swojej sakwy. Dostrzegł czerwoną wstążkę, którą był obwiązany pośrodku. W rękach Kerri, mistrzyni walki wręcz, była to naprawdę śmiertelna broń, ale mimo to odczuła ona potrzebę, żeby ozdobić ją swoim ulubionym kolorem. Chwyciwszy torbę, odeszła na bok, żeby zmienić formę na ludzką. Wróciła po chwili ubrana w luźną koszulę i spodnie, które również zapewniały dużą swobodę ruchów. Długie ciemne włosy zarzuciła za ramiona. Czekała teraz, aż Carter wynurzy się zza krzaków.

- Naszym priorytetem jest odzyskać Kryształ – powiedziała. - Trzymamy się wysokiej trawy i nie wychylamy się bez potrzeby. Omijamy tamto drzewo szerokim łukiem w rozsądnym tempie, a potem po drugiej stronie wracamy na nasz trop. Jeśli na tym drzewie jest coś, czemu nie damy rady, wycofujemy się...

- Strategicznie, tylko żeby się przegrupować – poprawił ją Vin.

- Tak, tak, odwrót będzie jedynie strategiczny – uśmiechnęła się. - Wtedy w biegu zmieniamy postać i wpadamy z powrotem w wysoką trawę. Staramy się ich zgubić i eliminujemy pojedynczo. Choćby nie wiem, co się działo, trzymamy się razem. Vin, Carter, gdy przyjmujemy postawę obronną, nikt nie może złamać szyku.

Obaj skinęli milcząco.

- Vin, pamiętaj, że osłaniasz nas z tyłu, tak jak my osłaniamy ciebie. Robisz krok naprzód za dużo i jesteśmy odsłonięci.

- Jasne, łapię.

- W porządku, bierzmy się za to.

Poprowadziła ich przez trawy z dala od samotnego dębu po ich lewej stronie. Gdy wyszli na otwartą przestrzeń, natychmiast poczuli się dziwnie bezbronni. Kerri zaczęła obchodzić szerokim łukiem drzewo, szukając śladów po przejściu Sonny'ego oraz alfy.

- Gałęzie przestały się ruszać – powiedział Vin.

- Zauważyłem – powiedział Carter.

- Jeśli na tym drzewie jest coś, co ma choć odrobinę oleju w głowie, poczekają, aż się oddalimy, żeby odciąć nam drogę ucie... strategicznego odwrotu.

Biegli w ciszy, Kerri na ich czele. Kierowała się tam, gdzie, jak przypuszczała, biegł ich trop. Vin nie spuszczał drzewa z oczu, które teraz było całe nieruchome.

- Uff, chłopaki, fałszywy alarm – westchnęła z ulgą. - Carter, chyba możemy z powrotem zmienić postać.

Wtem Vin usłyszał głuche tąpnięcie za nimi. Obróciwszy się, zobaczył małpę, która właśnie zeskoczyła z drzewa.

- Wiecie co, może lepiej jeszcze tego nie róbcie – powiedział.

Wszyscy zwrócili się w kierunku małpy. Z niższych gałęzi drzewa zeskoczyła kolejna. Nagle odnieśli wrażenie, że całe drzewo się zatrzęsło. Pojawiła się następna, a potem jeszcze jedna. Wszystkie stały w miejscu, oparte o pięści, wlepiając w nich swoje krwawe oczy. Z pysków kapała im ślina. Wciąż jednak czekały. Za nimi jeszcze kilka innych zeskoczyło na ziemię.

- Dziesiątka – podsumował Vin.

- Na co czekają? - spytał Carter.

- Na Sonny'ego! - powiedziała Kerri, dostrzegając lwa górskiego, który właśnie leniwie budził się ze swojej drzemki w cieniu drzewa.

- Co robimy? - spytała Kerri.

- To Sonny – powiedział Vin.

- Nie inaczej. To Sonny – powiedział Carter. W jego głosie był chłód, którego nigdy wcześniej nie słyszała.

- *Musiał mu wyrządzić naprawdę wielką krzywdę, żeby tak na niego reagował* – pomyślała Kerri.

Niespiesznym krokiem utorował sobie drogę wśród charczących, zaślinionych małp gotowych w każdej chwili do ataku. Oczy płonęły im z nienawiści. Sonny ruszył w ich kierunku. Zadufanie, które z niego biło, doprowadzało Kerri do furii.

- Wciąż możemy uciec – szepnęła Kerri. - Nie uda nam się dobiec do wysokich traw, ale na prostej nie mają z nami szans.

- To Sonny – powtórzył Vin.

Kerri wzięła trzy głębokie wdechy, żeby nie spanikować. Cały ten czas poświęcony na trening miał ją przygotować właśnie na coś takiego. Mimo to wciąż była przerażona.

- Zachowajcie spokój, nie dajcie się sprowokować. Nie po to ćwiczyliście, żeby teraz zaprzepaścić to w jednej chwili. Gniew prowadzi do nienawiści, a nienawiść do błędów – powiedziała cicho. Wyszła naprzeciw Sonny'emu. Carter i Vin stanęli za nią, formując trójkąt.

Carter poczuł, że ma nogi jak z galarety, serce już zaczęło pompować adrenalinę. Organizm szykował się do walki o życie albo ucieczki.

- Naprawdę nie musimy tego robić – powiedziała, nie spuszczając Sonny'ego z oczu.

- Nadszedł czas, żeby zakończyć to tu i teraz – odparł Vin.

- Sonny jest mój – powiedziała Kerri.

- Hej, to nieuczciwe! Nie po to fantazjowałem o tym, co mu zrobię, żeby teraz tak po prostu z tego zrezygnować? - jęknął Vin.

- Nie odbierzesz chyba damie tej przyjemności?

Sonny zrobił kilka powolnych kroków naprzód, szerokie łapy za każdym razem głośno uderzały o ziemię. Uniósł wysoko głowę, przyglądając im się wszystkim z pogardą. Na ten widok cała trójka jeszcze bardziej zagotowała się z gniewu.

- Cieszę się, że w końcu znalazłeś sobie nowych przyjaciół – zawołała z kpiną. - Kogoś, kto przyjmie cię takim, jaki jesteś – dodała.

Sonny stał cały naprężony i wychylony do przodu. Gęstą ciszę przerywały tylko uderzenia jego łap o ziemię.

- Przyszedłem cię ocalić, Kerri – odparł z bezczelnym uśmiechem, który widać było nawet na pysku lwa. - To twoja ostatnia szansa, żeby pójść ze mną. To wszystko jeszcze może być twoje – przesunął łapą, zagarniając ziemię przed sobą.

Kerri nie mogła powstrzymać śmiechu.

- Jakie wszystko? Członkostwo w zgrai cuchnących goryli i niewolnictwo w imię kawałka szkła? Ty to wiesz, jak skusić dziewczynę. Naprawdę muszę to przemyśleć.

- To nie tak, jak myślisz – powiedział Sonny. - Byłem przeznaczony do wielkich rzeczy. To mi się należało z racji urodzenia. Zawsze wiedziałem, że *On* nadejdzie. Czekałem na Niego. Obiecał mi bogactwa i niewyobrażalną potęgę. Wciąż możesz stać się ich częścią.

- Strasznie kręcisz. Jak zawsze zresztą. Nigdy nie potrafiłam zrozumieć, co Sam w tobie widział. Wiesz co... chyba zrezygnuję.

Obserwowała, jak małpy zamykają krąg wokół nich. W ich oczach było głód i nienawiść.

- Jak sobie dajesz radę ze smrodem? Czy po prostu czujesz się w końcu jak u siebie? - drwiła dalej Kerri. Kątem oka dostrzegła, że Carter i Vin zwracają się twarzami w stronę otaczających ich małp.

- Nie macie, dokąd uciec. Małpy...

- Mówisz o swoich nowych kumplach? - przerwała mu Kerri.

- Te stworzenia – rzekł z pogardą. - zostały wysłane, aby dosłownie rozerwać was na strzępy. Mogę je jednak powstrzymać. Mogę was ocalić. No, może nie licząc uszatka – zaniósł się pustym śmiechem, rozochocony własną pewnością siebie.

- To twój nowy najlepszy przyjaciel przysłał tu ciebie wraz z tymi cuchnącymi worami mięcha?

Zachowanie Sonny'ego natychmiast uległo zmianie, pojawiła się w nim rysa strachu.

- Waż swoje słowa, Kerri Carpenter. To, co mówisz, będzie usłyszane. *On* będzie rządził tym światem a...

- Czyżby to był ten sam „On", który nakarmił te stworzenia ciałem twojego ojca? - znów weszła mu w słowo.

- Mój ojciec wykazał się nielojalnością. *On* zniszczy każdego, kto stanie Mu na drodze. Nikt nie sprosta Jego potędze. Będzie rządzić tym światem, a ja będę Jego prawą ręką.

- Będziesz pełzać jak robactwo, a na karku będziesz cały czas czuł jego but! I bardzo dobrze, nie stać cię na nic więcej.

Zamknął oczy, kręcąc smutno głową. Próbował nadać temu podniosły, dramatyczny sznyt, ale wyszło bardziej jak komedia.

- Mogliśmy władać tą ziemią razem. Dałem ci szansę, żebyś mnie pokochała...

- Pokochała! - zaśmiała się. - Nie masz pojęcia, co to znaczy! - odparła, plując mu w twarz swoimi słowami.

- Dałem ci szansę. Pierwszą i drugą. Mogłaś być moją królową, rządzącą u mego boku.

- *Oszalałeś!* Wolałabym zdechnąć z głodu niż rządzić razem z tobą!

Wzięła głęboki wdech i powoli wypuściła powietrze, żeby okiełznać szalejący w niej gniew.

- *Tylko spokojnie, bez szaleństw* – powiedziała w duchu. - Zdajesz sobie sprawę, że On cię zniszczy, prawda? - spytała.

- Obiecał mi władztwo nad tą krainą. Ufa mi. Po raz pierwszy ktoś w końcu *wierzy we mnie!*

- Po tym, jak wrócisz do niego z podkulonymi ogonem, czołgając się u Jego stóp, i powiesz, że właśnie spuściliśmy ci łomot... do tego znowu... myślisz, że ci zaufa?

Sonny wlepił w nią wzrok, ale nie zdołał jednocześnie wytrzymać jej miażdżącego spojrzenia i utrzymać kpiącego uśmieszku na twarzy. Odwrócił głowę i spojrzał na otaczające ich wszystkich małpy. Gdy skinął głową, rozpętało się piekło.

ROZDZIAŁ 20

Kerri nie odrywała wzroku od Sonny'ego. Usłyszała, jak kostur Vina świsnął w powietrzu.

- *Za wcześnie* – pomyślała. Przeciwnik był jeszcze za daleko.

Poczuła, że goryle zbliżają się w stronę Vina i Cartera. Od niej samej starały się utrzymać bezpieczny dystans. Cofnęła się o krok, żeby lepiej osłonić Vina przed atakiem z boku. Kij Cartera przeciął powietrze i z głośnym chrzęstem roztrzaskał czyjąś głowę.

- *Po czymś takim na pewno się nie podniesie* – pomyślała.

Kątem oka zerkała, co się dzieje po stronie Vina. Carter miał za sobą znacznie dłuższy trening, jemu mniej groziło złamanie dyscypliny. Kolejny cios Vina trafił w pustkę. Na chwilę oderwała wzrok od Sonny'ego, żeby lepiej rzucić okiem na sytuację od strony Vina. Miał przed sobą pięć małp.

- *Atakują najsłabszy punkt* – pomyślała. – *Może i jest największy z naszej trójki, ale ma najmniej doświadczenia.*

Małpy wciąż trzymały się od niej z daleka. Usłyszała, że Vin zrobił krok do przodu, łamiąc w ten sposób szyk.

- Kryj Vina! – krzyknęła do Cartera.

Oboje odwrócili się w jego stronę. Zniecierpliwiony, chciał, żeby któraś z małp w końcu znalazła się w zasięgu broni. Wyprowadził cios z góry, trafiając najbliższego przeciwnika w bark. Małpa zawyła głośno z bólu i padła na kolana. Vin był jednak teraz odsłonięty z każdej strony.

- Teraz! Brać niedźwiedzia! – krzyknął Sonny.

Zaatakowały z obu stron. Jedne rzuciły się z kłami na nogi, inne chciały mu wyłupać oczy, dopóki trzymał kostur w dole.

Kerri i Carter natychmiast zareagowali tak, jak latami ćwiczyli wraz z Klanem – wycofali się i zamknęli wyrwę między sobą, zapewniając Vinowi częściową ochronę. Chwyciwszy koniec kostura, Kerri mocno pchnęła w żebra szarżującą na nią małpę. Była tak skoncentrowana na głowie Vina, że nawet nie dostrzegła nadchodzącego ciosu. Rozległ się trzask pękających żeber. Małpa przewróciła się na ziemię, wywracając kolejną, która biegła za nią.

Vin chwycił kostur jedną łapą, drugą zaś złapał za gardło nacierającą na niego małpę. Kerri obróciła się w samą porę, żeby zauważyć, jak dwie inne małpy wykorzystują powstałe zamieszanie i podchodzą w stronę Cartera. Zamaszystym uderzeniem ugodził jedną z nich tuż poniżej ucha. Ciało bezwładnie osunęło się na ziemię.

Wszystkie znów skupiły uwagę na Vinie, przeczuwając słaby punkt.

- Brać go! – Kerri odwróciła się i zobaczyła, jak Sonny wskazuje na Vina, który siłował się teraz z małpą, którą trzymał za gardło. Uwolnił drugą łapę, wypuszczając kostur.

- *Nie!* – pomyślała.

Vin precyzyjnie uderzył małpę tuż pod żuchwę. Oczy powędrowały jej w górę, a głowa opadła do tyłu. Całe ciało było teraz bezwładne. Z obrzydzeniem odrzucił truchło, po czym natychmiast zdał sobie sprawę, że nie ma, jak się obronić.

- Carter, kryj mnie! – krzyknęła Kerri. Stanęła przed Vinem, wiedząc, że Carter skróci dystans i osłoni ją od tyłu. Przesunęła się kolejne dwa kroki na przód, kręcąc młynki kosturem dookoła. Małpy stojące po jej bokach padły na ziemię. Szła teraz do tyłu, dopóki dosłownie nie wpadła na Vina, który zdążył w międzyczasie odzyskać kostur.

- Vin, nie oddalaj się! – powiedziała z naciskiem.

Zamieniła się z nim pozycjami, teraz to ona stała na wprost dużej grupy małp, podczas gdy Vin miał szansę chwilę odetchnąć. Kolejny goryl stracił cierpliwość i spróbował zaatakować Vina od flanki, lecz Kerri natychmiast to uchwyciła. Dźgnęła napastnika końcem kostura w szyję, powalając go na ziemię. Vin z kolei kopnął go z taką siłą, że aż przeleciał przez powietrze.

Buta Sonny'ego zaczęła powoli ustępować miejsca strachowi, gdy patrzył, jak kolejne małpy padają jak muchy, a tamta trójka dalej się broniła.

- Zabić ich! ZABIĆ! – wrzasnął Sonny. Kerri słyszała desperację w jego głosie.

Ruszyły na nich w tym samym momencie. Wszyscy troje zdołali powalić pierwszą falę napastników, ale zanim zdążyli wrócić na swoje pozycje, padli pod naporem kolejnych, wściekle szarżujących małp.

Jedna z nich przewróciła Kerri na ziemię, ale ta wykorzystała impet, przekoziołkowała do tyłu i znów stanęła na nogi. Wskoczyła z powrotem w wir walki. Wiedziała dobrze, że Sonny nie zdobyłby się na odwagę, żeby samemu ich zaatakować. Nie musiała się nim przejmować.

Obróciwszy się, dostrzegła małpę, która zaciskała łapy wokół szyi Cartera, przygniatając go do ziemi. Kostur świsnął w powietrzu i trafił ją wprost w kark. Osunęła się, uderzając czołem o czoło Cartera.

Vin powoli ginął pod falą czarnych zgniłych ciał. Goryle kąsały go w kark i próbowały wydrapać oczy. Kolejne okładała pięściami jego brzuch.

Stała teraz sama, kolejne sekundy błyskały jej przed oczami.

Carter leżał na ziemi, próbując zrzucić z siebie truchło małpy.

Vin cały czas się miotał i wierzgał, lecz coraz bardziej opadał z sił. Białe futro pokryte było gęstymi czerwonymi plamami.

Dostrzegła nagle jedną z małp, która próbowała ją okrążyć i zajść od tyłu.

Ruszyła na pomoc Vinowi i zrzuciła małpę wczepioną w jego twarz. Podeszła jeszcze bliżej, chcąc zmiażdżyć czerep tej, która wgryzła mu się w bark. Zanim jednak kostur poszybował w dół, poczuła rozdzierający ból dochodzący z okolicy kolan.

- *Sonny!* - pomyślała. - *Do diabła z tobą, przeklęty tchórzu!*

Spróbował przeciąć jej więzadła swoimi ostrymi pazurami.

Odwróciła się, ale tamten zdążył już uciec na bezpieczną odległość. Chciała zrobić krok naprzód, ale nogi w ogóle nie chciały się jej słuchać. Ciężko runęła na kolana.

- *Wstawaj!* - wrzeszczał głos w jej głowie. - *Musisz się podnieść, NATYCHMIAST!*

Podpierając się na kosturze, usiłowała stanąć na nogach. Krew się w niej burzyła, mimowolnie zaczęła zgrzytać zębami, próbując okiełznać narastającą wściekłość. Wyczekiwała teraz, aż sam podejdzie bliżej.

Chwyciła kostur w połowie długości i przyłożyła do boku, jakby kule, żeby zamaskować jego rzeczywistą długość. Tak jak chciała, Sonny podszedł bliżej, wietrząc łatwą ofiarę. Wziął rozbieg i skoczył na nią, gdy nagle Kerri wypuściła prawą nogę do tyłu, żeby nadać uderzeniu więcej mocy, po czym, opierając koniec kostura o dłoń, pchnęła Sonny'ego prosto w gardło. Padł na ziemię, rozpaczliwie charcząc. Oczy niemal wyszły mu z orbit. Nie rozumiał, co się przed chwilą stało.

- *Cholera, prawie zmiażdżyłam mu tchawicę* – pomyślała.

Zawróciła, zostawiając go samemu sobie. Wiedziała, że nie będzie już stanowił zagrożenia.

Carter zdołał uwolnić się spod zwłok małpy, która go przygniotła. Wciąż się jednak słaniał na kolanach, osłabiony silnymi nudnościami. Twarz miał pokrytą jej śliną i kawałkami gnijącego ciała. Ranny goryl postanowił wykorzystać sytuację.

Ignorując płonący w nogach ból, Kerri uderzyła go z całej siły w brzuch, wyprowadzając cios znad ramienia. Impet oderwał go od ziemi. Wypuściła z siebie kłąb cuchnącego oddechu, po czym Kerri wyprowadziła kolejny cios, tym razem w głowę. Gdy już padł na ziemię, był martwy.

Wydawało jej się, że cały świat zwolnił. Spojrzała na Vina, nigdzie nie było widać jego kostura. Trzymał mocno jedną z małp, obejmując ją łapą na wysokości karku. Po chwili rozległ się głośny trzask złamanego karku. Kolejna z małp zdołała się podnieść i chwyciła Vina od tyłu, wpychając mu kolana w plecy. Vin odwrócił głowę i dopiero wtedy Kerri zobaczyła jego twarz.

Nie sposób było go rozpoznać. Oczy miał wyłupione, a policzki rozerwane na strzępy tak, że można było widzieć wnętrze jego żuchwy. Po całej twarzy ściekała mu krew. Prawie zemdlała, gdy to zobaczyła. Padł na kolana, pochylił się do przodu i zrzucił z siebie małpę, która wpiła mu się w kark. Gdy tylko upadła na ziemię, Kerri natychmiast zadała jej cios w plecy. Małpa wygięła się w łuk, puszczając w końcu Vina. Kostur trafił tuż za uchem. Uderzyła tak mocno, że wibracje przeszły od laski aż do jej ramion. Małpa upadła na leżącą przed nią stertę.

Vin runął na ziemię, próbując złapać oddech po tym, jak długo był podduszany. Każdy kolejny wdech wywołał atak kaszlu. Wypluwał krew ściekającą mu do ust.

Kerri spojrzała na rzeź, jaka rozegrała się wokół. Dostrzegła jakąś małpę, która próbowała doczołgać się do Vina. Podeszła do niej i zamaszystym uderzeniem kostura pozbawiła ją życia.

Pozostała tylko jedna. Ramię zwisało jej bezwładnie, złamane i wygięte w niewyobrażalny sposób. Ona również spojrzała na trupy walające się dookoła oraz ciała tych, którzy jeszcze dogorywali, po czym cofnęła się, ryknęła z wściekłości i uciekła.

Przypomniała sobie o Sonnym. Odwróciła się, ale nigdzie go nie było. Popatrzyła dookoła na stosy okaleczonych ciał i w końcu go dostrzegła. Stał w oddali, patrząc na swoją nieudaną próbę zyskania w oczach swojego Pana.

- TCHÓRZ! - ryknęła rozwścieczona. - ŻAŁOSNY TCHÓRZ!

Upadła na kolana, adrenalina, która do tej pory ją napędzała, zaczęła się w końcu przerzedzać. Kerri dopiero teraz poczuła, jak bardzo jest wyczerpana. Usiadła na ziemi, trawiąc w duchu przemoc, która miała tu miejsce. Ręce okropnie jej się trzęsły, ale cały czas mocno trzymała swój kostur, tak jak uczył ją Casey.

Poczuła, jak ktoś ją obejmuje. Spojrzała na Cartera i ledwo zdusiła krzyk, gdy zobaczyła, w jak opłakanym stanie był. Twarz miał obitą i posiniaczoną, jedno oko miał całkowicie zasklepione. Wzdłuż ramienia, z którego jedna z małp odgryzła trochę ciała, swobodnie ściekała krew. Kerri oparła się o jego pierś, szepcząc cichą modlitwę w podzięce za to, że jeszcze żył.

- Musimy pomóc Vinowi – z trudem mogła wyłowić treść z jego głosu wydobywającego się zza strzaskanych zębów i poszarpanych warg. – Vin, stary, daj, pomogę ci – dodał. Spróbował dźwignąć jego wagę na swoich ramionach, ale nie dał rady. – Vin, mów! Mów coś do mnie! – błagał go.

Pogrążony w malignie Vin uniósł głowę. Carter niemal krzyknął na ten widok. Vin zdołał przetoczyć się na plecy. Kerri padła tuż obok niego, tuląc go do siebie. Delikatnie oparła jego głowę o swoje kolano.

- Carter, dasz radę pójść po zapasy? Po mech...?

Carter skinął głowę i chybotliwym krokiem doszedł tam, gdzie pozostawili wcześniej swoje plecaki. Przytaszczył je z powrotem do Kerri oraz Vina.

- Vin, dlaczego... - Kerri nie mogła już dłużej wstrzymywać łez. – Co oni ci zrobili?

Vin próbował coś powiedzieć, ale nie ułożyło się to w żadne słowa, po prostu chrapliwy dźwięk pozbawiony znaczenia. Spojrzała w jego puste oczodoły, w twarz dosłownie rozszarpaną przez małpy. Jego futro było teraz kupą zaschniętej krwi, więcej było czerwonych niż białych punktów na nim. Kerri była kompletnie wstrząśnięta, nie wiedziała, którymi ranami powinna zająć się najpierw. Vin oddychał szybko i bardzo płytko. Cały czas usiłował coś powiedzieć, ale słowa nie mogły wypłynąć albo z zakrwawionych ust, albo ze zmiażdżonej tchawicy.

- Ćśś, Vin, nic nie mów – powiedziała, próbując go uspokoić

Vin miotał głową na boki, rozpaczliwie usiłując przemówić.

- Jad – wydusił w końcu, próbując uświadomić Kerri sytuację. – Małpy... ich ugryzienie jest... jadowite – wycharczał.

Wysypawszy wszystko z worka, Carter w końcu znalazł przewiązaną sznurkiem sakiewkę. Właśnie takie wręczył im doktor Mossman, kiedy wyruszali w drogę. Rozsupłał węzeł i otworzył ją drżącymi rękoma. Już teraz doszło do niego, w jak wielkim niebezpieczeństwie się znajdują.

- Została tylko niewielka garść.

- Vin mówi, że ugryzienie małpy jest jadowite. Musimy zaparzyć herbatę z tego, co mamy. Vin musi dostać odtrutkę... ty zresztą też – powiedziała, spoglądając na jego ramię. – Poszukaj w moim plecaku, powinno być więcej.

Wyrzucił całą zawartość na ziemię i wyłowił sakiewkę podobną do poprzedniej.

- Kerri, tu nic nie ma. Zużyłaś wszystko, żeby opatrzyć moje rany.

- Carter, poszukaj jeszcze raz, musi być jeszcze trochę, musi! – zaczynała panikować. Wtem przypomniała sobie o amulecie od Lulu. Prędko zdjęła go z ramienia i otworzyła, wyciągając świeżą kępkę mchu.

Oboje popatrzyli na znalezisko. Było jasne, że to stanowczo za mało na tak rozległe rany.

- Musimy spróbować – powiedziała cicho.

Carter przegrzebał ich rzeczy w poszukiwaniu drewnianej miski i niewielkiego moździerza z drewna. Wrzucił do naczynia resztkę mchu, która im pozostała, wlał trochę wody z karafki i zaczął ugniatać mech, rozcierając go o ścianki. Gdy ciecz zgęstniała, dolał jeszcze trochę wody, po czym wrócił do miażdżenia mchu. Misa w końcu wypełniła się wywarem, Carter zamieszał jeszcze na koniec dla pewności. Wziął drewnianą łyżkę, nabrał odrobinę napoju i zbliżył ją tam, gdzie niegdyś były usta Vina. Wlał zawartość powoli do ust.

- Spróbuj przełknąć – powiedziała Kerri.

Widziała, jak stara się poruszyć głową i wyciągnąć szyję, żeby płyn łatwiej spłynął po przełyku. Dostał nagłego ataku kaszlu, wypluwając cenny napar. Kerri delikatnie dotknęła jego policzka, który był w miarę nietknięty.

- Vin, musisz spróbować to połknąć. To zwalczy truciznę.

Vin pokręcił głową na boki. Podniósłszy łapę, wskazał na Cartera.

- Ty – szepnął. – Pij... zanim...za późno.

Wypowiedzenie tych kilku słów wyczerpało go jeszcze bardziej. Łapa opadła mu na ziemię, głowa zaś, której także nie był w stanie utrzymać w górze, legła z powrotem na kolanie Kerri.

- Stary, musisz spróbować to wypić – powiedział Carter, podnosząc kolejną łyżkę.

Vin zaczął kręcić głową na prawo i lewo.

- Ty... - szepnął. – Prędko.

W tej samej niemalże chwili Carter upuścił łyżkę, a jego ciałem zaczęły targać wstrząsy. Odwrócił się na bok, czując, że zaraz zwymiotuje cały żołądek wraz z zawartością. Wciąż nim rzucało, ale na tym się skończyło. Gardło płonęło mu żywym ogniem.

Kerri patrzyła na niego, jak nagle zgiął się w pół. Bała się w tym momencie tak jak jeszcze nigdy w życiu.

Ostrożnie położyła głowę Vina ziemi i sięgnęła po łyżkę. Zaczerpnęła trochę naparu, uniosła głowę Cartera i przytknęła mu łyżkę do ust.

- Jedna dla ciebie i jedna dla Vina – powiedziała.

Spojrzała mu w oczy. Dopiero wtedy zobaczyła, że płacze, a z nosa spływa mu woda.

- Carter, proszę, pij dalej.

Zdołał wziąć kolejny łyk, zanim znów zgięły go nudności.

Kerri zaczerpnęła kolejną łyżkę i podała Vinowi.

- Musisz to wypić Vin. Zrób to dla mnie, proszę – powiedziała, unosząc delikatnie jego głowę.

Oddychał z coraz większym trudem. Kerri wlała mu płyn do ust, ale Vin nie mógł go przełknąć. Uszkodzony przełyk nie był w stanie przepuścić nic więcej. Napar wylał się z obu stron jego ust.

- Vin, musisz to wypić! Błagam, musisz! – szepnęła Kerri, czując, jak wszystko jej cieknie z oczu i z nosa. Obok klęczał Carter, który dostał kolejnych spazmów.

Opuściła głowę Vina i wzięła łyżkę, wkładając ją Carterowi w usta. Czekała, aż płyn sam spłynie. Napełniła ją znowu i zwróciła się z powrotem w stronę Vina. Nalała mu naparu, ale zaraz zobaczyła, że ten spływa mu po twarzy. Podniosła jego głowę wyżej.

- Vin, proszę... błagam, postaraj się.

Tuląc jego głowę, próbowała napoić go wywarem z mchu, ale wszystko spływało wokół nieruchomych ust na skrwawioną ziemię, na której leżał.

Dostrzegła, że jego pierś jest już nieruchoma.

- Vin! Nie! Błagam, nie rób mi tego, pij!

Leżał bez ruchu. Na kolanach miała już tylko martwy ciężar.

Carter dalej przechodził spazmy i próbował zwymiotować. Obrócił się, żeby spojrzeć na Kerri oraz Vina. Jęknął i po chwili wypluł na ziemię ostatnie resztki, które zalegały mu w żołądku.

Kerri popatrzyła na Cartera, który padł bez siły na kolana, oraz na spoczywającego na niej Vina. Czuła ogromny lęk. Spojrzała w niebiosa i wrzasnęła do swojego boga.

- Proszę cię, możesz mi tu jakoś pomóc?

ROZDZIAŁ 21

Carter otworzył oczy, wzrok jednak miał rozmazany. Dopiero po chwili dostrzegł półprzytomnie czyjeś ręce na swoich ramionach, że ktoś go niesie. Od kołysania znów zrobiło mu się niedobrze. Poczuł, że powłóczy nogami po trawie, po czym ktoś ostrożnie położył go na ziemi. Po raz pierwszy od bardzo długiego czasu, nie pamiętał już nawet od kiedy, powietrze było rześkie, nieskalane odorem śmierci. Dostrzegłszy nad sobą liczne zielone cętki poprzecinane światłem, domyślił się, że Kerri przywlekła i położyła go w cieniu drzewa. Ogarnął go przyjemny, chłodny wiatr.

Słyszał jej słowa, ale nie umiał ich uchwycić, rozchodziły się jak echo w pustym pomieszczeniu, za każdym razem umykając ze swoim znaczeniem.

Poczuł dojmujący smutek na myśl o tym, że nie może nic powiedzieć dziewczynie, którą kocha. Powiedzieć, jak bardzo jest szczęśliwy, że jest przy nim i że na pewno wszystko będzie dobrze. Że zbudowałby jej dom, gdzie zamieszkaliby razem i żyliby długo i szczęśliwie.

Mógł jednak słuchać tylko jej słów.

Już raz cię utraciłam i łkałam za tobą.

Chyba nie mam już prawa wylać więcej łez.

*Choć w sumie nie wiem, czy nie wypłakałam już
wszystkich.*

Słyszał ją, lecz niczego nie mógł zrozumieć.

Kerri klęczała obok Cartera, próbując dawkować mu łyżeczką
resztki herbaty, którą mieli. Wlewała lek powoli, ale za każdym
razem, gdy płyn spływał mu po gardle, Carter natychmiast się
zwijał, wypluwając wszystko na ziemię.

Zdjęła z niego koszulę oraz spodnie i rzuciła je na stos
małpich trupów. Wszystko, byle by pozbyć się smrodu, który
szybko stawał się nie do zniesienia.

Wróciła do Vina i pochyliła się nad nim. Raz jeszcze spróbowała podnieść jego łapy i zaciągnąć z dala od rzezi, która miała
tu miejsce, ale jego bezwładne ciało było zbyt ciężkie. Nieważne,
ile siły w to wkładała, nawet nie drgnął. Uklękła obok i dotknęła
jedynego miejsca na jego ciele, które nie było rozerwane lub
rozdrapane.

- Vin, tak mi przykro – powiedziała.

Wyjęła z jego plecaka ogromnych rozmiarów koc, przykryła
go, pocałowała w policzek, po czym zakryła jego głowę.

Tej nocy leżała obok Cartera, daleko od pola bitwy. Patrzyła w
gwiazdy na nocnym niebie, które nic jej nie mówiły, i przypomniała sobie tamtą noc, gdy wraz z Carterem leżeli w wysokiej
trawie, czekając, aż gwiazdy rozpoczną swoją wędrówkę po
niebie. Śmiali się wtedy głośno na myśl o tych wszystkich
rzeczach, które zrobią, gdy tylko uda im się wrócić do domu.
Wtedy właśnie po raz pierwszy zobaczyła go takim, jakim jest
naprawdę, i zrozumiała, że chce z nim w ten sposób każdą noc.
Patrząc w gwiazdy.

Wsłuchała się w jego oddech, z każdą chwilą stawał się coraz
bardziej chrapliwy.

- Carter, modliłeś się kiedyś? - szepnęła. - Proszę, jeśli tylko możesz, módl się ze mną tej nocy.

Księżyc wzniósł się ponad horyzont na wschodzie, gdy zaczęli mieć dreszcze. Trzęsła się tak mocno, że nie mogła nad tym zapanować. Narzuciła na nich oba koca, które mieli, i objęła go rękami i nogami, żeby zatrzymać jak najwięcej ciepła. Dreszcze jednak nie przechodziły.

Rano wzeszło palące słońce. Powietrze było suche i nieruchome, przez nawet w cieniu drzewa nie można było skryć się przed zabójczym upałem. Kerri dalej próbowała dawkować Carterowi lek, ale za każdym razem reagował tak samo. Leżał na boku, jego ciałem nadal wstrząsały dreszcze.

Kerri wróciła do Vina. Chciała oczyścić mu twarz oraz rany. Nie umiałaby zostawić przyjaciela w tak tragicznym stanie. Białe futro lepiło się od zaschniętej krwi. Udało jej się jakoś obmyć twarz, ale futro wyglądało tylko gorzej po tych zabiegach. Nie miała tyle wody, żeby go wystarczająco wykąpać.

Otępiona żarem uklękła obok jego ciała. W głowie miała całkowity chaos, wszystkie myśli zlewały jej się w jedno. Przez całe popołudnie patrzyła w oddali wzgórza, zastanawiając się, co powinna zrobić dalej. Podeszła w końcu do zwłok Vina i przykryła je po raz ostatni.

Czuła się jak pusta skorupa. Bitwa, z całą swoją grozą, utrata przyjaciela, całkowita bezilność – wszystko zaczynało w końcu odciskać swoje piętno. Chodziła jakby we śnie, wpatrując się pustym wzrokiem w dal. Nie wiedziała już, co dalej. Podniosła Cartera i spróbowała odciągnąć go z dala od rzezi, która się rozegrała, byle tylko uciec od makabrycznych obrazów i cuchnącego śmiercią powietrza. Tego wieczoru zmieniła mu opatrunki i jeszcze raz obmyła zadrapania. Gdy zdjęła bandaż z jego ramienia, zobaczyła, że wnętrze rany zaczęło już zielenieć. Do miski, w której ugniatali mech, wlała kilka kropel wody, mając nadzieję, że uzyska w ten sposób trochę substancji, która mogła osiąść na drewnie. Obmyła rany Cartera tym, co udało jej się uwarzyć, i owinęła mu ramię czystym kawałkiem materiału, który oderwała ze swojej bluzki.

Dreszcze tej nocy były jeszcze bardziej dokuczliwe. Niemal dosłownie owinęła się wokół niego, próbując go ogrzać. Przeleżała całą noc, nie zmrużywszy oka. Przez cały ten czas nic nie wiedziała, nic nie słyszała. W głowie zaś miała pustkę. O świcie znów spróbowała napoić Cartera, ale ten wciąż nie był w stanie nic przełknąć. Woda wylewała mu się z kącików ust. Usiadła obok niego i objęła swoje kolana. Czuła się zrozpaczona i zagubiona.

Gdy patrzyła na pobliskie wzgórza, usłyszała głos, który delikatnie wołał jej imię z daleka. Znała ten głos, należał do Lulu.

- To nie może być Lu, przecież jest po drugiej stronie tych gór – pomyślała. Głos wciąż nawoływał, aż przerodził się w szept, którego nie umiała wyłowić spośród otaczających ją dźwięków.

Leżała zwrócona twarzą do pleców Cartera. Oplotła ręce wokół jego piersi, nogi wokół nóg, wszystko, nie chcąc pozwolić, żeby przemarzł w nocy. Ktoś znowu wołał jej imię, lecz tym razem głos był niski i głęboki, nieomal buczący. Mocno zamknęła oczy i wtuliła głowę w plecy Cartera tak mocno, jak się tylko dało, ściskając go jeszcze bardziej. Głos rozległ się znowu, niski, lecz łagodny, ciepły i pełen troski. Silny głos, który obiecywał, że się nią zaopiekuje i jej pomoże.

- Kerri?

Znów rozległo się to samo wołanie. Wtem poczuła, jak coś dotyka jej ramienia. Zamarła ze strachu.

- Carter! Muszę chronić Cartera! - zrzuciła w panice koc z siebie, rozpaczliwie wierzgając w obronie przed czymkolwiek, co

się tam czaiło. - *Kostur, gdzie mój kostur? Nigdy nie gub kostura, Casey zawsze mi to powtarzał! Zgubiłam kostur...* - zerwała się na równe nogi, gotowa walczyć na gołe pięści, jeśli mogła w ten sposób obronić Cartera.

Poczuła, jak para silnych łap zaciska się wokół niej i przyciska jej ramiona do boków. Kopała, wierzgała, miotała się, robiła wszystko, żeby uwolnić się z uścisku.

- Ćśś... spokojnie... już dobrze, Kerri, to ja.

Drgnęła w niej jakaś struna. Znała ten głos, choć dochodził z daleka i z bardzo odległych czasów, jak przez mgłę. Obróciła głowę i spojrzała w oczy temu, który ją trzymał.

- Naz... modliłam się o ratunek i to ty się zjawiłeś.

Zarzuciła mu ręce na szyję i zatopiła głowę w ciepłym, grubym futrze pokrywającym jego brzuch.

- Czy masz ze sobą mech? - spytała poważnym tonem. Naz natychmiast zrozumiał, że sprawa jest poważna.

- Tak, trochę.

- Proszę, daj mi, co masz, muszę przygotować napar. Doktor Mossman mówi, że napar z mchu leczy wszystkie trucizny, a Carter został otruty i Vin nie mógł połykać, i...

- Kerri! Ćśś, powoli – powiedział Naz. Przeraziły go obłąkane iskry, które miała w oczach. Nie potrafiła się skupić na jednej rzeczy i nie umiała spojrzeć mu w oczy.

- Nie, nic nie rozumiesz, Naz. Carter jest chory, musimy przyrządzić napar, oczyścić mu rany i...

Naz wyciągnął łapy i przytulił ją mocno do siebie.

- Naz, błagam, nie mamy czasu, daj mi mech, muszę...

- Już, już... – próbował stłumić w panikę i ból, które nią miotały, ale Kerri cały czas go odpychała. Była na skraju histerii.

- Naz, błagam!

- Kerri, musisz dać mu odejść – Naz czuł nieprzyjemną gulę w gardle, wypowiadając te słowa.

- O czym ty mówisz? Nie ma mowy, wyruszyłam po to, żeby

go uratować. Potrzebuję mchu, Naz, musisz mi dać ten mech – rzekła, wyciągając dłoń.

Naz ukłęknął na ziemi i spróbował spojrzeć jej w oczy.

- Mech nie sprawi, że powróci.

- Co za bzdury, nasz mech leczy wszystko. Doktor Mossman nauczył mnie, jak go należy przyrządzać. Muszę przygotować napar i dbać o to, żeby było mu ciepło, bo jest cały przemarznięty i się trzęsie, a te rany na jego ramieniu nabrały tego ohydnego koloru, więc muszę...

- Kerri, proszę, wysłuchaj mnie...

- Naz! Potrzebuję tego mchu, daj mi go w końcu, błagam! - wrzasnęła.

Serce pękało mu na ten widok, łzy zaczęły mu ciec wartkim strumieniem. Nie mógł już dłużej na nią patrzeć, głowa zaczęła mu ciążyć.

- No więc muszę dbać o to, żeby było mu ciepło. Zamarznie tu na kość – położyła się obok Cartera i owinęła ich oboje kocem, nakrywając się powyżej głowy, żeby zupełnie odciąć się od świata zewnętrznego. - Jak zamknę oczy, to zaraz się okaże, że wszystko tylko mi się przyśniło, a jutro, kiedy się obudzę, wszystko będzie tak jak powinno. Zrobię trochę naleśników, zaparzę herbatę, znajdziemy rzekę, Carter się przepłynie, złapie trochę ryb...

- Kerri?

- Wystarczy tylko, że zamknę oczy...

- Kerri?

- Wszystko mi się przyśniło, a jutro... - poczuła, że ktoś dotyka jej ramienia. Jeszcze mocniej ścisnęła Cartera. - Muszę tylko pilnować, żeby było mu ciepło, i wtedy...

Kiedy Naz siłą ściągnął z niej koc, poczuła, jak słońce oblewa jej twarz światłem.

- Kerri, musisz pozwolić mu odejść.

- Muszę tylko zamknąć oczy i wszystko... wszystko wtedy zniknie – schowała głowę w plecach Cartera.

Naz usiadł obok nich. Jego masywna sylwetka rzucała na oboje duży cień.

Kerri zaś leżała obok Cartera, mocno zaciskając oczy.

Słońce chyliło się już ku zachodowi, gdy do jej nozdrzy doleciał zapach ogniska, a na ramieniu poczuła olbrzymią łapę Naza. Westchnęła głęboko. W powietrzu unosił się już zapach jedzenie oraz kawy.

- Kerri – coś w jego łagodnym głosie sprawiło, że znowu zapragnęła go zobaczyć. Otworzyła oczy. - Czy teraz ze mną usiądziesz? - spytał.

Spojrzał jej w oczy, lecz niczego nie dostrzegł. Nie było w nich śladu po dawnym ogniu i radości życia. Były puste, niewidzące. Zmarszczone brwi sprawiały wrażenie, jakby jej umysł dosłownie zapadł się w czaszce. Próbowała wstać, opierając się na jednym ramieniu, ale było to ponad jej siły. Naz podszedł do niej i podniósł ją, chwyciwszy pod ramionami i kolanami. Ważyła dla niego tyle co piórko. Kerri otuliła go wokół szyi i mocno go przytuliła, tak mocno, jak tylko mogła.

Zaniósł ją do ogniska i delikatnie położył na koc, który zawczasu dla niej przygotował. Usiadła z dłońmi splecionymi za kolanami wpatrzona tępo w ogień, bujając się w przód i w tył. Nic nie mówiła.

Spróbował ją nakarmić. Nie mogła oderwać wzroku od ognia, wijący się w ciemności płomień miał w sobie nieodparty urok. Kolory mieszały się i zlewały ze sobą, kontury traciły ostrość. Nie czuła jednak ciepła ani spokoju, który zawsze dawał jej ogień.

- Nie martw się, Naz, nie będę płakać – powiedziała, wciąż patrząc przed siebie.

Nic nie odpowiedział, licząc na to, że Kerri sama się otworzy i powie coś więcej.

- Jeśli zacznę płakać, wraz z łzami odejdą wszystkie wspomnienia. A potem o wszystkim zapomnę.

Uważnie ją obserwował. Nagle coś w niej drgnęło, coś się zmieniło. Dostrzegł w niej nigdy niewidzianą gwałtowność, która sprawiała, że poczuł się nieswojo.

- A ja nigdy, nigdy nie zapomnę!

Poczuł nieprzyjemny dreszcz na dźwięk tych słów.

Zbliżał się świt, kiedy położyła się spać. Naz otulił ją jeszcze jednym kocem, żeby ochronić ją przed porannymi przymrozkami, po czym udał się zająć resztą przygotowań.

Obudził ją zapach jedzenia i rozpalonego ogniska. Słyszała tylko drewna lizanego przez płomienie. Leżała w bezruchu, nie miała ochoty walczyć znów ze światem. Nie widziała, gdzie jest Naz, ale czuła jego obecność. Nie chciała, żeby zauważył, że już nie śpi.

Ziemia pod nią nagle podskoczyła, niechybny znak, że niedźwiedź wylądował z impetem tuż obok na ziemi.

- Wszystko jest gotowe – powiedział cicho.

Obróciła się na plecy i usiadła obok niego, przysunęła się bliżej i wcisnęła pod jego ramię, chcąc wtulić się w przyjemne, miękkie futro.

Czuła wokół niego ziemisty zapach. Przypominał jej ten, który zawsze kojarzył jej się z Vinem, ale jednocześnie był na tyle charakterystyczny, że nie mógł należeć do nikogo innego. Był też inny zapach, słabszy, ale przywodził jej na myśl siłę. To był zapach Naza.

- *Właśnie ten będę pamiętać* – pomyślała. – Jest tylko coś, co muszę najpierw zrobić – powiedziała.

Po kąpieli i uczesaniu włosów powędrowała w stronę wzgórz, zbierając napotkane po drodze dzikie kwiaty. Błękitne chabry, czerwone maki i białe stokrotki odcinały się na tle otaczającej ją czarnej mgły. Dostrzegłszy Naza stojącego ze spuszczoną głową na szczycie wzgórza, podeszła, żeby stanąć obok niego. Próbowała się na to przygotować, ale widok dwóch kopców usypanych ze świeżo wykopanej ziemi i tak był dla niej wstrząsem.

Uklękła przy grobach i złożyła część zebranych kwiatów na olbrzymim kopcu. Spojrzała na drugi i poczuła się zdezorientowana.

- Dlaczego taki mały? To był najsilniejszy chłopak, jakiego znałam. Musi mu tam być za ciasno przecież.

Potrząsnęła głową, chcąc strząsnąć z siebie to zmieszanie.

Położyła resztę kwiatów na małym kopczyku, dotykając dłonią miękkiej, ciepłej ziemi.

Usłyszała, jak Naz klęka obok niej i kładzie swoją ogromną łapę na jej ramieniu.

- Naz, w porządku – powiedziała, nie patrząc na niego. – Obiecałam, że nie będę płakać.

Wstał z kolan, w piersi czuł ziejącą pustkę. Widok grobów najbliższych przyjaciół był zbyt bolesny.

- I nigdy nie zapomnę – usłyszał nagle jej głos.

Odszedł. Po policzkach ciekły mu łzy.

Usiadł na kocu przy dogasającym ognisku, obok niego leżał półmisek nietkniętego, wystygłego jedzenia. W końcu Kerri także zeszła ze wzgórza.

- Wygląda tak młodo. Za młodo, żeby doświadczyć tego wszyst-kiego – pomyślał.

Podeszła do niego, przytuliła go i ucałowała w policzek.

- Jedno z nas musi być silne, Naz – powiedziała. Odpowiedział skinieniem bez słowa.

Usiadła naprzeciw niego i nalała do drewnianego kubka herbaty z dzbanka, który stał tuż obok ognia. Podała mu jeden, po czym napełniła kolejny dla siebie. Piła cicho, pogrążona w zadumie.

Gdy skończył pić, objął ją łapą i przysunął do siebie.

- Naz, to wszystko moja wina – powiedziała. – Mogliśmy pójść naokoło, poczekać, aż się ściemni. Tamci nigdy by nas wtedy nie zauważyli. Wszystko przeze mnie i mój pośpiech.

Odkaszlnął, żeby móc cokolwiek powiedzieć. Zabranie głosu po tak długim milczeniu przychodziło mu z trudnością.

- Nie możesz się za to obwiniać, to uczucie cię zniszczy. Vin dobrze wiedział, co robi. Nie pozwoliłby wam się tam zapuścić, gdyby nie był przekonany, że dacie sobie radę. Chciał odzyskać Kryształ, znam go. Był człowiekiem, który poważnie podchodził do swoich misji i bardzo o was dbał. Był najlepszym gwardzistą, jakiego znałem. To naprawdę nie była twoja decyzja.

- To ja ich prowadziłam i zlekceważyłem małpy. Myślałam, że nam się uda. Nigdy nie popełnię tego samego błędu.

- To nie był twój błąd. Nie miałaś prawa wiedzieć, że to się tak skończy.

- Ile lat miał Vin?

- Dziewiętnaście. Nigdy nie chciał być Gwardzistą. Chciał zostać kucharzem, najlepszym w całej okolicy. Jednak coś w nim dostrzegłem i zachęciłem, żeby wstąpił w nasze szeregi. Gdybym go nie wyciągał z domu...

- To obok Cartera leżałby teraz ktoś inny – powiedziała.

- Ile lat miał Carter?

- Lubił mówić wszystkim, że cztery – uśmiechnęła się. – Bo urodził się w ten śmieszny dzień, który wypada raz na cztery lata.

- Tylko szesnaście? Myślałem, że jest znacznie starszy.

- To przez podróże po Utraconych Ziemiach i przekraczanie tych przeklętych portali. Właśnie dlatego przedwcześnie dorósł. Kiedy Duma go porwał, był jeszcze małym chłopcem. Jedyne, co chciał w życiu robić, to pływać.

- Pamiętam – odparł Naz. – Mamy w domu basen, który jest zasilany ciepłymi wodami z podziemnych źródeł. Nie sposób go było stamtąd wyciągnąć. Nigdy nie widzieliśmy tak dobrego pływaka. A do tego nauczył Vina tylu rzeczy. Vin uwielbiał spędzać z nim czas, zwłaszcza gdy ćwiczyli walkę kosturami. Na pewno był dumny, że może walczyć u jego boku.

- Pamiętam, że kiedy pierwszy raz zobaczyłam Vina, o mało nie umarłam ze strachu. Wybiegł nagle na mnie, wszędzie błyskały kły i pazury. Naprawdę nie chciałam go wtedy znokautować, to był odruch. Strasznie mi było przykro, kiedy zobaczyłam, jak duży guz mu wyrósł na głowie.

Siedzieli tak jeszcze przez jakiś czas, pogrążeni w cieple wspomnień.

- Wiesz co, Kerri, naprawdę powinnaś już zmienić postać. Przebywanie w ludzkim ciele będzie ci tylko szkodzić.

- Wiem, ale jeszcze nie chcę odchodzić. Nie chcę ich zostawić samych.

- Mają siebie, a ty masz mnie.

- Wiem – odparła i go przytuliła.

- Brama, przez którą się tu dostaliśmy, powinna być jeszcze otwarta, gdy wrócimy – rzekł.

Spojrzała na niego.

- Naz, ja nie wracam.

- Musisz wrócić do swojego Klanu.

- Nie, jest coś, co muszę zrobić najpierw.

- Nie wydaje mi się, żeby przebywanie tu dłużej było zbyt dobrym pomysłem. Co takiego musisz zrobić?

- Znaleźć Sonny'ego oczywiście.

Naz westchnął głęboko, żeby dać sobie czas na znalezienie właściwych słów.

- Kerri, nie daj się nienawiści. Pożre cię od środka i zostawi ziejącą pustkę w duszy.

- Nie martw się, Naz, wiem, co robię. Już podjęłam decyzję. I tak straciłam już wszystko. Straciłam tego, z którym miałam spędzić resztę swoich dni. Nie mam już nic do stracenia.

- Masz swój Klan, masz Casey'ego. Pamiętaj, że ten olbrzym mnie zabije, jeśli cokolwiek ci się stanie.

Zamyśliła się na chwilę.

- Wiesz co, w innym świecie moglibyście być braćmi – rzekła. – Wyglądacie podobnie, myślicie podobnie... na pewno nie jesteście spokrewnieni.

Zrozumiał teraz, dlaczego Casey tak bardzo dbał o jej bezpieczeństwo, dziewczyny, która widziała zbyt wiele.

- Nie, podjęłam już decyzję. Podążę śladem Sonny'ego. Nie można pozwolić na to, by dalej siał chaos i sprowadzał na ludzi śmierć. Jeśli chcesz, możesz pójść ze mną. Może nawet uda się znaleźć wasz Kryształ.

- Chyba nie myślałaś, że tak po prostu odejdę? – odparł, uśmiechając się po raz pierwszy od bardzo dawna.

Położyła się na kocu i zaczęła skupiać myśli. Zajrzała w głąb swojej świadomości i dostrzegła wilczura, który z niecierpliwością wyczekiwał chwili, gdy wydostanie się na wolność. Jej serce rosło z każdym uderzeniem, pierś stopniowo się rozszerzała.

- *Wszystko płynie z serca* – pomyślała.

Spojrzała na siebie. Spomiędzy palców zaczęły wyrastać pazury, dłonie pokryły się miękką poduszką. Spod skóry zaczęło wyrastać futro, usta się rozszerzyły, robiąc miejsce na ostre kły. Stała już na czterech łapach, czuła, jak w żyłach płynie i płonie dzika moc. Widziała, jak wygląda, widziała swoje mięśnie, swoją siłę. Czuła się niezwyciężona.

- *Jestem potężna, jestem zemstą* – pomyślała.

- Jesteś znacznie większa niż ostatnim razem – powiedział.

- Wciąż rosnę.

- To co, przebiegniemy się? – spytał Naz.

- Po to przyszłam na świat.

ROZDZIAŁ 22

Naz zarzucił na siebie wypełniony zapasami plecak i podniósł kostur Kerri.

- Dasz radę odnaleźć trop? – spytał.

- Bez problemu. Odkąd tylko zwiał przed walką, kierował się na południowy zachód. Nie wiem, co tam może być, ale właśnie tam musimy się kierować.

Biegli spokojnym truchtem. Trawa porastająca wzgórza była miękka, przyjemna dla łap, i ciągnęła się aż po horyzont. Kerri czuła, że łatwe tempo pomaga jej odzyskać siły. Znów się czuła pewna i mocna, inaczej teraz patrzyła na wszystko. W sercu czuła nowy żar.

Zatrzymywali się tylko, żeby zjeść i się napić, nie było mowy o odpoczynku. Trucht przerodził się w bieg ciągnący się cały dzień aż do nocy. Im więcej przebiegła, tym silniejsza i bardziej zawzięta się stawała. Miała teraz tylko jeden cel w życiu: znaleźć Sonny'ego.

Pod koniec drugiego dnia, gdy słońce po prawej stronie chowało się za horyzontem, wbiegli na szczyt wzgórza. Ścieżka, która rozciągała się przed nimi, pokryta była pomarańczową wstęgą. Na dnie doliny przecinała ją rzeka, w której tęczą odbijało się słońce. Bez słowa natychmiast padli na ziemię i zaczęli uważnie obserwować okolicę.

- Wygląda spokojnie. Czujesz coś? – spytał Naz.

- Tylko Sonny'ego i ranna małpa, za którą podążamy.

- Umiesz pływać?

- Jestem prawie najlepszą pływaczką w całym Klanie.

Naz popatrzył na nią, unosząc brew.

- Carter?

Przytaknęła.

- Możemy skierować się tam, w dół rzeki, przedryfujemy z nurtem, potem wrócimy lądem do miejsca, gdzie wyszli z wody – powiedział Naz.

Zbiegli ze wzgórza w stronę brzegu, gdzie Kerri znów chwyciła trop.

- Poczekaj, poszli na zachód.

- Zachód? Po co, przecież cały ten czas biegli na wschód – spytał Naz.

- Mogli się za daleko zapędzić. Sonny dobrze sobie radził w górach, ale na łąkach zupełnie się gubi. Być może znowu się zgubił.

Szli doliną w stronę zachodzącego słońca, zapach dochodzący znad rzeki dodawał im sił. Gdy słońce zetknęło się z linią horyzontu, Kerri gwałtownie zahamowała.

- Naz, padnij! – syknęła.

Natychmiast posłuchał i wylądował płasko na ziemi.

- Co się dzieje?

- Właśnie zobaczyłam błysk światła, jakby coś się odbijało w oddali.

- Jak daleko?

- Nie umiem powiedzieć, to trwało bardzo krótko. Nie mam pojęcia, co to było, ale na pewno nie była to rzeka.

- W porządku, nie wychylamy się i wchodzimy na szczyt tego zbocza. Z góry będzie lepiej widać. Nie mogą mieć pojęcia, że są śledzeni, więc raczej nie rozglądają się za nami. Jeśli będzie trzeba, ukryjemy się u stóp wzgórza.

- Jestem mniejsza, pójdę pierwsza. Sprawdzę, co i jak, a potem dam ci znak.

Kerri wbiegła na wzgórze, opuszczając dolinę, zanim Naz miał czas zaprotestować. Widok ze szczytu wzgórza zapierał dech w piersiach. Kerri natychmiast pomachała Nazowi, żeby do niej dołączył. Wdrapał się na wzniesienie i położył obok. Na nim również to, co zobaczył, zrobiło piorunujące wrażenie. Położne w oddali kopuły i iglice odbijały ostatnie promienie słońca. Przed oczami Kerri i Nazar rozciągało się całe miasto. Jego mury mieniły się na pomarańczowo, dachy budynków iskrzyły w świetle zachodu, rozrzucając na wszystkie strony światło zachodzącego słońca w setkach różnych odcieni.

- Nigdy bym nie pomyślała, że miasto może tak pięknie wyglądać – powiedziała.

- Gdybym nie zobaczył tego na własne oczy, nigdy bym nie uwierzył, że takie miejsce istnieje.

- Możemy stąd wejść do miasta. Wiemy teraz, dokąd zmierzają.

Gdy słońce zniknęło za horyzontem, wiatr zmienił kierunek. Po chwili uderzyła ich fala nieznośnego odoru.

- *Co* to jest – spytał Naz, próbując zdławić odruch wymiotny.

- Smród małp i smród śmierci zarazem. Jedno zawsze oznacza drugie. Musiałam kiedyś znosić to całymi dniami i już zawsze będę kojarzyć ten zapach.

Starali się trzymać poniżej grzbietu wzgórza, kiedy szli wzdłuż rzeki. Ciemność zapadała szybko, nad ich głowami, jak również w rzece płynącej poniżej, świeciły gwiazdy.

- Zauważyłaś, jak ciemno jest wokół bez księżyca – spytała.

- Myślałem właśnie o tym samym. W mieście nie ma ani jednego zapalonego światla.

- Przecież powinny być tam jakieś oznaki życia, jakikolwiek ruch.

- Nie podoba mi się to. Nikt nie kładzie się spać o zachodzie słońca - rzekł Naz.

Gdy dotarli na obrzeża miasta, stanęli i schowali się po drugiej stronie wzgórza, spoglądając na wymarłą metropolię.

- Jest zbyt cicho. Nic, nawet najdrobniejszego dźwięku. Naz, coś się tu musiało wydarzyć.

- Jeśli ta małpa tędy przeszła, to inne prawdopodobnie poszły za nią. Sam wiesz, że jedyne, co potrafią, to niszczyć i mordować.

- Co to za miejsce w ogóle? Niemożliwe, żeby to było miasto małp.

- Chyba że je podbiły.

Za nimi wznosił się powoli zimny, srebrny księżyc, rzucając blade światło na budynki przed nimi.

- Możesz mieć rację. Popatrz tam. Widzisz, jak linia murów miejskich jest gdzieniegdzie wykrzywiona albo połamana? Niektóre budynki są prawie całkowicie zniszczone. Musiała mieć tu miejsce jakaś bitwa.

- Podejdźmy bliżej i sprawdźmy, co uda nam się znaleźć.

Przemykali cicho od budynku do budynku, penetrując powoli rubieże miasta. Trzymali się z dala od chodników i ubitych dróg, przeskakując gruzy walające się po ulicach. Nigdzie nie było żadnych śladów życia, wszędzie tylko śmierć.

Kerri podążyła za tropem Sonny'ego, kierując się w głąb miasta. Dotarli w końcu do głównego placu. To, co zobaczyli, niemal wywróciło im żołądki na drugą stronę. Odór był obezwładniający. Cały plac był zawalony porozrzucanymi, na wpół pożartymi zwłokami mieszkańców. Naz czuł, jak zbiera mu się na wymioty. Położył łapę na barku Kerri.

- Nic ci nie jest?

Skinęła głową. Wolała się nie odzywać.

- Dasz radę go wytropić pośród *tego*?

- To nie takie trudne. Wszędzie rozpoznam ten smród tchórzostwa przemieszanego ze zdradą.

- Z placu wychodzą dwie drogi. Przejdźmy się wokół i sprawdźmy, którędy poszedł.

Po drugiej stronie placu znalazła zapach Sonny'ego, który prowadził do alei ozdobionej z obu stron drzewami. Nagle stanęła w miejscu.

- Nie, to niemożliwe – powiedziała.

- O co chodzi?

- Ja... nie wiem, nie umiem powiedzieć. Czuję znajomy zapach. To na pewno to, ale to przecież niemożliwe.

- Co czujesz?

- Salli. Trop idzie tak samo jak zapach Sonny'ego.

- Jesteś pewna?

- Jasne że tak, ale jednocześnie nic z tego nie rozumiem. Skąd zapach Salli w tym miejscu? Ale z drugiej strony to *naprawdę* wygląda na jej zapach.

- Możemy pójść za nim i zobaczyć, dokąd nas zaprowadzi?

- Tędy. Trop Sonny'ego idzie w tym samym kierunku – powiedziała.

Cisza ciążyła im jak ołów. Gdziekolwiek nie spojrzeli, widzieli śmierć. Nagle ciszę nocy rozerwał wrzask, który zmroził im krew w żyłach.

- Muszę się dowiedzieć, co to było – szepnął.

- Nie byłbyś sobą, gdyby cię tam nie ciągnęło. Będę szła z tyłu – odparła.

Po ich lewej stronie znajdował się duży dom położony nad brzegiem rzeki. Trawnik okalający domostwo zdążył przerodzić się już w chaszcze, okiennice i drzwi leżały rozrzucone po ogrodzie. Gdy zakradli się na tyły domu, dostrzegli w zimnym świetle księżyca małpę krążącą wokół zniedołężniałego starca, który próbował odpędzić kijem napastnika. Goryl obrzydliwie się ślinił i ściągał wargi, odsłaniając błyszczące kły. Gdy przesunął się na skraj ogrodu, dostrzegł obserwujących ich Kerri i Naza. Kerri zauważyła, że bok głowy małpy pokryty był zaschniętą krwią, a jej jedna łapa bezwładnie zwisała.

- To ta, która uciekła po tym, jak na nas napadły – powiedziała cicho Kerri, nie odrywając wzroku. - Nawet jeśli wszystkie cuchną, to niektóre cuchną inaczej. To na pewno jest ta, o której myślę.

- To oznacza, że Sonny jest już niedaleko. Ja się zajmę tym *czymś*, a ty rozglądaj się za naszym kotem.

Małpa, niepomna już swojej niedoszłej zdobyczy, rzuciła się nagle na ich oboje. Naz wystąpił przed Kerri, skupiając na sobie całą uwagę bestii. Stanął w rozkroku i mocno zaparł się nogami. Łapy trzymał blisko ciała, mocno zaciśnięte w pięści. Małpa kontynuowała szarżę, jedynym celem było zaatakować i zadać ból. W odległości około trzech kroków skoczyła, celując łapami w twarz Naza. Ten zrobił krok naprzód, przerzucił cały ciężar ciała na przednią nogą i zadał cios obydwiema łapami. Lewa trafiła w szczękę, podczas gdy prawa ugodziła małpę prosto w podbrzusze. Potwór odleciał w tył z jękiem, całkowicie straciwszy dech w płucach. Potoczył się po ziemi, próbując złapać powietrze. Naz podszedł do małpy i postawił stopę na jej piersi. Schylił się w dół i szybkim ruchem skręcił jej kark. Spojrzał z obrzydzeniem na kreaturę.

Naz spojrzał na skulonego człowieka, którego małpa o mały włos nie zabiła. Cały czas ściskał w dłoniach kij, tym razem wymierzony w stronę Naza.

- Nie zbliżaj się! *Umiem* się bronić! - powiedział.

Naz spostrzegł, jak wzrok starca lata we wszystkich kierunkach. Nie umiał skupić uwagi w jednym miejscu, cały czas rozglądał się wokół. Miał na sobie postrzępione i zakrwawione ubrania, włosy miał zlepione od brudu, twarz zdążyła mu mocno zarosnąć. Wyglądał tragicznie. Naz wziął nagle zamach i bez ostrzeżenia wytrącił mu broń z ręki. Przerażony szybkością niedźwiedzia starzec padł na kolana i zakrył głowę rękami.

- Błagam, nie krzywdź mnie! - załkał, drżąc ze strachu.

Naz popatrzył na niego.

- Co się stało twojemu miastu? - spytał niskim, dudniącym głosem.

Starzec spojrzał w górę wstrząśnięty. Miał nad sobą potężne cielsko Naza i nie widział właściwie nic oprócz góry białego futra i wielkiego pyska ozdobionego dwoma rzędami ostrych kłów.

- Umiesz mówić?

- Oczywiście, że tak – żachnął się Naz.

Wskazał drżącą ręką na zwłoki małpy leżące na trawie.

- Nadeszły i zabiły wszystkich. Proszę, nie róbcie mi krzywdy.

Kerri podeszła bliżej do nich.

- Czy małpy wciąż tutaj są?

- Umiesz mówić? - spytał ją, wyraźnie zachwycony potężną sylwetką dzikiego zwierzęcia.

- Oczywiście, że tak – żachnęła się Kerri. - Gdzie są pozostali?

- Jacy pozostali? - zająknął się.

- Czy to twój dom? Gdzie twoja rodzina? - spytała. Nagle zrobiła się bardzo nieufna wobec tego roztrzęsionego człowieka, który błagał na kolanach o litość.

- Moja rodzina nie żyje. Wszyscy zginęli .

- Gdzie jest reszta małp? - spytał Naz.

- Odeszły... – wciąż drżącą ręką wskazał na wschód. - ...wraz z Nim.

- Ile ich było?

- Zbyt wiele, by móc policzyć.

Naz popatrzył na Kerri. Oboje nie mogli uwierzyć w to, co właśnie słyszeli.

- Jak to „zbyt wiele"? - spytał Naz.

- Przechodziły tędy w ogromnej liczbie, nie było im końca. Kurz, który wzbijały, trzymał się cały dzień. Szły w tamtym kierunku – odrzekł, wskazując jeszcze raz na wschód.

- Czy widziałeś w ich towarzystwie dużego kota? - spytała.

- Przechodził tędy po południu. Podążył w tym samym kierunku co małpy.

- To dlaczego ta tutaj nie poszła za nimi? - spytała Kerri, wskazując na leżące obok zwłoki.

- Głód. Chciała kogoś pożreć.

- Kogoś? Czy właśnie to się wydarzyło na głównym placu? Starzec skinął głową.

- Naz, jesteśmy blisko. Możemy go złapać.

- Pakuj dobytek, możesz iść z nami – rzucił Naz.

- Z wami? Za tamtą watahą? Nie, nie ma mowy – zaczął się wycofywać, kręcąc energicznie głową. Był gotów rzucić się do ucieczki.

- Nic tu nie ma. Umrzesz, jeśli tu zostaniesz. Wrócą i cię zabiją.

- Nie macie pojęcia, co robicie. *On* was zabije nawet pstryknięciem palców, a wasze ciała pożrą jego goryle.

- Czy widziałeś może tu w okolicy pewną kobietę? Wysoka, z czarnymi włosami, miała bardzo dostojne oblicze. Miała na imię Salli – spytała Kerri.

- ... Salli? Nie, nie. Nikogo nie widziałem.

Starzec prędko się od nich odsunął, odpędzając się w dodatku rękami, jakby nie chciał w ogóle słyszeć pytania.

- Nic nie możemy dla niego zrobić – powiedział Naz do Kerri.

- Jestem pewna, że czuję jej zapach w tym ogrodzie – odparła. - To nie daje mi spokoju.

Zawrócili i wyszli przez pozostałości bramy wejściowej.

- Jak to możliwe, że tylko on przeżył? Strasznie to dziwne – powiedziała Kerri.

- I tak nie pożyje zbyt długo. Jeśli głód go nie zabije, to zrobi to jego szaleństwo.

Podążyli drogą prowadzącą przez zniszczoną wschodnią bramę, wyszli z miasta, po czym szli przez pola pełne gnijących już plonów leżących odłogiem w skibach. Droga przeszła w ubity gościniec, a następnie w zwykłą, nieużywaną, ścieżkę. Biegli równym tempem przez noc, trzymając się wyższych partii wzgórz. Kiedy dotarli na szczyt, Kerri gwałtownie zahamowała.

- Naz, gdzieś wybuchł pożar. Czuję dym – powiedziała.

Rozejrzeli się wokół. Tam, skąd właśnie przyszli, widać było ognistą łunę. Dostrzegli samotną pochodnię krążącą wśród ulic, która wszędzie zostawiała za sobą pożogę.

- Chce spalić całe miasto – powiedziała zaniepokojona Kerri.

- Wiedziałem, że oszalał.

- Naz, czy z tego świata w ogóle cokolwiek zostanie?

- Kerri, nie możesz myśleć w ten sposób.

- Sam słyszałeś, co mówił o przejściu tych małp. To była masakra. Przecież Klan nigdy nie da rady takiej armii. Twoi ludzie dadzą?

- Nie zapominaj tylko, że małpy nie potrafią przeżyć długo w śniegu i na dużych wysokościach. Można je skutecznie powstrzymać na przełęczy. Nieważne, ile ich będzie, przez tamtą szczelinę może przejść najdalej dwadzieścia za jednym razem. Lulu da radę je odeprzeć, jestem tego więcej niż pewien.

- To po prostu nie mieści mi się w głowie. Rok temu, latem, byliśmy szczęśliwi, żyliśmy w spokoju. Nie mieliśmy najmniej-szego pojęcia o waszym istnieniu.

- Kerri, świat się zmienił. To już zupełnie inna epoka i nie da się tak po prostu wrócić do tego, co było dawniej. Wszyscy teraz wiemy nawzajem o swoim istnieniu, nic już nie będzie takie samo.

- Wszystko przez Sonny'ego, który wtargnął na nasze ziemie... i jego ojca, który zaczął porywać dzieci Klanu. Czasami naprawdę żałuję, że nas wtedy znaleźli. Carter i ja moglibyśmy w spokoju żyć na Południowych Ziemiach i dorastać, nie mając najmniejszego pojęcia o tym, co dzieje się poza naszymi granicami.

- Wiem – odparł Naz, kładąc łapę na jej ramieniu. - Sonny zapłaci za to, co jego rodzina na nas ściągnęła. Chodźmy już stąd. Zostawmy to miasto.

. . .

Biegli nocą, unikając nizin, gdzie zmieszało się błoto, gruzy i odchody pozostawione przez przechodzącą tędy armię goryli. Smród był nie do zniesienia. Dłuższą chwilę wcześniej trafili na swojej drodze na zapach Sonny'ego. Też musiał mieć dość brnięcia w chlewie pozostawionym przez małpy, więc także wspiął się wyżej.

- Na pewno będą szły wzdłuż rzeki – stwierdził Naz. - Muszą mieć jakieś źródło wody podczas marszu.

- Może to ta sama rzeka, która przepływa później przez Południowe Ziemie? Może właśnie tędy Salli uciekła przed Nim? Tylko że jeśli gdzieś tam znajduje się granica, to mamy kłopot, bo nie mamy żadnych kamieni, którymi moglibyśmy ją otworzyć – rzekła Kerri.

- Może Sonny wie, jak się przedostać na drugą stronę. Możesz biec szybciej? - spytał Naz.

- Naz, byłam najszybsza w całym klanie.

- Byłaś?

- No, dopóki ktoś mnie nie pokonał.

Wiedział, że ma na myśli Cartera.

- Dobra, złapmy tego zdradzieckiego pchlarza – krzyknął Naz za siebie po tym, jak przyspieszył. - Chcę go już mieć w zasięgu wzroku.

Bez problemu go dogoniła i wyprzedziła.

O wschodzie zatrzymali się, żeby ustalić swoje położenie. Kiedy słońce przegnało resztki mroku, dostrzegli w oddali ciemny pas pokrywający horyzont.

- Las... tam musi być granica – rzekła Kerri.

- Użyją Kryształu, żeby otworzyć przejście. Musimy ich dogonić i przekraść na drugą stronę, dopóki brama będzie otwarta. To nasza jedyna szansa. Gdy Kryształ oddali się od granicy, przejście zamknie się na stałe. Kerri, musimy za wszelką cenę dotrzeć do lasu.

- Mogą przemieszczać się tak szybko, na ile pozwala to najwolniejszy z nich. Wciąż możemy ich dogonić – odparła.

Kerri pobiegła pierwsza, mocno przyspieszając. Spojrzała za siebie i z ulgą zauważyła, że Naz robi wszystko, żeby dotrzymać jej kroku. Rankiem wzgórze, po którym biegli, zaczęło opadać, widać było już pierwsze rzędy sosen, które stały niewzruszenie niczym odwieczni strażnicy tych krain. Szybko ogarnął ich mrok panujący w głębi lasu. Podążali teraz tropem zgliszcz pozostawionych przez maszerującą armię, przeskakując tu i ówdzie przez powalone drzewa. Późnym popołudniem odór watahy małp był już wszędzie i nie dało się go wytrzymać. Kerri już miała przeskoczyć leżący w poprzek pień drzewa, kiedy poczuła gwałtowne szarpnięcie za ogon. Odwróciła się i zobaczyła Naza niemo dającego jej znak, że muszą być cicho. Przykucnęli za drzewem, a Naz wskazał na lśniącą w oddali łunę.

- To na pewno Kryształ – szepnął, wytrzeszczając oczy z radości. - Wydziela światło wokół siebie, gdy znajduje się blisko granicy. A sądząc po tym, co widzę, musimy być *bardzo* blisko.

- Pójdę pierwsza, mnie trudniej będzie zobaczyć. Twoje białe futro za bardzo się rzuca w oczy.

- Tylko nie oddalaj się za bardzo. Daj mi znać, jeśli uznasz, że jest bezpiecznie.

Ruszyła żwawo, przemieszczając się od drzewa do drzewa. Za każdym razem przywoływała Naza, który podążał jej śladem. Cały ten czas świetlista sfera przemieszczała się dalej w głąb lasu. Im bliżej podchodzili, tym głośniejsze były dochodzące do nich trzaski. Kerri pamiętała te dźwięki. Rozlegały się, gdy tylko ktoś lub coś przekraczało barierę między krainami. Zaczekała chwilę, żeby Naz mógł się z nią zrównać.

- To musi być to. Słychać iskry i widać rozbłyski. Już wkraczają do Utraconych Ziem – powiedział. - W porządku, zrobimy tak. Kryształ tworzy wokół siebie dużą świetlną kopułę. Zakradamy się i kryjemy się na obrzeżach tego światła i przemieszczamy się razem z nim, ale cały czas pozostajemy na jego skraju. Kiedy będziemy się zbliżać do granicy, wszędzie będą latać iskry, więc musimy trzymać głowy bardzo nisko. Miejmy nadzieję, że jeśli któraś z małp zauważy jakiś podejrzany błysk, pomyśli po prostu, że to jakieś zwierzę przypadkiem się przedostało na drugą stronę – wyjaśnił. - I pamiętaj, że zaraz po wyjściu po drugiej stronie, będziesz miała wrażenie, że śnisz. Musisz jak najszybciej się ruszyć i gdzieś schować, inaczej cię zobaczą. Przejdziemy razem, będę cię trzymał za ogon, żebyśmy się nie rozdzielili. Chodź, Kryształ znów się przemieścił. Musimy znaleźć się po drugiej stronie tej ściany światła. Zasięg światła Kryształu będzie duży, to pewne, ale u źródła będzie ten, który go niesie!

- On!

Naz skinął bez słowa i spojrzał Kerri w oczy.

- Możemy to zrobić, uda się.

Również skinęła, po czym zakradła się w stronę muru utkanego ze światła.

- Nie ma już żadnych hałasów, żadnych trzasków, więc może już wszystkie przeszły – szepnął Naz. - Trzymaj się blisko mnie, pójdę sprawdzić, czy możemy iść. Jeśli po tamtej stronie nie będzie żadnej małpy, możemy przejść oboje.

Patrzyła, jak Naz zakrada się naprzód. Zdawało jej się, że kontury jego głowy rozmyły się, kiedy wszedł w zasłonę rozmigotanego światła. Po kilku chwilach światło ruszyło się do przodu, a Naz z powrotem znalazł się obok niej.

- Mamy szczęście, wygląda na to, że wszystkie przekroczyły granicę. Musimy być naprawdę blisko, chodźmy.

Podszedł bliżej, wchodząc w kopułę światła wypływającą z Kryształu. Kerri poszła za nim. Świat zmienił się w ułamku sekundy. Mrok lasu ustąpił ciepłemu blaskowi, który oblewał teraz wszystko wokół. Jasne światło przed nimi wskazywało, którędy biegł tunel.

- Oto i granica, Kerri. Pamiętaj, że nie możesz zastygnąć w miejscu, musisz się natychmiast gdzieś schować. Jesteśmy już bardzo blisko... *On* jest niedaleko.

Kiwnęła głową, po czym ruszyła do kolejnego drzewa, pilnując, żeby nie wypaść poza obręb światła Kryształu. Szli przykucnięci, starając nie rzucać się w oczy. Poczuła, że Naz chwycił ją za ogon, to był znak, że zaraz nastąpi przejście. Spojrzała na niego ostatni raz. Naz pokiwał głową, że to już teraz.

- Dalej! - szepnął.

Mocno się jej trzymał. Nawiedziło ją znajome uczucie towarzyszące podróży przez bramy, gdy wkroczyła do mlecznobiałego tunelu. Błyski i trzaski nagle ustąpiły niskiemu buczeniu, które wypełniło przestrzeń. Poczuła, że Naz prowadzi ją naprzód, po czym nagle znów znalazła się w lesie.

Stała w miejscu, zachwycona kolorami, które ujrzała wokół. Delikatny szum drzew, zapach sosen i soczysta zieleń mchów i paproci u jej stóp syciły jej zmysły. Otumaniona pięknem otaczającego ją świata, nagle padła na ziemię przygnieciona ogromnym ciężarem. Olbrzymia łapa zakryła jej pysk. Wytrzeszczyła oczy przerażona.

- Ćśśś! - szepnął jej do ucha Naz.

Skinął głową w stronę znajdującej się w oddali małpy, która stała między drzewami i obserwowała punkt, z którego przed chwilą się byli wyłonili. Uważnie się przyglądała, świadoma tego, że coś przekroczyło granicę razem z nimi. Zarazem jednak nie chciała pozostać w tyle marszu oraz bała się tego, który wszelkie nieposłuszeństwo karze niewyobrażalnym bólem.

Kopuła światła przesunęła się do przodu, przez co Kryształ był już na tyle daleko, że nie był w stanie dalej spajać dwóch krain. Rozległ się błysk, który rozświetlił całą okolicę, po czym brama zaczęła prędko gasnąć. Małpa zakryła oczy, ale nie zdążyła się zasłonić przed oślepiającym światłem. Kerri dostrzegła, że zaczęła mrugać i pocierać oczy, próbując odzyskać z powrotem wzrok. Po chwili zrezygnowała i zawróciła. Domorosłe śledztwo było mniej ważne od potrzeby zrównania się zresztą małp.

ROZDZIAŁ 23

- Wybacz, Naz, nie mogłam nic zrobić. Nie byłam w stanie się ruszyć – szepnęła.

- Nie przejmuj się, każdemu się trafia. Po prostu musisz się nauczyć, jak się na to przygotować.

Podniósł głowę i rozejrzał się dookoła.

- Powinniśmy poczekać chwilę, pozwolić im się oddalić, a w międzyczasie ustalić, gdzie jesteśmy.

- Może być, ale mógłbyś w końcu ze mnie zejść? - wysapała. - Nie mogę oddychać!

- Wybacz – szybko odturlał się na bok.

Znów otaczała ich ciemność lasu po tym, jak wraz ze swym światłem umarł portal, który ich tu przywiódł.

Usłyszeli trzask gałęzi dochodzący z naprzeciwka oraz serię porykiwań i warknięć, nie mówiąc już o ciężkim, uciążliwym smrodzie gnijących, schorzałych ciał przeżartych nienawiścią.

Mimo to Kerri wciąż czuła w tej gęstwinie zapach Sonny'ego. Leżąc na brzuchu, ostrożnie badała teren przed nimi. Rejwach maszerującej armii powoli zanikał.

- W końcu się uspokoiło – powiedział Naz.

Kerri usiadła, cały czas węsząc.

- Chciałabym móc powiedzieć to samo o zapachu – odparła. – Jest tak mocny, że masz wrażenie, jakbyś go przeżuwał.

- Kerri, nie, mój żołądek nie czuje się dziś najlepiej. Masz jakiś plan?

- Ani grama planu.

- Zdajesz sobie sprawę, że nie możesz tak po prostu tam wparować, zbić Sonny'ego na kwaśne jabłko, a potem uciec?

- Planowałam coś bardziej subtelnego – powiedziała z uśmiechem.

- I zdajesz sobie również sprawę, że to nie powinno być naszym priorytetem, prawda? Powinniśmy skupić się na Kryształale, żeby powstrzymać Go przed zaatakowaniem twojego Klanu. To powinien być nasz główny cel.

- No to ty się tym zajmiesz, Naz. Ja tu jestem, żeby powstrzymać Sonny'ego, zanim dokona jeszcze więcej zniszczeń i skrzywdzi więcej ludzi.

Naz otworzył pysk, chcąc coś powiedzieć, ale zawahał się. Po chwili jednak zmienił zdanie.

- Kerri, zemsta to bardzo ponura ścieżka.

Szybko obróciła się w jego stronę, spojrzała na niego i zobaczyła łagodność w jego spojrzeniu. Wiedziała, że próbuje jej doradzić, więc ugryzła się w język.

- Bez względu na to, co ludzie będą ci mówić, zemsta ani nie jest słodka, ani nie smakuje najlepiej na zimno. Najlepiej o niej zapomnieć i odesłać w niepamięć jako kiepski pomysł. Zemsta nikomu nie wróci życia.

- Śmierć Cartera była zbędna. To była nikomu niepotrzebna strata. Strata kogoś, kto mógł zmienić życie nas wszystkich na lepsze. Kogoś, kto ryzykował swoim życiem, żeby uratować Holly, żeby uratować mnie. Walczył do samego końca, broniąc Vina, a jego życie odebrało jakieś bezrozumne zwierzę, które w sercu kierowało się tylko swoimi najniższymi pobudkami. Carter zasługuje na to, by go pomścić.

- Spędziłem z nim niewiele chwil, ale to mi wystarczyło, żeby dostrzec w nim jednego z najbardziej szczodrych i najodważniejszych ludzi, jakich kiedykolwiek spotkałem. Powiedział ci, że zrobiliśmy go honorowym Gwardzistą? Do tego zwiadowcą, a to już jest elita. Do tej pory pamiętam, jaki był zakłopotany tą sytuacją – zaśmiał się Naz.

– Nie, nic o tym nie mówił.

– Nie dziwi mnie to jakoś. Nigdy nie chciał być w centrum uwagi. Tym niemniej, znając go na tyle, na ile mogłem poznać, wydaje mi się, że nie chciałby, żebyś kładła swoje życie na szalę tylko po to, żeby wyrównać rachunki z pchlarzem pokroju Sonny'ego – powiedział.

– Tu chodzi też o mnie. Wciąż obwiniam się za to, co się stało, ale jednocześnie myślałam o wszystkim, co się wydarzyło w ciągu ostatniego roku. I wiesz co? Wszystko zawsze wraca do Sonny'ego i jego rodziny.

– Co masz na myśli?

– Jego ojciec rozpętał to wszystko, wykradając wam Kryształ. To on wysłał swoich ludzi na Południe, żeby uprowadzić nasze dzieci, które potem miały walczyć z waszymi Gwardzistami. Ale to Sonny zaprzedał swój własny lud, potem okłamał Sama, a następnie okłamał Lulu. Zdradził nie tylko ciebie, Vina i Cartera, kiedy szukaliście Kryształu, lecz zdradził nas po raz drugi, kiedy stanął na czele małp. W jego żyłach płynie zło i trzeba położyć temu kres, zanim znów sprawi komuś ból.

– Sam wierzył, że jego obecność nie jest bez przyczyny. Osobiście się za nim wstawiał.

– Ojciec Lulu mógł i powinien był zostać królem. I byłby, gdyby Duma wszystkiego nie zniszczył – powiedziała.

– Sam miał wielki dar. Może...

– Co to znaczy, *miał*?

Naz spojrzał na nią.

– Nie wiedziałaś? Sam nie żyje...

– Co? Nasz Sam? Nie!

– Bardzo mi przykro, Kerri, myślałem, że wiesz.

- Ale... jak? Co się stało?

- Zmarł podczas podróży do naszego miasta. Odszedł w spokoju, na łodzi, którą płynęli. Podróż przez portale go zabiła. Był już zbyt stary. Zbyt szybko, zbyt stary. To jest właśnie wpływ portali na ciało tych, którzy nie potrafią się przekształcić.

- Nie wiedzieliśmy nic o bramach ani granicach, dopóki Sonny nam nie powiedział. A potem jeszcze przemilczał to, jak bardzo potrafią być niebezpieczne. Jedyne, czego chciał, to wrócić do siebie. W ogóle nie interesowało go, co się z nami stanie. Dlaczego w ogóle Sam do was płynął?

- Salli zabrała go ze sobą. Wzięła też Księgę Władzy i przekazała ją Szefowi. Nie chciała, żeby dostała się w ręce Złego.

- Więc Lulu jest tam teraz sama bez rodziców?

- Na to wychodzi. Salli udała się do miasta małp, wierząc, że znajdzie tam coś, co pomoże nam wygrać.

- Udało jej się?

- Tego nie wiem, opuściłem miasto, zanim wróciła.

Leżeli przez chwilę w ciszy, nasłuchując dochodzących zewsząd odgłosów lasu. Mrok powoli przetapiał się w ciemność.

- O czym myślisz? - spytał Naz.

- O tym, co powiedziałeś. Że Salli ruszyła do miasta małp. Przez tamto miasto, gdzie byliśmy, przetoczyły się małpy i dałabym sobie rękę uciąć, że wyczułam tam jej zapach, ale tam ten starzec powiedział, że jej nie widział. A mimo to jej zapach był wszędzie w jego ogrodzie.

- Miasto małp leży miliony mil stąd po drugiej stronie świata. Jak niby Salli i małpy miałyby się tam dostać? - spytał Naz.

Leżeli w ciszy, usiłując w jakiś sposób dociec tych tajemnic.

Naz dostrzegł, że Kerri zaczęła intensywnie marszczyć brwi, jakby nad czymś myślała.

- A teraz o czym myślisz? - spytał.

- Że nieważne jak bardzo bym tego chciała, nie mogę tam po prostu wparować znienacka, przetrzepać skóry Sonny'emu i uciec. Potrzebuję planu. Teraz w tym wszystkim chodzi także o Sama.

Skinął głową w ciemności.

- Muszę go dopaść, kiedy będzie sam. Trzeba będzie go jakoś oddzielić od reszty – powiedziała.

- A potem?

- Potem będę chciała wiedzieć to, co on wie. Gdzie jest Kryształ, kto go ma, jaka jest jegoo słabość, jakie są ich zamiary... a potem mu wtłuc.

- To już brzmi jak nie najgorszy plan. Jest tylko jeden szczegół, który nie daje mi spokoju. Jak zamierzasz go odłączyć od reszty?

- Hmm...

Teraz oboje leżeli i łamali sobie głowy nad pytaniem.

Ciszę panującą w ciemności przerwały odgłosy zwierząt ruszających na nocne łowy bądź uciekające przed nimi. Krzyk dochodzący z góry zwiastował polującą sowę, a nagły trzask mógł oznaczać, że dla któregoś ze stworzeń była to ostatnia noc. Naz wstał i zarzucił na siebie plecak.

- Chodź, zobaczymy, co uda nam się znaleźć – powiedział.

Kerri natychmiast była gotowa do marszu.

- Możesz idź pierwsza, będę się trzymał twojego ogona – dodał.

Szli bezszelestnie, za każdym razem ostrożnie stawiając kroki. Dość szybko wyczuli, że coraz bardziej zbliżają się do miejsca, gdzie postanowiły zatrzymać się na noc. Naz pociągnął Kerri za ogon, dając jej w ten sposób znak, żeby się zatrzymała.

- Dalej jesteś w stanie wyczuć zapach Sonny'ego? Dasz radę go wytropić wśród tych małp? - szepnął.

- Ależ oczywiście, że go znajdę. Jest tchórzem, więc zostawia za sobą mnóstwo potu. Tego zapachu łatwo się nie zapomina. Chodź za mną.

Zakradła się bliżej, dosłownie *czuła*, że małpy są tuż obok. Stanęła w miejscu i przykucnęła za pobliskim drzewem.

- Są tu. Tuż naprzeciwko nas, zatrzymali się na noc. Sonny poszedł trochę dalej, pewnie po to, żeby w końcu pooddychać świeższym powietrzem – szepnęła.

Bardzo ostrożnie i bardzo cicho przeszła dookoła miejsce, gdzie odpoczywały goryle. Oboje słyszeli, jak dudnią im serca, własny oddech wydawał się przeraźliwie głośny. Chrząknięcia, warknięcia i pochrapywania dochodzące z bliska były lichą pociechą, słychać było jednak, że stwory były wyczerpane wieloma dniami marszu. Kerri znów stanęła w miejscu i przykucnęła, po czym przysunęła pysk prosto pod ucho Naza.

- Jest przed nami. Śpi i nikogo nie ma wokół – szepnęła.

Naz spojrzał jej w oczy i skinął głową.

- Myślisz, że możemy go uprowadzić? - spytała.

Naz zaczął rozważać za i przeciw tej propozycji.

- Zostaw to mnie. Mam pomysł – odparł, szepcząc jej na ucho.

Kerri milcząco się zgodziła.

- Jeśli coś pójdzie nie tak, uciekamy na północ. Znajdę cię – rzekła.

Naz kiwnął głową i wyłonił się zza drzewa. Wokół panowała cisza, nie licząc odległych już odgłosów małpiego chrapania. Nisko pochylony zakradł się do przejścia pomiędzy krzakami, które znajdowały się przed nimi. Założył, że właśnie tam Sonny poszedłby spać. Delikatnie odchylił gałąź, żeby móc coś dostrzec wśród gęstego listowia. Niedaleko leżał śpiący spokojnym snem Sonny. Naz skinął głową w stronę Kerri, która podeszła bliżej i przytrzymała gałąź, po czym wszedł na niewielką polanę przed nimi. Przykucnął, próbując określić w ciemności, gdzie była która część ciała Sonny'ego. Kiedy jego wzrok w końcu przyzwyczaił się do ciemności, zobaczył, że Sonny leżał na brzuchu z pyskiem opartym na łapach.

- *Doskonale* – pomyślał.

Zrobił jeden krok. Wszystko dalej było cicho. Kolejny krok, tym razem zachrzęścił pod nim jakiś zeschły liść. Zamarł w bezruchu, wstrzymawszy oddech. Sonny nie drgnął. Naz przykrył pysk łapami, po czym swobodnie padł przed siebie.

Sonny poruszył uszami, gdy poczuł lekki powiew powietrza spowodowany upadkiem wielkiego cielska nad nim. Otworzył jedno oko i spróbował podnieść głowę, lecz było już za późno.

Naz padł jak długi na niego, dosłownie przyduszając go do ziemi. Natychmiast zakrył mu pysk łapą i mocno trzymał, przygniatając go całym swoim ciężarem.

Hałas wygłuszyły otaczające ich krzaki. Tego, jak Naz runął, również nikt nie słyszał, ponieważ upadł na miękkie ciało Sonny'ego. Niedźwiedź leżał teraz w bezruchu, nie oddychając. Wyczekiwał, sprawdzał, czy nikogo nie zwabiły te odgłosy. Sonny był niemalże rozpłaszczony, nie mógł nawet drgnąć przygnieciony ciężarem potężnego zwierzęcia. Naz odliczył w myślach do dziesięciu, ale obozowisko wokół nich pozostawało ciche, nie licząc szumu w postaci chrapania, kasłania i pierdzenia.

- Tylko spróbuj się szarpać, to połamię ci wszystkie kości – szepnął i poczekał, aż spanikowany Sonny przetrawi informację. - Jeśli krzykniesz, po prostu skręcę ci kark i zostawię twoje truchło małpom na śniadanie... Rozumiesz?

Poczuł, jak Sonny energicznie kiwa głową. Wstał na kolana, jedną łapą trzymając go za tylne łapy, drugą zaś za pysk. Kiedy w pełni się wyprostował, Sonny zachowywał się w jego rękach jak szmaciana lalka, całkowicie posłuszny jego woli. Poczuł, że po nodze spływa mu ciepła strużka czegoś ciepłego. Sonny był tak przerażony, że nie był w stanie się kontrolować. Kerri poczuła to i spojrzała na niego z obrzydzeniem. Odciągnęła gałąź, żeby Naz możliwie najciszej przecisnął się przez chaszcze, po czym wyprowadziła ich z obozowiska małp. Gdy byli już wystarczająco daleko, rzuciła okiem na Naza.

- Teraz biegniemy – szepnęła.

Udali się na północny zachód, gdzie, mieli nadzieję, kończył się las i zaczynały wysokie trawy Utraconych Ziem. Gdy zaczęło świtać w oddali, dostrzegli pomiędzy drzewami ciepły, kojący blask, który zwiastował koniec lasu. Kerri poczuła olbrzymią ulgę na widok światła, jakby ktoś zdjął jej z karku ogromny ciężar. Powiew świeżego powietrza przywrócił ją do życia.

Zatrzymali się przy ostatnim drzewie wyznaczającym krawędź lasu. Kerri z podziwem patrzył, jak Naz podporządkował sobie Sonny'ego, wykorzystując jego strach. Położył go na ziemi i przygniótł kolanami do gleby.

- Rusz *czymkolwiek*, a możesz mieć pewność, że ci to połamię. Nawet ogon – warknął.

Nigdy nie widziała Naza w takim wydaniu i była pod wielkim wrażeniem. Spojrzała na niego z uśmiechem, a on puścił bezczelnie oczko i również się uśmiechnął.

Cały czas siedząc na Sonnym, zaczął grzebać w swoim plecaku, z którego wyciągnął sznur, a następnie ze znawstwem związał kotu przednie i tylne łapy. Upewniwszy się, że węzły są wystarczająco mocne, uśmiechnął się zadowolony, po czym wziął sakwę, wyrzucił jej zawartość na ziemię i zwinnym ruchem nałożył ją Sonny'emu na głowę.

- Naz, po co ci ten worek?

- Nie mam ochoty patrzeć na ZDRAJCĘ – ryknął tak, żeby Sonny dobrze usłyszał. – Nie chcę, żeby ZDRAJCA patrzył na mnie, jak w spokoju jem śniadaniu – dodał, szczerząc się w jej kierunku.

- Nie wierzę, że jesteś głodny – odparła.

- Zawsze jestem głodny. Też będziesz chciała gryz?

- No dobrze, ale tylko kawałeczek.

- Zuch dziewczyna, trzeba pilnować, żeby nie opaść z sił. Trochęśmy się w końcu zmachali w nocy, co nie? – rzekł wesoło, wciąż nabuzowany adrenaliną.

- Naz, to była świetna robota.

- Praca zespołowa po prostu. Tak już jest, kiedy przyjaciele działają razem – dodał głośniej, żeby słowa dotarły również do uszy Sonny'ego. – Dobra, zjedzmy już coś. I pamiętaj, żeby się napić! – dodał, mrugając porozumiewawczo. Wiedział, że Sonny'emu na pewno zaschło już w gardle i cierpi pragnienie.

- Mmmm! Ale ta woda jest przyjemnie chłodna i rześka! – powiedziała, po czym głośno przełknęła. Była zadowolona, że cała akcja tak dobrze im poszła.

Naz także nie mógł powstrzymać uśmiechu.

- Niech mnie! Naz, świetne ciasto. Ty je zrobiłeś?

Zapadła nagła cisza. Atmosfera w okamgnieniu stała się lodowata.

- Nie – powiedział Naz powoli. – Mama Vina mi je dała. Chciała, żebym mu je później przekazał.

Kerri słyszała wyraźnie, jak gniew w jego głosie narasta, jakby zaraz miał przybrać fizyczną postać i eksplodować. Naz wziął głęboki wdech, żeby się uspokoić. Odwrócił się tyłem do Sonny'ego i z głośnym tąpnięciem usiadł na ziemi. Ramiona nagle mu opadły na wspomnienie zmarłego przyjaciela. Kerri przysunęła się i oparła o niego, chcąc jakoś go pocieszyć.

- Chyba ucieszyłaby się, wiedząc, że podzieliłem się nim z tobą, Kerri – powiedział w końcu.

Jedli w ciszy, zupełnie bez apetytu. Wiedzieli jednak, że muszą.

Kerri wstała i przeszła kilka kroków w stronę lasu.

- Zaraz wrócę – powiedziała, podniósłszy swój plecak.

Naz siedział teraz sam, przeżuwając powoli swój posiłek. Nie czuł w ogóle jego smaku. Nie mógł nic przełknąć bez łyka wody. Krew się w nim gotowała.

Kerri wróciła do swojej ludzkeij formy i założyła na siebie luźną bluzkę oraz workowate spodnie, po czym z powrotem usiadła obok Naza. Uderzyło go, jak pięknie wyglądała.

- *Życie bym za nią oddał* – pomyślał.

- Więc co chcesz z nim zrobić? – spytała.

Zaczęła czesać swoje długie, ciemne włosy. Nie mógł wyjść z podziwu, jak wspaniale lśniły w świetle słońca.

- Naz? Słyszałeś mnie?

- Co? A, tak. Co zrobić z *tym czymś*? A ty jaki masz pomysł? – spytał.

- Zastanawiałam się, co by w sumie było najlepsze. Jak dla mnie to nikomu już się nie przyda, a też nie chcemy, żeby nakablował swoim nowym kolegom, gdzie jesteśmy. Proponuję wykopać duży w dół w tamtym miejscu, a potem zrzucić go ze szczytu tego drzewa. Sprawdzimy, czy to prawda, że koty zawsze spadają na cztery łapy, a potem go zakopiemy.

- Ale że żywcem? – mrugnął.

- No, nie zamierzam go przecież dotykać. A ty?

- Nie więcej, niż jest to konieczne! – odparł. – Ale kto wejdzie na to drzewo?

- Podobno niedźwiedzie całkiem zręcznie wspinają się na drzewa.

- Hmm...wiesz co, cały czas uważam, że mój pierwotny pan jest lepszy – rzekł Naz.

- Ten z łamaniem kończyn?

- Dokładnie ten. Zostawimy go na szlaku tak, żeby małpy go znalazły. Dojdą do wniosku, że do niczego już im się nie przyda i najpewniej go zjedzą.

Kerri zauważyła, że związane ciało Sonny'ego nagle zesztywniało. Uśmiechnęła się.

- Naz, wiem, że on na to zasługuje, ale to byłaby naprawdę okrutna śmierć.

- Jego nowi kumple chyba będą innego zdania. Raczej pomyślą „Cóż, w końcu do czegoś się nadał". Na pewno stwierdzą, że smakuje jak kurczak – zawyrokował. – Dobra, nie możemy spędzić całego ranka, zastanawiając się, co należy z nim zrobić. Proponuję kamień-papier-nożyce, żeby to rozstrzygnąć. Pogrzebanie żywcem albo wydanie małpom na żer.

- W porządku, brzmi uczciwie – odparła radośnie Kerri.

- Raz... dwa... trzy! – krzyknęli, machając rękami w górę i w dół.

Naz wyciągnął pięść.

- Wygrałeś. Gramy do trzech?

- Hmm... niech będzie.

- Raz... dwa... trzy! – Naz wyciągnął pazury

- Kurczę, dobry w to jesteś.

- Czyli łamiemy mu nogi.

- To może zagramy do pięciu?

- Kerri, przegrałaś!

- No weź, daj mi jeszcze jedną szansę.

- Dobrze... raz... dwa... trzy – tym razem Naz pokazał otwartą łapę.

- Cholera! *Naprawdę* jesteś w to niezły. Dobrze, czyli dajemy go małpom na żer. Chyba nie sądzisz, że nas usłyszał? – spytała. Widzieli, że cały worek trzęsie się jak galareta.

- E tam, nie ma szans, żeby coś do niego dotarło przez ten wór. Weźmy się już do roboty, zaczyna od niego cuchnąć.

Naz ściągnął worek z głowy Sonny'ego. Miał szeroko otwarte oczy, patrzące ślepo przed siebie. Na twarzy malował mu się strach, cały drżał.

- Proszę... nie róbcie mi tego... nie oddawajcie mnie w ich ręce.

- Co? Słyszałeś nas? – spytała Kerri.

Skinął głową, cały roztrzęsiony.

- Naprawdę żałuję tego, co zrobiłem.

- Mnie też jest przykro – powiedziała Kerri. – Robiłam, co mogłam, ale nigdy nie byłam mistrzynią w kamień-papier-nożyce.

- Proszę! Mogę wam pomóc! – zająknął się Sonny.

Kerri zaśmiała się, usłyszawszy to. Wyszło jej to nawet szczerze.

- Nie, dzięki – odparła, szczerząc zęby. – Mamy już dość twojej pomocy.

Spojrzała na Naza, który przeglądał na kolanach swój plecak.

- Słyszałeś? Chce nam pomóc! – krzyknęła.

- Nie, nie trzeba, już wystarczająco się natrudził.

Kerri uniosła brwi i wzruszyła ramionami.

- Sam widzisz, próbowałam – powiedziała Sonny'emu. – Naz, czego w sumie szukasz?

- Jestem pewien, że miałem ze sobą jabłko. Chciałem mu je wsadzić w pysk, żeby nie musieć słuchać jego wrzasków.

- Och, Naz, to strasznie miłe z twojej strony! Jego koledzy na pewno docenią ten gest.

- Nie zjadłaś go, prawda?

- Nie – rzuciła i usiadła przed Sonnym, przyglądając się jego pętom. – Ładne węzły! Nigdy się z tego nie wyplącze.

Spojrzała Sonny'emu w oczy.

- Zdajesz sobie sprawę, że Vin nie żyje, prawda?

Potrząsnął histerycznie głową.

- Ci dwaj byli jak bracia – kiwnęła głową przez ramię w stronę Naza. – A teraz musi wrócić do domu i opowiedzieć matce Vina, co się wydarzyło.

Nie sądziła, że da się szerzej wybałuszyć oczy, ale była w wielkim błędzie.

- Jest naprawdę wściekły, ale bardzo dobrze to ukrywa. Sam przyznasz, że nieźle mu idzie.

Sonny nie wiedział, co odpowiedzieć, więc bezmyślnie przytaknął bez słowa.

- Powiedz mi, dlaczego zdradziłeś swój lud czy też lwy górskie, jak się ładnie sami nazwaliście. Sfory, które tak dumnie nazwaliście, choć są po prostu bandami porywaczy, zdrajców i morderców? Pomogliśmy ci. Mój klan cię uratował. Przyjęliśmy cię do siebie, daliśmy twoim ludziom jedzenie i dach. Ocaliliśmy was. Dlaczego zdradziłeś *wszystkich*, którzy kiedykolwiek zaoferowali ci pomocną dłoń?

Potrząsnął głową, nie umiejąc znaleźć odpowiedzi.

- Dobrze, zostawmy to. Wciąż jednak nie rozumiem, jak mogłeś wytrzymać w towarzystwie tych małp. Przecież one *cuchną*. Jak mogłeś to znosić dzień po dniu? Nie mówiąc już o tym, że nazywanie ich „przyjaciółmi" jest, no, dziwne!

- To nie chodzi o nie... to był On. ON! Jest tak potężny, tak...

- Co ty bredzisz? On? Jaki On? Czy On ma jakieś imię? – spytała niewinnym głosem. Usłyszała, że Naz przestał grzebać w plecaku. Na szczęście Sonny niczego nie zauważył.

- Kerri, ON. Ten, który stoi na czele małp. Ten, który włada wszystkim i wszystkimi.

- Jakoś nie włada mną, Nazem, moim Klanem, Gwardią śnieżnych niedźwiedzi, ani...

- Ale idzie na wojnę. Zmiecie twój lud z oblicza ziemi i splądruje twoje ziemie, a potem uda się na północ, żeby zrobić to samo z wami – powiedział, przesuwając wzrok na NAza.

- Zawsze mówiłeś od rzeczy. Po co miałby atakować Klan? Nie wie nawet, gdzie teraz żyjemy.

- On wie wszystko. Widzi wszystko i słyszy wszystko.

- A ty znowu swoje. Nie możesz raz dla odmiany powiedzieć czegoś, co byłoby prawdą? Cały czas tylko łżesz, oszukujesz i zwodzisz ludzi...

- Nie! Mówię prawdę! – przerwał Nazowi zrozpaczony.

- Nie wiem, po co jeszcze marnuję czas na rozmowę z tobą. Dobrze wiesz, że Jemu nie uda się przejść przez góry. Przełęcze są zbyt wysoko położone i jest tam zbyt zimno, żeby małpy mogły przeżyć – zaczęła powoli iść w stronę Naza.

- To prawda. Ale teraz ma Kryształ.

Zatrzymała się.

- Dobra, dobra, co niby jest takiego specjalnego w tym kawałku szkła, za którym wszyscy się uganiają? – wypalił Naz.

- On... Kryształ... potrafi zmienić życie... cały świat!

Stała, górując nad nim. Patrzyła, nie mówiąc nic.

- Ma niewyobrażalna moc. Ten, kto go dzierży, może przenosić góry. Nic mu wówczas nie stanie na przeszkodzie. Czegokolwiek byś nie pragnęła, Kryształ da ci moc, by to zdobyć.

- I ty niby widziałeś Kryształ? – spytała kpiąco.

- Tak, choć tylko przez chwilę. Miałem go nawet w dłoniach, to było po tym, jak mój ojciec przyniósł go do domu, wróciwszy z północy, z kraju niedźwiedzi. Jednak od razu ją poczułem. Jego moc i jej bezkres. To na zawsze zmienia twoje życie.

- Holly widziała Kryształ *oraz* go dotknęła, ale jakoś dała radę mu się oprzeć, a była dzieckiem w porównaniu do ciebie! – potrząsnęła głową z niedowierzaniem. – A teraz próbujesz mi wmówić, że jakiś świecący kamyk przeniesie górę i pozwoli mu zaatakować Klan? – parsknęła. Kątem oka zobaczyła, że Naz nachylił się, żeby móc lepiej słyszeć.

- Właśnie to mi powiedział: że góra nie stanie Mu na drodze.

- Nie wierzę ci. Jak niby zamierza to zrobić?

- Jego moc nie zna granic. Wszystko jest zapisane w księdze. W trzech księgach. Opis, jak okiełznać i używać mocy Kryształu.

- Coś tak potężnego powinno być trzymane w jakimś pojemniku, pudle albo skrzyni. Nic nie byłoby w stanie trzymać tej energii w ryzach.

- Nie. Tej mocy właśnie należy używać. Jest częścią Kostura Niebios wykutego przez Pradawnych.

Na dźwięk słowa „kostur" Kerri natychmiast się ożywiła i usiadła obok Sonny'ego.

- Wiesz co, zawsze uwielbiałam kostury i to, że można tak po prostu wziąć kawałek drewna, uformować go, wzmocnić a potem, puf, masz coś takiego – w tej chwili chwyciła własny, obróciła go w dłoni, złapała za koniec i grzmotnęła Sonny'ego w głowę. Krzyknął z bólu. – Casey nauczył mnie wszystko, co umiem. Pokazał nawet parę fajnych sztuczek. Chcesz zobaczyć?

Naz wyszczerzył zęby, widząc jej dziecięcy entuzjazm.

Znowu zaczął grzebać w plecaku, żeby jakoś ukryć, że się trzęsie ze śmiechu.

- Patrz na to! – powiedziała. Zakręciła bronią wzdłuż ramienia, przetoczyła po karku tak, żeby znalazła się w drugiej dłoni i jednym płynnym ruchem chwyciła trzonek, po czym boleśnie uderzyła go w tylne łapy. Sonny znów wrzasnął.

- Niezłe, co? Na pewno się tego nie spodziewałeś.

Bezmyślnie pokiwał głową. Był gotów zrobić cokolwiek, żeby ją zadowolić.

- O, to teraz pokażę ci to. Ćwiczyłam to ostatnio nawet.

Rozległ się kolejny krzyk.

- Więc ten cały ON, o którym ględzisz, też tak dobrze wywija kosturem? Na pewno nie jest tak dobry jak Casey. Jakich kosturów najchętniej używa?

- Nie używa go w ten sposób. Nie jak ty. Używa ich do kontrolowania innych.

- Bijąc ich po głowach, o tak? – kolejne łupnięcie, kolejny wrzask.

- Nie, nie, kontroluje ich umysł – jąkał się, próbując wyjaśnić. – Chwyta kostur i celuje w człowieka Kryształem, a potem...

- Bez sensu, że w jednej dłoni trzyma kostur, a w drugiej Kryształ. Przez to obie ma zajęte, a to bardzo poważny błąd techniczny! Casey mi tak powiedział, a on się zna. To najfajniejszy mistrz broni *na świecie.*

- Nie, Kryształ stanowi część Kostura. Ma złote zwieńczenie, które utrzymuje Kryształ w miejscu. Obie części stanowią jedność, a złączone stają się kluczem otwierającym Bramy. Tylko nie tylko te, które pozwalają przekraczać zwykłe granice. Ten klucz potrafi otworzyć bramy czasu oraz między innymi światami.

- Akurat! Myślisz, że w to uwierzę?

- To prawda! Sam mi powiedział!

- Pff, portal do innych światów? Uwierzysz we wszystko, co ci powiedzą. To może mi powiesz, jak się otwiera takie bramy?

- Kerri, to prawda, co mówię. Wszystko jest podane w Księdze Dziejów. Pradawni napisali w niej, gdzie to miejsce się znajduje. Dlatego On pragnie Księgi, którą niedźwiedzie wykradły małpom.

Nie mogła powstrzymać zdumionego westchnienia.

- Skąd o tym wiesz? Skąd wiesz o Księdze?

- Powiedział mi o niej. Mówi mi o wszystkim, kiedy mnie „wzywa". Słyszę wtedy wszystko w mojej głowie. Tak jak wtedy, kiedy powiedział mi, że chce, abym był Jego uczniem. Będę jego pomocnikiem, jego prawą ręką.

Kerri wzięła głęboki wdech i głośno wypuściła powietrze. Była już mocno zmęczona.

- Naz, chcesz wiedzieć coś jeszcze? – spytała, odwróciwszy się w stronę Naza.

Wstał i potrząsnął głową. Kerri również się podniosła z ziemi, po czym błyskawicznym, niezauważalnym dla Sonny'ego ruchem, uderzyła go kosturem w kark w taki sposób, że stracił przytomność.

- Mam już NAPRAWDĘ dość słuchania jego miauczenia. Przyda nam się chwila spokoju. Naz, może herbatki?

ROZDZIAŁ 24

- Zapomniałam go spytać, jak ma na imię – powiedziała Kerri, spokojnie sącząc herbatę obok ogniska, które rozpalił był Naz.

- Sonny, a jak? – spytał zdziwiony Naz.

- Nie on, tylko ON! Ten, o którym cały czas gadał. Ten od Kostura i Kryształu.

- A, ten On.

- Dopytam go, kiedy się ocknie, a do tego jeszcze trochę czasu.

- Piękny cios, Kerri. Casey cię tego nauczył.

- Jasna sprawa. Nauczył mnie wszystkiego, co umiem. Wiesz, kiedy moi rodzice zaginęli w lesie, przyjął mnie do siebie. Dał mi dach nad głową oraz nowe życie. A przede wszystkim dał mi nadzieję. Kosturem posługuje się świetnie, ale nawet pod groźbą śmierci nie nauczyłby się gotować. Wiesz, że gość żywi się wyłącznie naleśnikami? Jak dorosły może jechać wyłącznie na nich?

- Mnie pytasz? – powiedział Naz, wzruszając ramionami, po czym wepchnął sobie do ust kolejny kawał ciasta.

- Naprawdę moglibyście być braćmi. Casey jest tego samego wzrostu co ty, a do tego czasem podobnie się zachowujecie.

- To znaczy? Jesteśmy równie wspaniałymi wojownikami? – spytał Naz, połechtany porównaniem.

- Nie, jest strasznie naburmuszony, jak nic nie zje, trochę jak niedźwiedź z migreną – odparła, szturchając go łokciem w żebra. – Swoją drogą bardzo dobre ciasto. Kolejne od mamy Vina?

- Zgadza się.

Odłożyła swój kubek i spojrzała Nazowi w oczy. Po jej uśmiechu nie było śladu, a oczy zaszły jej mgłą.

- Myślałam nad tym, czy nie powinnam wrócić z tobą. Może to ja powinnam powiedzieć o wszystkim jego mamie? Chciałabym, żeby wiedziała, jak wielką odwagą się wykazał i że walczył do ostatniej kropli krwi w naszej obronie, a potem odmówił wypicia antidotum, żeby dać szansę Carterowi, bo wiedział, że on również jest zatruty. To było niewyobrażalne bohaterstwo.

- Jestem pewien, że na pewno by to doceniła – powiedział, tuląc ją do siebie.

Siedzieli tak chwilę w ciszy, patrząc spokojnie na palące się łuczywa.

- To co zamierzasz z nim zrobić? - skinął głową w stronę Sonny'ego, który wciąż leżał nieprzytomny. – Schwytałaś go. Masz jakiś pomysł, co dalej?

Spojrzała z obrzydzeniem na związanego na ziemi kota i potrząsnęła głową.

- Nie chcę mieć z nim nic do czynienia. Nie chcę go widzieć, nie chcę z nim rozmawiać. On naprawdę mnie obrzydza i nie mogę nie czuć wściekłości, że przez takie ścierwo straciłam Cartera oraz Vina. Myślę, że powinniśmy go stąd odprawić i wysłać z powrotem do swojego pana.

- Jesteś pewna? – Naz był wyraźnie zaskoczony tą decyzją.

- Jeśli ten cały ON rzeczywiście widzi i słyszy wszystko, to dowie się o tym, co się dzisiaj wydarzyło. Niech sam się nim zajmie.

- Niech będzie. Przez chwilę naprawdę myślałem, że chcesz go zrzucić z tego drzewa.

- To była kusząca wizja, ale nie chciałabym rozczarować Casey'ego moim „zachowaniem". Zawsze mi powtarzał, że bezmyślna zemsta nie jest dobrym pomysłem. Ale wyrachowana, zimna wściekłość to już inna sprawa!

Dźgnął ją łokciem w żebra. Spadła z pnia, na której siedziała i rozłożyła się na ziemi.

- Wierzysz w te bajki o przesuwających się górach? – spytała z uśmiechem, otrzepując kurz z siebie.

- Nie wiem już, w co wierzyć. Wiem, że Kryształ jest potężny i może manipulować ludźmi, ale nigdy bym nie przypuszczał, że potrafi przenosić przedmioty.

- Masz pomysł, jak go odzyskać? – spytała.

- Myślałem, czy by się tam nie zakraść i nie zwędzić mu go prosto sprzed nosa.

- To się nigdy nie uda.

- Czekaj, zmierza w stronę gór, a w górach zdarzają się burze, prawda? Wystarczy, że wybiorę odpowiednią chwilę, gdy wszędzie wokół będzie gęste mleko, i wtedy wkradnę się w ich szeregi, capnę naszą zgubę, a potem już tylko migiem do domu.

- Prędzej ty niż ja.

- Masz jakiś lepszy pomysł?

- Daj mi chwilę, może coś wymyślę.

Leżeli pośród miękkiej trawy, zerkając na okolicę znad szczytu wzgórza.

- Miałaś rację. Patrz, jak go niesie – powiedział Naz, patrząc na pędzącego w oddali Sonny'ego.

- Jest do bólu przewidywalny. Pobiegnie do każdego, kto według niego może go obronić. Pewnie zasuwa teraz do tego całego „Onego" i wypłacze mu się, skarżąc, jacy byliśmy dla niego niedobrzy. Miałeś dobry pomysł, żeby mu przeciąć więzy, zostawić i poczekać aż się sam obudzi.

- Jak sądzisz, co teraz z nim będzie? – spytał Naz.

- Co byś zrobił, gdyby się okazało, że twój podnóżek puścił farbę w sprawie twoich planów zawładnięcia światem?

- Hmm... wygląda na to, że nieźle mu przetrzepią skórę... w najlepszym wypadku.

Najpierw dostrzegli smugę wzbitego w powietrze pyłu. Potem nadszedł smród. Kerri i Naz śledzili go z daleka, trzymając się stóp wzgórz. Późnym popołudniem trafili na znajomy już ślad odpadków. Skrócili trochę dystans dzielący ich od Sonny'ego, który był już w pobliżu armii małp. Jej widok odebrał im mowę.

- Nie miałem pojęcia, że jest ich aż tyle – wykrztusił pobladły Naz.

- Skąd one się wzięły? Przecież tu są ich setki!

- Kerri, może powinnaś zawrócić i powiedzieć królowej, czemu przyjdzie jej stawić czoła.

Zastanowiła się nad tym chwilę.

- Lu tak czy owak oprze swoją strategię na zablokowaniu przełęczy. Do tego mróz i śnieg będą działać na ich korzyść. Chyba zostanę z tobą. Jeśli uda nam się odebrać Mu Kryształ, będzie bezsilny.

- To moje zadanie, nie twoje. Ty już wykonałaś, co do ciebie należało.

- Sam powiedziałeś, że jesteśmy teraz drużyną. Nie ma mowy, żebym teraz sobie tak po prostu poszła.

Naz pokiwał głową z uznaniem.

- Patrz, idzie Sonny... prosto do swojego pana – powiedziała.

Obserwowali z oddali, jak przedziera się przez szeregi małp, wrzeszcząc o pomoc. Bestie zatrzymywały się, żeby same popatrzeć i skorzystać z chwilowej przerwy w marszu.

Na czele armii, z dala od wirującego wszędzie pyłu i cuchnącego powietrza, stał On, przyobleczony w powłóczyste szaty. Wokół szyi miał jedwabny szal zakrywający usta i nos. Ciemne oczy wodziły za biegnącym ku niemu Sonnym.

– Mistrzu! Mistrzu! Przynoszę wieści! – krzyknął, gdy zbliżał się na czoło grupy, która niosła baldachim chroniący Go przed popołudniowym słońcem. Kiedy znalazł się w jego cieniu, pamiętał – tym razem – aby oddać pokłon.

– Nie jestem już twoim mistrzem, tylko twoim panem. Jedyną zaś wieścią, którą przynosisz, jest żałosne skomlenie o przebaczenie twojej porażki.

Sonny nie czuł już strachu. Teraz było to przerażenie.

– M...M...Mistrzu, ja...

Ból przeszył jego czaszkę na wylot. Miał wrażenie, że mózg zaraz wypłynie mu uszami. Padł na ziemię, łapiąc się za głowę w daremnym akcie obrony.

– Jestem twoim *panem*!

Ból ustąpił. Sonny leżał na wznak, dysząc.

– Panie, tak, mój panie. Są tam. Chcą wykraść twój Kryształ, chcą...

– MILCZEĆ – wycedził przez zęby. – Myślisz, że nie słyszałem cię, gdy mówiłeś tym żałosnym istotom wszystko, czego chciały się dowiedzieć? Wydaje ci się, że moja jaźń nie jest obecna ZAWSZE I WSZĘDZIE?

– Mis...panie! – poprawił się. – Pojmali mnie, wyrządzili mi okrutną krzywdę.

– Zdradziłeś mnie. Tak jak zdradził mnie twój ojciec, kiedy nie oddał mi Kryształu. Jesteś takim samym zdrajcą jak on.

– Panie, to nie tak, wciąż mogę ci służyć. Wciąż mogę być przydatny. Mogę pomóc powstrzymać tych, którzy spiskują przeciw tobie – błagał. Stawką było teraz jego życie. Ośmielił się podnieść na chwilę wzrok.

Stał przed Sonnym odwrócony doń plecami. Patrzył w kierunku gór, które z każdym dniem były coraz bliżej. Gdy poczuł na sobie spojrzenie Sonny'ego, obrócił się rozwścieczony, że ktoś zdobył się na taką bezczelność.

Ten zaś wciąż patrzył na niego z błagalnym wyrazem twarzy. Gdy jednak ujrzał oblicze swojego pana, nie mógł opanować strachu. Głos, który słyszał w snach, był ciepły, spokojny i pełen zrozumienia, jakby należał do kochającego ojca. Teraz jednak żołądek podszedł mu do gardła. Natychmiast odwrócił wzrok, lecz obraz, który ujrzał, zdążył się wypalić w jego umyśle.

Twarz, z której w kilku miejscach skóra odchodziła całymi płatami, odsłaniając mięśnie i kości. Nadpalone i sczerniałe wargi odsłaniały żuchwę. Tam, gdzie powinien być nos, zionęła dziura, która odsłaniała kolejny fragment czaszki. Najbardziej jednak przerażające były Jego oczy, bezpowiekie, płonące furią skierowaną w Sonny'ego za to, że ten ośmielił się podnieść wzrok. To nie był ojciec, którego pragnął. Poczuł ścisk w gardle.

Przylgnął jeszcze mocniej do podłogi, zbyt przerażony, żeby nawet drgnąć. Czuł jak coś na kształt macek sonduje jego umysł i wydziera zeń wszystkie, najbardziej nawet skryte, myśli. Czuł palce, które przez nie przebierają, niemo wydając osąd. Wstrzymał oddech. Jego pan znalazł *tę* myśl, przeszył ją wzrokiem, odczytał ją. Wiedział już, co Sonny o Nim myśli. Poczuł ból, gdy On zaczął wywierać większy nacisk na jego umysł. Wtem wszystko zanikło i zamarło. Jedyne, co teraz czuł to pogarda jego Pana.

- Zabrać mi to z oczu – powiedział.

Sonny był zbity z tropu, nie wiedział, co rozkaz ma znaczyć. Rozejrzał się wokół, próbując odgadnąć jego sens, podczas gdy On odwrócił się plecami i wrócił do kontemplowania odległych gór. Sonny nie istniał już w jego oczach.

Wtedy właśnie do namiotu wtargnął goryl alfa, który wlepił wzrok w Sonny'ego i wyszczerzył kły, widząc strach malujący się na jego twarzy. Nie umiał ukryć satysfakcji na myśl o zemście, którą właśnie się sycił. Potężne zwierzę podeszło do leżącego cały czas na ziemi Sonny'ego, który właśnie zrozumiał, co jego pan miał na myśli.

Goryl chwycił go za kark i uniósł do góry. Sonny, przerażony, znów stracił kontrolę nad ciałem i narobił pod siebie. Alfa popatrzył na niego z obrzydzeniem na odległość ramienia.

- Panie! PANIE! – wrzasnął. – Mogę ci służyć. Mogę ci pomóc...! – strach i histeria przerodziły się w szloch.

Goryl doskoczył szybko do siedzących w kręgu małp przebierających w obgryzionych kościach i rzucił go na sam środek. Małpy cofnęły się zaniepokojone, nie wiedząc, co ich wódz ma na myśli. Sonny leżał na ziemi, patrząc na goryla, otoczony przez wygłodniałe małpy.

- JEDZENIE – warknął alfa.

Kerri i Naz leżeli ukryci po drugiej stronie wzgórza, obserwując rozwój całej sytuacji i jak samiec alfa ciska wierzgającym i wrzeszczącym Sonnym w sam środek ospałych małp.

- Naz, co on robi? – spytała Kerri.

Odwróciła wzrok, gdy zrobiło się bardziej krwawo. Nie była w stanie na to patrzeć.

Naz wiedział, że powinien zachować czujność, ale nie otwierał oczu, dopóki ta rzeź się nie skończyła.

- Może jednak *lepiej* by było zrzucić go z drzewa – rzekł.

- Jak ktoś może zdradzić swoje miasto tylko po to, żeby trzymać się z czymś takim?

- Dotknął Kryształu, Kerri. Był zbyt słaby, żeby to zwalczyć, i po prostu musiał być jak najbliżej niego. Bez względu na cenę.

- Cóż, wiemy teraz przynajmniej, na czym stoimy, i z kim walczymy.

- Kerri, musisz ostrzec swoich ludzi. Pobiegnij najszybciej, jak możesz, *musisz* przedostać się przez góry, zanim one to zrobią. Lulu musi wiedzieć, co tu się dzieje.

- A co z tobą? Co ty zamierzasz zrobić?

- To, po co tu przyszedłem w pierwszej kolejności. Odzyskać Kryształ.

- I kto w takim razie będzie cię osłaniać?

- Więc jaki masz plan? – spytała Kerri.

- Wydaje mi się, że On jest tak pewny siebie, że nie ma żadnych strażników oprócz tego goryla. Podróżuje na czele armii, pewnie po to, żeby nie musieć znosić tego pyłu i smrodu. Patrząc od frontu na jego armię, najpierw jest On, dopiero potem jego małpy. Wystarczy więc, że wejdę do nich fronto- wymi drzwiami w nocy i zabiorę Kryształ, kiedy tamten będzie spał.

- I to jest cały plan? – spytała, nie dowierzając.

- Owszem – odparł, dumny z samego siebie.

- To się nie uda.

- Dlaczego?

- Co jeśli ma bardzo płytki sen? Przewrócisz się o jeden z tych sznurków, które trzymają jego namiot albo wywrócisz misę, przez którą „woła” ludzi i już po tobie.

- Masz w takim razie lepszy pomysł?

- Potrzebujesz dywersji. Wbiegnę do ich obozu jak wściekła, ściągnę ich uwagę na siebie, a one rzucą się za mną. Wtedy On wyjdzie, żeby zobaczyć, co to za zamieszanie, a ty wkradniesz się do Jego namiotu i wykradniesz Kryształ.

- Hmm... nie, mój plan jest lepszy.

- Niby dlaczego? – spytała zdziwiona.

- Nie jesteś jego częścią. Nie chcę cię narażać.

- Naz, mówiłam ci, że jestem tu dla ciebie i nie zamierzam nigdzie odchodzić.

- To zbyt niebezpieczne. A gdyby...

- Możemy sobie tak gdybać całą noc, ale to i tak nie rozwiąże problemu.

- Kerri, zrozum, jesteś wciąż tylko młodą dziewczyną, a ja nie mogę, po prostu nie mogę, prosić cię, żebyś tam wbiegła i ściągnęła za sobą cały tabun tych małp. Złapią cię.

- Co?! Posłuchaj no... Jestem najszybszą... byłam prawie najszybszą biegaczką w całym Klanie. Tam, skąd pochodzę nie ma znaczenia, czy jesteś chłopakiem czy dziewczyną. Jeśli chcesz i umiesz pomóc, każdy to szanuje. Zresztą już kiedyś robiłam coś takiego. Bardzo łatwo zmusić te goryliska do pościgu, nie trzeba się nawet starać.

- Kerri, nie wiem... A co z Caseym? Dostanie szału, jeśli się o tym dowie. A jeśli cokolwiek ci się stanie...

- Nigdy o niczym się nie dowie, obiecuję – przerwała mu. – Chodź, zróbmy to w końcu. Jest już cicho, chyba już mocno śpią po całodniowym wysiłku.

- I po kocie na kolację – wymamrotał pod nosem.

- Co powiedziałeś?

- Że masz rację, Kerri.

Mieli szczęście, wiatr dochodził z północy, rozwiewając tym samym cuchnące powietrze. Nie było nigdzie śladu ognisk albo pochodni, wszędzie panowała tak samo gęsta ciemność. Jedyne światło rzucały gwiazdy, noc była bezksiężycowa. Kerri kierowała się węchem, prowadząc ich oboje. Gdy podeszli do czoła obozu, usłyszeli, jak namiot hałaśliwie łopocze na wietrze, obijając się o trzymające go słupki. Ze środka dobiegało niskie buczenie.

Popatrzyła na Naza, nie wiedząc, z czym ma do czynienia.

- To brzmi dla mnie jak jakaś mantra – szepnął Naz. – Może powinniśmy zaczekać.

- Im dłużej tu stoimy, tym większa szansa, że ktoś nas zauważy. Lepiej szykuj się na wyjście tamtego, kiedy wyjdzie zobaczyć, co to za rozruchy.

- Nie podoba mi się to.

- Mnie też nie, ale ktoś musi to zrobić – rzekła. Wyczuła w tym momencie inny zapach. – Naz, szybko, na ziemię – syknęła.

Natychmiast padli, korzystając z wątłej osłony, jaką zapewniała im wysoka trawa.

- To ten wredny – szepnęła. – Ten, który właśnie nakarmił Sonnym swoich kumpli. Pamiętam ten zapach. Nigdy nie widziałam większego i bardziej odrażającego potwora. A cuchnie tak, że ci mniejsi przy nim to lawenda.

Goryl przykucnął obok płachty namiotu. Monotonny śpiew dalej dochodził z namiotu, przybierając stopniowo na sile.

- Ruszamy, kiedy małpa dokądś odejdzie – powiedziała.

- W porządku. Pamiętaj, że jeśli się rozdzielimy, to spotykamy się na pogórzu, gdzie znaleźliśmy cię poprzednio po pożarze – odparł.

- Żadnego rozdzielania. Jesteśmy w tym razem.

Wiatr nabrał na sile, mierzwiąc im futra. Gwiazdy w oddali były rozmazane. Śpiew z namiotu był coraz głośniejszy.

- Czy on zamierza kiedykolwiek stąd odejść? Co się tam dzieje? – syknęła.

- Cierpliwości. Mamy tylko jedną szansę, więc postarajmy się tego nie zepsuć – odparł.

- Chyba burza idzie. Pomoże nam w ucieczce – rzekła.

Nagły podmuch wiatru z północy był tak silny, że aż się zgarbili. Naz objął Kerri ramieniem i przysunął do siebie.

- Nie ma żadnych chmur na niebie, skąd to się wzięło? – musiała krzyknąć żeby przebić się przez wiatr.

Wiatr ucichł równie nagle jak się pojawił. Śpiew, który dochodził z oddali, był teraz głośniejszy i szybszy. Słowa zdawały się być nasycone mocą, która buzowała w powietrzu. Czuli, że ziemia pod nimi wibruje.

Znów zerwał się wicher, tym razem od wschodu. Odór obozu uderzył ich z całą mocą. Wcisnęli nosy w ziemię, wstrzymując oddech. Mieli nadzieję, że wiatr jak najszybciej zmieni kierunek. Ten jednak wciąż wył i hulał wokół nich, niosąc ze sobą hałdy pyłu i odpadków. Leżeli skuleni na ziemi, a Naz próbował zasłonić Kerri swoją masywną sylwetką.

Nieznacznie otworzyli oczy i jedyne, co mogli dostrzec to burza piaskowa wokół. Skulili się jeszcze bardziej, chcąc w ten sposób przeczekać najgorsze. Wiatr zaryczał nagle po raz ostatni, po czym wszystko zamilkło. W uszach jednak dzwoniło im cały czas.

Mieli wrażenie, że świat stanął w miejscu, cisza była ogłuszająca. Naz podniósł głowę, ale nie mógł niczego dostrzec. Drobny piach dryfował w powietrzu, odsłaniając powoli rozgwieżdżone niego. Naz miał już wstawać, gdy znów usłyszeli śpiew dochodzący z oddali. Tym razem było w nim coś szaleńczego, a gdy osiągnął punkt kulminacyjny, ziemia zadrżała w posadach.

Oboje wstali, żeby móc się rozejrzeć. Kiedy wiatr uderzył ich od południa, mieli wrażenie, że zaraz oderwie ich od ziemi. Wiatr ryczał im w uszach, wiejąc z jeszcze większą mocą, aż w końcu podmuch powalił ich na ziemię. Naz cały czas jednak nie puszczał Kerri.

- Może powinniśmy zawrócić? Nie podoba mi się to! – krzyknęła.

- To nasza najlepsza szansa, żeby dostać się tam niezauważenie – odparł.

- Niezauważenie? Sami nic nie widzimy – cały czas krzyczała, żeby mógł ją usłyszeć. – Możemy wpaść prosto na małpę i nawet tego nie zauważyć.

Naz musiał zasłaniać sobie uszy, jeśli chciał cokolwiek usłyszeć.

- Zaczekaj tu, pójdę się rozejrzeć.

- Nie ma mowy, idę z tobą – pokręciła głową. Wiatr porwał jej słowa, zanim zdołał je usłyszeć.

Stanął na nogi, pochylony w stronę wiatru. Gdy zobaczył, że Kerri też idzie, złapał ją za ogon, po czym zaczęli oboje mozolnie kroczyć w stronę obozowiska. Wiatr co chwila szarpał nimi na prawo i lewo, wiejąc z coraz większą mocą. Każdy ich krok do przodu oznaczał dwa kroki w tył. Naz czuł, że traci już wszelkie poczucie kierunku. Następny podmuch tym razem powalił ich na ziemię, przekoziołkowali kilka metrów. Naz mocno chwycił Kerri swoimi łapami.

- Przeczekajmy to lepiej! – krzyknął jej w ucho.

Mogła tylko przytaknąć.

Wczepiła się z całej siły w jego futro. Leżeli na ziemi smagani przez nocną wichurę i piaszczyste baty.

Wiatr ucichł dopiero około północy. Kerri poczuła, że uścisk Naza zelżał, kiedy podniósł głowę, żeby spróbować rozejrzeć się wokół pomimo zapiaszczonych oczu. Niczego nie mogli dostrzec. Odgłos burzy niknął gdzieś w oddali, zaś łąka wokół nich była cicha. Źdźbła trawy tkwiły nieruchome, niemuskane choćby delikatnym zefirkiem. Wszystko zamarło. Księżyc powoli wznosił się ponad las, ukazując pustą polanę dookoła.

- Nie czuję ich – powiedziała Kerri. – Zniknęli.

- Musieliśmy się zgubić podczas burzy i pójść w złym kierunku.

- Naz, to nie ma sensu. Nawet gdybyśmy się zgubili, wciąż mogłabym ich wytropić. Mówię ci, nic nie ma w powietrzu.

- Armia małp nie może sobie tak po prostu wyparować. Na pewno niczego nie czujesz?

- Nic a nic. Zupełnie jakby ktoś zatarł wszelki ślad po ich obecności tutaj.

- To nie była normalna burza. To niemożliwe, żeby cały legion cuchnących goryli tak po prostu rozpłynął się w powietrzu – powtarzał Naz.

- Armia maszerowała na zachód. Sonny mówił, że On chce zemścić się na Salli. Powinniśmy pójść w tym kierunku, na pewno wtedy trafimy na ich ślad.

- Dobra, nie traćmy czasu.

Natychmiast ruszyli galopem. Połacie ziemi, które mijali, nosiły wszelkie znaki przejścia burzy – okoliczne drzewa leżały powalone, wszędzie wokół były połamane źdźbła trawy. Każde napotkane wzgórze było podobnie przeorane przez żywioł.

- Naz, to naprawdę jest dziwne. Burza cały czas kieruje się na zachód. To tak nie działa przecież, one zazwyczaj przetaczają się przez okolicę, nawracają, nie mają stałego toru. A ta idzie cały czas jak po sznurku.

Podążali śladem zniszczeń przez cały poranek. Im głębiej zaś zapuszczali się na zachód, tym ciemniejsze było niebo wokół. W południe, kiedy słońce górowało na nieboskłonie, mogli w pełni dostrzec, jak kolosalnych rozmiarów była burza. Gdy stanęli na szczycie kolejnego wzniesienia, zobaczyli ogromny czarny kłąb sięgający po horyzont oraz liczne słupy piachu, które wzbijały się aż ku niebu. Nawałnica wsysała w siebie wszystko, co znajdowało się na jej drodze.

- Nie ma szans, żebyśmy się przez to przedarli. Musimy pójść naokoło, jeśli mamy dotrzeć do przełęczy pierwsi i ostrzec Klan – rzekł Naz.

- Nie możemy pójść na południe, bo zatrzyma nas bariera graniczna. Musimy odbić na północ – odparła.

- To znaczy, że będziemy iść idealnie pod wiatr. Podróż będzie jeszcze trudniejsza.

- Mamy jakiś inny wybór? – spytała.

- Żaden nie przychodzi mi do głowy.

- To jest przecież olbrzymie... jak daleko stąd do pogórza? – spytała.

- Przy dobrym tempie i bez zbędnych przerw będziemy tam przed zmrokiem, a jeśli będziemy biec całą noc, rano znajdziemy się już na przełęczy – powiedział.

- Zatem na północ.

Im bliżej burzy się znajdowali, tym trudniej było im dalej maszerować. Weszli z mozołem na pogórze i wspięli się na dolne zbocza gór, gdzie uderzył ich północny wiatr rozsiewany przez postępującą nawałnicę. Niósł ze sobą deszcz i śnieg przywleczone z odległych Alp. Ich bieg przerodził się w marsz. Musieli toczyć bitwę o każdy kolejny metr. Kiedy burza dotarła do najwyższych szczytów łańcucha górskiego, wichura – wciśnięta teraz w węższe korytarze skalne – mknęła z jeszcze większą prędkością. Niebo zaczęły rozświetlać liczne błyskawice, rozpraszając gęsty mrok na ułamki sekund. Grzmoty rozlegały się z taką mocą, że mieli wrażenie, że pękną im bębenki w uszach. Rozchodzące się po górach wstrząsy napawały ich lękiem, odruchowo kulili ramiona, żeby zasłonić się przed ciosem. Oboje próbowali wspiąć się jeszcze wyżej i ominąć burzę, lecz cały czas nawałnica spychała coraz dalej na północ. Nie mogli w żaden sposób jej wyprzedzić.

Około północy, kiedy na niebie nie było widać ani gwiazd, ani księżyca, Naz chwycił Kerri za ogon.

- Nie uda nam się tego obejść, tylko tracimy niepotrzebnie siły. Musimy odpocząć – krzyknął, osłaniając jej uszy łapami, żeby cokolwiek usłyszała.

- Muszę ostrzec Klan przed tym atakiem – odkrzyknęła.

- Powinniśmy poczekać, aż się rozjaśni. Nie widzimy, dokąd idziemy, i za bardzo nas już wypchnęło na północ. Jest tak ciemno, że możemy łatwo spaść z jakiejś grani. Powinniśmy poczekać, aż będzie cokolwiek widać.

- Rano mogą być już na przełęczy. Muszę spróbować – krzyczała Kerri, próbując przebić się przez wycie wiatru.

Naz popatrzył na nią. Błyskające światło rozświetliło na chwilę jej zmartwione oblicze, z futra zwisały jej grube sople. Zdawał sobie sprawę, jak tragiczna była dla niej cała sytuacja, i wiedział, że nie mieli innego wyjścia. Nie mogli się wycofać. Ukucnął, otworzył plecak i wyciągnął zwój liny.

- Zawiążę ci to wokół grzbietu. Pójdę pierwszy.

Skinęła głową, przyglądając się, jak obwiązuje sobie sznur wokół piersi i jednego ramienia, a drugim końcem owija nią samą. Pochylił się naprzód i zaczął wspinaczkę, szarpany huraganem.

. . .

Walczyli z żywiołem całą noc, lecz mimo to wciąż nie mogli wyprzedzić szalejącej wokół burzy. Kiedy wiatr ucichł na chwilę, Naz dostrzegł w świetle błyskawicy szczyty, które rozciągały się przed nimi. Wiedział w końcu, gdzie się znajdują, i ta myśl go przerażała. Dopiero teraz uświadomił sobie, w jak wielkim są niebezpieczeństwie. Zatrzymał się i krzyknął Kerri do ucha.

- Wypuściliśmy się za daleko na północ. Wiem już, gdzie jesteśmy. Musimy zawrócić, tu jest zbyt niebezpiecznie.

- Co? Dlaczego?

- Zbocze góry opada w pionie – powiedział, próbując jednocześnie zobrazować to łapami. – Jesteśmy teraz bardzo blisko grani. Musimy zawrócić na południe i dopiero potem na zachód.

Ogarnęła ją wściekła bezsilność, do oczu napłynęły łzy.

- Nigdy nie zdążymy przed świtem! – wrzasnęła.

Pokręcił głową.

- Musimy zawrócić. W tej ciemności możemy nawet nie zauważyć przepaści, w której zginiemy. To zbyt ryzykowne, żeby iść tędy dalej.

Ból spowodowany ciągłą wędrówką, mrozem i wściekłością w końcu okazał się zbyt duży.

- Do diabla z tą burzą, do diabła z tymi górami i całą tą ziemią! – wrzasnęła rozgoryczona.

Naz przyciągnął ją do siebie, próbując choć odrobinę pocieszyć w samym środku lodowatego piekła. Czuł, że Kerri drży z zimna. Najgorsze jednak było już za nią. Gęste, ciepłe futro Naza napełniło ją nadzieją.

- *Damy radę* – pomyślała.

ROZDZIAŁ 25

Casey zatrzymał się na chwilę pod zadaszeniem Hali Zgromadzeń, żeby nacieszyć się cieniem i bryzą, która mierzwiła mu włosy i chłodziła kark. Usiłował odprężyć umysł przy ciężkich robotach jak wyręb drzew przeznaczonych na budulec, ale myślami jednak cały czas wracał do Kerri. Niepewność co do jej losu i tego, gdzie teraz mogła być, nie dawała mu spokoju. W końcu się poddał, wiedząc, że nie uspokoi się, dopóki niczego się nie dowie. Poszedł więc do Lulu.

- Jakieś wieści? – zawołał, przeciskając i schylając się przez próg. – Mogłabyś trochę powiększyć wejście, wiesz?

Złapała się na tym, że tępo wpatruje się przed siebie, zahipnotyzowana żarem paleniska. Podniosła wzrok i uśmiechnęła się na widok swojego nowego strażnika.

- Już zdążyliśmy je powiększyć, tylko że ty nie chcesz przestać rosnąć. To chyba przez to, że teraz Izabela cię dokarmia, a słyszałam, że jej kuchnia jest równie gorąca jak jej charakter.

- Nie masz nic lepszego do roboty niż śledzenie plotek w mieście?

Lulu zaśmiała się po raz pierwszy od wielu dni.

- Więc? Jakieś wieści o Kerri albo twojej mamie?

- Nic. Żadnych wiadomości od którejkolwiek z nich, choć

wydaje mi się, że raz „widziałam" Kerri, ale nie mogłam wtedy dostrzec nic konkretnego. Zupełnie jakby nie wierzyła, że ja to ja.

- To nie w jej stylu, na pewno coś ci się pomyliło.

- Może masz rację. Wiesz co, myślałam o tym ostatnio i powinniśmy zacząć ostatnie przygotowania.

- Masz na myśli łodzie?

- Tak. Już zbyt długo nie dostajemy żadnych wiadomości. Nie podoba mi się to. Powinniśmy zwołać kapitanów i zarządzić załadunek zapasów na statki.

- Myślisz, że to już czas?

- Nie wiem, ale od kilku dni mam złe przeczucia. Nie mogę nikogo „wezwać", nie widzę mamy, taty, Cartera, Vina ani Naza. Nikogo. Sądzę, że powinniśmy być przygotowani, tak na wszelki wypadek.

- Jasne, już się za to biorę. Miła odmiana po piłowaniu drewna.

- I upewnij się, że będą wiedzieć, jak podzielić zapasy. Nie chcę, żeby nagle całe ziarno albo wszystkie sery znalazły się na jednym statku. Dopilnuj w miarę równego podziału, dobrze?

- Jasne, przekażę im. Planowałem też wysłać jutro na przełęcz kolejny oddział, żeby zmienić tych, którzy teraz tam siedzą – powiedział.

- Idziesz z nimi?

- Nie, moje miejsce jest przy tobie.

- Na pewno sobie poradzę przez te kilka dni. I tak nic się nie dzieje ostatnio, wszędzie cisza. A może byśmy się razem zabrali w góry?

- Taki spacer chyba nam obojgu by się przydał.

- No właśnie! Ruszmy się dokądś w końcu. To co, ruszamy o świcie?

- Zatem postanowione! Przygotuję zapasy na nocleg.

. . .

Następnego ranka wiatr ucichł, pogrążając całą zatokę w ciszy. Tafla wody była niezmącona, tylko gdzieniegdzie pojawiały się ledwie widoczne zmarszczki. W jej lustrze odbijało się rozświetlone feerią barw niebo o świcie. Drużyna wyruszyła w doskonałych humorach.

Szli przyjemną ścieżką biegnącą przez pogórze. Dobry nastrój udzielał się wszystkim, ponieważ w końcu nie czuli, że gnuśnieją. Około południa zaczęli wspinać się na wyżej położone zbocza. Pozostawała już tylko ostatnia wspinaczka, której zwieńczeniem była sama przełęcz. Ruch na świeżym powietrzu działał ożywczo na Lulu, która większość czasu poświęcała ostatnio na planowanie i organizację. Plecak na jej barkach przywołał wspomnienia dawnego życia na południu, kiedy latem wyruszała doglądać owiec oraz bydła na odległe łąki, które zwierzęta tak lubiły. Dotarło do niej, że od ostatniej takiej wyprawy – kiedy razem z Kerri spędziła miesiąc, próbując łowić ryby i przyrządzać sobie posiłki, czasem nawet spały pod gołym niebem - minęły już dwa lata. Tylko one dwie i ich mała-wielka przygoda.

- *Tyle się zdążyło w tym czasie wydarzyć* – odepchnęła te myśli, żeby w pełni móc cieszyć się teraźniejszością.

Późnym popołudniem przekroczyli granicę wiecznych śniegów, zmiana była tak nagła, jakby przeszli z jednego pokoju do drugiego. Wiszące sople skrzyły się jak diamenty ostatnimi promieniami dnia. Chrzęst śniegu pod ich stopami nadawał całej podroży baśniowego wyrazu.

Szli gęsiego wzdłuż ostatniej półki skalnej, która stała na ich drodze. Dalej były już tylko dwa górujące nad okolicą szczyty prowadzące prosto do najwęższego punktu przełęczy. Lulu zmusiła się, żeby nie patrzeć w dół przepaści, gdzie skała biegła pionowo w dół aż do niziny nad brzegiem morza, która była tuż pod nimi.

Byli już prawie u kresu podróży, w oddali przed nimi wznosiły się dwie olbrzymie skały okalające z obu stron wąskie przejście. Całe były pokryte szronem, nie sposób było się po nich wspiąć. Lulu mimowolnie zadrżała na ten widok.

Dostrzegła jednak w oddali coś, co natychmiast napełniło jej serce radością. Klan prowadził ich do miejsca, gdzie rozbili obóz, tuż za szańcami. Ich powitanie było równie ciepłe jak gęsta warzywna zupa, którą im podano, gdy tylko weszli.

Wszyscy z niecierpliwością oczekiwali wieści, lecz Lulu nie miała im prawie nic nowego do powiedzenia. Miała wrażenie, jakby ktoś chwilowo zawiesił jej życie. Jakby składało się wyłącznie z czekania. Okutani w futrzane płaszcze usiedli wokół ogniska, a rozmowa szybko przerodziła się w typowe gdybanie. Każdy był tu każdemu bliski, dzielono się wszystkimi nowinami, nikt nie krył swoich myśli i odczuć.

- Nie wydaje mi się, żeby małpy zjawiły się tu przed nadejściem lata. Zanim śnieg zniknie z przełęczy, będzie już późna wiosna – rzekł Dray, przywódca Zagubionych.

Wciąż myślano o nich w ten sposób, choć już dawno żyli wraz z Klanem pod jednym dachem. Pamięć o utracie kraju i napaści małp na ich miasto wciąż pozostawała żywa.

Lulu obserwowała spokojnie ogień oraz dym, który z sykiem unosił się znad drew, które zniesiono tutaj, żeby móc tu cokolwiek ugotować.

Casey spojrzał na Draya, którego lwie futro doskonale zlewało się z górzystą okolicą.

-Nie tęsknisz czasem za ludzką postacią, Dray? – spytał Casey.

- Rzadko. Coraz rzadziej w sumie. Może nawet przyjdzie kiedyś dzień, kiedy w ogóle zapomnę o zmianie kształtu! – zaśmiał się.

- Kiedy ostatni raz chodziłeś na dwóch nogach?

- Podczas podróży łodziami.

- Ach, tak! Kocia niechęć do wody.

- Lwy. Górskie lwy.

Casey uśmiechnął się.

- Dobrze widzieć, że wróciła twoja dawna duma.

Lulu nie brała udziału w rozmowach, cieszyła się samym gwarem. Jednocześnie jednak czuła się osamotniona w tym, że to ona – i nikt inny – musi podjąć wszystkie decyzje i ponieść za nie odpowiedzialność. Spojrzała w bezkresne, rozgwieżdżone niebo nad nimi. Widok ulubionej konstelacji, tak dobrze widocznej tej nocy, dodał jej otuchy.

- Jestem za młoda na wszystko... na to, żeby odpowiadać za to wszystko. Chciałabym... tak bardzo bym chciała – westchnęła głęboko, pozwalając ulecieć myśli ku niebu.

Casey dostrzegł to, ale ugryzł się w język.

- Uwielbiam być tak wysoko w górach – powiedziała w końcu. – Zawsze mam wrażenie, że widać mnóstwo gwiazd, których w ogóle nie można dostrzec z wybrzeża. I jeszcze to bezchmurne niebo!

- To się utrzymuje już od kilku dni – rzekł Dray. – Nie pamiętam, kiedy ostatni raz mieliśmy choćby obłok. Do tego jeszcze zima była bardzo łagodna.

- Miejmy nadzieję, że to się utrzyma – odparła Lulu, zarzucając sobie kaptur na głowę.

- Wydrążyliśmy jaskinie w śniegu, może wolałabyś pójść tam, jeśli ci zimno? – spytał Dray.

- Nie, dzięki, tu mi dobrze – odrzekła. – Poza tym Casey mnie dogrzewa – dodała, dźgając go zaczepnie w żebra. Casey odczepił futrzany koc przywiązany do swojego plecaka i rzucił go Lulu. Ułożyła się wygodnie obok ognia, szum rozmów powoli milkł w jej uszach, aż w końcu zasnęła, wyczerpana całodzienną wspinaczką.

Burza uderzyła około północy, bez najmniejszego ostrzeżenia. Wraz z nadejściem pierwszych chmur zgasły wszystkie gwiazdy, potem nadciągnęły krążące wiatry, niosąc ze sobą śnieg i drobne kryształki lodu, którymi miotały wzdłuż strzeżonego przez nich przejścia. Lód atakował z taką siłą, że kontakt ze skórą przypominał bardziej ukłucie roju wściekłych pszczół. Ogień zgasł wraz z pierwszym podmuchem wiatru. Casey przyczołgał się do miejsca, gdzie leżała Lulu, podniósł ją, wciąż zawiniętą w koc, i zaniósł do wykutych przez obrońców schronów.

- Wpełznij tam, głębiej jest więcej miejsca. Pójdę po nasze rzeczy – krzyknął, walcząc z wiatrem.

Lulu zamaszyście kiwnęła głową, zakładając, że nie ma sensu przekrzykiwać burzy.

Casey cofnął się o krok i natychmiast zniknął z oczu, zasłonięty przez wirujący śnieg. Wczołgała się przez krótki tunel do dużego pomieszczenia wykutego w lodzie. Na podłodze ustawione były rzędy futer, po bokach leżał różnoraki ekwipunek. Kiedy weszła do jaskini, wycie wiatru natychmiast ucichło.

- *Skąd ta burza?* – pomyślała. – *Też sobie wybrałam porę na odwiedziny!*

Usiadła z kolanami pod brodą, ręce splotła wokół nóg.

- *Powinien już być z powrotem* – pomyślała. – *Poszedł tylko po nasze toboły.*

W ciągu nocy nie mogła doczekać się nadejścia ani snu, ani Casey'ego. Wróciła do wejścia i wykrzykiwała co jakiś czas jego imię prosto w zamieć. Cały czas jednak bez odpowiedzi. Wiedziała, że zgubiłaby się w kilka chwil zaraz po opuszczeniu jaskini, wyciągnęła jedną z lin, które znalazła. Przywiązała ją do kufra, po czym wyczołgała się na zewnątrz, wpadając w objęcia śnieżycy.

Nie widziała nawet ręki, którą wyciągnęła przed siebie, żeby przypadkiem na coś nie wpaść. Szła, a przynajmniej tak sądziła, po łuku, zaczynając od wejścia do jaskini, lina przelewała się przez jej zmarzniętą dłoń. Odliczyła dziesięć chybotliwych kroków w lewo, lecz nic nie znalazła. Zawróciła, upadła, podniosła się i niepewnym krokiem ruszyła naprzód, po czym spróbowała zrobić dwadzieścia kroków w prawo. Wciąż nie mogła nic ani nikogo znaleźć. Puszczała coraz większe zwoje liny, cały czas nie dając za wygraną. Nagle wiatr przedostał się przez jej płaszcz i zmroził ją aż do kości. Cały czas poruszała się łukami, idąc przed siebie, gdzie – jak myślała – znajdował się początek wąwozu. Ani z jednej, ani z drugiej strony jednak nie mogła się doszukać żywej duszy.

Ręce jej tak przemarzły, że z trudem mogła cokolwiek złapać. Zrobiła jeszcze kilka kroków do przodu, ale za późno zauważyła, że skończyła jej się lina. Jej koniec wyślizgnął się z jej ręki, zbyt odrętwiałej z zimna, żeby mogła zdążyć zareagować, i zniknął gdzieś w zamieci. Znieruchomiała z przerażenia. Uklęknęła w śniegu i w panice rozejrzała się dookoła, szukając wzrokiem liny.

- *Poczekaj, pomyśl!* – powiedziała w duchu. – *Ostatni łuk robiłam w lewo czy w prawo?*

Miała wrażenie, że jej mózg także zdrętwiał od mrozu. Nie mogła się skupić i pomyśleć logicznie. Nie miała pojęcia, co robić, a wiatr dął coraz mocniej. Zamieć przerodziła się w huragan, który próbował poderwać ją z ziemi i cisnąć tam, gdzie wiał wiatr. Zrobiła dwa kroki przed siebie, wicher wytrącił ją z równowagi, powalając na ziemię. Podniosła się, ale teraz już miała pewność, że się zgubiła. Nie miała pojęcia, gdzie jest wąwóz ani gdzie była wydrążona jaskinia. Tym bardziej nie wiedziała, gdzie była ostro zakończona grań, która wznosiła się bezpośrednio nad nizinami. Strach przekłuł jej serce drobnymi mroźnymi sztyletami i zdławił wszelkie próby racjonalnego myślenia. Lulu była teraz cała odrętwiała ze strachu.

- *Nie możesz tkwić w miejscu, bo zginiesz* – zbeształa się. – *Jak ja mogłam się zgubić, skoro jestem tylko dwadzieścia kroków od jaskini?*

Nie mogła zrozumieć, co się z nią dzieje.

- *Muszę zawrócić. Po prostu pójdę tak, jak przyszłam* – pomyślała, ale w tym mroku kierunki nie miały żadnego znaczenia. Potknęła się, idąc przed siebie. Wiatr chwycił ją i zaczął ją chłostać i nią pomiatać jak szmacianą lalką. Lulu zdołała po chwili wstać na kolana. Zwinęła się w kulkę i owinęła się szczelniej płaszczem wokół całego ciała.

- *Myśl!* – krzyknęła w duchu. – *Chyba że wolisz tu sczeznąć* - Zaczęła odtwarzać w głowie ostatnie wydarzenia. - *Widziałam gwiazdy nad oceanem, niebo było czyste. Burza musiała więc przyjść ze wschodu, przez wąwóz. Jeśli wyjdę naprzeciw burzy i przeżyję ten mróz, powinnam oddalić się od tamtej przepaści i pójść bardziej w stronę wąwozu, gdzie w końcu znajdę naszą linię obrony.*

Wstała i zwróciła się w stronę, z której nadeszła nawałnica. Zgięta w pół, z trudem utrzymując płaszcz wokół siebie, zaczęła mozolnie kroczyć przed siebie. Wtem nagle wiatr ucichł. Potknęła się, nie natrafiwszy stopą na żaden grunt, i poleciała przed siebie. Poczuła, że upada, aż nagle chwyciła ją para silnych rąk.

- Lu! Miło, że wpadłaś! Co ty tu robisz? – spytał Timo.

Spojrzała na jego młodzieńcza twarz. Nigdy się tak nie ucieszyła na jej widok. Zarzuciła mu ręce wokół szyi.

- Timo! Dzięki bogu! Nawet nie wiesz, jak bardzo się zgubiłam w tej burzy, nie miałam pojęcia, gdzie jestem i dokąd iść.

Timo stał w rowie, który wykopali wzdłuż wąwozu, gdzie wykuli także schrony w lodzie, żeby mieć gdzie się schronić na wypadek niepogody.

- Yyy... możesz mnie już postawić na ziemi – powiedziała.

Timo zaśmiał się i odstawił ją na dno rowu.

- Wczołgaj się do środka i napij się czegoś ciepłego. Musisz odzyskać siły.

- Tak, marzę wprost o tym. Przemarzłam na kość – powiedziała.

Wpełzła do prowizorycznej jaskini wykopanej z boku okopów. Miejsca było wewnątrz tyle, że można było wygodnie usiąść i się nawet nie garbić. Timo wyciągnął spod sterty futer duży dzban i nalał jej herbaty. Podano ją do kolacji tutaj, wciąż była ciepła.

- Cóż, na pewno poszłaś w dobrym kierunku. Całe szczęście, że cię znalazłem – zaśmiał się.

Lulu odpowiedziała śmiechem, żeby strząsnąć z siebie resztki paniki i opanować strach.

- Członkowie Klanu są rozsiani po całej przełęczy, teraz wszyscy się pochowali, żeby przeczekać burzę. Nie ma mowy, żeby ktoś teraz się wałęsał po okolicy... nie licząc może zbłąkanych królowych – rzucił, chcąc rozweselić atmosferę.

- Tak się cieszę, że mnie znalazłeś. Nie wiedziałam, dokąd idę. Bałam się, że idę prosto w przepaść. Zupełnie się już wtedy zgubiłam.

- Lu, gdzie jest Casey swoją drogą? Myślałem, że jest z tobą.

- Odstawił mnie w jednej z jaskiń, a potem poszedł po nasze pakunki... tylko że nie wracał. Długo nie wracał i zaczęłam się martwić. Wzięłam więc linę, żeby mieć pewność, że będę mogła wrócić, i wyszłam go poszukać.

- Po czym zgubiłaś linę?

- Tak – teraz sama się zaśmiała.

- Zdarza się – powiedział, wzruszając ramionami. – Porozciągaliśmy liny wzdłuż przełęczy, żeby mieć jakieś punkty orientacyjne na wszelki wypadek, ale nie musieliśmy z nich korzystać aż do dzisiejszego wieczora. Nigdy w życiu nie widziałem takiej burzy. Pojawiła się dosłownie znikąd.

- Ja też pierwszy raz widzę coś takiego. Nawet kiedy byłam na Wysokiej Przełęczy, wtedy, kiedy mnie uprowadzili, nie było nigdy równie gwałtownej burzy. I to jeszcze tak nagłej. Raz w nocy musiałam trzymać wartę...

Timo patrzył na nią, czekając, aż dokończy opowiadać.

- O co chodzi? Co się stało?

- Byłam psem, wilczurem. Przecież mogłam zmienić postać. Dlaczego nie wpadłam na to wcześniej?

- Ty też to umiesz?

- Wystarczy raz to zrobić, żeby już nigdy tego nie zapomnieć. Wiesz co, mam bardzo dziwne przeczucia w związku z tym wszystkim. Powinnam chyba wyjść na zewnątrz i rozejrzeć się wokół. Dzięki za herbatę.

Timo przyglądał się, jak Lulu owija się w swój płaszcz i zakrywa głowę, po czym kładzie się na futrach, którymi wyłożona była wydrążona jama. Minęło tyle czasu od ostatniej przemiany, że czuła, że jest to coś, czego nie powinna robić odkryta. To jej ciało – i jej życie – ulegało zmianie i chciała być w tym momencie sama. Przypomniała sobie nauki Zagubionych. Spojrzeć w głąb siebie, dostrzec ducha, dostrzec serce i je uwolnić. Natychmiast poczuła, jak rośnie, rozpychając się w klatce piersiowej. Skóra zaczęła ją lekko swędzieć, gdy bujna sierść zaczęła wyrastać spod skóry na kończynach i na grzbiecie. Dłonie zmieniły się w łapy, palce w pazury, spacer po śniegu miał być teraz znacznie łatwiejszy. Usta i nos ułożyły się w pysk, z którego wystawały ostre kły. Jej zmysły były teraz znacznie ostrzejsze, a całe ciało pełne energii i skore do działania. Zrzuciła z siebie koc i stanęła na czterech łapach, po czym otrząsnęła się, żeby „przeczesać" futro.

- Wow, takiej to cię jeszcze nie widziałem. Umiesz mówić? – powiedział Timo, odsunąwszy się od niej zawczasu.

- Jasne, że tak. To wciąż ja – zaśmiała się.

- Jesteś ogromna! Nie chciałbym na ciebie trafić w nocy.

- Najpierw ostrzegę pozostałych, nie chciałabym nikomu napędzić strachu. Kiedy burza już minie, zanieś proszę moje ubrania i płaszcz do tamtej lodowej jaskini. Ja tymczasem pójdę się rozejrzeć.

Opuściła schron i przeskoczyła nad wykopanym rowem. Wichura ponownie zaatakowała ją od frontu. Stanęła twarzą do wąwozu, pozwoliła, żeby wiatr wypełnił jej nozdrza, żeby zmysły mogły się nim w pełni nasycić. Niósł ze sobą znajomy zapach, którego miała nadzieję już nigdy w życiu nie spotkać.

- Timo... - zniżyła głowę, żeby spojrzeć mu w oczy i dobitnie zaznaczyć, że sprawa jest poważna. - Bądź czujny. Miej oczy dookoła głowy, nawet w tej nawałnicy. Jeśli ci się uda, przekaż to pozostałym. Powiedz im, że będę w pobliżu i żeby oni również mieli się na baczności.

- Lu, co się dzieje? Widzisz coś?

- Czuję odór małp w powietrzu.

Ruszyła w kierunku wąwozu. Pokryte małymi włoskami łapy pozwalały jej pewnie kroczyć po lodzie oraz nie zapadać się w hałdach świeżego śniegu. Cicho przekradała się na przód, usiłując nie ściągać na siebie uwagi. Odór stawał się coraz wyraźniejszy z każdym kolejnym krokiem. Czuła na języku prze-gniły, obrzydliwy zapach potworów, które były gdzieś w oddali. Musiała się dowiedzieć, ile ich jest, i jakim cudem przetrwały tę lodowatą burzę.

Przemieszczała się teraz szybciej, długimi susami, chcąc dać obrońcom jak najwięcej czasu na przygotowania. Poczuła kolejny podmuch wiatru, tak silny, że miała wrażenie, że uderzyła o ścianę. Wczepiła się w lód, napięła mięśnie i czekała, aż podmuch zacznie słabnąć. Kiedy pogoda się odrobinę uspokoiła, Lulu podniosła głowę, żeby się rozejrzeć. Wiedziała, że musi wykorzy-stać ten moment i ruszyć dalej. Przebiegła kolejne kilka kroków do przodu, pochylona, po czym nagle świat wokół zmienił się nie do poznania. Miała wrażenie, że znalazła się w bańce.

Przede wszystkim było cicho, nigdzie nie było nawet wspo-mnienia wyjącej jeszcze przed chwilą burzy. Nie było też śladu śniegu i lodu orzącego jej twarz, powietrze było nieruchome. Zaś tam, gdzie znajdował się wąwóz, widziała teraz armię małp zmierzającą w jej kierunku.

Oniemiała z przerażenia do tego stopnia, że przez chwilę nie mogła się ruszyć. To było zbyt wiele dla jej zmysłów: wichura, która nagle w okamgnieniu znika, dzwoniąca w uszach cisza, lodowaty wiatr, który przeradza się w przyjemnie ciepły zefir. Miała mrówki na całym ciele, a łapy zaczęły ją palić. W nozdrzach rozlał jej się odór wszystkich nadciągających bestii. Żołądek podszedł jej do gardła, gdy poczuła w pysku smak ich gnijących ciał.

- *Muszę ich ostrzec* – pomyślała. Cały czas starała się nie wychylać. Rozejrzała się dokoła, małpy zdawały się być nieświadome jej obecności. Jeszcze jej nie dostrzegły. Zawróciła i wyczołgała się na zewnątrz klimatycznego bąbla, z powrotem w szalejącą śnieżycę.

Gdy tylko świat na nowo przesłoniła śnieżna mgła, pognała co sił do obozowiska.

- MAŁPY! - ryknęła. - Za burzą! Małpy tu są! - krzyczała, biegnąc wzdłuż zasieków.

Dostrzegła hałdy śniegu, w których członkowie Klanu wykopali sobie prowizoryczne schrony. Przeskakując nad jedną z nich, poczuła, że ktoś złapał ją za ogon. Obróciła się, gotowa zaatakować, obnażywszy kły i zjeżając sierść.

Casey cofnął się wystraszony.

- Uff! Lu, to ty? - podniósł kostur w geście obrony.

- Casey! Zgubiłam cię! Co się stało? Martwiłam się...

- Co mówiłaś o małpach? - próbował przekrzyczeć wiatr.

- W tej burzy jest bariera, jakby bańka ze swoim światem wewnątrz. Za tą barierą jest cała armia małp, która dosłownie za chwilę się tu przetoczy.

Casey był zbity z tropu i nie wiedział, czy dobrze rozumie królową.

- Gdzie?

- Tam! - wrzasnęła, wskazując na wąwóz. - Są ich chyba setki. Musimy się wycofać!

- Musimy bronić tego przejścia – odkrzyknął. - To nasza jedyna nadzieja, żeby je odeprzeć.

Przyłożyła pysk prawie do jego ucha, żeby mógł ją dobrze usłyszeć.

- Case, za tym wszystkim musi stać jakaś naprawdę zła siła. To nie jest normalna burza. Tam jest jakiś mur, który osłania małpy. Po drugiej stronie tej bariery jest ciepło i spokojnie. To nie jest naturalne. Nie damy rady tak wielu.

- Lu, nie mamy dokąd uciec.

Popatrzyła na niego i dotarło do niej, że Klan, jej Klan, był teraz w śmiertelnym niebezpieczeństwie.

- Musimy ostrzec rodziny. Trzeba zaprowadzić dzieci na łodzie. Case, nie damy rady ich zatrzymać.

- Idź. Poślę z tobą kilku moich ludzi, żeby cię poprowadzili.

- Nie, moje miejsce jest tutaj. To mój Klan i moja bitwa. Wyślij Timo. Jest bardzo młody, nie powinno go tu być.

- Lu, popełniasz błąd. Musisz się uratow...

- Casey, nie teraz. Nie ma na to czasu. Każ Timo zejść na wybrzeże i przekazać ludziom, że mają się jak najszybciej znaleźć na łodziach – spojrzała mu prosto w oczy. Był wstrząśnięty tym, co słyszał. - Mają na nas nie czekać.

Stał nieruchomo, cały czas nie dowierzając temu, co mówi Lulu.

- TERAZ! - krzyknęła.

Casey pobiegł wzdłuż szańca, głośno wydając rozkazy członkom Klanu siedzącym w jamach.

- Burza wkrótce dobiegnie końca. Lada chwila pojawią się tu goryle, przygotować się!

Wszyscy chwycili za kostury, strząsając sople i śnieg, które pokryły ich płaszcze.

- Pamiętajcie, czego was uczono. Na pozycje! - ustawiał ich dalej Casey.

Wszedł do schronu Timo.

- Potrzebujemy cię. Musisz przekazać wieści Klanowi.

- Case, nie jestem gońcem, nigdy nie byłem.

- Więc jesteś teraz.

- Możesz wziąć kogoś innego, kogoś szybszego.

- Nie kłóć się. Nie mamy czasu. Zejdź natychmiast na wybrzeże i przekaż im... - chwycił go za ramiona i ścisnął. - Przekaż im, żeby jak najszybciej dostali się na łodzie. Mają na nas nie czekać, tylko czym prędzej stamtąd uciec.

- Case, nie mogę tego zrobić. Powinienem być tutaj. Moje miejsce jest na polu bitwy, tak jak mnie uczono.

- Ktoś musi ocalić kobiety i dzieci. Ktoś musi je ostrzec i tą osobą będziesz ty. Zajmę twoje miejsce w szeregu.

- A Lulu? To ona powinna się stąd zabrać.

- Nie mamy czasu. Idź, uratuj ich.

Wiatr zmienił kierunek i znacznie osłabł. Zdobył się na jeszcze jeden poryw, po czym ostatecznie zamilkł.

Cisza była teraz ogłuszająca. Casey wyciągnął chłopaka ze schronu.

- Już, biegnij! Pędź tak, jakby miało od tego zależeć twoje życie i nie zatrzymuj choćby nie wiem co – szepnął, po czym popchnął go w stronę wybrzeża.

ROZDZIAŁ 26

Poranne słońce przedarło się wąskim przesmykiem firmamentu między horyzontem i ciążącą nad światem burzą.

Oświetlona od spodu chmura wydała im się jeszcze bardziej przerażająca. Skotłowana, czarna masa wirowała nad ich głowami, kołysząc słupami lodu, śniegu i wiatru. Niemal pionowe ściany wąwozu wcisnęły ją w wąskie przejście.

Kerri i Naz spojrzeli w górę. Tam, gdzie stali, niebo było jeszcze czyste, ale w oddali, nad szczytami gór, grzmoty i błyskawice splecione były w morderczym uścisku.

- To Jego sprawka – rzekła Kerri. - Musi być. I znajdziemy Go po drugiej stronie tej burzy.

- Nigdy tego nie okrążymy – odparł Naz.

Spojrzała na niego i zobaczyła jego zmarszczone brwi i opadnięte ramiona. Wszelka odpowiedzialność spoczywała teraz na nim.

- Naz, w porządku, pójdę tam. Tu chodzi o mój lud. Nie mam nikogo poza nimi.

- Mój będzie następny. To dotyczy nas obojga.

- Złap mnie za ogon i nie waż się puszczać.

- Mam cię – rzekł, chwytając ją oburącz za długi, napuszony ogon.

Skulona ruszyła przed siebie, zupełnie na oślep, prosto w objęcia burzy. Wiatr uderzył ich jak lawina, powalając na ziemię. Poczuła, jak Naz szarpnął ją za ogon, żeby wicher nie porwał jej ze sobą. Potykała się o kamienie wyściełające drogę przed nimi, ale Naz cały czas mocno ją trzymał i pomagał za każdym razem wstać. Całą siłę wkładała w walkę z wiatrem, przez co każdy kolejny krok był tytanicznym wysiłkiem. Czasem czuła, że łapy ślizgają jej się do tyłu, bezradne wobec nacierającego żywiołu. Wtedy za każdym razem czuła za sobą potężną sylwetkę Naza, który ją zatrzymywał. Wysiłek szybko ją wyczerpywał, a śmigający w powietrzu lód ranił ciało aż do kości. Cały czas jednak napierała przed siebie, zmuszając łapy do ruchu przy wydatnej pomocy Naza. W pewnym momencie miała wrażenie, że wiatr zrywa jej futro z grzbietu. Oczy miała niemal całkowicie zamknięte, widziała świat przez wąziutkie szparki. Sama zaś była uwięziona w niekończącym się cyklu tortur. Nic nie widziała, a wokół słychać było tylko ogłuszające wycie wiatru. Próbowała wstrzymać oddech, żeby piach i śnieg nie wdzierały się jej do nozdrzy i pyska. Kolejny krok, Naz znów pomaga jej, popychając ją do przodu.

Nagle wiatr zniknął. Upadła na ziemię, ciągnąc za sobą Naza. Wyślizgnęła się spod niego, desperacko łapiąc powietrze. Gdy otworzyła oczy, zobaczyła burzę, która krążyła wokół nich, zataczając ogromne koło. W jego wnętrzu jednak panowała cisza, a powietrze było ciepłe i przejrzyste. Przez chwilę nie wstawała z ziemi, kompletnie zdezorientowana tym widokiem. Wtem jej zmysły odzyskały równowagę, ją zaś przytłoczyła fala obrzydliwego smrodu. Był tak intensywny, że miała wrażenie, że go przeżuwa. W centrum oka cyklonu znajdowały się szeregi małp, które gnały przed siebie, podskakując, warcząc i rycząc z podniecenia. Na szczęście Kerri i Naza nie rozglądały się w ogóle na boki, więc nikt nie zauważył ich wtargnięcia do tego świata.

- Naz, nie wychylaj się i ani słowa... - szepnęła.

Naz padł na brzuch. Otworzył oczy i natychmiast poczuł

ścisk w gardle i dreszcze na całym ciele. Wyciągnął nieznacznie szyję i zobaczył, że małpy są pochłonięte właśnie rozgrywającym się starciem między samcem alfa i jakimś człowiekiem. Naz starł piach ciążący mu na powiekach i zmrużył oczy. Wydawało mu się, że go zna.

Casey stał w środku oka cyklonu uzbrojony w dwa kostury. Powietrze było ciepłe i nieruchome, a wszędzie wokół panowała podejrzana cisza. Chmura pyłu powoli opadała z powrotem na ziemię. Dostrzegł, że coś rusza się w mroku. Coś, co jeszcze przed chwilą wziął za skałę. Chmura szarego pyłu wzbiła się w powietrze, po czym nieznana postać uniosła rękę.

Casey dostrzegł swój błąd. Ogromny goryl stał z początku nieruchomo, wbijając weń spojrzenie. Otrzepał futro i gestem nakazał małpom stanąć w miejscu. Casey dostrzegł złośliwy grymas wymalowany na jego pysku. Jeszcze nigdy w życiu nie przyszło mu się mierzyć z takim gigantem.

Ściana wichrów byłą tuż za nim. Wciąż krążyła wokół, ale nie posuwała się już naprzód. Zdawało się, że cały świat zamarł, wyczekując dalszego ciągu. Goryl ruszył przed siebie, wyłaniając się z obłoków pyłu.

Casey przybrał postawę obronną, ustawiając nogi szeroko, jedną wysuniętą do przodu dla zachowania równowagi. Goryl pędził na niego, błyskając w ciemności płonącymi nienawiścią oczami. Casey schował prawe ramię za plecami, chowając kostur, i wyciągnął przed siebie lewą ręką, po czym wywinął kilka młynków drugim kosturem, żeby rozproszyć uwagę przeciwnika. Kiedy goryl był już trzy skoki od niego, zatoczył szeroki łuk lewą ręką. Przeciwnik połknął haczyk i kiedy obrócił się, żeby zablokować cios z lewej strony, Casey natychmiast zaatakował z prawej. Małpa w ogóle się tego nie spodziewała. Rozległ się głośny trzask, który poniósł się echem wzdłuż ścian wąwozu.

Alfa zamarł na chwilę w bezruchu. Drewniana laska po

prostu odbiła się od jego czaszki. Casey cofnął się, uderzając jednocześnie z obu stron, tuż poniżej uszu. Goryl jedynie potrząsnął głową, po czym chwycił jeden z kosturów Casey'ego, wyrwał mu go z ręki i przełamał go wpół na swoim kolanie. To, co po nim pozostało odrzucił z obrzydzeniem. Casey próbował dźgnąć przeciwnika w gardło i żołądek, ale nie robiło to na małpie żadnego wrażenia.

Goryl zaszarżował przed siebie, sparował przedramieniem kolejny cios Casey'ego i powalił go na ziemię, uderzając go barkiem. W szeregach małp zapanowała dzika radość, wszystkie zaczęły wyć, krzyczeć i skakać z nogi na nogę, nie mogąc się doczekać swojego udziału w jatce. Alfa pochylił się i podniósł Casey'ego na nogi, chwyciwszy go za włosy, po czym okręcił ramię wokół jego gardła i ścisnął.

Casey poczuł, że oczy wychodzą mu z orbit. Szarpał się, żeby złapać choć odrobinę powietrza. Chwycił kostur oburącz, wbił w szyję małpy, po czym – przechylając się do przodu – opadł na kolana. Wytrącił goryla z równowagi i przerzucił go nad swoim ramieniem.

Małpa upadła z hukiem na plecy. Pozostałe wydały z siebie wściekły wrzask, gotowe i chętne do walki.

Casey wyprowadził uderzenie, próbując trafić przeciwnika w czuły punkt między nogami, ale ten zdążył się przeturlać na bok w ostatniej chwili. Kostur zarył w ziemię. Małpa zerwała się na nogi, ale Casey już zataczał szeroki łuk swoją bronią, która ugodziła goryla między oczy. Tym razem małpa padła na kolana. W rozwrzeszczanych do tej pory szeregach zapadła cisza na widok powalonego przywódcy. Małpa jeszcze raz potrząsnęła głową, próbując pozbyć się mroczków przed oczami.

Jedna z małp, rycząc z wściekłości, wyłamała się z szeregu i pobiegła pomóc Alfie. Pozostałe pobiegły za nią ogarnięte szałem bojowym. Casey dostrzegł kątem oka ruch i obrócił się w porę, żeby zobaczyć, jak jedna z nich się na niego rzuca.

Wtem nieruchome dotąd powietrze zadrżało na dźwięk jednego, pełnego gniewu i groźby słowa.

- NIE – rozkazał.

Małpa, która na niego skoczyła, zawisła w powietrzu chwycona przez niewidzialną siłę, która następnie cisnęła nią w bok. Potoczyła się po ziemi, po czym padła, próbując nabrać powietrza, zupełnie jakby była kompletnie bez tchu. Reszta małp natychmiast się zatrzymała. Strach był silniejszy od szału.

Casey rozejrzał się wokół, nie mając najmniejszego pojęcia, co się dzieje. Wtem jednak dostrzegł postać, która stała na czele małp. Mężczyzna stał, wpatrując się w Casey'ego. W jednej dłoni trzymał długi, wysoko uniesiony, kostur. Drugą wskazywał na martwą małpę.

Powoli obrócił ramię w jego kierunku. Casey poczuł coś dziwnego, jakby uporczywe swędzenie, ale wewnątrz czaszki. Po chwili przerodziło się ono w ucisk tuż za oczami, które – wydawało mu się – zaraz zostaną wypchnięte z oczodołów. Nagle wewnątrz jego umysłu rozległ się grzmot, po którym poczuł tak przeszywający ból, jak jeszcze nigdy w ciągu całego swojego życia. Nie zdołał powstrzymać wrzasku.

- GDZIE ONA JEST? - powietrze i ziemia zadrżały od Jego głosu.

Casey padł na kolana, łapiąc się za głowę. Z całej siły zaciskał powieki, daremnie próbując znieść rozdzierający go ból.

- *GDZIE?!* - w tym pytaniu kryła się jeszcze gorsza groźba. Zamknął pięść, gotów zadać mu ostateczny cios.

Dopóki nie otrzymał kolejnego ciosu, Casey był przekonany, że ból nie może być gorszy. Miał wrażenie, że uszy zaraz mu wystrzelą na zewnątrz, podczas gdy za oczami rozległ się błysk tysiąca słońc. Wydawało mu się, że ktoś wierci na wylot jego czaszkę. Ponownie wrzasnął z bólu i upadł na plecy.

- To twoja ostatnia szansa, zanim cię zniszczę. Gdzie ona jest? - spokój w Jego głosie był nawet bardziej przerażający niż gniew.

Casey tarzał się po ziemi, rozpaczliwie próbując pokonać

rozdzierającą go agonię. W ostatnim geście sprzeciwu wstał i zwrócił się w stronę oprawcy i potrząsnął głową.

Spojrzał z pogardą na rosłego mężczyznę, który – targany niewysłowionym cierpieniem – tarza się po ziemi. Zacisnął pięść i wziął zamach, żeby zadać mu ostateczny cios. Casey zdążył już zniknąć z Jego myśli, kiedy został zaatakowany od tyłu.

Uwaga wszystkich małp była tak mocno skupiona na ich panu, że Kerri przebiegła wśród nich niezauważona aż do ostatniej chwili. Rzuciła się na oprawcę Casey'ego i uderzyła Go swoją ogromną łapą w skroń, zanim na Niego wpadła i powaliła Go na ziemię. Wstrząśnięty tą nieprzewidzianą napaścią upuścił swój najcenniejszy skarb – kostur oraz Kryształ potoczyły się po ziemi. Wichry krążące wokół natychmiast osłabły.

Kerri natychmiast się poderwała z ziemi. Zdezorientowana spojrzała najpierw na Kryształ, a potem na Niego. Zamarła z przerażenia na widok Jego twarzy. Nie mogła uwierzyć, że taka twarz mogła należeć do człowieka. Bardziej przypominała czaszkę, którą ktoś w paru miejscach przyoblekł ciałem.

I nagle poczuła *to*. Dziwne mrowienie w mózgu, jakby jakaś ręka próbowała wyważyć drzwi do jej umysłu. Obleciał ją strach.

- *Amulet!* – pomyślała. – *Boże mój nie opuszczaj mnie, aniele stróżu strzeż mnie przed tym, czego oko nie dostrzeże, Boże mój nie opuszczaj mnie, aniele stróżu strzeż mnie przed tym, czego oko nie dostrzeże* – gorączkowo powtarzała w głowie zapamiętaną mantrę, zbyt przerażona, żeby przerwać choć na chwilę. Bała się, że On znajdzie wtedy sposób, żeby przeczytać jej myśli.

Wciąż była zbyt przerażona, żeby nawet drgnąć, podczas gdy wokół trwało piekło. Nagle chwyciły ją jakieś ręce, poczuła na sobie pazury. Dotyk natychmiast przywrócił ją do życia. Wierzgnęła kilka razy i uwolniła się z uchwytu, tracąc jednak po drodze kilka kęp futra.

Kostur i Kryształ wciąż leżały między nimi. Wiedziała, że musi dopaść do nich pierwsza.

Nieopodal leżał Casey, wijąc się w agonii. Człowiek, który otoczył ją opieką, kochał ją i wspierał, leżał teraz w piachu. Wiedziała, że musi go ocalić.

Przed oczami przemknął jej widok Klanu, który czekał na zewnątrz muru wichrów. Nie mieli pojęcia, że zaraz zginą pod naporem armii małp. Ktoś musiał ich ostrzec.

Wszystko działo się jednocześnie, ale zarazem jakby wolniej niż zazwyczaj.

- Zabieraj się stąd i ostrzeż pozostałych – krzyknęła do Casey'ego.

Świat zwolnił bieg. Coraz więcej małp biegło w jej kierunku, chwytało ją. Smród był obezwładniający. Zobaczyła, że On próbuje doczołgać się do Kryształu. Wiatr cały czas słabł, podobnie jak otaczająca ich burza. Wtem dostrzegła szybującą w powietrzu masę białego futra, która Go przygniotła.

- Kerri, bierz to! Bierz Kryształ i uciekaj! – ryknął Naz, otrząsając ją z zadumy.

Schyliła się gwałtownie, przez co małpy, które się na nią rzuciły, trafiły w próżnię.

Wszędzie panował zamęt. Małpy nie wiedziały, czy powinny chronić swojego pana, ruszyć za Kryształem czy pomóc najsilniejszemu spośród nich. Ich wahanie wystarczyło Kerri, żeby ruszyć do działania. Jednym ruchem znalazła się przy artefaktach, chwyciła kostur w pysk i pognała przed siebie co sił.

Casey z trudem stanął na nogi, wciąż trzymając się za głowę. Ból powoli ustępował.

- Casey! – krzyknęła!

Pobiegła ku niemu. Obrócił się na dźwięk swojego imienia. Zmrużywszy oczy, dostrzegł zmierzającą ku niemu Kerri. Upuściła Kostur i Kryształ u jego stóp.

- Pozbądź się tego – powiedziała z naciskiem. – Muszę pomóc Nazowi.

Już zawróciła w stronę walczących, gdy nagle poczuła, że Casey złapał ją za ogon.

- Idź ostrzec Lulu. Jest tam – wskazał. – Ja mu pomogę.

- Nie, pój...

- Kerri! Zabieraj to! NATYCHMIAST!

Znała ten głos z niezliczonych treningów bronią. Był to głos, który nie dopuszczał najmniejszego sprzeciwu.

Chwyciła w zęby kostur i pobiegła w stronę muru oddzielającego ich od reszty świata, tam, gdzie reszta Klanu niepewnie wyczekiwała nadchodzącego ataku. Skoczyła wprost w objęcia wiatrów, po czym powietrze rozdarła oślepiająco biała błyskawica. Grzmot był tak głośny, że na chwilę ją ogłuszył. Przedostała się na drugą stronę cyklonu, wciąż zataczając się od uderzenia pioruna.

Znów poczuła śnieg pod swoimi łapami. Kiedy jej zmysły odzyskały równowagę, dostrzegła, że cyklon zaczyna zwalniać, a nawałnica zapadać się w sobie, rozsypując wokół skłębione chmury śniegu i pyłu. Przed sobą zaś Kerri widziała jedynie kopce śniegu.

Alfa widział, jak Kerri chwyciła Kryształ leżący w sercu oka cyklonu, po czym skoczyła wprost na ścianę burzy. Poczuł, jak zalewa go nienawiść. W ułamku sekundy cały świat stał się dla niego bezwartościowy. Casey tymczasem z wolna podnosił się z ziemi, Naz odpierał coraz liczniejsze ataki małp, które nadchodziły ze wszystkich stron, jego Pan i kat zarazem nieporadnie próbował wstać.

Jednak furia na widok kradzieży *jego* Kryształu przesłoniła wszelkie inne myśli. Kryształ należał do *niego*, to on go odzyskał i odniósł w bezpieczne miejsce. Dotknął Kryształu – a raczej to on został przezeń dotknięty – poczuł jego ciepło w swoich olbrzymich dłoniach, a przez ciało przepłynęła niewyobrażalna moc. Klejnot pokazał mu, do czego owa potęga jest zdolna, już nigdy nie musiałby znosić tortur i upokorzeń z Jego strony. To jego przeznaczeniem było podbijać i rządzić. Ujrzał przyszłość i przyszłość należała do niego.

Głuchy na rozkazy miotane przez swojego Pana wydał z siebie potężny ryk, od którego zadrżało powietrze wokół nich. Wszystkie małpy spojrzały na swojego przywódcę, zgiełk bitewny ucichł natychmiast.

Rzucił się w pogoń za Kerri, pozostałe ślepo za nim podążyły, wściekłe i pełne nienawiści, wrzeszcząc i warcząc, gdy opuszczały łagodny klimat oka cyklonu. W swoim bezmyślnym pędzie powaliły i stratowały Casey'ego.

- KERRI! - usłyszała. Gdy się odwróciła, zobaczyła olbrzymiego wilczura, który wynurzył się z zaspy.

- Lu? - poznała głos, lecz od dawna nie widziała swojej przyjaciółki w tej postaci.

Lulu przybiegła ją powitać.

- Całe szczęście, że żyjesz. Nie mogłam się z tobą połączyć i myślałam, że stało się coś strasznego.

- Lu, zaraz zostaniemy zaatakowani. Musisz wziąć Kryształ i zabrać go jak najdalej stąd.

- Gdzie jest Carter?

- Nie ma go.

- Jak to nie ma? To gdzie jest?

- Lu, nie ma czasu. Szybko, bierz to. Muszę wrócić i pomóc Casey'emu, cały czas jest wewnątrz tej burzy.

- Powiedz mi chociaż, co się dzieje.

- Po drugiej stronie tej burzy są setki małp, które przybyły zemścić się na twojej mamie. Musisz ostrzec Salli i oddać Kryształ z powrotem w ręce niedźwiedzi. Nie damy rady zatrzymać ich zbyt długo. Idź, my będziemy ich spowalniać pochód tak długo, jak to tylko możliwe. A teraz, Lu, błagam, UCIEKAJ!

Rozejrzała się niepewnie wokół.

- Powinnam być teraz wśród moich ludzi i bronić Klanu... ale to Kryształ jest kluczem do wszystkiego. Mama będzie wiedzieć, co należy z nim zrobić.

Ze schronów zaczęli wychodzić obrońcy, każdy ze zdumieniem przyglądał się dogorywającej burzy. Lulu podjęła decyzję, chwyciła w zęby kostur, u zwieńczenia którego osadzony był Kryształ i pobiegła w stronę wąwozu, a następnie ścieżkę prowadzącą w dół, ku wybrzeżu.

Kerri zwróciła się do wojowników, którzy właśnie strzepywali śnieg ze swoich futer.

- Armia małp zmierza w tym kierunku. Dwa szeregi, szyk obronny, NATYCHMIAST – krzyknęła.

Bez zbędnych pytań każdy chwycił za broń i błyskawicznie zajął swoje miejsce w szeregu. Dzięki niezliczonym godzinom ćwiczeń mogliby to zrobić nawet z zamkniętymi oczami albo w samym środku nocy.

- Wrócę pomóc...

- PRZYGOTOWAĆ SIĘ! - krzyknął ktoś, zanim mogła skończyć.

Było już za późno, padł sygnał ostrzegawczy. Z umierającej burzy wyłoniły się małpy. W chmurze pyłu dostrzegła olbrzymią sylwetkę samca Alfa.

Serce jej stanęło , a w gardle poczuła nieznośny ścisk. Teraz już nie było sposobu, żeby dotrzeć do Casey'ego i Naza.

ROZDZIAŁ 27

Gnała na złamanie karku, wiedząc, że los całego jej plemienia zależy od niej. Wywracała się, potykała, przeskakiwała i ślizgała równie często jak biegła, przemieszczając się w dół zbocza. Kiedy śnieg ustąpił kamiennemu krajobrazowi, prowokowała swoim biegiem drobne lawiny, które ją ścigały. Kiedy w końcu poczuła szorstką trawę pod swoimi łapami, ogarnęła ją ulga. Grunt stopniowo się wyrównywał, a na nizinach mogła biec znacznie szybciej.

Wkrótce znalazła się na łagodnych, pokrytych soczyście zieloną trawą wzgórzach, z których widać już było ich wioskę. Dostrzegł ją posterunek obserwacyjny Klanu, który natychmiast zaalarmował pozostałych na miejscu obrońców. Kobiety tymczasem wyłapały tymczasem błąkające się dzieci i zagoniły je do domów, z dala od niebezpieczeństwa. Kostur w jej pysku zaczynał coraz bardziej ciążyć. Gwałtownie zahamowała, gdy znalazła się na granicy osady. Głośno sapiąc, rzuciła w końcu zdobycz na ziemię.

- Lu? To ty? - ktoś zawołał.

Skinęła głową, wciąż zbyt zziajana, żeby zdobyć się na odpowiedź. Wszyscy opuścili broń.

- Co się dzieje? - spytał jeden z mężczyzn.

- Do łodzi – sapnęła. - Wszyscy na łodzie, natychmiast. Później do was dołączę i wszystko wam wyjaśnię.

- Jesteśmy w trakcie załadunku. Timo już nas ostrzegł.

- Spotkam się z wami na plaży – odparła, skinąwszy głową.

Podniosła kostur i pobiegła do głównego budynku. Wbiegła w drzwi, wyważając je i zmieniając kształt w powietrzu, tak jak ją nauczyła Kerri. Wylądowała na podłodze i przeturlała się już jako człowiek. Gdy tylko założyła na siebie pierwsze lepsze ubrania, jakie znalazła, przykryła Kryształ narzutą, żeby nie rzucał się w oczy.

Wyszła na zewnątrz i ujrzała coś na wzór poskromionego chaosu. Kobiety i dzieci już wspinały się na pokład długich łodzi, które zaciągnięto na brzeg. W tę i z powrotem biegali mężczyźni z deskami, które oparto o burty statków, oraz z pakunkami wypełnionymi dobytkiem jak i klatkami, w których znajdowały się kurczaki oraz kaczki. Inni brali swoje owce i kozy na ramiona i nieśli je do zagród, które dla nich przygotowano pod pokładem. Cały ten rwetes zamarł na widok Lulu dzierżącej w ręku długi, jarzący się jasnym światłem pakunek.

- W naszą stronę kieruje się armia małp. Nasi ludzie nie dadzą rady ich powstrzymać, tym razem jest ich zbyt wiele. Wyruszamy bez chwili zwłoki i płyniemy na północ, w ślad za moją mamą. Szukamy kraju śnieżnych niedźwiedzi. Jedną łódź zostawimy dla wycofującego się oddziału. Coś musi na nich czekać, kiedy już tutaj dotrą. Potrzebuję, żeby ktoś na ochotnika pozostał tutaj tak długo, jak to będzie możliwe. Wyjaśnię wszystko po drodze, a teraz szybko, nie ociągać się!

Gorączka wznowiła się z tą samą siłą. Zwodowano już pierwszą łódź, którą stoczono po specjalnie ściętych w tym celu kłodach przygotowanych na wypadek szybkiej ewakuacji.

- Potrzebuję kogoś do pomocy przy znoszeniu dobytku Klanu z hali! - krzyknęła. - I kogoś, kto będzie wypatrywał powrotu naszych ludzi.

- Ja pomogę – odkrzyknął Timo.

Przekazała zawinięty Kostur kapitanowi.

- Poczekajcie na mnie, jest jeszcze coś, co muszę zabrać – zawołała. - Timo, chodź ze mną – krzyknęła przez ramię, biegnąc do głównej hali. Chwyciła złotą misę i pudełko ze sproszkowaną ochrą potrzebnych do „zewu".

- Weź to wraz z koroną i zanieś na pokład. Zaraz tam wrócę – nakazała.

Timo wziął rzeczy i pobiegł w kierunku plaży. Lulu stanęła na chwilę w miejscu, żeby odetchnąć. Rozejrzała się wokół ukończonego już budynku. Rzemieślnicy zdążyli już zacząć rzeźbić w belach podtrzymujących dach. Polerowana kamienna posadzka odbijała ciepłe światło.

- *Mogło tu być naprawdę pięknie* – pomyślała. Poczuła woń olejowanego drewna, zgasłego paleniska, zapachy Klanu, jego oddech, nowe, rodzące się tu życie – wszystko to zmieszało się na chwilę. Starała się zachować to wspomnienie na przyszłe dni.

- *Może będziemy mogli kiedyś tu wrócić i dokończyć dzieła* – westchnąwszy głęboko, obróciła się na pięcie i pobiegła w stronę łodzi.

Małpy wyszły wprost w lodowate objęcia wysokiej alpejskiej przełęczy. Gwałtowna zmiana temperatury była dla nich niemal mordercza. Naprzód popychała je już tylko nienawiść w ich sercach oraz ogień, który wciąż płonął w oczach. Pędziły w stronę okopów Klanu. To nie tak miało wyglądać, miała być bezpieczna i ciepła bańka w samy sercu burzy. *On* ich zawiódł, cała ich nadzieja spoczywała teraz w największym z nich, w ich przywódcy, tak jak było dawniej, dopóki On nie przyszedł i nad nimi nie zapanował. Mamił ich obietnicami, że na nowo będą mogły ucztować na ludzkim mięsie, lecz zarazem karał niewyobrażalnym bólem nawet za myśl o nieposłuszeństwie.

I będą ucztować, same do tego doprowadzą. Na ich czele stanie tym razem ich prawdziwy wódz, który bezpiecznie wyprowadzi stado daleko stąd, z dala od śniegu i lodu, gdzie tyle małp już poległo. To lasy i pola były ich domem, a nie mordęga w przełęczach pokrytych śniegiem. *On* miał teraz zapłacić za złamaną obietnicę.

- Potrzebuję kostura – krzyknęła Kerri.

- Jest tam, w jaskini z lodu, obok ubrań Lulu.

Czym prędzej pognała zmienić postać i przygotować się do bitwy. Nieważne ile każdy członek Klanu spędziłby czasu, trenując walkę, to i tak by było za mało, żeby sprostać jatce, która się właśnie rozpętała. Uderzyło ich rozwścieczone morze, smagając kolejnymi atakami fala za falą. Pierwszy szereg złamał się, zanim drugi zdążył wykonać krok, żeby go osłonić. Starcie szybko przerodziło się w serię pojedynków, gdzie stawką było przetrwanie. Członkowie Klanu próbowali formować się w czworoboki i w ten sposób osłaniać sobie nawzajem flanki oraz tyły, ale również one zostały rozbite w perzynę. Ginęli jeden po drugim, rozrywani na strzępy przez rozszalałe i rozochocone zapachem oraz smakiem krwi małpy. Nawet w tym zamęcie, całkowicie, zdawać by się mogło, pochłonięta walką, nie mogła przestać myśleć o Caseym i Nazie, którzy gdzieś tam zostali.

Kiedy ich szyk obronny całkowicie się załamał, Kerri znalazła się u boku dwóch innych walczących. Byli zupełnie odcięci od reszty pola bitwy. Instynktownie utworzyli trójbok, żeby nawzajem chronić się przed atakami.

- *Czyli tak się to skończy?* – spytała samą siebie.

Stała, dysząc z wycieńczenia. Rozrzedzone górskie powietrze nie dawało nasycić się tlenem. Próbowała przygotować się na ból, który towarzyszy rozszarpaniu przez bestie, które wciąż wylewały się z wąwozu.

Kiedy wzięła zamach i powaliła jedną z małp, przed oczami błysnęło jej wspomnienie Cartera.

- *Gdybym tylko przeszła naokoło i nie zaprowadziła ich prosto w pułapkę... gdybym tylko odwlekła walkę aż do powrotu Naza, Carter i Vin byliby tutaj teraz obok mnie. Gdybym nie zatrzymała się wyjaśnić wszystkiego Lulu, zdążyłabym ocalić Casey'ego.*

Ból po utracie bliskich uderzył ją teraz ze zdwojoną siłą.

Jęki rannych – zarówno mężczyzn jak i młodzieńców – słychać było wszędzie. Niektóre małpy już wcześniej przerwały walkę i zaczęły pożerać ciała poległych członków Klanu. Nieruchome powietrze niosło w tę i z powrotem wrzaski agonii, które odbijały się silnym echem od ścian wąwozu.

Kurz bitwy zaczynał powoli opadać na przełęcz, nie było widać prawie nic. Kerri cały czas stała w pozycji obronnej, kostur wyciągnięty przed siebie. Po raz pierwszy jednak w czasie całej tej bitwy czuła autentyczny strach. Ostatni członek jej trójboku nagle uniósł się w powietrze i zniknął. Odwróciła się tam, gdzie jeszcze przed chwilą stał, i zobaczyła przed sobą potężną sylwetkę wodza małp, który trzymał jej współplemieńca za szyję, po czym jednym ruchem rzucił go stojącym za nim małpom na pożarcie. Jego krzyki zmroziły jej krew w żyłach.

Zaczęły jej się trząść kolana. Czuła, że zaczyna panikować, kostur w jej rękach wyraźnie drżał.

- Teraz kolej na mnie – pomyślała. – *Ale nie zhańbię się i nie zawiodę Casey'ego. Nie po tym, co dla mnie zrobił. Będzie ze mnie dumny.*

Goryl stał nad nią, świdrując ją spojrzeniem. Na chwilę oderwała wzrok od niego i rozejrzała się wokół siebie. Oprócz niej nie było już żadnego żywego członka Klanu. Alfa wykonał krok naprzód, Kerri natychmiast podniosła kostur nad głowę w gotowości. Potwór jednak zatrzymał się tuż przed nią, już w zasięgu broni. Spojrzał na nią jeszcze raz, brwi miał zmarszczone, a w oczach szalała gorejąca nienawiść. Odsłonił sczerniałe kły, po pysku z obu stron spływała mu ślina. Wydawszy z siebie dźwięk, który w założeniu miał być śmiechem, wskazał na chmurę pyłu unoszącą się za nim, gdzie leżeli Casey i Naz. Był tam też jego dawny pan, który usiłował odzyskać panowanie nad sobą oraz swoją armią małp. Goryl warknął nisko i wskazał głową, że właśnie tam powinna teraz pójść.

Następnie machnął na resztę, żeby za nim podążyła. Cale stado opuściło przełęcz, ścigając Lulu i Kryształ, który Alfa uznał za swój. Wreszcie mogły zostawić za sobą mroźne powietrze gór. Minęły Kerri, nie zwracając na nią uwagi.

ROZDZIAŁ 28

Zwiadowca wbiegł z impetem do osady.

- Nadchodzą! – krzyknął, machając w stronę pogórza.

Lulu spojrzała w tym kierunku i zobaczyła, bardziej podskakujące niż biegnące w ich kierunku, małpy.

Serce zabiło jej mocniej, ale wiedziała, że nie może dać tego po sobie poznać. Nie może dopuścić do wybuchu paniki. Szybko udała się w stronę plaży, gdzie czekała już na nią ostatnia łódź. Wyciągnęła ręce do góry, mężczyźni na pokładzie chwycili ją za nadgarstki i zwinnym ruchem wciągnęli na górę. Ci, którzy zostali na plaży, wypchnęli statek na krystalicznie czystą wodę, po czym sami dali się wciągnąć na górę. Wioślarze zabrali się do pracy, gdy tylko zabrano ostatniego człowieka z plaży.

Patrzyli, jak drewniane domy, w których miało zacząć się ich nowe życie, były teraz roznoszone w drzazgi. Wódz goryli wtargnął na plażę, wraz z nim jego siepacze. Wbiegł do wody, widząc odpływającą łódź, ale w końcu musiał się z niej wydostać. Lulu stała przy rufie, obserwując próby Alfy, który wciąż nie dawał za wygraną i usiłował ich dopaść. Dobrze wiedziała, że są bezpieczni, zwłaszcza z każdą chwilą łódź wypływała na coraz głębsze wody. Spojrzała gorylowi w oczy. Wstrząsnęło nią to, ile nienawiści i gniewu kryło się w jego spojrzeniu. Całym jej ciałem wstrząsnął dreszcz.

Oboje wciąż mierzyli się wzrokiem. Lulu, jakby zahipnotyzowana, nie potrafiła zdobyć się na to, żeby przełamać kontakt. Wtem dotarło do niej, co oznacza obecność małp na plaży. Ogarnęła ją rozpacz na myśl o wszystkich bliskich jej ludziach, którzy leżeli teraz martwi na przełęczy. Goryl musiał to dostrzec, ponieważ zdało jej się, że dostrzegła na jego pysku obrzydliwy, triumfujący uśmiech.

Małpa zatrzymała się, gdy dno morza nagle zniknęło spod jej nóg, i zaczęła wściekle tłuc pięściami o powierzchnię wody. Alfa wycofał się na płyciznę, cały czas nie odrywając wzroku od Lulu. Statek kołysał się poruszany przez fale rozbijające się o rafę. Głębokie wody szybko nabrały coraz ciemniejszych barw, turkus stał się szafirem, a ten w końcu atramentową czernią.

Goryl szedł wzdłuż plaży, śledząc trasę statku. Cały czas, z uporem szaleńca, patrzył na Lulu. Ta spojrzała nań jeszcze raz i wtedy też zrozumiała, że ten przywódca stada został opętany przez Kryształ.

Tak jak Sonny, wcześniej zaś jego ojciec, który podłożył ogień pod cały znany im świat, wykradając artefakt niedźwiedziom. Tak jak Holly, która uległa jego niszczycielskiej mocy, tak również i ona z czasem stałaby się mu posłuszna. Już zaczynała odczuwać pierwsze objawy, drobne ataki niepokoju. Wiedziała, że nie uda jej się oprzeć uzależniającej mocy Kryształu. Popatrzyła jeszcze raz na wędrującą wzdłuż brzegu małpę. Potwór był niegdyś człowiekiem, lecz teraz był tylko jego niewolnikiem, który pragnął znów poczuć rozkosz, którą dawał cielesny kontakt z Kryształem.

Lulu zeszła na dół statku i zabrała leżący tam szczelnie zawinięty przedmiot. Uniósłszy go nad głowę, rozerwała pakunek. Goryl nagle stanął w miejscu, wyraźnie zaniepokojony. Lulu trzymała Kostur wysoko nad głową, żeby potwór mógł się dobrze przyjrzeć.

Wiedziała, że dopóki Kryształ będzie w jej posiadaniu, nie będzie mogła się uwolnić ani od niego, ani od małp.

Dostrzegła wyrwę w rafie, do której się zbliżali. Fale rzygały przed siebie, po czym się cofały, ciągnąc łódź w najgłębszą część oceanu. Spojrzała na małpę i, nie odrywając wzroku, wyrzuciła laskę za burtę.

Znajdujące się na plaży małpy wpadły w szał, rozwścieczone tym, że ich skarb właśnie przepadł na wieki w morzu. Gdy usłyszała pluśnięcie, odwróciła się plecami do małp i do swojego dawnego domu. Poszła na dziób statku wypatrywać nowego lądu i nowego początku.

Kryształ staczał się na dno, odbijając się po drodze od pstrokatej ściany koralu. Wpadł w największe wgłębienie między spokojnymi wodami laguny i otwartym morzem, po czym osiadł na miękkim piasku. Woda wokół zaczęła wrzeć, a piasek zaczął się topić, przez co Kryształ zapadał się coraz głębiej.

Roztopiony piach wywołał eksplozję, wrząca para wybiła ponad powierzchnię morza. Żar Kryształu zaś dalej drążył dno, a gdy uderzył o skałę, utworzyła się brama, która zaczęła zasysać wodę. Wir opadał wraz z Kryształem, który roztopił skałę stojącą na jego drodze.

Kryształ przebił się w końcu do płynącej pod dnem morza magmy. Lawa, która pomogła ukształtować rafę koralową, była teraz naga, wystawiona na działanie wody. Schłodzona, doprowadziła do wybuchu, który rozerwał rafę. Ziejąca rana w miejscu, gdzie wcześniej wznosił się koral, i odsłonięty zbiornik magmy połykały łapczywie ocean, obniżając gwałtownie poziom wód.

Lulu poczuła, że łódź nagle opadła. Morze pod nimi niknęło w oczach. Stojące na brzegu małpy dostrzegły swoją szansę i pognały w ich kierunku. Zemsta zawsze była ich największą pasją, a dzięki temu, że morze się cofnęło, plaża sięgała teraz aż do rafy. Statek już za chwilę miał się stać ich łupem.

Obecni na statku ludzie z niepokojem spoglądali na otwarte wody, które wzburzyły się i sunęły ku nim, aby wypełnić pustkę ziejącą w miejscu dawnej laguny. Grzbiet fali unosił się coraz wyżej z każdym pokonanym metrem. Załoga statku, który osiadł na mieliźnie, w pośpiechu ustawiła statkiem tak, aby dziobem był skierowany w stronę nadchodzącej fali. Poczuli, że przód statku unosi się coraz wyżej, aż w końcu wydało im się, że dotyka to nieba. Łódź w końcu wspięła się na falę, po czym poszybowała w dół i z hukiem rozbiła taflę wody po drugiej stronie.

Małpy były tak zaślepione żądzą zemsty, że zbyt późno dostrzegły nadchodzący żywioł. Kiedy zaś uświadomiły sobie swoje położenie, było już za późno. Próbowały uciec z powrotem na plażę, ale miękki, kleisty piach skutecznie je spowalniał. Fala pożarła je, pomiatając nimi we wszystkie strony i wlokąc po dnie akwenu, po czym rozbryznęła się na całej plaży. Zakryła ich dawne domy i zmyła wszelki ślad ludzkiej obecności. Nic nie przetrwało. Ani domy, ani drzewa, ani małpy.

Panowała grobowa cisza. Kerri rozejrzała się wokół. Nigdy, nawet w snach, nie widziała tak przerażającego widoku. Wszędzie walały się trupy, cały jej Klan został wyrżnięty. Stąpała przez pobojowisko z myślą, że posoka, w której się nurza, należała niegdyś do ludzi, których uważała za własną rodzinę. Udała się tam, gdzie jeszcze niedawno krążyła burza.

Przeszła przez ostatni unoszący się nad ziemią obłok i znów znalazła się w bezpiecznym cieple ochronnej bańki. Dostrzegła leżące na ziemi ciało Casey'ego, przykryte już śniegiem. Jego twarz była nie do poznania, tylko jego ogromny rozmiar pozwalał jej mieć pewność, że zwłoki należały do jej opiekuna.

Krew ciekła mu z nosa, ust, uszu, nawet z oczu. Nie żył, to było oczywiste. Podobnie jak to, że zginął z Jego ręki.

Zaczęły nią naraz targać dwie potężne emocje. Ból utraty bliskich oraz wściekłość z powodu cierpienia Casey'ego. Zobaczyła, że coś rusza się w oddali, w nieruchomym powietrzu błysnęła czerwień. Podniosła kostur Casey'ego, który leżał obok niego.

- *Tylko spokojnie* – powiedziała sobie. – *Gniew prowadzi do nienawiści, a nienawiść do błędów. Będzie jeszcze dużo czasu na nienawiść.*

Chmury się rozwiały, widziała Go teraz bardzo wyraźnie. Jego krwistoczerwone szaty, skórę schodzącą płatami z twarzy oraz ramion, miejscami tej samej barwy co ubranie. Stał wyprostowany i spoglądał na nią wyzywająco. Z całej siły nadepnął na coś, co leżało u jego stóp. Dotarło do niej, że są to zwłoki Naza.

Uspokoiła oddech i wzniosła ręce na boki, trzymając kostury jak rozwinięte skrzydła. Była teraz aniołem zemsty, który przyszedł po należną mu część.

Wyciągnął skierowaną ku niej pięść, obłąkańczo się uśmiechając. Gwałtownie otworzył dłoń i cisnął w nią swoim morderczym gromem. Kerri już znała ten atak. Lekkie swędzenie na wysokości czoła, tylko od wewnątrz, zwiastowało atak i próbę wtargnięcia do jej umysłu.

- *Boże mój nie opuszczaj mnie, aniele stróżu strzeż mnie przed tym, czego oko nie dostrzeże* – deklamowała w duchu. Miała pewność, że modlitwa ją ochroni.

Szła dalej. Uśmiech zniknął z jego twarzy, gdy zrozumiał, że jego ataki są bezskuteczne. Kerri czuła tylko dalej to niewyraźne swędzenie oznaczające, że On dalej próbuje ją zabić. - – *Boże mój nie opuszczaj mnie, aniele stróżu strzeż mnie przed tym, czego oko nie dostrzeże* – powtórzyła.

Na twarzy Złego widać było zmieszanie i, po raz pierwszy, strach. Szła dalej. Zaczął się cofać, nie dowierzając, że Jego moce nie są w stanie nic wskórać.

Wykonała szybko dwa kroki do przodu i błyskawicznym, niedostrzegalnym dlań, ruchem zamachnęła się oburącz. Lewy kostur strzaskał czaszkę, odrzucając głowę na prawo i w tej samej chwili prawy przetrącił kark w lewo. Kiedy wzniosła ramiona, Jego ciało bezwładnie osunęło się na ziemię. Nie zamierzała na niego patrzeć. Wystarczała jej świadomość, że nie żyje.

Zmierzyła wzrokiem biel, która wszystko zakryła, oraz zamarzniętą przełęcz wokół. Pomyślała o pogórzach i ciepłych łąkach Utraconych Ziem, gdzie wszystko się zaczęło.

Znów miała przed oczami majestatyczne sosny tworzące las, gdzie zaginęli jej rodzice, i skąd małpy wyłoniły się po raz pierwszy. Za lasem długo ciągnęły się wzgórza, tam zaś wciąż znajdował się dąb, w cieniu którego dawniej odpoczywał pewien chłopak. Chłopak, z którym chciała spędzić resztę swojego życia.

Nie czuła w tej chwili nic, jakby groza i przesyt śmierci przegnały duszę z jej ciała.

Przez krótką, ulotną, chwilę miała wrażenie, że w najodleglejszym zakątku zziębniętego i odrętwiałego umysłu poczuła maleńką, ciepłą iskierkę, cichy, delikatny głos, który ją woła. Pomyślała, że to Lulu ją woła, żeby wróciła do domu.

Zanim jednak zdołała się uchwycić tej myśli, przeszył ją lodowaty chłód, który zabił wszelkie inne myśli.

- Jeśli zacznę płakać, łzy zmyją wszystkie moje wspomnienia... a ja NIGDY nie zapomnę.

Upuściła kostur, zrobiła krok naprzód i dała dojść do głosu zwierzęciu drzemiącemu w jej duszy.

- Zwierzęta nie płaczą... więc ja już nigdy nie będę płakać.

Powitała zimną, ponurą wściekłość, którą przesiąkło jej serce, dusząc wszelkie wspomnienia o domu, rodzinie czy też klanie.

Promienie słońca padające na jej plecy były zimne. Opuściła pobojowisko, ani razu nie patrząc wstecz.

EPILOGUE

Szef stanął w progu Akademii Gwardzistów. Popatrzył na niebo na zachodzie, mieniące się purpurą oraz czerwienią i uznał, że może sobie pozwolić na chwilę przyjemności. Zaczynał się wieczór, a powietrze zaczynało się schładzać, co było miłą odmianą po kolejnym upalnym letnim dniu.

Bruk na głównym placu miasta wciąż był mokry po tym, jak mieszkańcy oblali kamienie wodą, żeby choć odrobinę schłodzić cały plac, po którym zwolna spacerowali pogrążeni w rozmowach ludzie korzystający z uroków spokojnego wieczoru. Miasto było beztroskie.

Splótł ręce na karku i rozciągnął plecy oraz ramiona, aby ulżyć rozmaitym bólom powstałym po całym dniu spędzonym przy biurku.

- *Może powinienem zorganizować Gwardzistom jakiś trening w górach?* – pomyślał – *Sam bym się urwał na kilka dni i trochę poruszał.*

Zszedł po granitowych schodkach na plac i skręcił w stronę domu.

- Szefie! – ktoś zawołał za nim.

Westchnął głęboko.

- Wracam do domu, zajmę się tym jutro – odparł, nie patrząc

za siebie. Cały czas spokojnie wracał do siebie.

- Szefie, wydaje mi się jednak, że chcesz to zobaczyć – powtórzył głos.

Z teatralną emfazą wypuścił powietrze i spojrzał za siebie. Między pełniącymi wieczorną wartę strażnikami stała młoda dziewczyna. Od razu wiedział, że to Kerri.

Cały czas miał nadzieję, że się zjawi, ale jej nagła obecność tutaj i tak była dla niego szokiem. Dostrzegł krew i błoto na jej tunice oraz zadrapania na nogach wyzierające spod odartych spodni. Starał się zachować niewzruszony wyraz twarzy na widok licznych sińców na jej twarzy i ramionach, które wyniosła z licznych walk. Zbyt licznych. Wyglądała na rozluźnioną, kostur niedbale oparła o bok, ale wiedział, że w okamgnieniu mogłaby się na niego rzucić. Jej reputacja znacznie ją wyprzedzała.

Kerri musiała spojrzeć w górę, żeby móc spojrzeć mu w oczy. Wzrok miała hardy i niewzruszony. Nie czuła się w obowiązku, żeby zacząć rozmowę. Stała i czekała.

Uśmiechnął się tak szeroko.

- Otrzymywałem ostatnio sporo doniesień o grasującym w okolicy wściekłym wilczurze, który poluje na niedobitki armii Złego. Jak rozumiem, nic ci o tym nie wiadomo? – spytał Szef z uśmiechem. Miał nadzieję, że w ten sposób uda mu się złagodzić napiętą atmosferę. Był w błędzie.

Cały czas patrzyła nań nieruchomo, lecz mimo to wiedział, że Kerri cały ten czas bada otoczenie w poszukiwaniu niebezpieczeństwa.

Poczekał jeszcze chwilę, pozwolił ciszy wybrzmieć, jednocześnie zastanawiając się, czy nawet usłyszała, co powiedział. Dalej nic nie mówiła, więc spróbował jeszcze raz.

- Cieszę się, że udało ci się do nas trafić. Wszyscy mieliśmy nadzieję, że w końcu wrócisz. Królowa Lucinda jest tutaj. Jeśli chcesz, mogę cię do niej zaprowadzić.

Jej wzrok wciąż był martwy. Zaczął się zastanawiać, czy w ogóle zrozumiała, co do niej powiedział. Jeden z wartowników, który ją przyprowadził, zawrócił do miasta przypilnować wymiany strażników. Szef dostrzegł, że Kerri natychmiast powiodła za nim wzrokiem i zacisnęła dłoń na kosturze, którego czubek nieznacznie się wzniósł. Może i jej poza miała w sobie coś nonszalanckiego, ale w rzeczywistości nerwy miała napięte jak postronki. Spróbował podejść ją od innej strony.

- Musisz się pewnie zastanawiać, dlaczego to wszystko miało miejsce.

- Nie. Tak właściwie to nie – odparła beznamiętnie.

Odpowiedź była dla niego szokiem.

- Wydaje mi się jednak, że zasługujesz na to, aby wiedzieć, zwłaszcza po tym, co przeszłaś – kontynuował mimo to.

- Nie wiem, czy w ogóle mi na tym zależy.

Zamyślił się, próbując ocenić, czy mówi serio. Doszedł do wniosku, że jednak tak.

- Jak przypuszczam, zdążyłaś się już domyślić, że granice już opadły. Sądzimy, że powstały dzięki jakiejś nieokreślonej sile, którą wydzielał Kryształ. Kiedy więc został zniszczony, bariery nagle przestały istnieć. Ta ziemia należy teraz tak samo do ciebie jak i do nas.

- To nie jest moja ziemia.

Zachodził w głowę, skąd brał się u niej ten chłód i dystans. Nie mógł wyczytać nic z jej przeszywającego spojrzenia.

- *Może już nawet nie umie się tym przejąć?* – pomyślał, po czym spróbował jeszcze raz nawiązać z nią kontakt. – Po tym, jak Salli wręczyła nam trzeci tom, Księgę Wiedzy, odkryliśmy tajemne zapiski, które opisały, w jaki sposób Kryształ w ogóle powstał. Wynika z nich, że ci, których nazywamy Pradawnymi, są naszymi przodkami. Przybyli zza oceanu, żeby znaleźć miejsce, gdzie mogliby zakopać Kryształ. Widzisz... stworzyli go bowiem w wyniku pomyłki.

- Pomyłki? Całe moje plemię zginęło *przez pomyłkę*?

Zdał sobie sprawę, jak bardzoględzi bez sensu i właśnie za to płacił.

- To nigdy nie miało tak być. Pradawni eksperymentowali z magią, próbowali okiełznać energię, która – jak wiedzieli – znajduje się wszędzie, zarówno w nas, jak i w świecie dookoła. Nazywali to „energią niebios". Próbowali przelać ją w coś namacalnego, co można by wziąć w rękę i czym można by kierować. Wszystko jednak przybrało tragiczny obrót. Owszem, udało im się stworzyć zbiornik zdolny przechować tę moc, lecz za straszliwą cenę. Każdy, kto zbyt długo przebywał w pobliżu, zapadał na chorobę, w wyniku której skóra zaczynała płonąć i odpadać od ciała. Zły i tak był już skazany na śmierć, tak jak każdy, kto przez dłuższy czas trzymał Kryształ w dłoniach.

- Więc to wszystko wzięło się z byle głupstwa? Zwykłej głupiej pomyłki?

Teraz była jego kolej, żeby milczeć. Nie zamierzał jej mówić, że poświęcenie i śmierć jej Klanu były daremne. Przez chwilę się zastanawiał, czy w ogóle uda mu się do niej przemówić.

- Zaoferowaliśmy niedobitkom dom tutaj. Zamierzamy dotrzymać postanowień Przymierza.

- Nie było was tam. Nie przyszliście z pomocą.

- *Czyli jednak* – pomyślał. To, co Kerri powiedziała, nie było oskarżeniem, w jej głosie pobrzmiewało zmęczenie i zrezygnowanie, choć zrozumiałby ją, gdyby go obwiniała. Sam się tak czuł. Gdyby tylko ich pomoc nadeszła wcześniej, może udałoby się ocalić Naza oraz jej Klan.

- Byliśmy tam, Kerri, tylko przybyliśmy zbyt późno. Kiedy Zły używał Kryształu do swoich celów, bramy zaczęły się dziwnie zachowywać. Chcieliśmy przekroczyć granicę, ale lądowaliśmy w całkowicie innych czasach i zupełnie nieznanych nam miejscach. Nie mogliśmy do was dotrzeć. Ci zaś, którzy wyruszyli statkami, zjawili się na miejscu dopiero po tym, jak Lulu zniszczyła Kryształ.

Odniósł wrażenie, że w ogóle nie zwróciła uwagi na to, co mówi. Nie kłamała, naprawdę już jej na niczym nie zależało. Podjął ostatnią próbę.

- Dlaczego tu jesteś? – zapytał.

- Obiecałam Nazowi.

Na dźwięk jego imienia poczuł dotkliwy ból w sercu.

- Czy mogę ci jakoś pomóc w dotrzymaniu tej obietnicy? – spytał.

- Przyrzekłam mu, że przyjdę tu i spotkam się z mamą Vina. Musi się dowiedzieć o tym, co Vin dla nas zrobił i że oddał swoje życie, ratując nas. Odszedł jako bohater. Poświęcił samego siebie, żebyśmy mogli ujść z życiem. Jego mama powinna o tym usłyszeć.

- Tak, to ważne. To jej pomoże, kiedy się dowie, co zrobił jej syn. Holly też na pewno lepiej się poczuje. Jego mama adoptowała ją, kiedy jej rodzice zaginęli.

Wydała z siebie zduszony okrzyk. Coś zakopanego głęboko w jej świadomości doszło do głosu.

- Holly? – po raz pierwszy na chwilę oderwała od niego wzrok.

- Tak, jest tutaj. Nie przestaje o tobie mówić.

Opuściła nieznacznie kostur, nagle opadły jej ramiona. Głęboko westchnęła i zaczęła gorączkowo wodzić wzrokiem dookoła, próbując uchwycić wspomnienie.

- Holly jest tutaj? – powtórzyła.

- Czekała na ciebie cały ten czas. Opowiada wszystkim, jak to jesteś najszybszą biegaczką, najlepszą pływaczką i że walczysz jak nikt inny. Zawsze mówi wszystkim, że jesteś jej najlepszą przyjaciółką i że pewnego dnia w końcu przyjdziesz.

Spojrzała w dół, jakby po raz pierwszy w życiu widziała swoje dłonie. Spojrzała na brud, ciemne plamy, zadrapania i połamane paznokcie. Szef pomyślał, że właśnie zaczęła zadawać sobie pytania, dlaczego jej dłonie tak wyglądają i co się stało jej samej.

- Chciałam przyjść – powiedziała ledwie słyszalnym szeptem. Szef ledwo ją usłyszał, ale nie śmiał prosić jej, żeby powtórzyła.

- Cóż... jesteś więc! Będzie przeszczęśliwa, gdy cię zobaczy.

Potrząsnęła głową. Cokolwiek zaprzątało jej myśli, nie potrafiła się z tym pogodzić.

- Jest tyle rzeczy, których nie pamiętam – powiedziała. – A ja chce pamiętać. Wiem, że było coś, czego za nic w świecie nie chciałam zapomnieć, ale teraz... - wzruszyła ramionami. – Choćby nie wiem co, nie mogę sobie przypomnieć.

- A co pamiętasz?

Zmarszczyła czoło. Widać było, że z pewnym trudem szuka właściwych słów.

- Zbyt długo była sama – pomyślał.

Popatrzyła nieobecnym wzrokiem w jego kierunku. Nie patrzyła na niego, chciała dostrzec coś, co miało miejsce dawno temu i daleko stąd.

- Pamiętam, że Holly tam była... na samym początku, a potem... a potem na Utraconych Ziemiach. Wiem, że była moją przyjaciółką.

Skinął głową, czując przypływ sympatii. Nagle dostrzegł w niej zagubioną i bardzo osamotnioną dziewczynę.

- Nie chciałabyś odpocząć? Wyspać się w ciepłym łóżku? Będziemy pilnować, żeby nic ci się nie stało. Nikt nie zrobi ci krzywdy, obiecuję.

Upłynęło niemało czasu, zanim zdobyła się na odpowiedź.

- Miło byłoby odpocząć. Jestem strasznie zmęczona.

- Pozwól, że ci pomożemy. Znów możesz być z Holly, ze swoją przyjaciółką.

Kostur upadł ze szczękiem u jej stóp. Szef ruszył naprzód, bojąc się, że Kerri zaraz upadnie.

- Wciąż słyszę głos w mojej głowie, nie umiem tego zagłuszyć – powiedziała zduszonym głosem.

- Co ten głos ci mówi?

- Powiedział mi, żebym tu przyszła i dotrzymała obietnicy, którą dałam Nazowi. Żebym porozmawiała z mamą Vina. Ale ja nie wiem, co dalej. Nie wiem, dokąd mam iść. Nie wiem, gdzie są wszyscy inni.

- Są tu, wokół nas.

- Tu? W domu?

- Tak, Kerri. To może być też i twój dom.

Ramiona jej drżały, kolana się pod nią ugięły. Szef złapał ją, zanim upadła na ziemię. Chwycił ją swoimi mocnymi ramionami i przycisnął do piersi. Koszulę miał mokrą od potoku łez, który nie miał końca.

Podziękowania

Chciałbym serdecznie podziękować wszystkim osobom, dzięki którym mogłem doprowadzić tę trylogię do końca.

Szczególnie jestem wdzięczny Joy, Kim, Samowi, Beverly, Kristyn i Hillary za ich niezwykle cenne spostrzeżenia. To właśnie dzięki nim książka, którą masz w rękach, stała się znacznie lepsza.

Chciałbym też podziękować wszystkim członkom ekipy wydawniczej za wasze wsparcie, porady, zachęty oraz za to, że cieszyliście się razem ze mną. Strasznie nudno jest imprezować w pojedynkę, więc dziękuję wam za to, że byliście ze mną.

Chyba nigdy nie spłacę długu wdzięczności wobec Steve'a Windsora i jego serii *Nine Day Novel*. To właśnie lektura jego książki pozwoliła mi uwierzyć, że ja również mogę napisać książkę.

Przede wszystkim jednak chcę podziękować mojej rodzinie za okazane wsparcie, wspólne radości oraz za to, że była ze mną na dobre i złe.

— Shaun Griffiths.

O Autorze

Shaun Griffiths jest autorem serii młodzieżowych powieści fantastycznych *Zmierzch epoki* oraz licznych opowiadań.

Zarówno jego debiut jak i kolejne pozycje wspięły się na listy bestsellerów serwisu Amazon. Jest niezależnym pisarzem, którego teksty znaleźć można m.in. w antologii wydanej niedawno przez *An Alliance of Young Adult Authors* (AAYAA).

Wiele podróżował po świecie, a doświadczenie pobytu w Himalajach pozwoliło mu ukształtować świat, którego możemy dotknąć dzięki jego książkom.

Mieszka w drewnianym domku w lesie w Polsce wraz z żoną, trojgiem dzieci, dwoma psami i licznymi gryzoniami.